鲁迅文学奖获奖散文典藏书系

贾平凹长篇散文精选

贾平凹 著

长江出版传媒　长江文艺出版社

目　录

商州初録

商 州 初 录

引　言

　　这本小书是写商州的。为商州写书，我一直处在惶恐之中，早在七八年前构思它的时候，就有过这样那样的担心。因为大凡天下流传的地理之书，多记载的是出名人的名地，人以地传，地以人传。而商州从未出现过一个武官骁将，比如霸王，一经《史记》写出，楚地便谁个不晓？但乌骓马出自商州黑龙潭里，虽能"追风逐日"，毕竟是胯下之物、喑哑牲口，便无人知道了。也未有过倾国倾城佳人，米脂有貂蝉，马嵬死玉环，商州处处只是有着桃花，从没见到有一年半载的"羞而不发"，也终是于世默默，天下无闻。搜遍全州，可怜得连一座像样的山也不曾有，虽离西岳华山最近，但山在关中地面，可望而不可得，有话说，在华山上不慎失足，"要寻尸首，山南商州"，可此等忌讳之事，商州人谁肯提起？截至目前，中央委员里是没有商州人的。三十年代，这一带出了个打游击的司令巩德芳，领着上千人马，在商州城里九进八出，威风不减陕北的刘志丹，如今他的部下有在北京干事的，有在西安省城干事的，他应是个了不起的人物了，可惜偏偏在战争中就死了。八十年代以来，姚雪垠先生著的《李自成》风靡于世，那就写的是闯王在商州的活动，但先生如椽之笔写尽军营战事，着墨商州地方的极少，世人仍是只看热闹，哪里管得地理风情？可贺可喜的是近几年商州出了一种葡萄甜酒，畅销全国，商州人以此得意外面世界从此可知商州了，却酒到外地，少数人一看牌子"丹江牌"，脑子里立即浮起东北牡丹江来，何等悲哀之事！而又是多数人喝酒从不看标签下的地方小字，何况杯酒下肚，醉眼蒙眬，谁能看清小字，谁看清了又专要记在心里？

我曾经查过商州十八本地方志，本本都有记载：商州者，商鞅封地也。这便是足见商州历史悠久，并非洪荒蛮夷之地的证据吧！如果和商州人聊起来，他们津津乐道的还是这点，说丹江边上便有这么一山，并不高峻，山峁纵横，正呈现一个"商"字，以此山脚下有一个镇落，从远古至今一直叫"商镇"不改。还说，在明、清，延至民国初年，通往八百里秦川有四大关隘，北是金锁关，东是潼关，西是大散关，南是武关：武关便在商州。一条丹江水从秦岭东坡发源，一路东南而去，经商县、丹凤、商南，又以丹凤为中，北是洛南，南是山阳，西是柞水、镇安，七个县匀匀撒开，距离相等，势如七勺星斗。从河南、湖北、湖南、川、滇、云、贵来的商人入关，三千里山路，唯有这武关通行，而商州人去南阳担水烟，去汉中贩丝绵，去江西运细瓷，也都是由水路到汉口。龙驹寨便是红极一时的水旱大码头。那年月，日日夜夜，商州七县的山货全都转运而来，龙驹寨就有四十六家叫得响的货栈，运出去的是木耳、花椒、天麻、党参、核桃、板栗、柿饼、生漆、木材、竹器，运回来的是食盐、碱面、布匹、丝绵、锅碗、陶瓷、烟卷、火纸、硝磺。但是，历史是多么荣耀，先业是多么昭著，一切"俱往矣"！如今的商州，陕西人去过的甚少，全国人知道的更少。陕西的区域通称陕南、陕北、关中，关中指秦岭以北，陕南指安康、汉中。商州西部、北部有亘绵的秦岭，东是伏牛山，南是大巴山；四面三山，这块不规不则的地面，常常就全然被疏忽了，遗忘了。

正是久久被疏忽了，遗忘了，外面的世界愈是城市兴起，交通发达，工业跃进，市面繁华，旅游一日兴似一日，商州便愈是显得古老，落后，撵不上时代的步伐。但亦正如此，这块地方因此而保持了自己特有的神秘。日今世界，人们想尽一切办法以人的需要来进行电气化，自动化，机械化，但这种人工化的发展往往使人又失去了单纯，清静，而这块地方便显出它的难得处了。我曾呼吁：外来的游客，国内的游客，为什么不到商州去啊?！那里虽然还没有通上火车，但山之灵光、水之秀气定会使你不知汽车的颠簸，一到那里，你就会失声叫好，真正会感觉到那里的一切似乎是天地自然的有心安排，是如同地下的文物一样而特意要保留下来的胜景！

就在更多的人被这个地方吸引的时候，自然又会听到各种各样对商州的议论了。有人说那里是天下最贫困的地方，山是青石，水是湍急，屋沿沟傍河而筑，地分挂山坡，耕犁牛不能打转。但有人又说那里是绝好的国家自然公园，土里长树，石上也长树，山有多高，水就有多高。有山洼，就有人家，白云在村头停驻，山鸡和家鸡同群。屋后是扶疏的青竹，门前是夭夭的山桃，再是木桩篱笆，再是青石碾盘，拾级而下，便有溪有流，遇石翻雪浪，无石抖绿绸。水中又有鱼，大不足斤半，小可二指许，鲢、鲫、鲤、鲇，不用垂钓，用盆儿往外泼水，便可收获。有人说那里苦焦，人一年到头吃不上一顿白麦馍馍，红白喜事，席面上红萝卜上，白萝卜下，逢着大年，家家乐得蒸馍，却还是一斗白麦细粉，五升白苞谷粗面，掺和而蒸，以谁家馍炸裂甚者为佳。一年四季，五谷为六，瓜菜为四，尤其到了冬日，各家以八斗大瓮窝一瓮浆水酸菜，窖一窖红薯，苫一棚白菜，一个冬天也便过去了。更有那"商州炒面客"之说，说是二三月青黄不接，没有一家不吃稻糠拌柿子晒干磨成的炒面，涩不可下咽，粗不能屙出。但又会有人说，那里不论到任何地方，只要有水，掏之则甜，若发生口渴，随时见着有长猪耳朵草的地方，用手掘掘，便可见一洼清泉，白日倒映白云，夜晚可见明月，冬喝不渗牙，夏饮肚不疼，所以商州人没有喝开水的习惯，亦没有喝茶水的嗜好，笑关中人讲究喝茶，那里水尽是盐碱质的。还说水不仅甘甜，可贵的是水土硬，生长的粮食耐磨耐吃，虽一天三顿苞谷糊汤，却比关中人吃馍馍还能耐饥。陕北人称小米为命粮，但陕北小米养女不养男，商州人称苞谷糊汤为命饭，男的也养，女的也养，久吃不厌，愈吃愈香，连出门在外工作的，不论在北京、上海，不论做何等官职，也不曾有被"洋"化了的而忘却这种饭谱。更奇怪的是商州人在年轻时，是会有人跑出山来，到关中泾阳、三原、高陵，或河南灵宝、三门峡去谋生定居，但一过四十，就又都纷纷退回，也有一些姑娘到山外寻婆家，但也都少不了离婚逃回，长则六年七年，少则三月便罢，两月就了。

众说不一，说者或者亲身经历，或者推测猜度，听者却要是非不能分辨了，反更加对商州神秘起来了。用什么语言可以说清商州是个什么地方呢？这是我七八年来迟迟不能写出这本书的原因。我虽然土生土长在那里，那里的一丛柏树下还有我的祖坟，还有双亲高堂，还有众亲广戚，我虽然涂抹了不少文章，但真正要写出这个地方，似乎中国的三千个方块字拼成的形容词是太少了，太少了，我只能这么说：这个地方是多么好啊！

它没有关中的大片平原，也没有陕南的巉峻山峰，像关中一样也产小麦，亩产可收六百斤，像陕南一样也产大米，亩产可收八百斤。五谷杂粮都长，但五谷杂粮不多。气候没关中干燥，却也没陕南沉闷。也长青桐，但都不高，因木质不硬，懒得栽培，自生自灭。橘子树有的是，却结的不是橘子，乡里称枸蛋子，其味生臭，满身是刺，多成了庄户围墙的篱笆。所产的莲菜，不是七个眼、八个眼，出奇的十一个眼，味道是别处的不能类比。核桃树到处都长，核桃大如山桃，皮薄如蛋壳，手握之即破。要是到了秋末，到深山去，栗树无家无主，栗落满地，一个时辰便捡得一袋。但是，这里没有羊，吃羊肉的人必是上了年纪的老人，或是坐了月子的婆娘，再就是得了重病，才能享受这上等滋养。外面世界号称"天上龙肉，地上鱼肉"，但这里满河是鱼，却没人去吃。有好事顽童去河里捕鱼，多是为了玩耍，再是为过往司机。偶尔用柳条穿一串回来，大人是不肯让在锅里煎做，嫌其腥味，孩子便以荷叶包了，青泥涂了，在灶火口烘烤。如今慢慢有动口的人家，但都不大会做，如熬南瓜一样，炒得一塌糊涂。螃蟹也多，随便将河边石头一掀，便见拳大的恶物横行而走，就免不了视如蛇蝎，惊呼而散。鳖是更多，常见夏日中午，有爬上河岸来晒盖的，大者如小碗盘，小者如墨盒，捉回来在腿上缚绳，如擒到松鼠一样，成为玩物。那南瓜却何其之多，门前屋后，坎头涧畔，凡有一抔黄土之地，皆都生长，煮也吃，熬也吃，炒也吃，若有至宾上客，以南瓜和绿豆做成"揽饭"，吃后便三天不知肉味。请注意，狼虫虎豹是常见到的，冬日夜晚，也会光临村中，所以家家猪圈必在墙上用白灰画有圆圈，据说野虫看见就畏而却步，否则小猪会被叼走，大猪会被咬住尾巴，以其毛尾作鞭赶上走，而猪却吓得不吱一声。当然，养狗就是必不可少的营生了，狗的忠诚，在这里最为突出，只是情爱时令人讨厌，常交接一起，用棍不能打开。

可是，有一点说出来脸上无光，这就是这里不产煤。金银铜铁锡样样都有，就是偏偏没煤！以前总笑话铜官煤区黑天黑地，姑娘嫁过去要尿三年黑水，到后来说起铜官，就眼红不已。深山里，烧饭，烧炕，烤火，全是木块木料，三尺长的大板斧，三下两下将一根木橡劈开，这使城里人目瞪口呆，也使川道人连声遗憾。川道人烧光了山上树木，又刨完了粗桩细根，就一年四季，夏烧麦秸，秋烧稻草，不夏不秋，扫树叶，割荆棘。现在开始兴沼气池，或出山去拉煤，这当然是那些挣大钱的人家，和那些门道稠的庄户。

山坡上的路多是沿畔，虽一边靠崖，崖却不贴身，一边临沟，望之便要头晕，毛道上车辆不能通，交通工具就只有扁担、背篓。常见背柴人远远走来，背上如小山，不见头，不见身，只有两条细腿在极快移动。沿路因为没有更多的歇身处，故一条路上设有若干个固定歇处，不论背百儿八十，还是担百儿八十，再苦再累，必得到了固定歇处方歇，故商州男人都不高大，却忍耐性罕见，肩头都有拳头大的死肉疙瘩。也因此这里人一般出外，多不为人显眼，以为身单好欺，但到了忍无可忍了，则反抗必要结果，动起手脚来，三五壮汉不可近身。历代官府有言：山民如水，可载舟，亦可覆舟。若给他们滴水好处，便会得其涌泉之报，若欲施高压，便水中葫芦压下浮上。地方志上就写有：李自成在商州，手下善攻能守者，多为商州本地人；民国年代，常有暴动。男人是这么强悍，但女人却是那么多情，温顺而善良。女大十八变，虽不是苗条婀娜，却健美异常，眼都双层皮，睫毛长而黑，常使外地人吃惊不已。走遍丹江，洛河、乾佑河、金钱河，四河流域，村村都有百岁妇女，但极少有九十岁男人。七个县中的剧团，女演员台架、身段、容貌，唱、念、做、打，出色者成批，男主角却善武功，乏唱声，只好在关中聘请。

陕北人讲穿不求吃，关中人好吃不爱穿，这里人皆传为笑料，或讥之为"穷穿"，或骂之为"瞎吃"，他们是量家当而行，以自然为本，里外如一。大凡逢年过节，或走亲串门，赶集过会，就从头到脚，花花绿绿，崭然一新。有了，七碟子八碗地吃，色是色，形是形，味是味，富而不奢；没了，一样的红薯面，蒸馍也好，压饸饹也好，做漏鱼也好，油盐酱醋，调料要重，穷而不酸。有了钱，吃得像样了，穿得像样了，顶讲究的倒有两样：一是自行车，一是门楼。车子上用红线缠，用蓝布包，还要剪各种花环套在轴上，一看车子，就能看出主人的家景、心性。门楼更是必不可少，盖五间房的有门楼，盖两间房的也有门楼，顶上做飞禽走兽，壁上雕花鸟虫鱼，不论干部家、农夫家、识字家、文盲家，上都有字匾，旧时一村没有念书人，那字就以碗按印画成圆圈，如今全写上"山清水秀"，或"源远流长"。

我也听到好多对商州的不逊之言，说进了山，男人都可怕，有进山者，看见山坡有人用尺二牙子镢在掘地，若上去问路，瞧见有钱财的，便会出其不意用镢头打死，掏了钱财，掘坑将尸首埋了，然后又心安理得地掘他的地。又说男女关系混乱，有兄弟数人，只娶一个老婆，等到分家，将家产分成几份，这老婆也算作一份，然而平分，要柜者，不能要瓮，柜瓮都要者，就不得老婆……我在这里宣布，这全是诬蔑！商州在旧社会，确实土匪多，常常路断人稀，但如今从未有过以镢劈死过路人的事件，偶尔有几个杀人罪犯，但谁家坟里没几棵弯弯柏树？世上的坏人是平均分配的，商州岂能排除？说起作风混乱，更是一派胡言，这里男女可以说、笑、打、闹，以爷孙的关系为最好，无话不说，无事不做，也常有老嫂比母之美谈，但家哥和弟媳界限分明，有话则说，无话则避。只是一下地干活，男女会不分了老少、班辈，什么破格话都说，似乎一块土地，就像城市人的游泳池，男女都可以穿裤头来。若是开会，更是所有人一起上炕，以被覆脚，如一个车轮，团团而坐。

　　商州到底过去是什么样子，这么多年来又是什么样子，而现在又是什么样子，这已经成了极需要向外面世界披露的问题，所以，这也就是我写这本小书的目的。据可靠消息，商州的铁路正在测量线路，一旦铁路修通，外面的人就成批而入，山里的人就成批走出，商州就有它对这个社会的价值和意义而明白天下了。如今，我的写这本小书的工作，只当是铁路线勘测队的任务一样，先使外边的多少懂得这块地方，以公平而平静的眼光看待这个地方。一旦到了铁路修起，这一小书就便可作卖辣面的人的包装去了，或是去当了商州姑娘剪铰的鞋样了。但我却是多么欣慰，多多少少为生我养我的商州尽些力量，也算对得起这块美丽、富饶而充满着野情野味的神秘的地方，和这块地方的勤劳、勇敢而又多情多善的父老兄弟了。

黑龙口

从西安要往商州去，只有一条公路。冬天里，雪下着，星星点点，车在关中平原上跑两个钟头，像进了三月的梨花园里似的，旅人们就会把头伸出来，用手去接那雪花儿取乐。柏油路是不见白的，水淋淋的有点滑，车悠悠乎乎，快得像是在水皮子上漂；麦田里雪驻了一鸡爪子厚，一动不动露在雪上的麦苗尖儿，越发地绿得深。偶尔里，便见一只野兔子狠命地跑窜起来，"叭"的一声，兔子跑得无踪无影了，捕猎的人却被枪的后坐力蹾倒在地上，望着枪口的一股白烟，做着无声的苦笑。

车到了峪口，嘎地停了，司机跳下去装轮胎链条；用一下力，吐一团白气。旅人们都觉得可笑，回答说：要进山了。山是什么样子，城里的人不大理会，想象那是青的石，绿的水，石上有密密的林，水里有银银的鱼；进山不空回，一定要带点什么纪念品回来：一颗松塔，几枚彩石。车开过一座石桥，倏忽间从一片村庄前绕过，猛一转弯，便看见远处的山了。山上并没有树，也没有仄仄的怪石，全然被雪盖住，高得与天齐平。车开始上坡，山越来越近，似乎要一直爬上去，但陡然路落在沟底，贴着山根七歪八拐地往里钻，阴森森的，冷得入骨。路旁的川里，石头磊磊，大者如屋，小者似斗，被冰封住，却有一种咕咕的声音传来，才知道那是河流了。山已看不见顶，两边对峙着，使足了力气的样子，随时都要将车挤成扁的了。车走得慢起来，大声地吭吭着，似乎极不稳，不时就撞了山壁上垂下来的冰锥，嚯啷啷响。旅人都惊慌起来了，使劲地抓住扶手，呼叫着司机停下。司机只是旋转方向盘，手脚忙乱，车依然往里走。

雪是不下了，风却很大，一直从两边山头上卷来，常常就一个雪柱在车前方向不定地旋转。拐弯的地方，雪驻不住，路面干净得如晴日，弯后，雪却积起一尺多深，车不时就横了身子，旅人们就得下车，前面的铲雪，后面的推车，稍有滑动，就赶忙抱了石头垫在轮子下。旅人们都缩成一团，冻得打着牙花；将所有能披在身上的东西全都披上了，脚腿还是失去知觉，就咚咚地跺起来。司机说：

"到黑龙口暖和吧！"

体内已没有多少热量，有的人却偏偏要不时地解小手。司机还是说：

"车一停就是滑道，坚持一下吧，到黑龙口就好了。"

黑龙口是什么地方，多么可怕的一个名字！但听司机的口气，那一定是个最迷人的福地了。

车走了一个钟头，山终于合起来了，原来那么深的峡谷，竟是出于一脉，然而车已经开上了山脉的最高点。看得见了树，却再不是那绿的，由根到梢，全然冰霜，像玉，更像玻璃，太阳正好出来，晶亮得耀眼。蓦地就看见有人家了，在玻璃丛里，不知道屋顶是草搭的，还是瓦苫着，门窗黑漆漆的，有鸡在门口刨食，一只狗呼地跑出来，追着汽车大跑大咬，同时就有三两个头包着手巾的小孩站在门口，端着比头大的碗吃饭，怯怯地看着。

"这就是黑龙口吗?"

旅人们活跃起来，用手揉着满是鸡皮疙瘩的脸，瞪着乞求的眼看司机。有的鼻涕、眼泪也掉下来，咝咝地吸气，但立即牙根麻生生地疼了，又紧闭了嘴唇。可是，车却没有停，又三回两转地在山脉顶上走了一气，突然顺着山脉那边的深谷里盘旋而下了。那车溜得飞快，一个拐弯，全车人就一起向左边挤，忽地，又一起向右边挤。路只有丈五宽窄，车轮齐着路沿，路沿下是深不见底的沟渊，旅人们"啊啊"叫着，把眼睛一齐闭上，让心在喉咙间悬着……终于，觉得没有飞机降落时的心慌了，睁开眼来，车已稳稳地行驶在沟底了。他们再也不敢回头看那盘旋下来的路，在心里默默地祝福着司机，好像他是一位普救众生的菩萨，是他把他们从死亡的苦海里引渡过来的。

旅人们都疲乏了，再不去想那黑龙口，将头埋在衣领里，昏昏睡去了。但是，车嘎地停了，司机大声地说：

"黑龙口到了，休息半小时。"

啊，黑龙口! 旅人们永远记着了，这商州的第一个地方，这个最神圣的名字!

其实，这是个小极小极的镇子。只有一排儿房舍，坐北向南，房是草顶，门面墙却尽是木板。后墙齐着山崖，门前便是公路，公路下去就是河，河过去就是南边的山。街房几十户人家，点上一根香烟吸着，从东走到西，从西走到东，可走三个来回。南北二山的沟洼里，稀落着一些人家，都是屋后一片林子，门前一台石磨。河面上还是冰，但听不见水声，人从冰上走着，有人凿了窟窿，放进一篮什么菜去，在那里淘着，淘菜人手冻得红萝卜一样，不时伸进襟下暖暖，很响地吸着鼻子，往岸上开来的车看。冰封了河，是不走桥了，桥是两棵柳树砍倒后架在那里的，如今拴了几头毛驴，像是在出卖，驴粪屙下来，捡粪的老头忙去铲，但已经冻了，铲在粪筐里也不见散。

街面人家的尽西头儿，却出奇地有一幢二层楼，一砖到顶，门窗的颜色都染成品蓝，窗上又都贴着窗花，觉得有些俗气：那是这里集体的建筑，上层是旅社，下边是饭店；服务人员是本地人，虽然穿着白大褂，但都胖乎乎的，脸上凸着肉块，颧骨上有两块黑红的颜色。饭店的旁边，是一个大栅栏门，敞开着，便是车站，站场很小，车就只得靠路边停着。再过去是商店、粮站，对着这些大建筑，就在靠河边的公路上，却高高低低搭起了十多处小棚，有饭馆、茶铺、油粉摊、豆腐担、柿子、核桃、苹果、栗子、鸡蛋、麻花……闹闹嚷嚷，是黑龙口最繁华热闹的地面了。

黑龙口的人不多，几乎家家都有做生意的。这生意极有规律：九点前，荒旷无人，九点一到，生意摊骤然摆齐。因为从西安到商州来的车，都是九点到这里歇着，从商州各县到西安，也是十点到这里停车。于是乎，旅人饥者，有吃，渴者，有茶，想买东西者，小么零什山货俱全。集市热闹两个小时，过往车一走，就又荡然无存，只有几只狗在那里抢骨头了。

车一辆辆开来了，还未停稳，小贩们就蜂拥而至，端着麻花、烧饼，一声声在门口、窗下叫喊。旅人们一见这般情形，第一个印象是服务态度好，就乐了。一乐就在怀里摸钱，似乎不买有点不近情理了。

司机是冷若冰霜的，除非是那些山羊、野鸡、河鳖一类的东西，才肯破费。他们关了车门，披着那羊皮大衣，扑扇扑扇地往大楼饭店里走去了，一直可以走进饭店的操作室，与师傅们打着招呼，一碗素面钱能吃到一碗红烧肉。等抹着油光光的嘴出来的时候，身后便有三四人跟着，那是饭店师傅们介绍搭车的熟人。

旅人们下了车，有的已经呕吐，弄脏了车帮，自个儿去河边提水来洗。这多是些上年纪的女人，最闻不惯汽油味，一直拿手巾搭了鼻子嘴儿，肚子里已经吐得一干二净，但食欲不开，然后蹲在那里，作短暂的休息。一般旅人，大都一下车就有些站不稳了，在阳光地里，使劲地跺脚，使劲地搓手。那些时兴女子，一出站门，看着面前的山，眉头就挽上了疙瘩，但立即就得意起来了，因为她们的鲜艳，立即成了所有人注目的对象。她们便有节奏地迈着步子，或许拍一下呢子大衣，或许甩一下波浪般的披发，向每一个小摊贩前走去。小贩们忙怯怯地介绍货物，她们只是问："多少钱？""好吃吗？"但那小吃，她们说不卫生，只是贪那土特产：核桃，栗子，三角钱一斤，她们可以买一大提兜。末了，再抓一把放进去，卖主也不计较，因为她们是高贵的女子，买了他们的东西，也是给他们赏脸，也是再好不过的生意广告：瞧，那么贵气的人都买我的货呢！即使她们不多拿，他们也要给她们一些额外呢。

但是，别的买者却休想占他们的一点便宜。他们都不识字，算得极精，如果企图蒙他们，一下子买了那么多的东西，直追问："一共多少钱？多少钱？"他们是歪了头，一语不发，嘴唇抖抖的，然后就一扬脸说个数儿来，你就是用笔在纸上再演算一通，一分儿也不会差错。

人们买了小吃小物，就去食堂了。大楼饭店里只卖馍、菜和荤面。面很黑，但劲很大，在嘴里要长时间地嚼，肉却是大条子肉，白花花地令人生畏。城里人讲究吃瘦肉，便都去吃门外的私人饭菜了。

紧接着的是两家私人面铺，一家卖削面，大油揉和，油光光的闪亮，卖主站在锅前，挽了袖子，在光光的头上顶块白布，啪地将面团盘上去，便操起两把锃亮柳叶刀，在头上哗哗削起来：寒光闪闪，面片纷纷，一起落在滚汤的锅里。然后，碗筷叮当，调料齐备，面片捞上来，喊一声："不吃的不香！"另一家，却扯面，抓起面团，双手扯住，啪啪啪在案板上猛甩，那面着魔似的拉开，忽地又用手一挽，又啪啪直甩，如此几下，哗地一撒手，面条就丝一般，网状地分开在案上。旅人在城里吃惯了挂面，哪里见过这等面食，问时，卖主大声说道：

"细、薄、光；煎、酸、汪。"

细薄光者，说是面条的形，煎酸汪者，说是面条的味，吃者一时围住，供不应求。

那些时兴女子是不屑这边吃面条的，她们买了熟鸡蛋，坐在大楼饭店里买了馍夹着吃，但馍掰开来，却发现里边有个什么东西，一时反了胃，拿去和服务员论理：

"这馍里有虱子！"

"虱子？"

"就是虱子！"

"你想想，冬天里起面，酵子发不开，在炕上要用被子焐，能不跑进去一两个虱子？"

时兴女子们一时恶心，赶忙捂了口，也不要馍了，也不索退钱，唾着唾沫一路出去了。

面食铺里，还是围了一堆人，都吃得满头大汗，一边吃，一边夸着，一边问卖主：

"是祖传的？"

"当然啰。"

"卖了半辈子了？"

"半年吧。"

"半年？"

"可不！你是才到商州的吗？要不是新政策下来，我要卖面，寻着上批判会吗？那阵儿，你要吃吗，对不起，就去那楼里饭店里吃虱馍吧。"

"那饭店真糟糕，怎么会干出那事！"

"快啦，出不了一个月，他们就得关门了。"

"早早就应该关门！"

"那么容易？那都是公社、大队干部的儿子、儿媳、小舅子哩。"

卖主说着，便不说了，对着一个走过来的瘦个子人叫道：

"吃不？来一碗！"

那人说是去买油，晃了一下碗，却看着锅里的面条。但卖主终未给他吃，瘦个子走了。

"你只卖嘴，光说不盛。"旅人们说。

"知道吗？这是我们原先的队长大人，如今分了地，他甭想再整人了，在别人，理也懒得理呢。"

那瘦个子去远处的卖油老汉那儿，灌了半斤油，油倒在碗里，他却说油太贵，要降价，双方争吵起来，他便把油又倒回油篓，不买了。接着又去买一个老太婆的辣面子，称了一斤，倒在油碗里，却嚷道辣面子有假，掺的盐太多，不买了，倒回了辣面子。卖面食的这边看得清清楚楚，说：

"瞧，他这一手，回去刮刮碗，勺里一炒，油也有了，辣子也有了。"

"他怎么是这种吃小利的人？"

"懒惯了，如今当干部没滋润，但又不失口福，能不这样吗？"

旅人们便都哈哈笑起来了。

在黑龙口待了半小时，司机按了喇叭：车子要走了。旅人们都上了车，车上立时空间小起来，每人都舒展了身子，又大包小包买了东西，吵吵嚷嚷坐不下去，最后只好插木楔一般，脚手儿不能随便活动了。车正要发动，突然车站通知，前边打来电话，五十里外的麻街岭，风雪很大，路面塌方了几处，车不能走了，得在黑龙口过夜。消息传开，旅人们暗暗叫苦，才知道黑龙口并不是大平川的第一个镇子，而下边还要翻很高很高的麻街岭。

小商小贩们大都熄火收摊、准备回家去了，知道消息后，却欢呼雀跃，喜欢得跑来拉旅人：

"到我们家去住吧，一晚上六角钱，多便宜呢！"

旅人们却只往大楼旅社去，但那里住满了，只好被小商小贩们纠缠着，到一家家茅草屋去了。

住在公路边的人家里，情况没有多大出奇，住在山洼人家的旅人，却大觉新鲜了。从冰冻的河面上一步一步走过去，但无论如何，却上不到那门前的小路上去，冰冻成了玻璃板，一上去就滑倒了。那些穿高跟鞋的女子就呜呜地哭。平日傲得不许一个男子碰着，如今无奈，哭过一通，还是被这些粗脚大手的山民们扶着、背着上去，她们还要用手死死抠住他们的胳膊，一丝儿不肯放松。男性旅人们，则是无人背的，山民们会在旁边扯下一节葛条，在鞋底上系上几道。这果然扒滑，稳稳走上去了，于是他们才明白了上山时司机为什么要在轮胎上拴链条。

到了门前，家家都是有一道篱笆的，但不是城里人的那种细竹棍儿，或是泥杆儿，全是碗口粗的原木桩，一根一根，立栽着。一只狗呼地扑出来，汪汪大叫，主人喊一声，便安静下来，给你摇起尾巴。屋里暗极了，锅台、炕台、四堵墙壁，乌黑发亮。炕上的被窝里蠕蠕动的，爬下来了，原来是个年轻的媳妇，在炕上出黄豆芽菜。见客进门，忙将唾沫吐在手心，使劲抹那头上的乱发，接着就扫地，就拍打炕沿上的土，招呼着往羊皮褥子上坐。

屋里并不暖和，主人就到后坡去，在雪窝里三扒两拉，拖出几节木头来，拿了一把老长的木把斧头，在门槛上劈起来。旅人大为可惜，说这木头可以做大立柜，做沙发架，主人只嘿嘿地笑，几下劈成碎片，在炕口前一个大坑里烧起来了。火很旺，屋里顿时热烘烘的，屋檐上的冰锥往下滴着水儿。

夜里睡在炕上，是六角钱，若再掏一元，可以包吃包喝，尽你享用。那火炕边，立即会煨上柿子酒，烤上拳头大的洋芋。一个时辰后，从火里刨出来，一剥开皮，一股喷鼻香味，吃上两口，便干得喉咙发噎，需主人捶一阵后背，千叮咛万叮咛慢慢来吃。吃毕洋芋，旅人们已经连连打嗝儿了，主人就取了碗来，盛满柿子酒让你。你一开始说不会喝，也就罢了，若接住了，喝了一碗，必要再喝二碗。柿子酒虽不暴烈，但一碗下肚，已是腹热脸红，要推托时，主人会变了脸，说你看不起他。喝了二碗，媳妇又来敬酒，她一碗，你一碗，你不能失了男子汉的脸面，喝下去了，你便醉了八成，舌头都有些硬了。

天黑了，主人会让旅人睡在炕上，媳妇会抱一床新被子，换了被头，换了枕巾。只说人家年轻夫妇要到另外的地方去睡了，但关了门，主人脱鞋上了炕，媳妇也脱鞋上了炕，只是主人睡在中间，作了界墙而已。刚睡下，或许炕头上的喇叭就响了，要么是叫主人去开分地包产会，要么是叫主人去开党员生活会，主人起来了，窸窸窣窣地穿衣服，末了把油灯点着。他要出门，旅人也醒了，赶忙就起来穿衣。主人说："睡你的，我开完会就回来。"旅人肯定要说出什么话来，主人用眼光制止了。

"你是学过习的?"主人要这么说。

"学过习的?"旅人疑惑不解。

主人便将一条扁担放在炕中间。旅人明白了，闭了眼睛睡觉。那灯耀得睡不着，媳妇不去吹，他也不敢动身去吹，灯光下，媳妇看着他，眼睛活得要说话。旅人就赶忙合上眼，但入不了梦，觉得身上有什么动，伸手一摸，肉肉的，忙丢进炕下的火坑，轻轻地"叭"了一声。一个钟头，炕热得有些烫，但不敢起身，只好翻来覆去，如烙烧饼一般。正难受着，主人回来了，看看炕上的扁担，看看旅人，就端了一碗凉水来让你喝。你喝了，他放心了你，拿了酒又让你喝，说你真是学过习的人。你若不喝，说你必是有对不起人的事，一顿好打，赶到门外，你那放在炕上的行李就休想再带走。重新睡下了，旅人还是烙得不行。主人会将一页木板垫在褥下，你就会睡得十分地舒服。但到黎明炕便要凉了，凉得像一块冰，需得起来穿了衣服再睡。

天亮起来，旅人便像亲人一样被招待了，你问那猪圈墙上，为什么画那么多白灰圈儿？他会告诉说，冬天狼多，夜里常来叼猪，但却最怕这白圈儿，夜里没有听到狼嗥吗？旅人说未听见，可能是睡得太死了。他就会又说，夜里出来解手，常会遇见这东西的，它会装着妇人的哭声呢。旅人听得直吐舌头，说冬天在这里投宿真不是轻松事，主人便又说，夏天的夜里那才怕人呢，半夜里，床下有吱吱声，一揭褥子，下边便有一条菜花蛇的。旅人吓得噤了声，主人却说："没事，抓起来从窗口甩出去就是了。"接着嘿嘿一笑，好像随便得很。

如果雪还在下，如果前边的麻街岭路还没有修起，旅人们就要在这里多住几天了。那么，主人们就会领你夜里去放狐子药。天明去收药，或许，只能见到狐子的脚印，还有的是狐子竟将那用鸡皮包裹的烈性炸药轻轻用土埋了，但常常是会收获到被炸死的狐狸的。一起拿回来，将皮剥下，吃肉是没了问题，就是旅人看中了那狐皮，一阵讨价还价，生意也便做成了。

"你带有书吗？"

他们老是这么问。一旦知道你是带了书的人，就缠住你，要以狐皮换书，他们就会去叫来小弟小妹，儿子女儿，翻你的书捆。孩子们最喜爱高考复习资料书，一换到手，就拿到火坑边入迷地读了。

清早起来随便往每个人家里走走，就会发现那晚辈的人和他们的父老不同：老一辈人爱土地，小一辈人最恋书。小的全不穿大裆裤，不扎裹腿，不剃光头，都一身咔叽，上衣口袋里插一支钢笔，早晚还要刷牙，一嘴的白沫。做父母的就要对旅人说：

"赶明日路通了，你们把这干净鬼也带去吧！"

说完，就作个谑笑，又说：

"刷刷就是了，那嘴里有屎吗？快去看你的书，只要好好学，我们养你一辈子也行，若做样子，就收拾了，帮我去卖些吃喝，一天也可赚四元五元哩！"

旅人已经和这里山民交上朋友了，什么话也就能说得来了。

"你们脚上的皮鞋走路不绊石头吗？"

"城里的路没有石头。"

"真好，半年都穿不烂哩。"

"能穿二三年的。你们也可以穿嘛。"

"怕脚带不动。赶明日到了县上，该买台收音机了。"

"你们口袋里真有钱哩。"

"有什么呀，只是手上活泛些了。"

说到这儿，他们就神秘起来，俯过身要问：

"你们在城里，离政策近，说说，这政策不会变了吧？"

"变不了啦！"

"真的？"

"真的！"

他们就唠叨起来，说这黑龙口是商州最贫困的地方，过了麻街岭，沿川下去，那里才叫富呢，麦里秋里收得好，副业也多，赚钱的门路多哩。

"我们这穷地方，还要好好干几年，要不你们城里人来，光笑话我们了。"

从山沟下来，路过冰冻的河，又会碰见那个捡粪的老汉了。谈开来，他说他是个孤老，在公路边修了四个厕所，专供旅人们用的。那粪池十天半月就满了，他便出售给各家，八分钱一担。光这一样收入，就够他花费了。老汉很乐观，和旅人谈得投机。见一媳妇抱了小孩过来，就把小孩撑在手上，让立愣愣，然后逗弄小孩的小牛牛，说：

"小子，好好长！爷爷这辈子是完了，就看你们了，噢！"

他乐滋滋笑着，逗弄着，惬意得像喝了一罐子醇美的酒，眼里是几分感慨，几分得意，又几分羡慕和嫉妒。有好事的旅人忙用照相机摄了这镜头，说要给这照片题名"希望"。

麻街岭的路终于修通了。旅人们坐车要离开了，头都伸出车窗，还是一眼一眼往后看着这黑龙口。

黑龙口就是怪，一来就觉得有味儿，一走就再也不能忘记。司机却说：

"要去商州，这才是一个门口儿，有趣的地方还在前边呢！"

莽岭一条沟

洛南和丹凤相接的地方，横亘着无尽的山岭，蜿蜿蜒蜒，成儿百里地，有载土而出的，有负石而来的，负石的林木瘦耸，载土的林木肥茂；既是一座山的，木在山上土厚之处，便有千尺之松，在水边土薄之处，则数尺之蘖而已。大凡群山有势，众水有脉，四面八方的客山便一起向莽岭奔趋了。回抱处就见水流，走二十里，三十里，水边是有了一户两户人家。人家门前屋后，绿树细而高长，向着头顶上的天空拥挤，那极白净的炊烟也被拉直成一条细线。而在悬崖险峻处，树皆怪木，枝叶错综，使其沟壑隐而不见，白云又忽聚忽散，幽幽冥冥，如有了神差鬼使。山崖之间常会夹出流水，轰隆隆泻一道瀑布。潭下却寂寂寞寞，水草根泛出的水泡，浮起，破灭，全然无声无息。而路呢，忽而爬上崖头，忽而陷落沟底；如牛如虎的怪石仄仄卧卧，布满两旁；人走进去，逢草只看见一顶草帽在草梢浮动，遇石，轻脚轻手，也一片响声，蚂蚱如急雨一般在脚面飞溅。常常要走投无路了，又常常一步过去，却峰回路转，另一个境界。古书上讲：山深如海，真是越走越深不可测。如果是一个生人，从大平原上初来乍到，第一个印象是这里可以作一个绝好的流放地：即使罪犯不加管制，放其逃生，也终不会逃出这山的世界、林的世界。也不禁顿然失笑北京城、上海市整日呼叫人口暴溢，但没想将十个北京城、十个上海市的人一起放在这里，也充其量是个撒一把芝麻，不见踪影呢。

也就是这莽岭山脉，两个县可恰恰被它截然分开。看山的北面，每条沟里都有水，水流向北；山的南面，每条沟里也是有水，水流向南。水与水的发源地，几乎都是一个无息的泉眼，泉眼与泉眼，又几乎仅仅相距几十里，甚至几里，但是，流向北去，便作了黄河流域，流向南边，竟成了长江流域，如今两县之间的公路，要绕一个大大的"匚"形，从洛南出永丰关，过大荆川，到黑龙口，翻麻街岭，经商县沿丹江而下，才到丹凤。两县靠得如此近，两县来往又如此远！但是，也该应了天设地造的古语，出奇的是就在莽岭主峰左四十里的地方，竟有一条沟接通了两县的隔阂。这条沟是那样的隐蔽，那样的神秘，至今别的地方的人一无所知，就是洛南、丹凤的人理会的也寥寥无几；只是莽岭两边的农民常去走动，但农民走动为着生计，并不想作书以示天下，以至于后来渐渐地有人知道了，探险式地来往了，便称作是商洛的"胡志明小道"。

这条沟没有路牌，也从无有人丈量，里数由人嘴说，有说六十里的，有说八十里的，但人口是十分的准确：十六家。十六家分两县户口，但丹凤人住的有洛南的地，洛南人有耕的是丹凤的田。自古洛南人面黑，丹凤人脸红。他们是黑红黑红，一种强悍的颜色。从沟南口到沟北口，他们的语言始终吐字一致，但绝对是地地道道的南腔北调。或许山把他们包围得太厚了，林把他们掩蔽得太严了，他们几乎与外边世界隔绝了，只是到了"文化大革命"中，丹凤武斗，一派将一派赶出县境，从这里向洛南逃窜，山沟人才见到了一溜带串的人群，也只有到了"四人帮"粉碎后第二年，这里才有了电话，从山顶到河畔弯弯斜斜栽了电杆，而电线总是松松地下坠，站满无数的鸟儿。也就是从那时起，他们开始有人订了报纸，十五天后看着半个月前的新闻。沟是太大太大了，路却是极窄极窄，常要涉水过河。水并不怎么深，但紧急得厉害，似乎已经不是水了，是一道铁流，外地人经过，即使不被冲倒，也少不了被流沙走石撞伤腿面，踢掉脚指甲。十六户人家，你几乎不知他们都是住在哪里，偶尔转过山嘴，一个黑石崖缝里就长出一搂粗的老松来，使你瞠目结舌；老松之后，那突出而空悬的岩石下，突然就有了人家，房顶却是有前半边，没后半边，那半边就是石岩，屋地也一半是土，一半是凿入的石洞。推门进去，屋里黑阴阴的，或许点着油灯，或许没有，当屋一个偌大的火坑，劈柴架起，火光红红的，人影反映在墙上，忽大忽小，如跳动着鬼的舞蹈。主人一个大字形站在那里，体格健壮，眼睛生光，牙齿雪白，屋梁挂着的一吊一吊熏肉，不注意就碰着了头脑，这是他们表示富有的标志：一年宰杀几头肥猪，用烟火香料熏得焦黄，吃一块，割一块，春夏秋冬，荤腥不断。如果进屋就端坐火坑边，让烟就吃，让水就喝，他们便认作是看得起他们的朋友，敬他一尺，回敬一丈，自酿的酒就端上来，双手捧递。他们大都不善言辞，一脸憨厚诚实的笑容，问他们什么，就回答什么，声调高极，这是常年喊山的本领。末了最感兴趣的是听县上的、省上的，乃至国家的、世界的各种各样消息。可以断定，城镇卖老鼠药的天才的演说家到这里，一定要大受欢迎。听到顺心处，哈哈大笑，听到气愤处，叫娘骂老子；不知不觉，他们就要在火堆里烤熟小碗大的土豆，将皮剥了，塞在你手，食之，干面如栗，三口就得喝水，一个便可饱肚。

这十六户人家，一家离一家一二十里，但算起来，拐弯抹角都是些亲戚，谁也知道谁的爷的小名，谁也知道谁的媳妇是哪里的女儿。生存的需要，使他们结成血缘之网，生活之网。外地人不愿在这里安家，他们却也死不肯离开这块热土，如果翻开各家历史，他们有的至今还未去过县城，想象不出县城的街道是多么的宽，而走路脚抬得那么低，有的甚至还未走出过这条沟。娘将身子在土炕上的麦草里一生下，屋里的门槛上一条绳，就拴住了一个活泼泼的生命。稍稍长大，心性就野了，山上也去，林里也去，爬树捉雀，钻水摸鱼，如门前的崖上的野鹋子，一出壳就跑了，飞了，闯荡山的海、林的海了。长大成人，白天就在山坡上种地，夜里就抱着老婆在火炕上打鼾。地没有一块席大的平坦，牛不能转身，也立不住蹄脚，就是在山路上，每年也要滚死一两个老牛。河畔里年年刨地，不涨水，那便是要屙金就屙金，要尿银就尿银，一暴涨，就一场了了。广种薄收，是这里的特点。亩产有收到四百斤的高产，亩产也有收到仅十斤的籽种，但是，他们可以每人平均四十亩地，能收就收，不收作罢，反正他们相信，人的力气总是使不尽的，而且又不花钱。那坡坡涧涧，塄塄坎坎，有一抔土，就种一窝瓜，栽一株苗。即使一切都颗粒不收了，山上有的是赚钱的东西，割荆条，编笆席，砍毛竹，扎扫帚，挖药，放蜂，烧木炭，育木耳，卖核桃、柿饼、板栗、野桃、酸枣。只要一双腿好，担到山沟外的川道镇上，就有了粮，有了布，有了油盐调和。柴是出门就有，常常在门前的坡上赤手去扳那树杈、树根，脚手四条用上去，将身子憋足了劲，缩成一个疙瘩团块，似乎随时要忽地弹射而去，样子使人看了十分野蛮而又百分的优美。终年的劳累，使他们区别于别处人的是一副双肩都长出拳头大的死肉疙瘩，两只大手，硬茧如壳，抓棘拔草不用镰刀，腿肚子上的脉管精露，如盘绕了一堆蚯蚓。

川道人没有肯来居住的，但少不了进沟里砍柴，捎椽，采药，打猎。不为生计，不想进沟，进沟就必不空回。山路慢慢踩开了，附近川道的人，那些有急事的，贪图赶近路的，就开始从洛南到丹凤，从丹凤到洛南，过往这条沟了。即使和这条沟的人一样的身份，一样的地位，但只要不是这条沟的人，这条沟的人都要视之为比他们高出一等的角色。他们在山路上遇见了，就总要笑笑的，打老远停下来，又侧了身，让来人先过。山路上是不宜穿皮鞋的，布鞋也是不耐穿的，凡进山就要穿草鞋。但这已经是这里的习惯了：每一个人在半路上草鞋破了，换上新的，就将旧草鞋双双好生放在路边，后边的人走到这儿，草鞋或许也破了一只，就在前边人放下的草鞋里找一只较好的换上，即使实在不能穿了，也抽一条草绳儿可以修补脚上穿的，如果要换新的，又将旧的端端放在这里。这么一来，大凡走十里、二十里路，总会遇见路边有一批旧草鞋。共产主义虽然并没有实现，但人的善良在这里却保留、发展着美好的因素，外地新来的人新奇、感叹之余，也被感染了，学习了，以此照办。

秋天里，山里是异常丰富的，到处都有着核桃、栗子、山梨、柿子，路人经过，廉洁之人，大开眼界，更是坐怀不乱，而贪心营私之徒就禁不住诱惑，寸心大乱，干些偷偷摸摸勾当。主人家发觉了，却并不责骂，善眉善眼儿的，招呼进家去吃，不正经的人反倒不好意思再吃了，说千声万声谢谢。更叫绝的是，这条沟家家门前，石条上放着黑瓷罐子，白瓷粗碗，那罐子里的竹叶茶，尽喝包饱，分文不收。这几乎成了他们的家规，走山路的口渴舌燥，似乎这与他们有关，舍茶供水则是应尽的义务呢。假若遇着吃饭，也要筷子敲着碗沿让个没完没了。饥着渴着给一口，胜似饱着给一斗，过路人没有不记着他们的恩德的。付钱是不要的，递纸烟过去，又都说那棒棒货没劲，他们抽一种生烟叶子，老远对坐就可闻到那一股浓烈的呛味。但也正是身上有了这种味儿，平日上山干活，下沟钻林，疲倦了随地而睡，百样虫子也不敢近身。最乐意的，也是他们看作最体面的是临走时和过路人文明握手，他们手如铁钳，常使对方疼痛失声，他们则开心得哈哈大笑。万一过路人实在走不动了，只要出一元钱，他们可以把你抬出山去。那抬法古老而别出新意：两根木椽，中间用葛条织一个网兜；你躺上去，嘴脸看天，两人一前一后，上坡下坎，转弯翻山，一走一颤，一颤一软，抬者行走如飞，躺者便腾云驾雾。你不要觉得让人抬着太残酷了，而他们从沟里往外交售肥猪，也总是以此作工具。

走进沟四十里的地方，你会走到一个仙境般的去处，山势莫名其妙地形成一个漩涡状，一道小溪，鸣溅溅地响，溪上架一座石拱桥，不是半圆，倒是满月，桥头左一棵大柳，右一棵大柳，枝叶交错，如驻一片绿云，百鸟不见其影，却一片啁啾，似天乐从天而降。树下就有了三间房子，屋顶耸而四墙低，有罗马建筑的风味，里边住着一个老汉，六十二岁，一个老婆，五十九岁，无儿无女，却怀有绝超的接骨医术。老汉是沟里最大的名人，常常有人到这儿求医，门前上下的路面要比别处稍稍宽阔。没有病人了，采药归来，就坐在门前练起手功：将瓷碗砸成碎片儿和谷糠搅和装在一条口袋里，双手就探进去摸着，将碎瓷片捏成碗的全形，得空天天如此，年年如此，那一双手有了回天之奇功，腰酸腿疼的，一捏就好了，折膊断腿的，一捏也就接了，那些在别处接骨不好造成瘸跛的人来，老汉看一眼，冷冷的，只是让其背身儿在门前场地走动，走动着，老汉突然一个箭步上去，朝那坏腿弯膊上猛踢一脚，或狠击一拳，那人冷丁不防，一声大叫，等拧过身来，忽觉腿也直了，膊也端了，才知道这是老汉的绝招疗法。医术高妙，费用却贱，有钱的掏几个，没钱的便作罢，"只好传个名就是了"！于是，百十里远近，干儿干女倒认了好几十。

但是，世上一切都是平均分配的，有了善就有了恶，有直树就有弯材；这沟里偏偏就野虫特多。夏秋之际，那花脚蚊虫成群成团追人叮血，若要大便，必须先放火烧起身旁茅草，只能在烟雾腾腾之中下蹲。蛇更是到处都见，行走手里不能断了木棍，见草丛就要磕打。野蜂又多，隐在树下，稍不留神惊动了，嗡嗡而来，需立即伏地不动，要是逃奔扑打，愈跑愈追，愈打愈多，立时蜇得面目全非。更可恶的是狼，常在夜里游荡，这一年竟不知从哪儿跑来两只灰色的老狼，凶残罕见，伤害了不少过往行人，接骨老汉也就在这一场狼事中死去了。

对于老汉的死，传说众多，最可靠的说是一个夜里，老两口在炕上睡下了，炕是用木柴火烧热的，因火过旺，炕烙得厉害，老两口卸了小卧房门垫在席下。席是竹篾子织的，天长日久，身子皮肉的磨蹭，汗液的浸蚀，烟火的熏燎，已经焦红光亮得如上了一层漆。刚刚重新睡好，就听见敲门声，声音又怪，像是用手在抓。问了几声，没有人答，隔窗一看，外边月光白花花的，竟有一只老狼半立着抓门，又刨门下土。老婆啊了一声就吓瘫了，老汉说："坏了，这正是那条恶物，今日是要我的命来了!"老婆就跪在炕上磕头作揖，求天保佑，老汉便隔窗对狼说："狼，你是吃我的吗？我是医生，一把老骨头，你要来吃我？真要吃，我也没办法，你不要挖门，我开门让你进来吧。"门开了，狼并不进来，只是嗥嗥地叫。老汉感到疑惑，说："你不是为了吃我，难道要我去治病不成？"狼顿时不叫了，头扬着直摇尾巴。老汉好生奇怪，又说："真是治病，你后退三步吧。"狼真的又后退了三步。老汉只好要跟狼去，老婆抱住不放，老汉流着泪说："这有什么办法？反正是一死，我就随它去了!"狼在前边走，他在后边走，狼还不时回头看看，他只好捏着两手汗脚高步低跟着。不知走了多少路，到了半山腰一个石洞前，那狼绕他转了一圈，就进了洞去，不一会儿引出另一条更老的狼来，一瘸一跛的，反身后退在他面前。他一低头，才发现这条狼的后腔上肿得面盆大一个脓包，水明明的，他战战兢兢不敢近前，两条狼就一起嗥叫，他捡起一节树枝，猛地向那脓包刺去，病狼惨叫一声，脓水喷了出来。他撒腿就跑，一口气到了山下，回头看时，狼却没有追他，失魂落魄回到家里，天已经快大亮了。

给狼看病的事一传开，没有人不起一身鸡皮疙瘩，又个个惊奇，说这野虫竟然会来请医，莫非成了狼精，这条沟怕从此永远遭殃了。却又更佩服起老汉的医术："哈，连狼都请他看病哩！"但老汉却睡倒了三天，起来后性格大变，再不肯多说多笑，也从此看病不再收钱。但是，一个月后，狼又在一个夜里抓他的门了，他拿了菜刀，开门要和狼拼时，那狼却起身走了，那门口放着一堆小孩脖子上戴的银项圈、铜宝锁。他才明白这是狼吃了谁家的小孩，将这戴具叼来回报他的看病之恩了。老汉一时感到了自己的罪恶，对老婆说："我学医是为人解灾去难的，而这恶狼不知伤害了多少性命，我却为它治病，我还算个什么医生呢?!"就疯跑起来，老婆去撵，他就在崖头跳下去死了。

这事是不是真实，反正这条沟里人都这么讲，老汉死的那几天，没有一个人不痛哭流涕。十六家人就联合起来组成猎队，日日夜夜在沟里追捕那两条老狼，三个月后终于打死了恶物，用狼油在老汉的坟前点了两大盆油灯，直点过五天五夜油尽灯熄。至今那老汉的坟前有一半间屋大的仄石为碑，上凿有老汉的高超医术和沉痛的教训。

沟里没了害人之物，过往行人就又多起来。十六户人家就又共同筹资修起山路，修了半年，方修出八里路，但他们有他们的韧性，下决心继续修下去，说："这一辈人修不起，还有娃辈，娃辈不成，还有孙辈，人是绝不了根的，这条沟说不定还要修火车呢！"

桃　冲

从商洛进入关中，本来只有一条正道：过武关，涉五百里河川，仰观山高月小，俯察水落石出，在蓝田县的峪口里拐六六三十六个转角弯儿才挣脱而去。但是，谁也没有想到，就在西岳华山的脚下竟有了一条暗道，使这个保守如瓶的商洛从此开了后门：这就是由北而南的石门河了。天地永远平行，平行使它们天长地久，日月相随相附，日月圆缺盈亏；河流肆流，总会交合，所以本来很伟大的、很有个性的河道水流，便大的纳了小的，浊的混了清的。这石门河原来是一流莹亮的玻璃，河底的一颗石子都藏不住，偏偏在一处叫尖角的地方，就与浑浊不堪的洛河相遇了。清浊交汇，流量骤然增大，又偏偏右有石崖，左有石崖，相搏相激的水声就惊涛裂岸，爆发出极大的仇恨。先是一边清，一边浊，再是全然浑浑，那一尺多厚的白沫、枯枝、败叶、死猫臭狗，就浮在两边石崖根下，整日整夜，扑上来，又退下去，吃水线一层一层蚀在那崖壁上，软的东西就这么一天一天将硬的石崖咬得坑坑洼洼。而靠近水面的地方，暗洞就淘成了，水在里边酝酿、激荡，发出如瓮一样嗡嗡韵声。冬日，或天旱之夏，水落下去，那石洞就全然裸露，像一间一间房屋，沿河边过往的人，有雨在那里避淋，有日在那里歇凉。一到涨水，远近的人就站在石洞顶上突出的地方，将粗长麻绳一头系在身上，一头拴在石嘴，探身在那里捞取上游冲下来的原木、柴草，或者南瓜、红薯。此时节，女人是禁止到那里去的，男人皆脱个精光，一身上下的青泥，常常有粗大木料漂下来，有人就沉浮中流，骑在木料上向岸边划游。结果就有发了横财的，但也有从此再没有上岸的，使老婆、儿女沿岸奔跑哭号，将大量的纸钱、烧酒抛在水中。但是，到了初夏，或者秋末，水势大却平稳，上游七里地的地方，洛河河面架有几十丈长的双木绑成的板桥，石门河则以石头支成六十多个的列石，"紧过列石慢过桥"，一般老人、妇女、孩子是不能胜任的，那下游就从这边石崖上到那边石崖上接一道铁丝，一只渡船就牵着铁丝悠悠往返。摆渡的是一个老汉，因此挣了好多零钱，当这一带人都还没有穿上凡立丁布的时候，老汉就第一个穿了，见风就飘，无风也颤；他的一个儿子，一个小女，甚至连那个红眼老婆，也都穿上了灯芯绒衣裤。并且没事一家人都到船上来，一边摆渡，一边将最稀罕的收音机放在船头，咿咿呀呀地唱。没有不热羡老汉的："他怎么就这般好过呢?!"有人就有了嫉恨，盼望老汉某一日船突然破了，或许失脚掉在水里。

老汉是桃冲人，活该要发财。他身体很好，能吃能睡，还能喝酒。河里涨大水了，就收了船去，系在门前的一株弯身老桃树下，要么父子抬起来，一直停搁在台阶上。有人想趁大水将那缆绳砍断，或者推下去让水冲走，却毫无办法，因为老汉是住在桃冲的。

桃冲就在两河相汇处，这简直是个不可思议的地方，两水交汇的中间竟夹出一个小小的两头尖的滩。滩四边很平，中间才突然隆起一个高地，周围用石头砌了，成一个平台。老汉的家就住在平台上。先是房屋并不多，三间"五檩四椽"明檐上厅，两边各两间茅草厦舍，门前是一个土场，堆一座两座麦草，蹲三个四个碌碡。后来就有了两户本家，借着老汉父辈的交情也搬住过来，横七竖八地也盖了些房，那场地就移在平台下的滩上。这台上台下，滩里滩外，都种植了桃花。三月天里，桃花开得夭夭的，房子便只能看出黑的瓦顶，到了桃花败的时候，红英坠落，河里就一道一溜红的花瓣兜着漩涡向下流去。环境如此美好，自然都是主人日月宽绰所致。而且到了后来，为了使这块地方常年有颜色，又在桃林中植了竹子。这方圆竹子是极稀少的，但在这里却极快繁衍开来，几年光景，一片碧绿，一片清韵，桃花也显得更红更艳得可爱了。

年年河里涨水，两岸的石崖洞口都全淹了，但从未有水淹过这滩，滩边也从不曾以石筑堰。最大程度，这水可以浸没了场地，但平台依然无事。两边捞木料、柴火的人，眼瞧着台上的人毫不费力地站在门前用长长的捞兜就可轻易收获，更是气得咒骂。于是到处都在传说：这滩是龙的脊背，水涨，滩也在涨。

但是，这滩上的人家毕竟和左岸的人家是一个生产队，他们要干活，就都要到左岸去或到右岸去。左岸的石崖下是一个村庄，房子依崖而筑，门前修一洼水田，前边用偌大的石头摞成滚水形大堤，堤上密密麻麻长满了柳树。因为水汽的原因吧，这石崖是铁黑色的，这树也是铁黑色的，房屋四墙特高特高，又被更高更高的柳树罩了上空，日光少照，瓦也就成了铁黑色，上边落满了枯叶，地面常年水浸浸的潮湿，生出一种也是铁黑色的苔绒。铁黑色成了这里统一的调子，打远处看，几乎山、林、房不可分辨，只感觉那浓浓的一团铁黑色的地方，就是村庄了。从村庄往下湾去，便是淤沙地，肥得插筷子都能出芽的土。村子里的人都孤立滩上的人，富使他们失去了人缘。在涨大水的时候，滩上人不得过去，村里分柴分菜，就没有他们的份儿。滩上人也不计较，反倒穿着清楚，说话口大气粗，常常当着众人面掏烟袋，总要随便带出一角二角钱来，接着又那么随便地胡乱往口袋一塞。而村子里的人在桃熟时，夜夜有过来偷桃吃的，或许一到夏天，就来偷采嫩竹叶去熬茶。滩上人看见了，从不撵打，反倒还请进家去，尽饱去吃，只要求留下桃核，说积多砸仁，一斤可卖得五角多人民币呢。

右岸却比左岸峻峭多了，河边没有一溜可耕种的田，水势倒过去，那边河槽极低，平日不涨水也潭深数丈。遇到冬天，水清起来，将石片丢下去，并不立即下沉，如树叶一般，悠悠地旋，数分钟才悄然落底。太阳是从来照不到那里去的，水边的崖壁上就四季更换着苔衣。有一条路可到山顶，那里向阳处是一丛细高细高的散子柏，顶上着一朵小三角形叶冠，如无数根立直的长矛，再后，一片如卧牛一般的黑顽石，间隙处被开掘了种地，一户人家就住在那石后。这人家是属于另一个生产队的。滩上的人却与这户人家极好，桃熟了送桃，竹叶炮制了送茶。因为仄着这户人家往右斜去，便是山崖最陡的地方，稀稀落落长些如桩如柱的刺柏，半壁有一个石洞，洞内住满了成千上万的扑鸽，平日飞出来，旋风般地在崖前河上空起落，一片白影，满空哨音。那深潭的水面清风徐来，被日光一照，洞下的石壁上就浮幻出一片奇丽的光影，像云在翻滚，像海在涨潮，像万千银蛇在舞。滩上的人在午饭时，个个端了碗坐在门前往这边看，说是看电影。那扑鸽就整天绕着光影激动，后来发现，石洞里有几尺厚的扑鸽粪，滩上人就经山上人家同意，将绳系在山上树根，慢慢吊身下去，进洞扫粪，每年扫一次可得十三四筐哩。这肥料施给烟和辣子，收获极好，这又给滩上人家增加了一份不小的收入。摆渡老汉曾有一次进洞，大胆地往深处走，出来说：洞大可容数百人，行进五十步后洞往下，视之莹光如瑶室，石壁间乳脂结长数尺，或如狮而踞，或如牛而卧，或如柱如塔，如栏杆，如葡萄挂，又有小如翎眼、薄如蝉翼的东西散布，像是飞霜在林木上。再往下，竟有了水池，水中石头皆软，捡出则坚，击之，皆成钟声。如此绝妙，逗人兴趣，却再无一人敢缚绳进洞。

这黑石崖更有无比好处，表面铁黑，凿开却尽是石灰石，白得刺眼。老汉的儿子长大了，比老汉更精明，又多了一层文化，就第一个动手开石，私人在那里烧石灰：将石灰石和炭块一层隔一层垒起，外用土坯砌了，泥巴涂了，在下点火烧炼，一直烧七天八夜，泥巴干裂，扒掉土坯，即是白面一般的石灰了。石灰销路很广，两岸人争相来烧，从此那里就成了石灰窑场，一家接一家，日夜烟火不熄。大家都烧起来了，老汉一家却偃旗息鼓，只是加紧摆渡，从右到左运人，从左到右载灰。滩上人越发富了，左岸右岸的人的腰包也都鼓囊囊的了。

但是，这窑烧过一年，烟火就熄了，窑坑也坍了，老汉的渡船横在滩前的浅水里，水鸟在上边屙下一道一道的白屎，不久，老汉也悄悄在这桃冲消失了。

那是社教一开始，干部人人"下楼"，生产队的队长、会计都下台了，老汉成了走资本主义道路的尖子，鸡毛蒜皮一律算上，老汉一家要交出五千元的"黑钱"。结果，变卖了一切家具，又溜了四间厦子房上的瓦，一家就穷得干腿打得炕沿子响了。这个生产队家家没了来路钱，但心里倒还乐哉了：因为老汉垮了，一个令人起嫉妒火的角色从此没有了。要富都富，要穷都穷，这是他们的人生理想。老汉带着一家人就出了山，跑到远远的河南去落脚了。

十年过去了，十八年过去了，石门河和洛河依然流动，依然相汇，桃冲依然没有被水冲去。只是洛河上游建了好多电站、水库，河水渐渐小了。那只小小的渡船，再也没有了。人们又在上走七里的地方恢复那长长的列石和长长的双木绑成的板桥。大胆的依然从上面经过，胆小的就又绕十里地去过那一条水泥大桥。人们再也不穿当年最时兴的凡立丁布了，全穿上了的确良和涤卡。桃冲的桃树花开花落，村里人不免想起了老汉一家，觉得那家是委屈了，后悔当时那么嫉恨人家，而怀念起老汉的精明和能干，说那船摆得好，费也收得不多。"现在的政策是用着老汉那种人了，他要活着不走，该是万元户，要上县城戴花领奖了呢！"

也就在这一日，老汉突然回来了，依然带着一个老婆，一个儿子，一个小女。当出现在河畔的时候，人们都惊喜了，一起围上去，叫着老汉的名字，但又万分惊讶：近二十年过去了，老汉竟还是当年的样子？！老汉说，他并不是那老汉，而是老汉的儿子。人们才真的发觉果然是老汉的儿子；儿子也长成老汉了！儿子再说，他的父亲早去世了，娘也死了三年，老两口临死都念叨桃冲是好地方，让儿子将来一定把他们的骨头带回去，埋在滩上。众人捧着儿子背上的红布包儿，里边是一口精制的匣子，装着老两口的碎骨，装着一对桃冲主人的鬼魂；热泪全流下来了。他们欢迎老汉的后辈回来，帮他们在桃冲修整了房舍，老汉的儿子就在门楣上贴了一副对联：

经去归来只因世事变泊

老安少怀共叙天伦之乐

　　儿子长着老子的模样，也有着老子的秉性，善眉善眼儿，却心底刚强，体力虽然不济了，却一定要造起一个渡船来，继承父亲的工作。儿子水中的功夫似乎比老子更高一筹，不用铁丝，船只也可自由往来，不管刮风下雨，不论白日黑夜，这边岸上有人吆喝，船便开动了，汨汨地从桃花丛里推出船，一篙点地，船就箭一般嗖嗖而去。而且一张嘴十分诙谐，喜欢和晚一辈的小女子、俊媳妇戏说趣话，船上做伴的小女就拿眼瞪着，说："爹！……"做爹的倒更高兴，遇着好男孩子，总要说让这小男孩将来到桃冲招女婿，小女就羞得脸红，拿水撩他。

　　儿子的儿子，又是一个当年老汉的儿子，一身的疙瘩肉，就整日整夜在左边岸上放炮开石，挖窑烧灰。到了初冬，小伙就特别喜欢捕鱼，将竹子砍下来，解起竹筏，涉水中流，又倚崖傍石挂网，又常常没进水里，捕上一筐一筐鱼来，当地人是不大吃鱼的，就卖给县城机关去，八角钱一斤，一次可获六七十元。落雪时节，河边结了冰，就凿冰垂钓，赤脚踩水，冻得嘴脸乌青，口不能言，就在石崖下生火取暖，但又不敢近火边，唯恐寒气入腹。老娘和小媳妇都叫他不要干这种营生，他只是笑笑：倒不是为钱，却为着乐趣。

　　那做娘的和小媳妇，全是河南人。河南的地方产白麻，她们都是种白麻的能手，就在桃冲滩移植，果然丰收。一时两岸人就兴起种白麻，一到冬日，河滩就挖出大大小小的浅坑沤麻。常常文哼河南坠子，两岸人都叫着好听，那河南的土话就人人都能说出三四句了。

日子一天天又富起来。人人都富，所有的人心就齐了：谁也不嫉恨桃冲的人，桃冲的人家又大种桃花和青竹。五月时节，这平台上就又只能看得见黑色的瓦顶了，一到黄昏，人们歇息的时候，那里石崖上的扑鸽又旋风似的在河面上空飞动，石壁上的离离奇奇的光影又演起来，桃冲滩上的人就都瞧着好看。摆渡的老汉却悠闲了，就在水边的桃花林里，舟船自横，他坐在那里戴着硬式石头镜看起书来。他看的是陶渊明的诗：

采菊东篱下

悠然见南山

一抬头，就看见河对面的石崖下，石灰窑的烟雾正袅袅而上，日光照在水面，又反映过去，烟雾却再也不是白的、灰的，却成了一种淡淡的综合色，他眼睛不好，终没有分辨出那里边是有红的，还是有蓝的，白的，黄的？

一对情人

一出列湾村就开始过丹江河，一过河也就进山了。谁也没有想到这里竟是进口；丹江河拐进这个湾后，南岸尽是齐愣愣的黑石崖，如果距离这个地方偏左，或者偏右，就永远不得发现了。本来是一面完整的石壁，突然裂出一个缝来；我总疑心这是山的暗道机关，随时会砰然一声合起来。从右边石壁人工凿出的二十三级石阶走上去，一步一个回响，到了石缝里，才看见缝中的路就是一座石拱桥面，依缝而曲，一曲之处便见下面水流得湍急，水声轰轰回荡，觉得桥也在悠悠晃动了。向里看去，那河边的乱石窝里，有三个男人在那里烧火，柴是从身后田地里抱来的苞谷秆吧，火燃得很旺，三个人一边围火吃烟，一边叫喊着什么，声音全听不见，只有嘴在一张一合，开始在石头上使劲磕烟锅了，磕下去，无声，抬上来了，"叭"的一下。

走出了石缝，那个轰轰的世界也就留在了身后，我慢慢恢复了知觉，看见河两边的白冰开始不断塌落，发出细微的嚓嚓声，中流并不是雪的浪花，而绿得新嫩，如几十层叠放在一起的玻璃的颜色。三个人分明是在吵嚷了，一个提出赶路，另一个就开始骂，好像这一切都是在友善的气氛中进行，只有这野蛮的辱骂，作践，甚至拧耳朵、搡拳头才是一种爱的表示。

"看把你急死了！二十八年都熬过来了，就等不及了？"一个又骂起来了，"她在她娘家好生生给你长着，你罕心的东西，发不了霉的，也不会别人抢着去吃了！馍不吃在笼里放着，你慌着哪个？"

另一个就脚踏手拍地笑，嘴里的烟袋杆子上，直往下滴流着口水。火对面的一个光头年轻的便憨乎乎地笑，说："她爹厉害哩，半年了，还不让我到他们家去。"

"你不是已经有了三百元了吗？"

"三百五十三元了。"光头说，"人家要一千二，分文不少！"

"这老狗！遇着我就得放他的黑血了！你捎了一个月的橼，才三百元，要凑够一千二，那到什么时候？等那女的得你手了，你还有力气爬得上去吗？我们都是过来的人，你干脆这次进山，路过那儿，争取和她见见，先把那事干了再说！一干就牢靠了，她死了心，是一顿臭屎也得吃，等生米做了熟饭，那老狗还能不肯？"

光头直是摇头。两个男人就笑得更疯，一个说："没彩，没彩，没尝过甜头呢！"一个说："傻兄弟，别末了落个什么也没有！"光头一抬脸儿瞧见我了，低声说："尻子嘴儿没正经，别让人家听见了！"

我笑笑地走过去，给他们三人打了招呼，弯腰就火点烟时，那光头用手捏起一个火炭蛋，一边吸溜着口舌，一边不断在两个手中倒换，末了，极快地按在我的烟袋锅里。我抽着了，说声："祝你走运！"他们疑惑地看着我，随即便向我眨眼，却并不同我走。再等我走过河上的一段列石，往一个山嘴后去的时候，回头一看，那三个男人还在那里吃烟。

转过山嘴，这沟里的场面却豁然大了起来。两山之间，相距几乎有二里地，又一溜趟平。人家虽然不多，但每一个山嘴窝里，就有了一户庄院，门前都是一丛竹，青里泛黄，疏疏落落直往上长，长过屋顶，就四边分散开来，如撑着一柄大伞。房子不像是川道人家习惯的硬四椽式的屋架，明檐特别宽，有六根柱子露出，沿明柱上下扎有三道檐簸，上边架有红薯干片、柿子、苞谷棒子，山墙开有两个"吉"字假窗，下挂一串一串的烤烟叶子、辣角辫儿。门前有篱笆，路就顺着一块一块麦田石堰绕下来，到了河滩。河水很宽，也很浅，看着倒不是水走而是沙流，毛柳梢、野芦苇，一律枯黑，变得僵硬，在风中铮泠泠颤响。我逆河而上，沙净无泥，湿漉漉的，却一星半点不粘鞋。山越走越深，不知已经走了多少里，中午时分，到了一个蛋儿窝村子。

说是村子，也不过五户人家，集中在河滩中的一个高石台上。台前一家，台后一家，台上三家。台子最高处有一个大石头，上有一个小小的土地神庙，庙后一棵弯腰古柏。我走去讨了吃喝，山里人十分好客；这是一个老头，一尺多长的白胡子，正在火塘口熬茶，熬得一个时辰，倒给我喝，苦涩不能下咽。老头就皱着眉，接着哈哈大笑，给我烫自家做的柿子烧酒。一碗下肚，十分可口，连喝三碗，便脖硬腿软起来，站起身要给老者回敬，竟从椅子上溜下桌底，就再也不省人事了。

　　一觉醒来，已是第二天早上，老者说我酒量不大，睡头倒好，便又做了一顿面条。面条在碗里捞得老高，吃到碗底，下面竟是白花花的肥肉条子！我大发感慨，说山里人真正实在，老者就笑了："这条沟里，随便到哪家去，包你饿不了肚子！只是不会做，沟垴驼子老五家的闺女做的才真算得上滋味，可惜那女子就托生在那不死的家里！"我问怎么啦，老者说："他吃人千千万，人吃他万不能，一辈子交不过！今年八月十五一场病只说该死了，没想又活了……甭说了，家丑不可外扬的。"我哈哈一笑，对话也便终止，吃罢饭继续往深山走。中午赶到山垴，前日所见的那三个男人有两个正好也在河边。身边放着三根檩木，每根至少有一百五六十斤，两个男人从怀里掏出一手帕冷米饭，用两个树棍儿扒着往口里填，吃过一阵，就趴在河里喝一气水。见了我，认出来了，用树棍儿筷子指着饭让我。

　　"那个光头呢？"我问了一句。两个男人就嘻嘻哈哈地笑，用眼睛直瞅着左身后的山洼洼眨眼。

　　我坐下来和两个男人吃烟，他们才说："光头去会那女子了。"他们昨日上来，三个人就趴在这里大声吹口哨，口哨声很高，学着黄鹂子叫，学着夜猫子叫。这叫声是女子和光头订的约会暗号。果然女子就从山根下的家里出来，一见面哭哭啼啼，说她爹横竖为难，一千二百元看来是不能少的，商定今日从山梁那边掮了木头回来再具体谈谈。今天下来，女子早早就在这里等着。现在他们放哨，一对情人正在山洼洼后边哩。

我觉得十分有趣，也就等着一对情人出来看看结果。这两个男人吃足喝饱了，躺在石头上歇了一气，就不耐烦了，一声声又吹起口哨，后来就学着狼嗥，如小孩哭一样。果然，那山洼洼后就跑来了光头，一脸的高兴。一个男人就骂道："你好受活！把我们就搁在这儿冷着?!"光头说："我也冷呀!"那男人就又骂道："放你娘的屁，谈恋爱还知道冷？"另一个就问："干了吧？你小子不枉活一场人了!"光头又摇头又摆手，两个男人不信，光头便指天咒地发誓，说他要真干了，上山滚坡，过河溺水。一个男人就叫道："你哄了鬼去！我什么没经过，瞧你头发乱成鸡窝，满脸热汗，你是不是还要发誓：谁干了让谁在糖罐里甜死，在棉花堆上碰死，在头发丝上吊死!?"

光头一气之下就趴在河边喝水，叽哽叽哽喝了一通，站起来说："现在信了吧?!"

两个男人便没劲了。光头却从怀里掏出一包红布卷儿，打开说："女子和我一个心的，和她爹吵了三天了，她爹直骂她是'找汉子找急了!'要当着她在担子上吊肉帘子。她只好依了他，说定一千二分文不少，但她就偷了她爹一百元，又将家里一个铜香炉卖了一百元，又挖药赚了一百元，全交给我啦!"

两个男人"啊"的一声就发呆了，眼红起来，几乎又产生了嫉炉，将光头打倒在地上说："你小子丑人怪样子，倒有这份福分！那女子算是瞎了眼了，给了钱，倒没得到热火，把钱撂到烂泥坑了！"

光头收拾了布包，在衬衣兜里装了，用别针又别了，说这别针也是那女子一块带来的。"我抱了一下，亲了一口哩。"

"好啊，你这不正经的狂小子！你怎么就敢大天白日在野地里亲了人家？那女子要是反感起来，以为你是个流氓坏子，那事情不是要吹了吗？人家亲了你吗？"

"亲了，没亲在嘴上，你们吹了口哨，我一惊，她亲在这里。"光头摸着下巴。

后来，三个男人又说闹了一通，就想掮檩木出发了。他们都穿着草鞋，鞋里边塞满了苞谷胡子，套着粗布白袜子，三尺长的裹腿紧紧地在膝盖以下扎着"人"字形。天很冷，却全把棉衣脱了，斜搭在肩上，那檩木扛在右肩，右手便将一根木棒一头放在左肩，一头撬起檩木，小步溜丢地从河面一排列石上跳过。

就在这个时候，对面山梁上一个人旋风似的跑下来，那光头先停下，接着就丢下檩木跑过去。我们都站在这边远远看着。过一会儿，光头跑来了，两个男人问又是怎么啦。光头倒骂了一句："没甚事的，她在山上看着咱们走，却在那里摘了一个干木胡梨儿，这瓜女子，我哪儿倒稀罕吃了这个?!"两个男人说："你才瓜哩！你要不稀罕吃了，让我们吃！"那光头忙将木胡梨儿丢在口里就咬，噎得直伸脖子。

这天下午，我并没有立即到山梁那边去，却拐脚到山根下的那人家去。这是三间房子，两边盖有牛棚、猪圈、狗窝、鸡架，房后是一片梢林，密密麻麻长满了栲树，霜叶红得火辣辣的。院子里横七竖八堆着树干、树枝，上屋门掩着，推开了，烟熏得四堵墙黑乎乎一片，三间房一间是隔了两个小屋，一间是盘了一个大锅台，一间空荡荡的，正面安一张八仙大桌，土漆油得能照出人影，后边的一排三丈长的大板柜上，摆满了大大小小瓦盆瓦罐，各贴着"日进百斗""黄金万两"的红字条。

"有人吗？"我开始发问，大声咳嗽了一声。

西边的前小屋里一阵阵窸窸窣窣响，走出个人来，六十岁的光景，腰弓得如马虾，人干瘦，显得一副特大的鼻子，鼻翼两边都有着烟黑，右手拄着一根拐杖。让我坐下，便把那拐杖的小头擦擦，递过来，我才看清是一杆长烟袋。我突然记得蛋儿窝那老者的话，这莫非就是那个驼背老五吗？我后悔偏就到了他家，这吃喝怕就要为难了。我便故意提出买些饭吃，他果然讷讷了许久，说家里人不在，他手脚不灵活，又说山里人不卫生，饭做得少盐没调和的。但后来还是进了小屋去，站在炕上，将楼板上吊的柿串儿摘下三个柿子端出。这柿子半干半软，下坠得如牛蛋，上边烟火熏得发黑，他用手摸摸灰土，说："这柿子好生甜哩！冬天里，我们一到晚上吃几个，就算一顿饭了呢！"

我问："家里就你一个人吗？"

"还有个女子。"

"听说面条做得最好？"

"你知道？你怎么知道了？你一定知道她的坏名声了！这丢了先人的女子，坏名声传得这么远啊！咳咳，女大不中留，实在不能留啊！"

这驼背竟莫名其妙地骂起女儿来，使我十分尴尬。正不知怎么说，门口光线一暗，进来一个女子，却比老汉高出一半，脸子白白的，眼睛大得要占了脸三分之一的面积，穿一身浅花小袄，腰卡得细细的，胸部那么高……我从来没见过这么出脱的女子！

"爹，你又嚼我什么牙根了?! 我到山上砍柴去了!"那女子说着，就拿眼睛大胆地盯我。我立即认出这女子就是和光头好的那个，刚才没有看清眉脸，但身段儿是一点不会错的。

"砍柴? 不怕把你魂丢在山上? 一天到黑不沾家，我让狼吃了，你也不知道哩! 我在匣子里的钱怎么没有了?"

我替那女子捏了一把汗。那女子却倒动了火："你问我吗? 我怎么知道? 你一辈子把钱看得那么重，钱比你女子还金贵，你问我，是我偷了不成?"

老汉不言语了，又嚷道山里老鼠多，是不是老鼠拉走了，又怀疑自己记错了地方，直气得用长烟袋在门框上叩得笃笃响。那女子开始要给我做饭，出门下台阶的时候，我发现她极快地笑了一声。

饭后我要往山梁那边去，那女子一直送我到了河边。我说："冬天的山上还有木胡梨吗?"

"不多见到。"她说，立即就又盯住了我，脸色通红。我忙装出一切不理会，转别了脸儿。

在山梁后的镇上干完了我的事，转回来，已经是第五天了。我又顺脚往驼背老五家去，但屋里没有见到那女子，老汉卧在一堆柴草中，鼻涕一把泪一把地哭。好容易问清了，才知老汉后来终于想起那笔钱就是装在匣子里，老鼠是不会叼的，便质问女儿。女儿熬不过，如实说了，老汉将女儿打了一顿，关在柴火房里，又上了锁。等到第三天，那光头又捎木头走到河边，向这里打口哨，那女子就踢断后窗跑了。老汉追到河边，将那光头臭骂了一顿，说现在就是拿出十万黄金也不肯把女儿嫁给他了。女子大哭。他又举木棍就打，那光头的两个同伴男人扑过来，一个夺棍，一个抱腰，让光头和女儿一块儿逃走了。

"这不要脸的女子！跟野汉子跑了！跑了！"老汉气得又在门框上磕打长杆烟袋，"叭"地便断成两截。

我走出门来，哈哈笑了一声，想这老汉也委实可怜，又想这一对情人也可爱得了得。走到河边，老汉却跑出来，伤心地给我说："你是下川道去的吗？你能不能替我找找我那贱女子，让她回来，她能丢下我，我哪里敢没有她啊！你对她说，他们的事做爹的认了，那二百元钱我不要了，一千元行了，可那小子得招到我家，将来为我摔孝子盆啊！"

石头沟里一位复退军人

一觉醒来，就听见后窗外有吱扭、吱扭扭的响声，炕那头的复退军人还在呼呼噜噜地睡着不醒。这复退军人三十三岁，前年从青藏高原回来，虽然已经务农三年了，但身上还保留着军人的气质：一是行走、坐卧，胸部总挺得高高的；二是能苦能累，能吃能睡；三是穿一身黄军衣，领章帽徽当然没有了，但风纪扣扣得极严。我昨天下午一赶到这里，他就对我十分友好，一定留我住下，又当夜勒死了一只后山跑过来的游狗，打了二斤烧酒。吃狗肉喝烧酒，里外发热；两个人头歪头倒在炕上就一直没有苏醒。

"喂，伙计!"我叫着。

复退军人依然沉睡如泥。我仄起身来，撩起后窗帘往外一看，才见屋后田边的那台大石磙碾子被一个女人推着。这女人窄袄窄裤儿，腰俏俏的；头上抹着很重的头油，丝纹不乱；一双用粉涂得雪白的单布鞋，弓弓的小巧，起落上下没一点声响。碾磙子太大了，一丈多长的碾杆，一个人推着很费力。碾盘上铺着的一层鲜玉米颗粒，被石磙子碾过，噼噼剥剥地响，黄白浆水就溅得一碾盘都是。

我穿衣起来，一边到门前的河里去洗脸，一边看着推碾子的女人，想这是谁家的小媳妇，这么俊样，怎么一大清早独自来推碾子，那么大的石磙子，她推得动吗？

正看着想，那女人听见泼水声，掉过脸儿也来看我，没想目光正碰在一起，她一笑，脸先飞上了红，忙推着石磙子走，偏在石磙子和我一条方向线上的时候，她再不推，躲在那边细声咳嗽。

就在这个时候，我睡的那个后窗打开了，露出复退军人的黑脸。那女人立即闪出来，往那里瞁了一眼，忙又向我这边看，我忙埋下头去。等再去看那窗口，已经关上了。不久，有一头毛驴，背上有着套绳，从后门端端走出来，走过田埂小路，站在碾盘下。那女人也站住了，动手将毛驴套上了碾杆，却大声骂道："你来干啥？你还敢来?!看我打死你!"

一根树枝扬在半空，似乎使出了全身力气，但落下来，轻飘飘的，只在毛驴后胯下一捅，毛驴小步溜丢推着石磙子吱扭扭飞转。

我知道这女人是和复退军人熟识的了，但为什么却不把毛驴拉出帮忙？我赶回来，复退军人已经洗好了脸，在镜前用手挤腮帮上的粉刺儿，一边轻轻地哼着歌子。我说："伙计，你家毛驴跑出去了，那个女人不做声就套上，帮她推碾子哩!"

"是吗？"他好像才知道了这事，"这毛虫，怎么就跑出去了?!"但他并没有去拉回毛驴，也不从后门出去看看，只是轻轻地哼他的歌子。

"这女人是哪里的？"我问他。

"上边垴畔的。"

"是谁家小媳妇?"

"不是谁家小媳妇。"

我终于证实了，这小巧女人和复退军人是相好的了。

"你们既然很熟，她一个人能推了碾子？你该去帮帮手啊!"

他突然脸红了："我才不管她哩!"

后来，毛驴就又独自走回来了，驴背上放着套绳，套绳中间有一个十分干净的新手帕包儿，复退军人打开了，里边是碾成的鲜苞谷粥团。

"她送你的?"我说。

"她恐怕是让我招待你的。"他说，"你吃过这苞谷粥粑粑吗？比白面馍馍好吃哩。"

这一天早上，我们就做了稀饭和苞谷粥粑粑。那粑粑果然十分清香，愈嚼愈有味道。我们边吃边说着话，他告诉我：他们这里叫石头沟，沟底流的不是水，而是石头。我说这一点我昨日一来就看出来了，因为在这条沟里走了十五里，沟道里先还有水，走着走着水就没了，再走一半里，水又出现了，原来这沟里的河是渗河。走过七八里，河里便很少有沙，全是石头，大的如屋，小的如枕，你擦我，我擦你，全光圆白净，有水的地方，水就在石头中隐伏，浅潭中游几条小鱼，没水的地方，连一棵草也没有。他说，这里便是沟垴，上边坡堰上的村子，是这条沟唯一的村子，共五十户人家。这五十户分为三姓，主要是孙家，其次是田家，再是韩家。他家姓宁，是仅有的独户，与村子较远。平日他家和坡堰上的人家来往不多，但全村唯一的石磙子碾子却在他家屋后，少不了有人来碾谷子、稻子、苞谷颗的。他末了就又说起他自己，说他当了几年兵，在青藏高原上一个劳改场看管犯人。复退后，去年双亲相继谢世，三个妹妹也早嫁了人，他就成了一家之主：进门一把火，出门一把锁，一桌饭端上来，他不说吃，谁也不会吃。"我能吃苦，什么都可以干，就是闷得慌。"他买了一个收音机，每夜听到鸡叫，但还是常失眠。

"你怎么不找个媳妇呢？"我说。

"一个人倒清静。"他笑了，又问我，"你说呢？"

饭后，我便一个人到后边的坡堰村子去了。这村子确实不小，但房屋极不规律，没有两家是一排儿盖的，由下往上，一家比一家高。村里没有一条端端的街，也没有一条平平的路，都是从这家到那家，一条仄路，斜着朝上，或斜着往下。我在村子里转了几转，人们都拿眼睛好奇地盯我。我发现村里穿黄军衣、黄军鞋的、戴黄军帽的人很多，便向几位正聊天的人打听，他们就一哄笑了。

"我们这里有兵种哩！"

"兵种？"

"你看见最上头的那个门楼吗？"一个人用嘴努着，"那是孙家二爷，七个儿子，都当过兵，到了孙子辈，又当了三个。"

我有些吃惊：这孙家人口好旺，出了这么多军人?! "那河下的宁家，不是也出过个兵吗?"

"他算什么兵? 看管了几年犯人! 回来还是个农民，连媳妇都丢了。"

这些人说起来，兴趣倒来了，似乎谈论别人的不幸和愚蠢，最能开心。我便也从中知道了这复退军人家底是全村最薄的。孙家有个叔父在大队当领导，那几年招兵，孙家每年要走一个，三四年回来，就都安排了，有在县饮食公司的，木材检查站的，交通局的，汽车队的……都发了财，日子过得人模狗样的。这姓宁的老汉看得眼红，就纍了五斗苞谷，给孙家那个叔父送礼，好歹让儿子当了兵。这儿子未穿军衣前，在队里烧炭场，终日人比炭黑，长到二十七，媳妇找不下，刚一换上军衣，就有三个媒人来提亲，结果选中了一门，三下五除二，见面，看家，订了百年相好，临到部队前一天，丈人、丈母和那宝贝女子来家送行，吃了喝了，临走拿了三身衣服，五十元钱。没想到了部队，三年复员，小伙没得了国家的事干，那女的便闹着又退了婚。宁家父母一口气窝在肚里，气最软，气又最硬，积成癌症，不上一年就都眼睛不合地去了。

"现在再没有个提亲的?" 我问。

"给他认门猪亲! 他被八指脚迷住了，不三不四的，谁家黄花少女肯嫁了他?"

"八指脚?"

"是个人，破鞋，鬼狐狸儿变的，见了男人就走不动啦!"

"放你娘的狗屁！"一句未了，半空里火爆爆骂了一声。我和那聊闲话的人都吓呆了，仰头一看，三丈远的一家小院里，有一棵桶粗的核桃树，树丫上爬着一个女人，一边用长杆子磕打着核桃，一边朝这边骂，我认出正是清早推碾的那女人。

"我就骂了你，破鞋！"那男的跳起来，"你害死了我们田家的人，又去勾引人家姓孙的，你怎么不就去给孙家铺床暖被？你现在又给宁家骚情，看他姓宁的就敢要了你？！"

那女人气得嘴脸乌青，摘了青皮核桃朝这边打来，那男的也从地上捡了石头瓦片往树上打，两厢一时如下了冰雹。我一看大事不好，飞似的跑下村子，直奔复退军人家。他一听，便抄了一根扁担冲出门，却在院中，将那扁担在捶布石上摔断了，使劲地打自己。我以为他是气疯了。他却"哇"的一声哭了个死去活来。

直到这天晚上，复退军人才一五一十告诉我实情。原来这女人是个寡妇，第一个姓田的丈夫好吃懒做，脾性又特别坏，三天两头和她打闹，她就和孙家一个当兵的暗中好起来。有一年，那当兵的回家探亲，她去孙家和那男的说了半宿话。她丈夫后来知道，将她一顿好打，又要剁一个指头让吸取教训，她跪下求饶，那时她人聪明俊俏，正在大队业余宣传队演戏，说剁了指头怎么上台啊。丈夫竟剁了她一个脚指头。那丈夫也是鬼迷了心，剁了她的，又持刀去寻着那当兵的，也逼着剁了一个脚指头。结果被抓了牢狱，一个月里，又染了重病，死在牢里。她依然痴情那孙家当兵的，但人家一复员，在县汽车队开了车，看中了本单位一个打字员，就把她甩了。从此她声名扫地，几年里再也抬不起头了。

"村里人都看不起她了，"复退军人说，"但她性子硬，从来不服，自田家丈夫一死，田家人要赶她出门，先是孙家势力大，没有赶走，后来田孙两家一气要赶她出村，她还是不走。她长得嫩面，人又能干，上炕的剪子下炕的镰，从不要人帮她。一年四季衣着上收拾得干干净净，村里人越是看不惯，她越故意，但我知道她心里很苦，常常夜里关了门啼哭。"

"你知道？"我说。

复退军人不言语了，将昨日吃剩下的狗肉又切了一盘，陪我喝起酒来。一杯又一杯，他喝到八成，用拳头就使劲捶自己的头，说："我这兵当得窝囊，我不像个当兵的啊！"

我知道这是醉了，就收了酒肉，各自睡下。到了半夜，后窗上有"嘭嘭"的敲打声，我忙叫复退军人，那响声却没有了。复退军人听我说了，"哦"的一声，说他出去看看，不要我起来，出门又将小房门锁了。一直有了好长时间，他回来了，一进门就喊我起来，没头没脑地说："人在事中迷，你给我出出主意！"

"什么事？"我吓了一跳，翻身坐起。

"她又被人打了！"

"谁？"

"桂枝。"

门推开了，那女人披头散发走了进来说，是夜里田家人又要撵她，不准她再住原丈夫的三间房，孙家人也趁机起哄，什么难听的话都骂了。她和人家吵起来，说只要活着，她就不走，还要刚刚正正在石头沟住下去。人家要打她，她抄起擀面杖叫道："谁动我一根指头，就叫他像田家那死鬼一个下场!"那帮人也不敢动她，问她有什么理由赖着，她说："我要招人!"问招的哪一个，她喊了三声："宁有生!"那帮人听了，又气又骂，又是冷笑，说姓宁的没那个胆量，一哄才散了。

"同志!"那女人突然在我面前跪下了，鼻涕眼泪一齐流了下来，"我名气已经倒了，我也不怕你笑话，但我哪儿是坏人？我坏在了什么地方？我坏就坏在没有认清孙家那个牲畜，我痴心待他，他却耍弄了我!痴心儿不是我错，我还要痴心待人。是我先爱上宁有生的，要说勾引，就算是我勾引，他孤苦一人，被人看不上眼，我知道他的苦处，难道我们就不能热热火火成一个家？可他不像个血性男人，总是不敢公开，是我抖出来了，怕人家追问他时他撑不起腰杆，我就来逼他明日去村里公开的!"

这女人口齿流利，句句说得有板有眼，我一下子感觉到了自己的责任，便站了起来，给复退军人鼓劲，说这里家族势力还这么厉害，就要当个生活的强者。如果一个强了，两个都强，一个强不起来，两个人也就全毁了。

复退军人瓷在了那里。

"你说话呀，说话呀!"那女人抓住了他的胳膊，呜呜又哭了，"你老是这样，你只有自己糟蹋自己!我以前不是这样吗？我吃尽了性软的亏。今日在这同志前，你把话说清：你要活得像个人，你明日就当众人面公开，咱有的是力气，人也不比谁笨，日子会过得红火。你要还是这样下去，咱就一刀两断!我就是当一辈子寡妇，我也不会走，我也不去寻短见!"

复退军人猛地过去抱了酒碗喝了一气，一边抹嘴，一边说："依你的办，我也是窝囊够了！"

第二天早上，因为我急着要赶到北边留仙坪去，不能在这里多待了，临走时，复退军人和那女人双双送我上了沟那边的便道，我祝福他们成功，那女人"咯"地笑出了声。

三个月后，我回到这个县上，县城里正流传着一件新闻：石头沟一个寡妇和一个复退军人为了结婚，在公社领不出结婚证，又上告到县上，指控石头沟孙家和田家暗中给公社文书使了黑钱。结果，县委追究，官司打了一个月，孙家的那个大队领导终于撤了职，寡妇和复退军人结了婚。两人卖了寡妇的房子，积了本钱承包了一孔木炭窑，收入很大。有人便给我说：早上还见他们担了炭在县城南市上出售，炭是好炭，一律栲木料，易燃，耐烧，散热性强，只是燃起来爱爆火星儿。

龙驹寨

龙驹寨就是丹凤县城。整个商州在外面世界，知道的人是不多的，但能知道商州的，也便就知道龙驹寨了。丹江从秦岭东坡发源，冒出时是在一丛毛柳树下滴着点儿，流过商县三百里路，也不见成什么气候，只是到了龙驹寨，北边接纳了留仙坪过来的老君河，南边接纳了寺坪过来的大峪河，三水相汇，河面冲开，南山到北山距离七里八里，甚至十里，丹江便有了吼声。经过四方岭，南北二山又相对一收，水位骤然升高，形成有名的阳谷峡，乱石穿空，惊涛裂岸，冲起千堆雪，其风急水吼，便两边石壁四季不生草木。刚一转弯，陡然一个葫芦形的大坝子，东西二十三里之遥，南北十五里长短，龙驹寨就坐落在河的北岸，地势从低向高，缓缓上进，一直到了北边的凤冠山上。凤冠山更是奇特，没脉势蔓延，无山基相续，平坦地崛而矗起，长十里，宽半里，一道山峰，不分主次，锯齿般地裂开，远远望之宛若凤冠。山的东侧，便流出一水，从几十丈高的黑石崖上跌下，形成一道瀑布，潭深不可测，瀑布注下，作嘭嘭巨响，如鸣大鼓，这便是产乌骓马的地方。龙驹寨背靠奇山，足蹬异水，历代被称为宝地，据说早年一州官到了此地，惊呼长叹：此帝王风水也！但是，从远古到如今，这里却没有产生过帝王国君，也没有帝王国君在这里留下什么足迹。一帮阴阳师解释说：千年精光，万年神气，本是应出天之骄子，只是当项羽得了龙潭黑龙，化作乌骓马后，这凤冠山的赤凤刚刚冒出雄冠，便再没有出来，龙飞凤舞的年代从此也就消失了。

正如破落的家族再贫再穷但家风未倒一样，龙驹寨终未发迹，但毕竟仙气奇气犹在。清末以前的几千年里，这里的大码头威名于世。全商州的人大都是旱鸭子，在山上可以飞走如兽，但在水里，犹如一块石头，立即沉底。只有龙驹寨人，上山可以打猎，下河可以捕鱼。遗憾的是现在，山川活动，日走星移，春夏秋冬，寒暑交替，丹江水渐渐小起来，又加上商县沿河两岸，大沟小溪，修筑电站、水库，河水只有往昔的三分之一。两岸人口增多，向河滩要田，河面也愈来愈窄，从此，龙驹寨再没有往来大船，只是南北岸头拴拉一道铁索，一只渡舟，一个船公，攀扯铁索，舟便直线而去，直线而归，载两岸人走动。但是，龙驹寨人的口气从未减弱，凡是外地来客，第一是要介绍那南城边的平浪宫的。这宫是当年码头水工所建筑，高十五丈，木石结构，雕梁画栋，这是光荣历史的记载和见证，若是客人讥笑："过去的都过去了！"龙驹寨人就丢剥上衣，用指甲在胳膊上、胸膛上抓出几道印来，不是暗红，却显白色，以此显示是在水里泡成的水色，说："有种的，下河去交手?!"外地客就畏而怯步，拱手求饶了。

正是这块地方，是方圆几百里地政治、经济、文化、交通、贸易的中心点。龙驹寨人的山性、水性比别的地方高强。战争年代，这里成了红、白拉锯区。游击队司令巩德芳就是龙驹寨西二十里路的巩家湾人，巩司令的得力干将，游击队团长蔡兴运就是龙驹寨西十三里路的磨丈沟人。那时节，龙驹寨里没有安生日月，常常夜半三更，枪声就响，全城人胆大的蹲在屋顶看热闹，下边的人问："哪儿出事了?"上边的人说："北山的。"北山的，就是指巩蔡的人马，因为他们的根据地就是北五六十里外的留仙坪。"打得凶吗?""保安部房着了！"话语未落，"嘎咕儿"一声，一颗流弹飞来，将房上脊兽打得粉碎，看热闹的就从屋檐掉下，再也不敢出门。也常常在第二天，那平浪宫大门上要么悬挂保安队什么长的头颅，要么是保安队捉缉巩蔡的布告，也常常从商县方向下来大批部队，围住全城，搜查"共匪"，鸡飞而狗咬。

这些"北山的"，几年里攻进龙驹寨好多次，但不久就又退出，直到四九年，一举拿下，全歼了保安队，龙驹寨彻底解放。接着行政区域化寨为县，也就从那时起，龙驹寨便开始慢慢被外界遗忘，只知道丹凤县城了。

在差不多三十年里，龙驹寨基本上没有变样，从丹江一上岸，便是县城；说是县城，其实一条街道而已。凤冠山东西两侧分别流下两条小河，东是东河，西是西河，县城的东关就是以东河为界，一条石拱桥，桥头一家酒店，进了酒店便算入了东关。西关也是以西河为界，一座石拱桥，桥后一座老爷庙，庙台下也便是西关口。整个街道，南北两排平房，相对平行，蔓延而去，北边的门对着南边的窗，南边人一口唾沫可以直接射进北边屋的中堂。街道并不端，呈出波浪形，从正空下看，两边高，接着低，中间却高，如平浮着一只舒展翅膀的飞鸟。若站在南山岭上，或是站在东四方岭上，街道的弯曲度一律由南趋向北，又像一只舒翅而北的飞鸟。街面没有铺一块砖，尽是斗大的、磨盘大的平面石头，有青碧色的，黄橙色的，瓦蓝色的，豆沙色的，白玉色的，年长月久，石板被脚踩出两边高中间低的洼势。每天早晨，人们去井台挑水，井台全在街南坡根下，不用辘轳，不用吊杆，水在凿出的一眼石窟里，用瓢舀着就是了。挑了水，颤颤悠悠从那一个一个小巷道上来，井水便星星点点洒在石板上，终日不干。到了街的中间，也就是平浪宫后门那里，丹江渡口北上的路，凤冠山南下的路，在这里十字相交，便是整个县城最繁华的地面。从早到晚，小商小贩的货摊不撤，各家各户的酒家、烟铺、面馆、旅社、商店门面不关。房屋在这里也最挤，一间房在此可卖七百元，东西两头的只能售四百，所以，这里窗多，门多，每一处墙头也没了空隙，全被挂满广告招牌："王记麻花""特效老鼠药""麻家竹器""五味烧鸡"，以致有一年地震，一家房子向东倾斜，不久，一溜北排四十五家房子全然东斜，但十多年不曾倒下。

县城各地，都是一四七、二五八、三六九日逢集，龙驹寨不分日月，不论早晚，总是人多。在这几百里方圆，这里就是北京城，就是大上海，山民们以进城为终生荣耀。每到城里来，这十字交叉口，就又如北京的王府井，上海的南京路，虽然不为买卖，只图开眼，在那里挤得一身臭汗，或者踏丢了鞋，或者被小偷摸了钱包，也是心情痛快。最是那些深山人，尤其喜欢进城，鸡叫头遍就起身，穿得新新的，背着木材、土豆、柿饼、木耳、核桃、药草、兽皮，在县城专门市场出售了，或者背着背笼，或者挎着空篮，或者把皮绳缠在腰里，扁担捎在肩上，在大大小小的商店进进出出，百货看过。"喂，喂"叫着售货员；售货员说："你在叫狗吗？"他们方学着城里人说句"同志！"却觉得拗口。再要"洋碱""洋盆""洋伞"，售货员再训："这儿没有外国货！"他们就脸红红的，出门却觉得高兴。然后沿街任步而走，玩猴的也看，吹糖人的也看，书店里也去，画店里也去，电影院前也看广告，法院门口也看布告，虽只字不识，但耳朵极灵，什么新闻都记在心里。然后就去那私人理发店里理个分头，油抹得重重的，粘成一片，左右分开。他们得意扬扬地下饭馆了，要一个砂锅豆腐，切一盘猪耳朵酱肉，三个蒸馍，一碗蛋汤，吃得满口流油，满头生汗。城里小生意人最欢迎这些顾客，一是可以赚得他们的，二是可以逗逗他们的痴憨；山里人满足了，城里人也满足了。

也是奇怪的事情，全商州最能跟上时代的，不是离省城西安最近的商县、洛南，往往却是龙驹寨。西安街头出现什么风气，龙驹寨很快也就出现什么风气；这就苦坏了四周八方的深山人。县城人穿起皮鞋，他们也要穿穿皮质的，便买了胶鞋，雨天穿，旱天也穿，常是里边出了汗泥，也不肯脱去，以致灌进冷水，抬脚动步，咕咕价响。后来，县城人又穿起空前绝后的凉鞋，他们就以布条仿制而成，常在山路上半天就穿烂了。他们慢慢恨起县城人变化无常，那卖山货的钱不能使他们跟上时代。但是，他们不知道龙驹寨人也有他们的苦恼：他们也在恨西安人一时一个样！比如才兴起窄裤管，一条裤子还未穿烂，又兴起宽裤管，像个布袋；才兴起波浪式的烫发，他们烫得满头鬈毛，又买了电梳子，西安人却又热起日本型的了。

衣着时髦，热衷的当然是年轻人了。但是，最令全体龙驹寨人一天一天不满的是县城的城市建设。因为龙驹寨还没有一座二层楼，街道也没有用水泥铺，剧院没有，总租借丹凤中学礼堂公演。就是看电影，也是露天场地，一到阴雨天气，夜夜就简直无法活了。他们联合向上请求，县委、县政府也重视起来，先是水泥铺街面，栽路灯，再是沿凤冠山下的公路两边建新街，盖饭店大楼。龙驹寨街道的人总谋算有一天将他们的平房全部扳倒，都像大城市的人一样住三间一套的单元房，吃水有龙头，养花有晾台。但这一要求终未实现，他们归结于县上主事人不是龙驹寨人。这简直是一个不可思议的事，大凡中华人民共和国成立以来，在这县城为领导的都是龙驹寨四周乡下人。于是，他们又得了结论：乡下人领导城里人；一旦做了领导的人，却后代皆不强不壮，不聪不明。比如，这个书记，那个县长，主任，局长，不是有傻儿痴女，便是吃喝玩乐，浪荡无赖而不成正果。龙驹寨人便都去谋官，谋不上了，就达观而乐："一人当官，三代风水尽矣！"

如今县城扩大了，商店增多了，人都时髦了，但也便哑巴吃黄连，有苦说不出。因为开支吃不消：往日一个鸡蛋五分钱，如今一角一个；往日木炭一元五十斤，如今一元二十斤还是青冈木烧的。再是，菜贵、油贵、肉贵，除了存自行车一直是二分钱外，钱几乎花得如流水一般。深山人也一日一日刁猾起来，山货漫天要价，账算得极精，四舍五入，入的多，舍的少。更是修了丹江大桥，河南河北通途，渡舟取消，"关口、渡口，气死霸王"的时期过去了；要是往日夏秋发水，龙驹寨人赤条条背人过河，老太太有之，壮年婆娘有之，黄花少女也有之，背至中流，什么话也可说，什么地方也可摸，而且要多少钱，就能得到多少钱，如今闲在家里了。而且街道加宽，车辆增多，每天无数的手扶拖拉机拥来，噪音烦人，事故增多。再是每一家市民，每天家家有客，大舅二舅，三姨五姨，七姑八婆，还有拐弯抹角的外甥老表，旧亲老故，凡是进城，就来家用饭；饭还管得了，烟酒茶糖一月一堆开支。先还大礼招待，慢慢有啥吃啥，到了后来，就只有一张热情的嘴和一条冰冷的板凳了。城乡人便从此而生分了。毕竟乡下人报复城里人容易，若要挑着山货过亲戚门，草帽一按，匆匆便过，又故意抬价，要动起手脚，又三五结伙。原先是城里人算计赚乡下人钱，现在是乡下人谋划赚城里人钱：辣面里掺谷皮，豆腐里搅苞谷面，萝卜不洗，白菜里冻冰……风气不好起来，先都自鸣得意，后来发觉自己在欺哄自己，待人不公平诚实的，就是县城人，乡下人抓住也打也骂，县城人抓住乡下人自然也打也骂。一些老年人也就自动当起义务宣传员，白日在市场纠察，夜里在四邻走访，一时这些老年人大受社会欢迎。老年人也乐得负责，只是都喜欢贪杯，常是一早一晚，几个人一起到酒馆去，站在柜台外，买得一两烧酒，一口倒在嘴里，顺门便走，久而久之，那口如同打酒列子，觉得少了，不行，觉得多，滴点不沾。而这批老年人中，年事最高的，办事最认真的，口酒最标准的，是平浪宫后的刘来魁老汉。老汉是早年河上艄公，高个头，白胡子，八十三岁那年，全县城为他修了一匾，县长亲自送到家里，至今高悬中堂之上。

摸鱼捉鳖的人

在冯家湾已经待了五天。因为上游的土门公路出现塌方，班车一直没有下来，我不能到竹林关去，就天天抱着一本书到湾前河堤的树荫下去消磨时间。先是并不在意，后来者是遇着一个人在河滩上慢慢地走上去，一直走到远处的一座大石崖底下，然后又折过头慢慢地走下来，一双赤脚在泥沙里跳跳地踩，手里拿着一柄类似双股叉的东西在身子的前后左右乱扎。他从来不说话，也不见笑，那么走了两三遭后，就坐在河边那块碾盘大小的花岗石上，从怀里掏出一个酒瓶来，摸摸看看，就丢在水里。那酒瓶并不沉底，一上一下顺波逐流，渐渐就看不见了。

这条河是丹凤县和山阳县交界线。河的上游有一个小小的镇子，叫作土门，河的下游便是有名的风景区竹林关。关在陕西，关东是河南，关南是湖北，这便有了鸡鸣听三省之说。这个时候，虽然是夏季，但河水异常清澄，远处的那座大石崖遮住了太阳，将河面铺荫了半边，水在那崖下打着涡儿，显得平静，缓慢，呈墨绿色，稍稍往上看去，大石崖上边是最高的河床，因为两边山崖在河底连接，旱天少水的时候，那黑黑的石床就裸露出来，地层是经过地质变化的。一层一层石板立栽着，像是电焊过的鱼脊。现在那石层看不到了，水在上边泛着雪浪花。河水的哗哗声，也正是从那里发出的。再往上，河面就特别地宽，水是浅了些，也平得均匀，颜色绿得新鲜。两边山根下的水雾就升起来了，却是谁也无法解释的淡蓝色，袅袅腾起，如是磷火一般。那人就一直看着那迷迷离离的山水，似乎已经是在瞌睡了。

"喂——"我叫了他一声。

他回过头来。这是一张很不中看的脸，前额很窄，发际和眉毛几乎连起来，眼睛小小的，甚至给人一种错觉：那不是先天生的，是生后他的父母用指甲抠成的，或是绣花针挑成的，鼻根低洼下去，鼻头却是绝对的蒜头样。嘴唇上留着胡须，本来是嘴两边的酒窝，他却长在一对小眼睛下，看我的时候，就深深地显出来。在商州，我还没有见过这么难看的脸。"这也算是人吗？"我想。

"要过河吗？"他站起来，对我说。

我摇摇头，想不到他会这样猜测我。

"不要钱的，一分钱也不要。"

"谢谢你。"我觉得这人心地倒是好的，但一看见他那张可笑而又可恶的脸，心里就产生了一种说不出的不愉快。"我不是过河的。"

他重新又坐了下来，盯着河面。因为太晒了吧，他从石头旁一棵弯腰的老柳树上折下一把细枝来，编成了一个柳叶帽匝在头上，但总不肯离开那块石头。太阳把他那发黑的肩膀晒出了油汗，亮亮的，显得身上那件背心越发白了。但是，后来他在背心上抓起来，发出嚓嚓的抓挠声，背心却动也不动，我才发现那不是背心，他压根儿就没有穿什么衣服，那白背心的模样是他穿了好久的背心，现在脱了，露出的背心形状的肉白。我觉得有意思极了，想和他多说几句话，他却

"噢"地叫了一声，从石头上跳下去，简直可以说是滚了下去，没命似的跑到河边，又蹑手蹑脚地挪步，猛地一扑，一扬，一件黑黑的东西"日——儿"撂过头顶，"叭"地落在沙滩上，是一只老大的河鳖。他抓起来，嘿嘿嘿地向我跑来了。

"你买吗？"他说，"有三斤重，一定有三斤，说不定有三斤三两；一元五？"

我明白他的职业了。在商州的每一条河岸上，都有一些这样的人：他们从河里抓鱼捉鳖，然后出售给穿四个兜的干部，或者守在公路边，等着从县上、地区、省城过往的司机、乘客。他一定看出我是干部模样的人了。

"一元，买了吧？"他又在说。

我说我不买。却问他家住在哪里，今年多大了，家里有什么人，一天能捉到多少鳖。他张着嘴看着我，一时怕是感觉到了自己的丑陋，什么也没有说，将鳖放在脚下踏着，用双股叉尖在鳖后盖软骨处扎一个洞，用柳枝拴了，吊在叉杆上转身而去。

第二天，我又在河边看见这个丑陋的人了，他还站在那块石头上，又将一个酒瓶丢进河水中，然后就去扎鳖，他的运气似乎要比昨天好得多，竟捉住了三只鳖，还有一只拳头般大的，已经要拴柳枝了，看了看，随手却向河里掷去。他好大的力气，那小鳖竟一下子掷过河面，在那边的浅水里砸出一片水花。

第三天，他照样又在那里捉鳖，后来又跳下水去，在河堤下的石排根摸鱼，一连收获了五条鲇鱼，摔在岸上。再摸时，竟抓住一条菜花小蛇，吓得大呼小叫，已经爬到河岸上了还哇哇不停。

"好危险啊！"我跑过去，浑身也吓得直哆嗦。

"这水里怎么会有蛇呢？以前全没有这种事！它会咬死人哩！"

"这行当真不好受。"

"那么，"他就又张着口望着我，"你要这鱼吗？你不要鳖，这鱼好吃哩，五条，一元钱，行吗？"

不知怎么，我竟把这鱼买下了。我明明白白知道这鱼我是不会吃的，因为我的房东对我说过他们最闻不惯那鱼腥味儿，他们的锅会让我煎鱼吗？何况我又不会做。但我却掏出一元钱把这鱼买下了。

他很是感激，好像这一元钱不是他以鱼卖得的价钱，而是我施惠他的。他话多起来，说这河里鱼鳖很多，他们以前全是捉鱼鳖去玩，那鲇鱼最难捉，必须用中指去夹，要不就一下子溜脱，别小看那一斤重的鱼，在水里的力气不比一个小狗好对付。又说鳖是有窝的，发现窝了，一叉下去，就能扎住。中午太阳好的时候，鳖就爬出河来晒盖，要打翻它，要不那龟头出来，会咬住人不放，如何打也不肯松口，必须等到天上打响雷，或者用刀剁下那头来。他又说，后来城里的人喜欢吃这些乱七八糟东西，他们就有了挣钱的门路。

"我们忘不了城里人的好处！是他们舍得钱，才使我们能有零花钱了。"

我说，话可不能这样说，应该是你们养活了城里人。不是你们这么下苦，城里人哪儿能吃到这些鲜物儿？他不同意我的观点，和我争辩起来，末了就笑了："城里人什么都吃！是不是死猫死狗的吃多了，口臭了，每天早上才刷牙啊？"我哈哈笑了。

"真有趣！"我说，"你今年多大了？"

"三十四了。你看着老吧，其实是三十三，七月十六日才过生日。"

"孩子几岁了？"

"我还没结婚呢。"

没结婚？我不敢再问了。因为在山地，三十多岁的人没有结婚，是一件十分不体面的事，如同有了天大的短处，一般忌讳让人提起的。

"其实，媳妇是在丈人家长着呢。你说怪不，我们村的媳妇，有的在一条巷子里，有的在几百里的地方，婚姻是天生一定的，这我是信了！"

"你的那位对象住在哪儿呢？"

"我不知道，我想她很快就给我来信了。"

我不明白他这是什么意思，再问时，他掉头走了。走到那个石头上，就从怀里掏出一个酒瓶，看了看，轻轻丢进河水中去了。

"你怎么把酒瓶丢在河里？"我大声问道。

"它不会摔破的。"

"里边有酒吗？"

"没有。"

"你丢那干啥？"

"给媳妇的……"

"给媳妇？"我"嘎"地笑了，"给王八媳妇？"

他突然面对着我，怒目而视，那一张丑陋的脸异常凶恶。我立即意识到自己的过错，使他感到了自尊心的伤害吧！

"你才娶王八媳妇！我那媳妇说不定还是城里人哩！"

他恨恨地说着，转身回去了。

我终于明白到这是怎么一类的人物了。在商州，娶媳妇是艰难的，因为彩礼重，一般人往往省吃俭用上十年来积攒钱的，而这个捉鳖者，靠这种手艺能赚得几个钱呢？又长得那么难看，三十三岁自然是娶不上媳妇了。但他毕竟是人，是个精力充沛的男人，性欲的求而不得将他变得越发丑陋，性格越发古怪了。

但是，到了第四天，他突然见了我，还是笑着打招呼，还让同他一块儿来的三个孩子向我问好。

"你到上边那大石崖下去过吗？"他说。

"没有。"

"那里水好深，鱼才多哩。你要陪我去，我一定送你几条鱼。"

我随他往上走。河滩上，走一段，一个大水池，水是从河底和北边山底浸流汇集的，水很深，下面是绿藻，使整个池子如硫化铜一样。走到大石崖下，水黑油油的，看不见底，人一走近却便倒出影来。他让我和三个孩子从下边不停地往河里丢石头，一边丢，一边往上走，说是这样就把游鱼赶到那深潭去了。三个孩子丢了一阵，便乱丢起来，他大声骂娘，再就揪住一个，摔在沙滩上，喝令他滚远！那孩子害怕了，不敢言语，却不走。于是，他吼道："还乱投不？"

"不啦！"那小孩说，"我嫌从下边投累……"

"嫌累的滚蛋！"

那两个孩子就讨好了："我不累！我不累！"

等石头丢到潭边，他从怀里掏出一个酒瓶，在里边装上黄色炸药，把雷管、导火索装好，口上糊了河泥，然后点着丢进潭中。孩子们哗

地向后跑，站在远远的地方，趴在沙石上，胆大的，又探头探脑朝河边走

"咚!"惊天动地一声响，几十丈高的水柱冲天而起，恰好一阵风过，细沫般的水珠刷刷刷斜落下来，淋得我们浑身都湿了。大家叫着，笑着，拥到河边，河里泛着浊浪、泡沫，却并未见鱼肚子朝上漂起来。我失望地说："没有，咳，连一个小鱼儿也没有。"他说："甭急!漂上来的都是小鱼，大鱼才从水底走哩!"于是我们又跑到下游去看，还是什么也没有。他很悲观，孩子们却一样高兴，大声喊："没有哟，一个也没有哟!"

"这是怎么回事?这潭里这么干净?一斤炸药就这样听了个响声?"丑陋者说着，脸更难看了。后来，就又从怀里掏出一个酒瓶，丢进河里去了。

"还要炸吗?"

"那不是炸药。"

"给媳妇……"我话一出口，不敢说了。

他却给我笑笑，和三个孩子跑走了。

我终不明白，他为什么每一次到河边，都要丢一个空酒瓶呢?那酒瓶每一次丢下，并不下沉，可见口子是封得严严的，那里边装着什么吗?

以后又是两天，他依然在丢。我决定要看看这个秘密了。就在我要走的那天中午，我瞧见他又往河里去了，就到了下游的堤上看看。他果然又丢下一个瓶子，我忙跑到河水中将冲下的酒瓶捞起。这是一只口封得特别严的酒瓶，里边有一张纸条，打开了，原来是一封信:

"我叫任一民，家住丹凤县土门公社冯家湾，现在三十三岁（实足年龄），上无父母，下无兄妹，房子三间，厦屋间半，粮食装了两个八斗瓮，还有一窖芋头，钱也积存了许多，我还有手艺，会摸鱼捉鳖，只是没有成家。这瓶子如果是一个男人拾到，请封好瓶口还放在河里，若是一个女的拾了，是成过家的，也请封好放在河里，是没成家的姑娘得了，这就是咱们有姻缘，盼能来信。以后的日子，我能养活你的，我不会打你，你来我们村落户也成，我也可以招过门去，生下孩子姓你的姓也行。我等着你的信。"

我看着这封真诚而有趣的求爱信，竟再没有嘲笑和厌恶起这位丑陋的摸鱼捉鳖人了。但我是个男人，又是个异地的游客，我只好小心翼翼地将信装进酒瓶，盖上油纸包着的木塞，按好铁盖，轻轻放进河里去了。

我站起来，远远看见就在河的上游，那个求爱者正在河滩跑着，是不是又捉住了一只鳖或者一串鱼呢？

刘家兄弟

商州的泥水匠，最有名的是在贾家沟。贾家沟的泥水匠，最有名的是加力老汉。老汉如战国时孔子一样，徒子七十二，徒孙三千，遍布商州七个县。每年三月初三，是老汉的生日，徒子徒孙都要赶来，老汉设了酒席，然后各方徒子徒孙在门前场地里表演，单砖砌墙，无依无靠，看谁砌得高，而以木桩击之不倒；再以不规不则之乱石拱起墓顶，将碌碡推上去碾，看谁拱的不坍不垮；后以一把八磅大锤，要一锤下去，看谁将一块大石打出齐棱见线，如刀裁一般。如此表演，连续几天几夜，看热闹的围着像观戏一样，精彩的，一哇声叫好，拙笨的，一股脑儿叫嘘。于是，合格者，师傅牵手入席，淘汰者，哪儿来的哪儿回去，所带寿礼分文不收，所设酒席，滴水不予。

　　加力老汉，并不姓贾，也不是贾家沟的原籍。他一辈子从未向人透露过自己的籍贯。贾家沟的人记得，在跑广东长毛贼那时节，有一天村里来了母子三人，那妇人粗手大脚，面黑如漆，两个儿子都是一米七八个头，一身力气。这老大便是刘加力，老二叫刘加列。母子三人住在老爷庙里，给人打短工为生。因为都没有手艺，就只好打土坯，见天可打出一摞土坯，或是给人家扯大锯，两人粗的原木，一天解开六页木板。过了三年，刘加列吃不下苦，在四乡游手好闲起来，又染上赌博，但手气不好，输掉了家里的积存，寒冬腊月，一顶帽子都戴不上，娘仨就常常在吃饭时吵闹。加力嫌娘饭做得稠，加列嫌娘饭做得稀，娘骂起来，他便将碗摔在娘面前，再以头撞墙，粗气吼得如牛叫。后就常在麦场上和人打赌，用屁股蹾碌碡。他一身好膘，左眉中间断了两截，人称断刀眉，每每剥脱外衣，露出从脖子下一直长到肚脐窝的黑毛，蹲下身去，用屁股只一蹾，七八百斤的石碌碡就忽地立栽起来。然后便去向赌输的人讨钱，有五元的，有七元的，一分不少，若翻起脸来，断刀眉骤然飞动，扑过来常常抱住对方的大腿，用手握人家生殖器……慢慢乡里为恶，成了这一带害物。贾家沟曾酝酿过撵刘家出村，但谁也不敢领头，直至贾家前院的老二因和兄弟反目，重盖了一院房子，老庄子偏不卖给兄弟，刘家就趁机买房，从此正正经经成为贾家沟的人家了。

到了民国二十三年，本地方出了"金狗、银狮、梅花鹿"，这是三个大土匪头子：金狗者，长一头红秃疮，银狮者，是一头白毛，梅花鹿者，生一身牛皮癣。三个土匪头子，手下各有十几条"汉阳造"，几十个毛毛兵，遇着"长毛贼"来，便联合作对，"长毛贼"一走，又互相倾轧，各自又在地方上收租纳税，离贾家沟二十里的镇公所也毫无办法，只好明里缉拿，暗里勾结。这地面便一二十年里日月不得安宁，常在三更半夜，枪声一起，村人就携老扶幼，弃家而逃。加力母子也跑了几回，加列就烦了，说家里要粮没粮，要钱没钱，怕谁个怎的，就在一次跑贼中未走。没想那金狗领着土匪进村，抓了一个女人到了老爷庙，在条凳子绑了手强奸，吓得躲在庙梁上的加列掉了下来，金狗瞧他的模样，却并没有打他，反问他入不入伙，又将那女人让他也干了一回，说是要入伙，三天后到南山磊磊石见面，以后不愁没有黄花少女。

这加列得了好处，过后稍稍对娘提说入伙之事，没想被娘一场臭骂，没敢去南山。后来有人给加力说媒，加列便向娘要媳妇，气得娘嘴脸乌青，吐过几次血。加力干涉，他竟扬着斧头要见个死活。从此便学起喝酒，越喝量越大，家里又没多余钱，就出门要投金狗，娘抱住不放，他说："人不发横财不富，待在这里，出门看人眉高眼低，回家少吃没穿，等儿去干大事，挣了大钱，接娘也去享福！"做娘的苦苦哀求，说伤天害理之事万万干不得，如今社会耍枪杆的，哪一个有好死？加列便吼道："不要我去，我要赌钱，你给我一百元吧，我要媳妇，你现在就给我娶一个！"娘便拿头来抵，他一闪身，娘撞在墙头，血流满面，他趁机就跑了。

投了金狗，加列练出双手打枪，深得重用。先在南山跑了半年，抢了好多财宝，后来又因分赃不平，与金狗伤了和气，投奔了梅花鹿。三天后一个半夜，他回到家里，将一包银元哗啦倒在床上，给娘和兄耀眼，加力一把抓着丢在门外，兄弟两人斗打起来，结果加力腿上挨了一枪，自此，兄弟成了冤家对头。

为了替加列赎罪，加力母子在贾家沟沿门磕头。不久加力只身去河南拜师学艺，回来专为四乡八村盖房修舍，分文不取。他腿受枪伤后微瘸，用力不比前几年，但人极聪慧，为人和气，泥水手艺越做越好，深得村邻惜爱，慢慢远近人家就有送子拜师的，一年之内竟带了十六个徒弟。后来娶了一家做生意的女子，成全了家庭。这女子见过世面，人又精干，上伺服老母，如待生身亲娘，一天三顿煎汤热饭端在娘的手里，在村里，又因稍识文字，说话好听，办事吃得亏。尤其在众徒弟之间，声望更高，不管家里有多有少，尽力做好吃好喝，自己却省吃节用，亏了一张肚皮。几年后，生养了三男二女，便自幼教学识字，懂得人情世故。人常说，家有贤妻，夫在外不道横事。加力一心忙在他的事业上，远近人家，都以加力盖房、拱墓为荣，加力的声誉一天一天远振开来。

加列在外也混得人模狗样，在山阳县打死了一个有钱的镇长，便将那姨太太收做婆娘。这婆娘生得小巧，好日子过惯了，说话、做事不知轻重，平日出门，加列在前，她随后，右有护兵，左有保镖，威风得厉害。第二年生了一子，清明节时，那婆娘在贾家沟后四十里的石家坪打秋千，围看的人黑压压一片，那婆娘越发得意，不想一用劲，断了裤带，裤子溜了下来，加列在下顿时黑了脸，便一枪打去，那婆娘一跟头栽下来死了。婆娘一死，孩子没了亲娘，加列将他丢在石家坪保长家里，就扬长而去了。加力得到消息，指天咒地骂了几天，总念这儿子是刘家的根苗，抱了回来，重新取名周彦。

贾家沟村前的河边，是陡峭峭的黑石大崖。早些年里，土匪才闹世，村人就在崖壁上凿石洞，洞口大如门，里边一间房大的，也有三间四间房大的。有的大户人家，还凿有前厅后厅，安有卧室、厨房、粮仓、水窖。每每听说土匪来了，就将钱财物件，背上石洞。石洞外壁上凿有石窝子，斜栽上石碓、木桩，上洞时架木板为路，上一节，抽一节板，上至洞口，木板抽空，土匪就是赶到山下，也只有望洞兴叹，即便枪打炮击，人皆闭洞不出，平常可待一天半晌，有时竟达十天半月。后来"长毛贼"来，金狗、银狮、梅花鹿等大土匪也在最陡处凿避身石洞。没想，三股土匪相继闹翻，金狗、银狮联合攻打梅花鹿，梅花鹿携带家眷、人马就躲在石洞，整整三天三夜，河滩里往上打枪，石洞口往下打枪，结果石洞上打下一人，河滩里也躺了三具尸体。金狗、银狮动起怒来，就在山下堆满了苞谷秆、麦秸，放火烧洞。烧了两天两夜，石洞里没粮没水了，加列在洞里反了戈，打死了梅花鹿一家大小，夜里自己从洞口拉一麻绳往下溜。溜到半崖，梅花鹿的小老婆并未打死，在上用刀斩断了麻绳，加列就掉进山下火堆，等刨出来，已成了盆子大一团黑炭。加列死于烈火，贾家沟连夜打火把、灯笼庆祝，加力母子也在庆贺人群中，放了一串鞭炮，一家三代将尸体搬回。但是，当装在一口二斗瓮里埋掉时，全家却一片恸哭。

这周彦长到七岁，加力就引导着学泥水匠手艺，周彦却自幼身单，又患了气管炎病，手不能挑，肩不能担，只好作罢，终日双手缩袖，夏坐树荫，冬晒阳坡，人便慢慢痴傻起来。这一年老娘临终，哭着拉住加力和媳妇的手说："我生了一个好儿，也生了一个牲畜，加列死得惨，是罪有应得，只是这周彦可怜，你们要好好照应啊！"

这周彦长到三十一岁，娶不下媳妇，后来从老山沟要饭过来一个女人，加力托徒弟撮合，好歹成了亲。但这周彦成夜腰弯如笼襻儿，靠墙就睡，一睡到天明。做婶娘的夜夜在窗下听房，小两口不见动静，回到卧房只是长吁短叹。第二天一早，等周彦起来，她就站在台阶将鸡放出，公鸡在攮母鸡，扑扑拉拉做成一团，她就说："周彦，你看鸡干啥哩？"周彦还不理会，夜里还是没个动静。加力叹息说："唉，难道有了天地报应？为了赎清我弟罪孽，我一心抚周彦成人，他却这等不够成色！"不出一年，那小媳妇离了婚，周彦不久也死去了。

加力把周彦的葬礼办得很体面，街坊四邻都怨他失了长辈身份，他只是不听。又偏将周彦的坟埋在加列坟边，埋葬加列时，他用两根苦楝木棍抬着那只二斗瓮的，埋后就将那棍插在坟头，没想竟活起来。如今周彦坟前两棵苦楝树已长出几丈高低，秋天枝叶旺盛，落着苦楝籽儿，孩子们捡来当石子儿玩，冬天里枝丫光秃，成群的乌鸦落在上边，村人就将那树砍了，解成板，搭了沟前小河面上的木桥，供千人踏，万人过。

又过了一年，贾家沟突然有了怪事：三月三日，加力老汉又过生日，徒子徒孙纷纷赶来，酒席上正喝到六成，一个徒弟突然仰面后倒，口吐白沫，接着就神志不清，说的却是当年加列在南山抢人，在石家坪打婆娘一类的事。满院在座的人吓了一跳，有人叫道："这是通说了！"通说者，是指凶死鬼阴魂不散，附在一人身上而借口逞凶。就有人削了桃木橛，在加列和周彦的坟上齐齐钉了一圈，那徒弟的病也就好了。

奇怪的是桃木橛却也活了起来，几年光景成了一片桃林，春日里花开得红夭夭的。远近人说起贾家沟，便说："是村前有桃花的吗?"外人一来，见了桃花，也总是说："瞧，这多好的桃花!"那时节，桃花里的两堆土坟已经平了，加力老汉在那里修了一碑，上刻着"做人不做加列"六个大字。

小白菜

商州的人才尖子出在山阳，山阳的人才尖子出在剧团，剧团的人才尖子，数来数去，只有小白菜了。

小白菜人有人才，台有台架，腔正声圆，念打得法，年年春节，县剧团大演，人们瞅着海报，初一没她的戏，初一电影院人挤人，初二没有她的戏，初二社火耍得最热闹。单等初三小白菜上了台，一整天剧团的售票员权重如宰相；电影院关了门，说书的，耍龙的，也便收了场；他们知道开场只是空场，何况自个儿也戏瘾发了作。戏演开来，她幕后一叫板，掌声便响，千声锣，万点鼓，她只是现个背影，一步一移，一移一步，人们一声地叫好，小白菜还是不转过脸，等一转脸，一声吊起，满场没一个出声的，咳嗽的，吃瓜子的，都骤然凝固，如木，如石，魂儿魄儿一尽儿让她收勾而去了。演起《救裴生》演到站着慢慢往下坐，谁也看不出是怎么坐下去的，满场子人头却矮下去；演到由坐慢慢往上站，谁也看不见是怎么站起来的，满场人脖子却长上来。远近人都说："看了小白菜的戏，三天吃肉不知意（味）。"

小白菜是漫川关人，十一岁进剧团，声唱得中听，人长得心疼；女大十八变，长到十六，身子发育全了，头发油亮，胸部高隆，声也更音深韵长，就在山阳演红了。一出名，县上开什么会，办什么事，总要剧团去庆贺，剧团也总让小白菜去，全县人没有不知道她的。她起先生生怯怯，后来走到哪儿，人爱到哪儿，心里也很高兴，叫到什么地方去就去，叫她上台演一段就演，一对双皮大眼睛噙着光彩，扑闪闪地盯人。

娘死得早，家里有一个老爹，十天半个月来县上看看闺女，小白菜就领爹逛这个商店，进那个饭店。饭店里有人给她让座，影院里有人给她让队，爹说，你认得这么多人？她笑笑，说有认得的，也有不认得的。爹受了一辈子苦，觉得有这么个女儿，心里很感激。偶尔女儿回来，她不会骑自行车，也没钱买得起自行车，但每次半路见汽车一扬手，司机就停了车，送到家里。满车人都来家里坐，爹喜得轻轻狂狂，正经八百家里哪能请来个客，如今一车干部来家，走了院子里留一层皮鞋印，七天七夜舍不得扫去。

平日离家远，小白菜不回家，星期天同宿舍的三个同伴家在县城附近，一走了，她去洗衣服，井台上就站满了人。人家向她说，她就说，说得困了，不言语了，人家眼光还是不离她。回到宿舍，县城的小伙子，这个来叫她去看电影，那个来给她送本书。她有些累，想关了门睡觉，心想人家都好心好意，哪能下了那份狠心，只好陪着。一个星期天，任事也干不了，却累得精疲力竭，每到星期天，她总发愁：

"怎么又是星期天?!"

同宿舍的演员听了这话,心里不悦意:你害怕星期天,别人也害怕了?一样是姑娘,一样在演戏,你怎么那么红火?等以后有小伙子再来,在门上留字条,在窗台上放糖果,同宿舍的就把字条撕了,把糖果乱丢在她床上。她回来问:哪儿来的?回答是:男人送的呗!她要说句:送这个干啥?就会有不热不冷的回敬:那不是吃着甜吗?门房也对她提了意见:就你的电话多!领导也找她:你还小,交识不要杂。她不明白这是怎么啦。后来,男演员一个比一个亲近她,女演员一个比一个疏远她。再后来,男演员几次打架,县城里小伙子也几次打架打到剧团来,一了解,又是为了她。女演员就一窝蜂指责她:年纪不大,惹事倒多。她气得呜呜地哭。

不久,求爱信雪片似的飞来,看这封,她感动了,读那封,她心软了:这么多男人,如果只要其中一个向她求爱,她就立即要答应的,但这么多,她不知道怎么办。想给爹说,又羞口,向同伴说吧,又怕说她乱爱,便一五一十汇报给领导。领导批评她,说不要想,不要理,年纪还小,演戏重要。她听从了,一个不回信,来信却不毁,一封一封藏在箱子底,只是大门儿不敢随便出。

求爱的落了空,有的静心想想,觉得无望,作了罢,有的心不死,一封接一封写,坚信:热身子能暖热石头。有的则怀了鬼胎,想得空将她那个,来一场"生米做熟饭"。而有的功夫下在扫荡情敌,扬言她给他回了信,定了亲,还吃了饭,戴了他的表,已得了她做姑娘最宝贵的东西……说这话的一时竟不是一个,而是三个、四个,分别又都拿出她的一张照片。

风声传出，一而十，十而百，竟天摇地动，说她每次演出，台前跳跳唱唱，幕后就和人咬舌头；还说有一天晚上和一个人在公路大树下不知干什么，过路人只听见那树叶摇得哗哗响；还说一个半夜，有司机开车转过十字路口，车灯一开，照出她和一人在墙角抱着，逃跑时险些让车轧死；还说她今年奶子那么高，全是被男人手揣的。领导把她叫去，她哭得两眼烂桃儿一般，不肯承认。领导问："他们为什么有你的照片？"她说："鬼知道，怕是我演出时，他们偷拍的，要不是偷的剧照。"领导想想，这有可能，以前就发现每一次演出前挂的剧照，小白菜的总被人偷去，就宣布以后不要贴挂剧照了。

领导对她没有什么，但剧团内部却对领导产生了怀疑：小白菜是不是和他……？不出几日，外面就传开小白菜把剧团领导拉下水了。领导先是不理，照样让小白菜上台，上台就演主角，但领导的老婆吃了醋，老夫老妻闹了别扭，领导就有意离小白菜远了。她每次去领导家，女主人在，就买了糖果送小孩，和女主人没话找话说，人家还是眉不是眉，眼不是眼。女主人不在，她一去，领导就要打窗子，又打门，和她说话，声提得老高。小白菜觉得伤心，什么人也不见，也不找了。

她以前喜欢打扮，现在要是穿得好了，同伴就说："穿得那么艳乍，去给男人耀眼啊！"不打扮了，又会被说："瞧，偏要与众不同，显示自己。"她只好看全团百分之八十的人穿衣而穿衣，梳头而梳头。只是一心一意用劲在练功上、练声上。她开始谁也不恨了，恨自己：为什么什么衣服一穿到自己身上就合体好看呢？为什么一样的饭菜吃了，自己脸蛋就红润有水色呢？她甚至想毁了容，羡慕那些麻子姑娘，活得多清静啊，想一想，就哭一哭，哭了老爹，又哭早早死去的娘。

到了二十三岁，她入不上共青团，剧团团支部报了她几次，上级不给批，她去找文化局长，局长过问了这事，但从此说她和局长好。后来地区会演，县委领导亲自抓剧团，她演得好，书记在大会上表扬她，她又落得与书记好。她想不通：自己怎么就是个烂泥坑?! 一气之下不演戏，要求管理服装。一管一个月，这个月安然是安然了，但她生了病，也是天生的怪毛病，不演戏就生病，而且她不上台，演戏场场坐不满，她只得又演，百病却没有了。她想：我这命真苦，真贱，这辈子怕不得有好日子过了。

到了结婚年龄，剧团同龄的姑娘都结婚了，生娃了，她还是孤身一人。老爹又死了，一个亲人也没有，她托人给她找外地的，想一结婚一走了事，但总有人千方百计要把她的名声传给远方的男的，结果事情又坏了。她横了心：罢罢罢，洁身自好，反倒不好，也就真那么干干，也不委屈被人作践了一场。她很快和剧团一位写字幕的小伙好了，小伙人不体面，笨嘴拙舌，却写得一手好字，她一和他好，就感动得哭了。她从此也得了温暖，什么话儿也给他说，他什么事儿都护着她，三个月里，她便将自己女儿身子交给了他。但是，他们双双被捉住了，虽然声称他们要定亲，谁肯理睬，严加处理，便将她从剧团开除了。

她回到老家，病了半年，病稍好些，一早一晚关了门又唱又练功，这倒不是想重上戏台，倒是为了她的身体。后来，她和一个县水泥厂的工人结了婚，结婚三个月，那工人借她失过身为名，动不动就打她，她受不了，又离了婚。就在这个时候，洛南县剧团知道了她的下落，又来招她到洛南剧团去。

她人还未到洛南，洛南已有风声。剧团领导在全团会上宣布了纪律："此人戏演得叫绝，但作风不好。来了，不可避远她，但绝不能太亲近，谁要与她出事了，当心受处分！"她去了，戏又演得轰动洛南。下乡演出每到一处，围幕里坐满，围幕外又坐一圈，执勤的人员看不住往进拥的人，常常双方争吵，甚至大打出手，结果围幕被人用手扯成几丈长的裂缝。半年里，全剧团人人眼红她，人人不敢来亲近，她心里总是慌落落的。过了一年，一个演员冷不防抱住她亲了一口，一个拉提琴的夜里钻进她的宿舍，她反抗，被又爱又恨地咬伤了她的手。

"你什么人都给好处，怎么对我这样？"那人赖着脸说。

"放你娘的屁！"她从来没骂过这么粗的话。

他掏了一把钱，她把钱从窗子扔了出去。

"你再不走，我就喊人啊！"

那人走了，却先下了手，说她拉拢他。她哭诉真情，没人相信，还要给她处分，她告到县委，县委为她平了反。

这事发生不久，"文化大革命"开始了。县县揪走资派，大凡大小领导，一律批斗，她无官无职，却是名演员，也大字报糊上街，说她是大流氓，大破鞋，是走资派的半夜尿壶。

后来，武斗闹起来了，走资派全集中在商州地区卫校里办"学习班"，也无人再理会她。武斗逐步升级，全商州七个县，各派和各派联合一起，今日攻丹凤，明日打商南，搞得枪声四起，路断人稀。山阳县的一派被另一派赶出了县境，来到洛南，同派又组成武斗队，司令就是当年偷取她照片在外胡言乱语的那个。一到洛南，就把她叫去，要她在司令部干事，她不，说她是黑人，司令哈哈一笑，拍着腔子保她没事，许愿"革命"成功了，他当了官，一定让她当个剧团团长。她不答应不行，要走又走不了，就在司令部待着。没想第三天，司令叫她去，一去就关了门，要和她"玩玩"，她吓得变脸失色，抱住桌子不丢手。那司令踢翻桌子，将她压在地上糟蹋了。她哭了一夜，想到自杀，司令却派人看守她，又要求长期和她来往，她不答应，这司令要她好好想想，三天后见话。三天后，司令对她说，要同意了，四天后随他到商县，因为他们这一派为了证明自己最革命，准备将集中在卫校的"走资派"抢回来，设法庭审判，下牢的下牢，枪毙的枪毙，然后进驻地区，成立红色政权。她听了，吓得一身冷汗。那些各县走资派，有的她不认识，有的在地区会演时见过，但山阳县委书记、洛南县委书记，她是熟悉的，他们都是好人，难道四天之后就全要遭不测之祸灾吗？她突然同意，却要求明日让她回山阳老家看看，然后去商县找司令。这一夜，她和那司令睡在一起，她早早吃了几片安眠药，一夜没有苏醒。

第二天，小白菜搭车走了，她有司令的手令，沿县各关卡没有阻挡。但她并没有去山阳，却直接到商县，打扮成乡下邋遢婆娘，跑到卫校翻墙进去。那些老头子却都狠狠地瞪着她："你来干什么？我们这里好多人就是吃了你的亏！"

"吃了我的亏？"她惊叫着。

"罪状是拉他们下水，你还来惹祸吗？"

她突然感觉到了一个女人的自尊心，唰地流下眼泪，顺门就走。

已经翻过墙了，却又站住，眼泪涌流不止，又翻墙进去，对他们说了三天后的情报。但是，这些人却看着她冷笑了。

"你们不相信我？"她急得哭起来。

"你是让我们跑，再让他们把我们抓起来，更有罪状吗？这情报你怎么就会知道？"

"我和司令睡过觉，知道吗？！"她大声说着，气愤歪曲了她的脸，眼泪却流得更快了。

老头子们木呆在那里，只是不动。

她扯开了衣领，露出胸膛上被司令糟蹋时咬下的紫色牙痕，叫道："信不信由你们，要活，赶快就跑，全国这么大，哪儿没个藏身处？不信，就等着死吧！"

她翻过墙头走了。

这一夜，这些"走资派"买通了看守，一下子全溜逃了。

三天后，穷凶极恶的造反派扑到商县，包围了卫校，但一切落空。将看守抓来拷问，供出了小白菜。那司令一怒之下，四处搜查，五天后小白菜被捉拿了。司令亲自捆了她的双手双脚，将她强奸，又让别的四个头头轮奸了一番，最后装进麻袋，活活让人用棍打死了。

小白菜死后，这一派宣布了她的罪状：一破鞋，批斗之中，仍与走资派乱搞男女关系，事情败露，自绝于人民，死得可耻，死有余辜。

消息传开，戏迷们都遗憾不能看到她的戏了，又恨她作风太乱，不是个正正经经的女人。

"四人帮"粉碎了，造反派头头逮捕了，那些走资派纷纷重新任职，小白菜的案件得以明白。四处打问小白菜的坟墓时，但无人知晓，只好在开追悼会那天，将她生前演戏所穿的戏装放在一只老大的骨灰盒里，会场高音喇叭播放她过去的唱腔录音。

一对恩爱夫妻

在石庄公社的冒尖户会上，我总算看见了他。这几天，就听公社的人讲，他们夫妻恩爱很深，在全社是摇了铃的；没想冒尖户会他也参加，而且又是他们夫妻培育木耳致富的，可见这恩爱之事倒是千真万确的了。会是从晚上擦黑开起的，小小的会议室里，人人都抽着旱烟，房子里烟雾腾腾的。他自始至终没有说话，呆呆地坐在靠墙角的凳子上，后来就双手抱着青光色的脑袋，眼睛一条线地合起来。主持会的人说："都不要瞌睡了！"他挪了挪身子，依然还合着眼睛，主持人就点了他的名："大来，你梦周公了？"他说："我听哩！"大家就都笑了，说他从来都是这样：看上去是瞌睡了，但其实耳朵精灵哩。大家一笑，他也便笑了，笑起来眼睛很小，甚至有肉肉的模样。我便想：他是这么个人物，窝窝囊囊的，怎么会讨得女人的喜欢呢？但他确是这一带有名的爱老婆和被老婆爱的，那老婆是怎么个模样呢？两口子又怎么就能成了冒尖户？

会开完的时候，因为公社没有客房，书记让我和他打通铺，我说很想了解了解大来的夫妻生活，书记就仰脖儿想想，说很好。叫过大来一讲，大来却为难了：

"这能行吗？家里卫生不好，虱子倒没有，只是有浆水菜，城里人闻不惯那味儿的。"

"我就喜欢吃浆水菜哩!"我说,"如果你不嫌弃,你能住我就不能住吗?"

他笑了,眼睛又小小地退了进去,说:"哪里话!你真要去,我倒是念了佛呢!"

他便开始点着个松油节。说他家离公社十里路,要翻两座山的,夜里出门开会,看戏,串亲戚,就都要点这松油节照路的。那松油节果然好燃,在油灯上一点就着了,火光极亮,只是烟大。他的怀里就塞了好多松油节儿。点完一节换上一节,让我走在他的身后,走过公社门前的河滩,过桥,就直往一条沟道钻去。

路实在不好走,尽是在石头窝里拐来拐去,后来就爬山。虽然他照着火光,我还是不时就被路上的石头磕绊了脚,他就停下来,将我拉起,替我揉揉,叮咛走山路不比在城里的街道上,脚一定要抬高。

"这都是习惯,我到城里去,平平的路,脚还抬得老高,城里的人一看那走势就知道是山里来的'家娃'了!"

"你们村里就来了你一个吗?"我问他。

"可不就我一个!那条小沟里,就我一家嘛。"

"一家?"我有些吃惊了,"夜里出门总是你一个人?"

"可不,那几年,咱共产党的会多,小队呀,大队呀,常在夜里开会。咱对付人没有心眼儿,但咱有力气,狼虫虎豹的我不怯。"

"真不容易。公社这么远,来回得一整宿哩。"

"现在会少多了。那几年动不动开会,不去还要扣工分,整整十年了,扣了我上百个工分呢,今夜里我是第一次去那大院的。"

"怎么不去?"

“唉，那大院里原先有雄鬼哩。”

“雄鬼？”

我越来越听不懂他的话，向前跃了一步，风气将松油节的光焰闪得几乎灭了，他忙用手护住，说道，“现在好了，他早滚蛋了，'四人帮'一倒，查出他是'双突击'上去的，他果真没好报。”

我才听出他说的雄鬼，原来是指着一个什么人了。

“我一见着那雄鬼，黑血就翻，每次路过那大院门口，头就要转过去。就在他滚蛋后，我也不想到那个地方去。今日公社派人来一定要我去，去就去，现在是堂堂正正的人了！刚才开会时，我就在想，我老婆今夜和我要是一块儿去，就好了。”

他时时不忘了老婆。我说：“后天不是召开全公社大会，要让你们坐台子戴花吗？”他在前边“嘿嘿”地笑起来。

“哎呀，你真是对老婆好！”我说。

“要过日子嘛。咱上无父母，左右无亲戚四邻，还有什么亲人呢？”

鸡叫两遍的时候，我们到了他的家，沟虽然不大，但却很深，还在山坳上，就瞧见沟底有一处亮光，大来笑着说：“那儿就是，她还在等着我哩。”

我们顺着一片矮梢林子中的小路走下去，那沟底是一道小溪，水轻轻抖着，碎着一溪星的银光，从溪上一架用原木捆成的小桥过去，就是他的家了。门掩着，一推开，堂屋和卧房的界墙上有一个小洞窗儿，一盏老式铁座油灯放在那里，灯光就一半照在炕上，一半照在中堂，进门时风把灯光吹得一忽闪，中堂的墙上就迷迷离离地悠动。满屋的箱柜、瓮罐，当头是三个大极了的苞谷棒捆。两个孩子已经睡着了，他的老婆却没有在。果然冲鼻而来的是一股浓重的浆水菜味。

"菊娃！——"大来站在门口，朝溪下的方向喊。黑暗里一声"来了！"就一阵脚步声由远而近，一个人背了一捆木棒慢慢走上来，在门前咚地放了，说，"怎么开到现在？那个地方你真还能待住？！"

"咱现在怎么不能待了？后天还要在全公社大会台上坐呢。书记说一定要你去！谁叫你去那儿背耳棒的，我瞅空就背回来了！"

"我坐着没事。瞧，你倒心疼起我了，这耳棒不拿回来，明日拿什么搭架呀？锅里有搅团呢。"

她啪啪地拍着身上的土，大来告诉我这木棒就是培育木耳用的，那老婆突然才发现了我，锐声叫道："来客了？"

"是城里一个同志，晚上来家睡的。"大来说。

"你这死鬼！怎么就不言不语了？！你们快坐着，我重新做些饭去。"

她招呼我在屋里坐了，站在门口，和大来商量起给我做什么好饭。我瞧见她背影是那么修长，削削的肩，蓬松光亮的头发，心里不觉叫奇：深山野沟里竟有这么娟好的女人！这憨大来竟会守着这么一个老婆，怪不得那么爱她。可她怎么就也能爱着大来？

我赶忙说：什么饭也不要做，要吃，就吃搅团。她就说，那使不得的，怎么端得出手？我一再强调，说我在城里白米白面吃多了，吃搅团正好调调口味，她才不执拗了，走进来喜欢地说：

"那好吧，明日给你改善生活。"

灯光下，她那张脸却使我大吃一惊：满脸的疤点，一只眼往下斜着，因为下巴上的疤将皮肉拉得很紧，嘴微微向左抽。那牙却是白而整齐，但也更衬得脸难看了。

我真遗憾这女人怎么配有这么一张脸！看那样子，这是后天造成的，我想问一声，又怕伤了她的心，便低下头不语了。她很快抱了柴火就去了厨房，听得见风箱呼呼啦啦响了。

这时候，土炕墙角的喇叭呜呜地响起来，有声音在喊着"大来"。大来爬上炕，对着喇叭对喊着。"到家了吗？""到家了。""到家了就好。""还有什么事吗？""照顾好客人。""这你放心。"他跳下炕，说："书记不放心你，怕夜里走山路出了事呢！"

我好奇起来，山区的联系就是靠这喇叭吗？他说，这个公社面积在全县最大，人口却最少，一切事就都靠这喇叭联络的。

我们开始吃起搅团来，虽然是苞谷面做的，但确实中口，再加上那辣子特别有味，醋又是自己做的，吃起特香。那女人先是陪我们说话，我一直不敢正视她的脸。她也感觉到了，就不自然起来，我忙又说又笑着来掩饰，但她已起身去给我支床，取了一件半新被子，说城里人最讲究被头，便动手拆了旧被头，缝上新的。

吃罢饭，又烧了热水，让我洗了，又一定要大来洗手脸和脚，大来有些不愿意，那女人就说："夜里你们男人家睡那边新床，你跑了一天路，脏手脏脚的叫客人闻臭气呀？！"

接着，就又从柜里取出一升核桃，一升柿饼，放在新床边上，说让砸着仁儿包在柿饼里吃，朝我笑笑，进了卧房，关门吹灯睡下了。

我和大来坐在床上，一边吃着山货，他就看着我说了："山里人家，你不笑话吧？"

"笑话什么呢？瞧你这人！"我说。

"你也看见了，娃子娘，也怪可怜的，走不到人前去。"

他是在指他老婆的脸了，我一时不知怎么回应，就说："她是害过什么病？"

"是我烧的。"

"烧的？"我痛惜不已，"山里柴火多，不小心就引起火灾……"

"不，是故意烧的。"

"唵？！"

一个男人谁不愿意自己的老婆长得漂亮，他却要故意去破坏她的脸面？他们夫妻在这一带是有名的恩爱，怎么能干出这事？

大来脸色暗下来，不说话了，开始合上眼睛抽烟，抬起头来的时候，眼里噙着泪水。"我也看出你是好人，我就给你说了吧，我从来不愿再提这事，一提起心里就发疼。"

他说，他是二十八那年娶的她。她娘家在后山六十里外的韩河村，自幼长得十分出脱，是韩河一带的人尖尖，长到二十，说亲的挤破了门，但她偏偏爱上了他。他那时就会培养木耳，去韩河帮人传艺，见的面多了，她看上他人老实，手艺好，一年后就嫁了过来。小两口相敬相爱，日子虽不富裕，但喝口冷水也是甜的。第二年生了个儿子。到了第三年，公社的原书记和县农林局几个领导到这条沟里来，他们就认识了。小两口十分感激领导能到他们家来，就买了肉，灌了酒招待，没想那书记看中了他的老婆。以后常常来，说是检查工作，或是关心社员，来了就吃好的，喝好的。有时他不在，书记来了便不走，说些不三不四的话，回来老婆向他说了，他倒还训了老婆一顿，说领导哪会是那种人，人家既然看得上到咱家来，咱就要尽力量当上客招待。但有一天，他去山上犁地，书记又来了，她是端茶水的时候，书记笑吟吟地说：

"深山里还有你这等好的人才！"

"书记，你怎么说这话！"她说。

"这大来哪儿来的艳福，你看得上大来?"

"书记，你不要……"

书记却站起来抓住了她的手，接着就抱她的腰，她立即打了一下，挣脱了跳在门口，说："他爹在山上犁地，他要回来啦!"

书记咽咽唾沫，将五元钱放在桌子上，出来走了。

她赶出来把钱扔在他脚下，转身就跑，书记却哈哈笑了，说："你这娘儿的脸为什么要那么好看呢?"

大来回来，听老婆说了，当下气得浑身打战，就要跑下山去找书记。老婆却将他抱住了："你这要寻事吗，人家是书记呀!""他不能这样欺负人?!""你又没有证据，谁能信你的，还是忍了吧，反正我不会依了他的。"他便忍了。

以后他去山上做活，就让老婆看见书记要再来，就早早躲开，要么就两口子一块到山上去，就是山下逢集赶会，他轻易也不去，或者夫妻一块去，一块回。书记果然好长时间没有得逞，但愈是没有得逞，愈是常来。后来公社在三十里外修水库，书记就点名让他们队派他去当长期民工，他知道后，坚决不去，但以此被扣上破坏农业学大寨的罪名，在公社大会上批判，他只好去了。他走后，书记终于一次把他老婆按在炕上，老婆反抗，搏斗了一个时辰，渐渐没了力气，就被糟踢了。他从水库工地回来，到公社去告状，反被书记说是陷害，他又告到县上，县上派人调查，没有人证物证，也不了了之。书记又以报复诬陷之名，勒令他去水库工地，然后，十天八天去他家，老婆就如跑贼一样，又被强奸过两次。他老婆连夜跑到水库，找他回来，两口子抱头痛哭。他几乎要发疯了，磨了一天斧头，想下山去拼命，老婆说："把他杀了，你还能活吗？你一死，那我怎么办呀，你还是让我死吧！"他又抱住老婆："你不能死，你死了，那我怎么办呀！"夫妻俩又是大哭。

"全怪我这一张脸，全怪我这一张脸害了我，也害了你！"老婆说。

他突然想出一个办法来，但他不敢说出，更不敢说给老婆。一个人在山上转了半天，最后还是回来，在衣服上涂了好多漆，要老婆用汽油给他洗洗。老婆端着汽油盆子正洗着，他从后边划着了火柴，丢了进去，火立即腾起来，冷不防将她的脸烧坏了。她尖叫一声，昏倒在地，他抱起来大哭："我怎么干出这事？我不是人啊，我不是人啊！"老婆醒过来，流着眼泪，却安慰他："这样好，就这样！"

果然，书记从此就再也不来了。

他们夫妻的日子安静了，他永远属于她，她也永远属于他。

也从此，他们再也不肯到那叫人伤心落泪的公社大院去了。

鸡叫四遍的时候，我们睡下了。我合着眼睛，听见门外的梢树林里起着涛声，门前的小溪在哗啦哗啦响，不知在什么时候，就睡着了。我梦见就在这间屋子里，大来和他的女人正忙着将一堆堆耳棒抱在门前土场上，架起"人"字架，点上木耳菌种，眨眼，那木耳就生出了黑点儿，又立即大起来，如人的耳朵，又大成一朵朵黑色的花。我也帮他们开始采摘，采了一筐，又采了一筐，三人就到了山下，在供销社卖了好多钱。突然有了锣鼓声，他们俩又坐在了冒尖户授奖大会上，新书记给他们戴花，大来眼睛小小的，一副憨相，窘得手脚没处放。那老婆却大方极了，嫌大来不自然，就在桌下踩大来的脚。没想台下的人全看见了，就一齐哈哈地笑。那老婆也满脸通红，红润光洁。人都在说：

"这大来有这么俊样的老婆！"

"瞧人家的眉眼儿哟！"

棣 花

无论如何我是该写写棣花这个地方了。商州的人，或许是常出门的，或许一辈子没有走出过门前的大山，但是，棣花却是知道的。棣花之所以出名，有各种各样的说法。文人界的，都知道那里出过商州唯一的举人韩玄子，韩玄子当年文才如何，现无据可查，但举人的第八代子孙仍还健在，民国初年就以画虎闻名全州，至今各县一些老户人家，中堂之上都挂有他的作品，或立于莽林咆哮，或卧于石下眈眈。现因手颤不能作画，民间却流传当年作虎时，先要铺好宣纸，蘸好笔墨，便蒙头大睡，一觉醒来，将笔在口中抹着，突然脸色大变，凶恶异常，猛扑上去，唰唰唰唰，眨眼便在纸上跳出一只兽中王来。拳脚行的，却都知道那里出过一个厉害角色，身不高四尺，头小，手小，脚小，却应了"小五全"之相术，自幼习得少林武功。他的徒弟各县都有，便流传着他神乎其神的举动，说是他从不关门，从不被贼偷，冬夏以坐为睡。有一年两个人不服他，趁他在河边沙地里午休，一齐扑上，一人压头，一人以手扣住肛门，想扼翻在地，他醒来只一弓，跳了起来，将一人撞出一丈二远，当场折了一根肋骨，将一人的手夹在肛门，弓腰在沙地上走了一圈，猛一放松，那人后退三步跌倒，中指已夹得没了皮肉。所以，懂得这行的人，不管走多么远，若和人斗打，只要说声："我怕了你小子，老子是棣花出来的!"对手就再也不敢动弹了。一个大画笔，一个硬拳脚为世人皆知，但那些小商小贩知道棣花的，倒是棣花的集市。棣花的集市与别处不同，每七天一次，早晨七点钟人便涌集，一直到晚上十点人群不散。中午太阳端的时辰，达到高潮，那人如要把棣花街挤破一般。西对商县的孝义、夜村、白杨店、沙河子，北上许家庄、油坊沟、苗沟，南到两岔河、谢沟、巫山眉，东到茶坊、两岭、双堡子，百十里方圆，人物，货物，都集中到这里买卖交易，所以棣花的好多人家都开有饭店、旅馆，甚至有的人家在大路畔竟连修三个厕所。也有的三家、四家合作，在棣花街前的河面上架起木桥，过桥者一次二分，一天可收入上百元哩。

其实，棣花并不是个县城，也不是个区镇，仅仅是个十六个小队的大队而已。它装在一个山的盆盆里，盆一半是河，一半是塬，村庄分散，却极规律，组成三二三队形，河边的一片呈带状，东是东街村，西是西街村，中是正街，一条街道又向两边延伸，西可通雷家坡，东可通石板沟，出现一个弓形，而长坪公路就从塬上通过，正好是弓上弦。面对西街村的河对面山上，有一奇景，人称"松中藏月"，那月并不是月，是山峰，两边高，中间低，宛若一柄下弦月，而月内长满青松，尽一搂粗细，棵棵并排，距离相等，可以从树缝看出山峰低洼线和山那边的云天。而东街村前，却是一个大场，北是两座大庙，南是戏楼，青条石砌起，雕木翘檐，戏台高地二丈，场面不大，音响效果极好。就在东西二街靠近正街的交界处，各从塬根流出一泉，称为"二龙戏珠"，其水冬不枯，夏不溢，甘甜清冽，供全棣花人吃、喝、洗、涮。泉水流下，注入正街后上百亩的池塘之中，这就是有名的荷花塘了。

这地方自出了韩举人、李拳脚之后，便普遍重文崇武。男人都长得白白净净，武而不粗，文而不酸。女人皆有水色，要么雍容丰满，要么素净苗条，绝无粗短黑红和枯瘦干瘪之相。直至今日，这里在外工作的人很多，号称"干部归了窝儿"的地方，这些人脚走天南海北，眼观四面八方，但年年春节回家，相互谈起来，口气是一致的：还是咱棣花这地方好！

因为地方太好了，人就格外得意。春节里他们利用一年一度的休假日，尽情寻着快活，举办各类娱乐活动，或锣鼓不停，或鞭炮不绝，或酒席不散。远近人以棣花人乐而赶来取乐，棣花人以远近人赶来乐而更乐，真可谓家乡山水乐于心，乐于锣鼓、鞭炮、酒肉也！

一到腊月，二十三日是小年，晚上家家烙烧饼，那戏楼上便开戏了，看戏的拥满了场子，孩子们都高高爬在大场四周的杨柳树上，或庙宇的屋脊上。夏天里，秋天里收获的麦秸堆、谷秆堆，七个八个地堆在东西场边，人们就搭着梯子上去，将草埋住身子，一边取暖，一边看戏，常常就瞌睡了，一觉醒来，满天星斗，遍地银霜，戏不知什么时候早就散了。戏是老戏，演员却是本地人，每一个角色出来，下边就啾啾议论：这是谁家的儿子，好一表人才；这是谁家的媳妇，扮啥像啥；这是谁家的公公，儿子孙子都一大堆了，还抬脚动手地在台上蹦跶。最有名的是正街后巷的冬生，他已经四十，每每却扮着二八女郎，那扮相、身段、唱腔都极妙，每年冬天，戏班子就是他组织的。可惜他没有中指，演到怒指奴才的时候，只是用二拇指来指，下边就说："瞧那指头，像个锥子！""知道吗？他老婆说他男不男、女不女的，不让他演，打起来，让老婆咬的。""噢，不是说他害了病了吗？""他不唱戏就害病。"还有一个三十岁演小丑的，在台下说话结结巴巴，可一上台，口齿却十分流利，这免不了叫台下人惊奇；但使人看不上的是他兼报节目，却总要学着普通话，因为说得十分生硬，人称"醋溜普通话"，他一报幕，下边就笑，有人在骂："呀，又听洋腔了！""醋溜，醋溜。""真是难听死了！""哼，红薯把他吃得变种了！"虽然就是这样一些演员，但戏演得确实不错，戏本都是常年演的，台上一唱，台下就有人跟着哼，台上常忘了词儿，或走了调儿，台下就呜呜地叫。有时演到热闹处，台下就都往前挤，你挤我，我挤你，脚扎根不动，身子如风中草，那些小孩子们就涌在戏台两边，来了就赶，赶了又来，如苍蝇一样讨厌。这样，就出了一个叫关印的人，他脑子迟钝，却一身力气，最爱热闹，戏班就专让他维持秩序。他受到重用，十分卖力，就手持谷秆，哪儿人挤，哪儿抽打，哪儿秩序就安静下来。这戏从腊月二十三一直演到正月十六，关印就执勤二十四天。

到了正月初一，早晨起来吃了大肉水饺，各小队就忙着收拾扮社火了。十六个小队，每队扮二至三台，谁也不能重复谁，一切都在悄悄进行，严加守密，只是锣鼓家伙声一村敲起，村村应和，鼓是牛皮古鼓，大如蒲篮，铜锣如筛，重十八斤，需两人抬着来敲，出奇的是那社火号杆长三尺，不好吹响，一村最多仅一两人能吹。中午十二点一过，大塬上的钟楼上五十吨的铁铸大钟被三个人用榔头撞响，十六个小队就抬出社火在正街集中，然后由西到东，在大场上绕转三匝，然后再由东到西，上塬，到雷家塬，再到石板沟，后返回正街。那社火被人山人海拥着，排在一起，各显出千秋。别处的社火一般都是平台，在一张桌上铺了单子，围了花树，三四个小孩扮成历史人物站在上边，桌子四边绑了长椽，八人抬着过市，而单子里边，桌子之下，往往要吊半个磨扇，以防桌子翻倒。而棣花的社火则从不系吊磨扇，也从看不上平台，都以铁打了芯子，做出玄而又玄的造型。当然，十六个队年年出众的是西街村，而号角吹得最响最长的是贾塬村。东街村年年比不过西街村，这年腊月就重新打芯子，合计新花样，做出了一台"哪吒出世"，下边是三张偌大的荷叶，一枝莲茎，一指粗细，直愣愣、颤巍巍长五尺有二，上是一朵白中泛红的盛开荷花，花中坐一小孩，做哪吒模样。一抬出，人人喝彩，大叫："今年要夺魁了！"抬到正街，西街的就迎面过来，一看人家，又逊眼了。过来的是"孙悟空三打白骨精"，那大圣高出桌面一丈，一脚凌空前跷，一脚后蹬，作腾云驾雾状，那金箍棒握在手中，棒头用尼龙绳空悬白骨精，那妖怪竟是不满一岁的婴儿所扮，抬起一走动，那婴儿就摇晃不已，人们全拥过去狂喊："盖帽了！"东街的便又抬出第二台，是"游龟山"，一条彩船，首坐田玉川，尾站胡凤莲，船不断打转，如在水中起伏。西街的也拥出第二台，则是"李清照荡秋千"，一架秋千，一女孩在上不断蹬荡。自然西街的又取胜了，东街的就小声叫骂："西街今年是什么人出的主意？""还是韩家老八！""这老不死！来贵呢？"叫来贵的知道什么意思，忙回去化装小丑，在一条做好的木椽大龙头上坐了，怀抱一个喷雾器，被四五人抬着，哪儿人多，哪儿去耍，龙头猛地向东一抛，猛地向西一抛，来贵就将怀中喷雾器中的水喷出来，惹得一片笑声。接着雷家坡的屋檐高的高跷队，后塬的狮子队，正街的竹马队，浩浩荡荡，来回闹着跑。每一次经过正街，沿街的单位就鞭炮齐鸣，若在某一家门前热闹，这叫"轰庄子"，最为吉庆，主人就少不了拿出一条好烟，再将一节三尺长的红绸子布缠在狮子头上、龙首上，或社火上的孩子身上，耍闹人就斜叼着纸烟，热闹得更起劲了。

大凡这个时候，最活跃的是青年男女，这几天儿女们如何疯张，大人们一般不管。他们就三三两两的一边看社火，一边直瞅着人窝中的中意的人，有暗中察访的，有叫同伴偷偷相看的，也常有三三两两的男女就跑到河边树林子里去了。

棣花就是这样的地方，山美，水美，人美。所以棣花的姑娘从不愿嫁到外地，外地的姑娘千方百计要嫁到棣花，小伙子就从没有过到了二十六岁没有成家的了，农民辛辛苦苦劳动，一年复一年，一月复一月，但辛苦得乐哉，寿命便长，大都三世同堂；人称"人活七十古来稀"，但十六个小队，队队都有百岁老人。

屠夫刘川海

一看见嘴唇上的黄胡子，我便认出是他了；他也看见了我，眼睛笑成一条肉缝，栽死扑活地向我跟前跑。我习惯性地伸出了手，他站定在我的面前，却将两只手"双"在袖筒里："不，不，农民不兴这个!"我腾地脸红了。大前年我在镇安县开多种经营现场会，他是柞水县代表，我们住在一个旅馆里，说笑熟了，就曾经戏谑过我们当干部的讲究多：见面要握手啊，分别要再见呀……现在，我猛地警惕着自己，尽量避免一些普通话用语，比如，刚说了"昨晚到这刘家塬的"，就忙再说"夜儿里到大队的"。要不，他会给人外排说我是"坐碗来的"。

"你快到屋里去吧!"他说，指着村口的三间瓦房，"我女儿在家，你去就说你的名字，说是见过我了。真不凑巧，村北头来顺家要杀猪，请了几次了。我应了声。应人事小，误人事大，腊月天误一个时辰，市面上肉价一高一低要错好多价哩!"说着就把右手提着的竹笼子揭开，里边放着杀猎的尖叶刀、大砍刀、浮石、铁钩什么的。

"你还干的老本行?"我说。

"有什么办法？过年人都要吃肉，猪总得有人杀。咱白刀子进，红刀子出，这事也不能干得久了，我想等一日我到了阴间，那些猪鬼会把我一刀一切剁了下油锅的。可话说回来，猪天造的是人的一道菜，就像养女子大了，就是别人家的人。你不是写书人吗，前年你缠我给你讲了一些花案，这次我给你再讲吧，我现今是治保委员，在这四乡八村，你打听打听，一出那种事，哪个遮住了咱的眼光?"

他还是那么个爱说话，我便乐了。村北头一家小媳妇打远处喊："二叔，水都烧开了，啥把你牵挂得走不开?!"他给我挤眼，骂声："去你娘的，不知谁有牵挂?"就又对我悄声说："瞧见吗？这是来举的媳妇，人都说好，发觉了这小狐子和村西十字路口的大水好哩，秋里新红薯一下，撇下丈夫和孩子，拿了两个热红薯就和大水到村口老爷庙墙后吃去了。"说罢，骂骂咧咧跑走了。

我寻到他的家，门前正好是一个场地，沿场边一溜堆放着小山包似的几座麦秸草堆，风正吹着，有几团草卷成球儿模样，呼呼噜噜直卷到土墙院子门口。院子里空静静的，我的朋友早给说过，他老婆五年前就死了，撇下一个女儿给他，日子好不恓惶了几年。如今女儿大了，才松泛些，里里外外有人干事。他除了杀猪，一天就嘻嘻哈哈耍个快嘴儿。我走进院子，故意踏动脚步，还是没有人接应，只见厨房的窗口里往外喷着烟雾、蒸汽，就喊了声："有人吗？"

"谁呀？"厨房门口喷出一团热气，热气散了，才看清站着一个姑娘，细皮白肉的，刘海上，眉毛上，水蒸气立即凝成水珠了。我说了我的名字，又说了见过她爹，她乐了，拉我进屋。原来她在蒸馍。商州的腊月二十七、二十八、二十九三天，是讲究家家蒸馍，她已蒸出了几锅，白腾腾的摆了一蒲篮，就双手给我抓了几个出来：

"我爹常说你哩，说你最爱听他说话。你吃呀，看蒸得碱均不均？"

我问起他们的家境，她就唠叨起爹的不是，说他爱管闲事，好起来就他好，不好起来就他不好，五十多岁的人了，叫村里年轻人都不爱惦他。

"这是怎么啦？"

"怎么说他这个老子哩！他总是不满现在的年轻人不正经，谈恋爱没媒人……回到家，吃饭时就咕哝着。当然我不爱听，就顶撞，他就发火，说我什么都不懂，大人一把屎一把尿抓养大，现在就不听指拨了？指责我现在不是小娃娃了，做了大人了。他说：'你掉过脸去？哈！不听老人言，有你吃的亏！'有时骂起来，气得饭也不吃了，我要吃着，就骂我没出息，坐不是姑娘的坐相，吃饭狼吞虎咽。我只好坐好，听他说着，眼泪就想流，他就又骂道：'吃你的饭，拿好筷子！啊哈……你哭了？你这不受教的！'你瞧他这样子?!恐怕是杀猪杀得多了，人心理也变了态了!"

我笑起来，说他爹年纪也不是七老八十的，对新事情还这么看不过眼？

"可不！把我一天管得死死的，今日腊月二十八，这里逢集，我说去集上看看，他粗声吼着，让我在家，说一个大姑娘家，人面前疯来疯去不是体统。呀，馍熟了！"

她叫着，跳起身来，就去锅台，双手拍着笼盖，叫道："长！长！"然后就哗地揭开笼盖，满屋子一片白气，什么也看不清了，只听见她叫道："好得太，全炸开了！"接着她一口一口吹气，热气渐渐散了，她很响地在水桶里用水瓢舀水，手蘸一下，从笼里搬出一个馍来，动作像舞蹈一样。商州人白面不多，常要蒸馍时往里掺白苞谷面，馍就十分讲究要炸裂。她把馍搬完了，用筷子蘸上红纸泡的红水儿一下一下点在馍顶上。又让我趁热吃了一个。

馍一边蒸过三锅，一切收拾毕了，她让我在院子里的太阳下坐着，就去上屋的箱子里取出一双新布鞋来。那鞋底纳着麻麻密密的麻绳眼儿，帮子也浆得生硬，整个鞋结实得像个铁壳子，就用木楦子来楦。楦子很紧，塞不进去，就又灌上些水，用斧子轻轻敲打。

"这是给你爹的过年鞋?"

"给我爹的已经做好。"

"那是谁的?"

"我的,噢,你吃烟吧!"

她脸红了起来,又说她去隔壁那家办个事,就走了。两家的隔墙不高,我看见她站在那家院子里对着窗口喊着要买布证。"你是啥价?""你卖吗?你是卖主,你说。""集市上是一毛八。""你却是我的嫂子!""那你说?""一毛二一尺。""那叫你只看一眼。""三毛!""你有那个大方?""少了不卖,多了不卖,你要多少?""一角五。""好吧;反正我给外人捎的,就让嫂子发个财!"两个人就一手交钱,一手交布证,又说了开来:"妹子,你给嫂子说实话,要是给你那位相好的扯衣服,我白送你,你给嫂子说……""说得中听!我哪有相好的,你给我找一个吧!嘘,院那边有我爹的客人哩!"她们往这边看,我忙低了头。

后来她回来,问我去不去集市上,若去,和她一块走,不去,就在家守着门。我当然是去的,她就背过我把那鞋用布包了,夹在胳膊下。

集市是极大的,窄窄的一条道挤得人山人海,姑娘让我紧跟着她先去买了窗户纸。她拣纸十分仔细,要平整的,面匀的,用手一一摸了,搭在眼前对着太阳照了。买了白的,再买红的、绿的、黄的。这里的房屋最经心打扮的是窗子,白纸全部糊好了,中间的方格上,是表现手艺的地方,一格红,一格绿,一格黄,妥妥帖帖糊上,便每一格上再贴上窗花。窗花绝对是彩色的,几十种刀具,哪里该添,哪里该去,哪里该透光,一合计就在一张纸上刻成了,然后染色,然后涂酒,便白天日光透进来,晚上灯光照上去,鲜明夺目,旖旎可爱呢。

买完纸，姑娘突然不见了，苦得我左找右寻，才见她在一个墙角和一个小伙子说话哩。她低着头，小伙背着身，似乎漫不经心地看别的地方，但嘴在一张一合说着。我叫她一声，她慌手慌脚起来，将那包鞋的包儿放在地上，站起来拉我往人窝走。我回头一看，那小伙已拾了鞋，塞在怀里。

"那是谁？"我问。

"不告诉你！"

"是不是你的那个？"

"不知道！"

她回了一句，一个人从人窝挤过去，朝我喊："快跟上！"但很快被人挤得不见了。我却无论如何不得过去，一队担柴的直叫着"撞！——撞！——"人皆两边闪道，人脚扎了根似的，身子却前后左右倒伏。等担柴的过去，那姑娘踪影也不得见了。我只好快快返回村子，因不能进朋友的家门，就去村北头看朋友杀猪去。

第一条猪已经杀好了，我的朋友正叼着烟歇着说着，他满口白沫直道他的见闻，然后扳指头数着四村八邻谁家女儿不好，自己找男人，谁家寡妇守了二十年了，终熬不过又嫁了人，又讲他怎么去捉奸，那野汉子怎么样，那骚婆娘又怎么样。

"尽是伤风败俗，叔一辈子就见不得这种恶事了，要不是知道犯罪，我真想杀猪一样放了他们的血！你见过后村王小小的三媳妇吗？"

"见过。"旁边的人应道。

"哈，她到她男人的单位待了半年，回来就学会握手，女的也握，男的也握，王小小骂了一顿，她还说：'那怕啥，城里人还抱住亲嘴哩!'王小小当场扇了她个嘴巴!"

"人家说的也没错呀!"

"她忘了自己是干啥的!你知道吗,她和她村一个小伙好上了,大白天的在苞谷地里咬舌头。"

"二叔,这些事怎么总让你看见了?"

"叔这眼睛尖哩,就盯着这些事哩!这几个村里,谁家媳妇、女子正经不正经,咱心里有的是数。"

"那你说说咱村里吧。"

他正要说,抬头看见我了,笑着站起来说:"你到家去了吧,见着我那闺女了吧?说句海口,我不让她出去,她就得乖乖在家待着。"我笑笑,却还给他点着头。

这时候,一阵猪叫,几个人又拉进一条猪来,使尽力气压倒在桃树下的方桌上,我的朋友丢掉烟蒂,系紧腰里皮绳,挽高袖子,握刀过去。左手握着猪的黄瓜嘴,左脚扎在猪的脊背上,右腿直蹦蹦蹬地,握刀的右手翻过刀背,朝猪嘴头上狠地一磕,猪一吸气,脖子下显出一个坑儿,刀尖刚触到那坑儿,眼睛便向旁边乜斜,见压猪的小伙们把猪的下腿全抓得死死的,就喝道:"谁叫你捉下边两条腿?"小伙子们脸红了:因为把四条腿都抓死了,猪蹬踏不成,血就会淤在肚里,杀出的肉就不新鲜。于是,手一松,缩回去了。我的朋友又是用刀背磕了一下猪嘴头,一刀捅进那坑儿,刀一抽,一股红血"唰"地冒了出来,猪哼的一声,四蹄乱蹬,有人就拿过盆子接血,猪浑身颤抖了一阵,不动弹了。这时候,我的朋友把血刀在猪背上篦了篦,刀尖在猪嘴头上扎个窟窿,拴条葛绳,挽了圈圈,便叼刀在口长长出了口气。

再把一双血手往猪身上抹抹，将那最高最长的猪鬃在指头上一卷，"铮铮"拔下几撮，丢在他带的家具笼里。猪鬃是归杀猪匠的。

男主人从厨房提来滚水，桶口落得低低的倒在大环锅里。我的朋友提一桶冷水，放在锅里转了几转，伸手在水里一蘸，一抽，口里吸溜着，在试烫水哩。终于，烫水正到温度，一声喊，小伙子们提猪的四条腿，男主人提猪的尾巴，我的朋友抓住猪嘴上的葛绳，将猪慢慢放在烫水里压着，转着，翻来倒去。烫好了，一齐动手，用浮石将猪毛"嗤噜""嗤噜"刮去，用铁钩将猪挂在架上。我的朋友就取了捅条，在猪交裆上捅了，然后嘴搭近去猛吹，一边吹，一边用棒槌敲着猪身，眼见得猪浑身胀起来了。然后用木塞塞了窟窿口，用一勺热水洒了，用刀子刮了，刀又叼在嘴里，拔掉木塞，捉住猪耳朵，照脖颈肉缝里用手转割一圈，人转到猪背后，双手一用劲，"咔嚓"一声，猪头提在手里了。

现在，开膛猪肚，取出尿泡，旁边的孩子们一把夺过去，倒了尿，便吹成个大气球。取出大肠，小肠，心肺，肚子，肝子，几个人就忙着摘油，翻肚，洗肠了。一阵忙乱，我的朋友取过砍刀，割掉脖颈，割掉尾巴，那尾巴偏要夹在猪的嘴里，就扳过猪一只后腿，令一个小伙扳住另一只后腿，刀子咔嚓咔嚓从上到下分去，这便是"分边子"了。围看的人头都凑了过来看膘色、有人把手指放在当腰子眼——第七个胛骨地方——量量，叫道："嗬！二指！"一个婆娘，也伸过手来量，说："咦，还不止哩！三指啊！"有人便将她拨开，斥道："去，女三（指）男二（指）哩，你那指头算指头？"

当人们在喊喊咻咻看膘色、估价时，男主人和我的朋友、队干部蹲在井边均价啦。队干部说："两股子！怎么样？"男主人说："行，就这，正好！"队干部就往过一跳，朝众人喊："两股子！"小伙子们都愣了，不知什么意思，老年人则面面相觑："哟！一大一小?!""啊！是一元一角?""太贵啦吧?""行，行，这是行市价。"我的朋友腿一叉，正经八百地说："谁来？打！"一时热闹了，这个要"给我打一吊"！那个要"给我割一刀子"！想吃肥膘的要"槽头"，想包饺子的要"勾把子"，想炼油的，还有些奸能人，手总不离腰子眼，喊："从这里！从这里！"三下五除二，一个猪卖完了，女主人说："咳，弄得啥吗，都没给自家留。"男主人凶道："去！有你说的啥?"我的朋友哈哈大笑："怎么没留？头水，下水（肚里货），里三，外三，就够你老两口子！"女主人经不住逗，也便笑了。

这一顿饭，自然在这家吃，我也便被好客的主人留下了。吃罢饭，又去另一家杀了猪，当我们回到家的时候，天已经黑严了。但是，姑娘没有在家。"人呢?"他说，脸上有了怒色，回过头来，却对我笑笑，"怕到后街菊香家去了。"

说起菊香，他就又有兴趣了，说是菊香的娘年轻时是个破鞋，菊香爹打过几顿，如今菊香爹死了，她娘做了老寡妇，但自己的儿媳妇也有些不干不净的，菊香娘就很伤心，又不敢向儿子说明，常把他家女儿叫去说牺惶。

"咳，这就叫报应！前檐水不往后檐流，她活该了！"

又坐了一个时辰，姑娘还没有回来，他就说天黑了，要去叫她。但去了不久，就急火火回来，对我说："他娘的，实在不像话，现在的年轻人……"我问清了，才知是他路过大场，那麦秸草堆后有两个人影在悄悄说话，他听不清是谁的声，但肯定是一男一女。

"走，你帮我捉这不要脸的东西去，叫他们知道知道羞耻！"

我说现在的年轻人不能和过去相比，人家或许在谈恋爱，管那些事干啥呢？他说："我是治保委员啊，我能不管？"

他拉我出门，让我站在这边小路口上，便独自猫腰从大场那边走去，突然骂道："狗日的，羞了你先人了！"那两个人影极快跑走了，一个从麦地里过去，一个朝这边小路跑来。我认清了，原来竟是他家的姑娘！我一缩身蹴在路下渠里，让她跑了过去。我的朋友过来怨我没有挡住，问看清是什么样的，我说看不清，他又只是骂道：

"你看这像话不像话？这是谁家的不要脸！"

我们回到院子，姑娘的房子里亮着灯，俊俏俏的身影映在窗纸上，她正在贴窗花。我的朋友问："回来啦？""回来啦。""晚上到谁家去也该早早回来，你知道吗？大场那边又出恶心事啦！"

白浪街

丹江流经竹林关，向东南而去，便进入了商南县境。一百十一里到徐家店，九十里到梳洗楼，五里到月亮湾，再一十八里拐出沿江第四个大湾川到荆紫关、淅川、内乡、均县、老河口。汪汪洋洋九百九十里水路，山高月小，水落石出。船只是不少的，都窄小窄小，又极少有桅杆竖立，偶尔有的，也从不见有帆扯起来。因为水流湍急，顺江而下，只需把舵，不用划桨，便半天一晌，"轻舟已过万重山"了。假若从龙驹寨到河南西峡，走的是旱路，处处古关驿站，至今那些地方旧名依故，仍是武关、大岭关、双石关、马家驿、林河驿，等等。而老河口至龙驹寨，则水滩甚多，险峻而可名的竟达一百三十处！江边石崖上，低头便见纤绳磨出的石渠和纤夫脚踩的石窝；虽然山根石皮上的一座座镇河神塔都差不多坍了半截，或只留有一堆砖石，那夕阳里依稀可见苍苔缀满了那石壁上的"远源长流"字样。一条江上，上有一座"平浪宫"在龙驹寨，下有一座"平浪宫"在荆紫关，一样的纯木结构，一样的雕梁画栋。破除迷信了，虽然再也看不到船供养着小白蛇，进"平浪宫"去供香火，三磕六拜，但在弄潮人的心上，龙驹寨、荆紫关是最神圣的地方。那些上了年纪的船艄公，每每摸弄着五趾分开的大脚，就夸说："想当年。我和你爷从龙驹寨运苍术、五倍子、木耳、漆油到荆紫关，从荆紫关运火纸、黄表、白糖、苏木到龙驹寨，那是什么情景！你到过龙驹寨吗？到过荆紫关吗？荆紫关到了商州的边缘，可是繁华地面呢！"

荆紫关确是商州的边缘，确是繁华的地面。似乎这一切全是为商州天造地设的，一闪进关，江面十分开阔。黄昏中平川地里虽不大见孤烟直长的景象，落日在长河里却是异常地圆。初来乍到，认识论为之改变：商州有这么大平地！但江东荆紫关，关内关外住满河南人，江西村村相连，管道纵横，却是河南、湖北口音，唯有到了山根下一条叫白浪的小河南岸街上，才略略听到一些秦腔呢。

这街叫白浪街，小极小极的。这头看不到那头，走过去，似乎并不感觉这是条街道，只是两排屋舍对面开门，门一律装板门罢了。这里最崇尚的颜色是黑白：门窗用土漆刷黑，凝重、锃亮，俨然铁门钢窗，家里的一切家什，大到柜子、箱子，小到罐子、盆子，土漆使其光明如镜，到了正午，你一人在家，家里四面八方都是你。日子富裕的，墙壁要用白灰搪抹，即使再贫再寒，那屋脊一定是白灰抹的，这是江边人对小白蛇（白龙）信奉的象征。每每太阳升起，空间一片迷离之时，远远看那山根，村舍不甚清楚，那错错落落的屋脊就明显出对等的白直线段。烧柴不足是这里致命的弱点，节柴灶就风云全街，每一家一进门就是一个砖砌的双锅灶，粗大的烟囱，如"人"字立在灶上，灶门是黑，烟囱是白。黑白在这里和谐统一，黑白使这里显示亮色。白浪河，其实并无波浪，更非白色，只是人们对这一条浅浅的满河黑色碎石的沙河的理想而已。

街面十分单薄，两排房子，北边的沿河堤筑起，南边的房后就一片田地，一直到山根。数来数去，组成这街的是四十二间房子，一分为二，北二十一间，南二十一间，北边的斜着而上，南边的斜着而下。街道三步宽，中间却要流一道溪水，一半有石条棚，一半没有棚，清清亮亮，无声无息，夜里也听不到响动，只是一道星月。街里九棵柳树，弯腰扭身，一副媚态。风一吹，万千柔枝，一会儿打在北边木板门上，一会儿刷在南边方格窗上，东西南北风向，在街上是无法以树判断的。九棵柳中，位置最中的，身腰最弯的，年龄最古老而空了心的是一棵垂柳。典型的粗和细的结合体，桩如桶，枝如发。树下就仄卧着一块无规无则之怪石。既伤于观赏，又碍于街面，但谁也不能去动它。那简直是这条街的街徽。重大的集会，这石上是主席台，重要的布告，这石上的树身是张贴栏，就是民事纠纷，起咒发誓，也只能站在石前。

就是这条白浪街，陕西、河南、湖北三省在这里相交，三省交接，界碑就是这一块仄石。小小的仄石竟如泰山一样举足轻重，神圣不可侵犯。以这怪石东西直线上下，南边的是湖北地面，以这怪石南北直线上下，北边的街上是陕西，下是河南。因为街道不直，所以街西头一家，三间上屋属湖北，院子却属陕西，据说解放以前，地界清楚，人居杂乱，湖北人住在陕西地上，年年给陕西纳粮，陕西人住在河南地上，年年给河南纳粮。如今人随地走，那世世代代杂居的人就只得改其籍贯了。但若查起籍贯，陕西的为白浪大队，河南的为白浪大队，湖北的也为白浪大队，大凡找白浪某某之人，一家需要强调某某省名方可。

一条街上分为三省，三省人是三省人的容貌，三省人是三省人的语言，三省人是三省人的商店。如此不到半里路的街面，商店三座，座座都是楼房。人有竞争的秉性，所以各显其能，各表其功。先是陕西商店推倒土屋，一砖到顶修起十多间一座商厅。后就是河南弃旧翻新堆起两层木石结构楼房；再就是湖北人，一下子发奋起四层水泥建筑。货物也一家胜筹一家，比来比去，各有长短，陕西的棉纺织品最为赢，湖北以百货齐全取胜，河南挖空心思，则常常以供应短缺品压倒一切。地势造成了竞争的局面，竞争促进了地势的繁荣，就是这弹丸之地，成了这偌大的平川地带最热闹的地方。每天这里人打着漩涡，四十二户人家，家家都做生意，门窗全然打开，办有饭店、旅店、酒店、肉店、烟店。那些附近的生意人就担筐背篓，也来摆摊，天不明就来占却地点，天黑严才收摊而回，有的则以石围圈，或夜不归宿，披被守地。别处买不到的东西，到这里可以买，别处见不到的东西，到这里可以见。"小香港"的名声就不胫而走了。

三省人在这里混居，他们都是炎黄的子孙，都是共产党的领导，但是，每一省都不愿意丢失自己的省风省俗，顽强地表现各自的特点。他们有他们不同于别人的长处，他们也有他们不同于别人的短处。

　　湖北人在这里人数最多。"天有九头鸟，地有湖北佬"，他们待人和气，处事机灵。所开的饭店餐具干净，桌椅整洁，即使家境再穷，那男人卫生帽一定是雪白雪白，那女人的头上一定是丝纹不乱。若是有客稍稍在门口向里一张望，就热情出迎，介绍饭菜，帮拿行李，你不得不进去吃喝，似乎你不是来给他"送"钱的，倒是来享他的福的。在一张八仙桌前坐下，先喝茶，再吸烟，问起这白浪街的历史，他一边叮叮咣咣刀随案板响，一边说了三朝，道了五代。又问起这街上人家，他会说了东头李家是几口男几口女，讲了西头刘家有几只鸡几头猪；忍不住又自夸这里男人义气，女人好看。或许一声呐喊，对门的窗子里就探出一个俊脸儿，说是其姐在县上剧团，其妹的照片在县照相馆橱窗里放大了尺二，说这姑娘好不，应声好，就说这姑娘从不刷牙，牙比玉白，长年下田，腰身细软。要问起这儿特产，那更是天花乱坠，说这里的火纸，吃水烟一吹就着；说这里的瓷盘从汉口运来，光洁如玻璃片，结实得落地不碎，就是碎了，碎片儿刮汗毛比刀子还利；说这里的老鼠药特有功效，小老鼠吃了顺地倒，大老鼠吃了跳三跳，末了还是顺地倒。说的时候就拿出货来，当场推销。一顿饭毕，客饱肚满载而去，桌面上就留下七元八元的，主人一边端残茶出来顺门泼了，一边低头还在说：照看不好，包涵包涵。他们的生意竟扩张起来，丹江对岸的荆紫关码头街上有他们的"租地"，虽然仍是小摊生意，天才的演说使他们大获暴利，似乎他们的大力丸，轻可以治痒，重可以防癌，人吃了有牛的力气，牛吃了有猪的肥膘，似乎那代售的避孕片，只要和在水里，人喝了不再多生，狗喝了不再下崽，浇麦麦不结穗，浇树树不开花。一张嘴使他们财源茂盛，财源茂盛使他们的嘴从不受亏，常常三个指头高擎饭碗，将面条高挑过鼻，沿街溜溜地吃。他们是三省之中最富有的公民。

河南人则以能干闻名，他们勤苦而不恋家，强悍却又狡黠。靠山吃山，靠水吃水，大人小孩没有不会水性的。每三日五日，结伙成群，背了七八个汽车内胎逆江而上，在五十里六十里的地方去买柴买油桐籽。柴是一分钱二斤，油桐籽是四角钱一斤。收齐了，就在江边啃了干粮，喝了生水。憋足力气吹圆内胎，便扎柴排顺江漂下。一整天里，柴排上就是他们的家，丈夫坐在排头，妻子坐在排尾，孩子坐在中间。夏天里江水暴溢，大浪滔滔，那柴排可接连三个四个，一家几口全只穿短裤，一身紫铜色的颜色，在阳光下闪亮，柴排忽上忽下，好一个气派！到了春天，江水平缓，过姚家湾、梁家湾、马家堡、界牌滩，看两岸静峰峭峭，赏山峰林木森森，江心的浪花雪白，岸下的深潭黝黑。遇见浅滩，就跳下水去连推带拉，排下湍流，又手忙脚乱，偶尔排撞在礁石上，将孩子弹落水中，父母并不惊慌，排依然在走，孩子眨眼间冒出水来，又跳上排。到了最平稳之处，清风徐来，水波不兴，一家人就仰躺排上，看天上水纹一样的云，看地上云纹一样的水，醒悟云和水是一个东西，只是一个有鸟一个有鱼而区别天和地了。每到一湾，湾里都有人家，江边有洗衣的女人，免不了评头论足，唱起野蛮而优美的歌子，惹得江边女子掷石大骂，他们倒乐得快活，从怀里掏出酒来，大声猜拳，有喝到六成七成，自觉高级干部的轿车也未必比柴排平稳，自觉天上神仙也未必有他们自在。每到一个大湾的渡口，那里总停有渡船，无人过渡，船公在那里翻衣捉虱，就喊一声："别让一个溜掉！"满江笑声。月到江心，柴排靠岸，连夜去荆紫关拍卖了，柴是一斤二分，油桐籽五角一斤；三天辛苦，挣得一大把票子，酒也有了，肉也有了，过一个时期"吃饱了，喝胀了"的富豪日子。一等家里又空了，就又逆江进山。他们的口福永远不能受损，他们的力气也是永远使用不竭。精打细算与他们无缘，钱来得快去得快，大起大落的性格使他们的生活大喜大悲。

陕西人，固有的风格使他们永远处于一种中不溜的地位。勤劳是他们的本分，保守是他们的性格。拙于口才，做生意总是亏本，出远门不习惯，只有小打小闹。对于河南、湖北人的大吃大喝，他们并不馋眼，看见河南、湖北人的大苦大累反倒相讥。他们是真正的安分农民，长年在土坷垃里劳作。土地包产到户后，地里的活一旦做完，油盐酱醋的零花钱来源就靠打些麻绳了。走进每一家，门道里都安有拧绳车子，婆娘们盘脚而坐，一手摇车把，一手加草，一抖一抖的，车轮转得是一个虚的圆团，车轴杆的单股草绳就发疯似的肿大。再就是男子们在院子里开始合绳：十股八股单绳拉直，两边一起上劲，长绳就抖得眼花缭乱，白天里，日光在上边跳，夜晚里，月光在上边碎，然后四股合一条，如长蛇一样扔满了一地。一条绳交给国家收购站，钱是赚不了几分，但他们个个身宽体胖，又年高寿长。河南人、湖北人请教养身之道，回答是：不研究行情，夜里睡得香，心便宽；不心重赚钱，茶饭不好，却吃得及时，便自然体胖。河南、湖北人自然看不上这养身之道，但却极愿意与陕西人相处，因为他们极其厚道，街前街后的树多是他们栽植，道路多是他们修铺，他们注意文化，晚辈里多有高中毕业，能画中堂上的老虎，能写门框上的对联，清夜月下，悠悠有吹箫弹琴的，又是陕西人氏。"宁叫人亏我，不叫我亏人"，因而多少年来，公安人员的摩托车始终未在陕西人家的门前停过。

三省人如此不同，但却和谐地统一在这条街上。地域的限制，使他们不可能分裂仇恨，他们各自保持着本省的尊严，但团结友爱却是他们共同的追求。街中的一条溪水，利用起来，在街东头修起闸门，水分三股，三股水打起三个水轮，一是湖北人用来带动压面机，一是河南人用来带动轧花机，一是陕西人用来带动磨面机。每到夏天傍晚，当街那棵垂柳下就安起一张小桌打扑克，一张桌坐了三省，代表各是两人，轮换交替，围着观看的却是三省的老老少少，当然有输有赢，友谊第一，比赛第二。月月有节，正月十五，二月初二，五月端午，八月中秋，再是腊月初八，大年三十，陕西商店给所有人供应鸡蛋，湖北商店给所有人供应白糖，河南就又是粉条，又是烟酒。票证在这里无用，后门在这里失去环境。即使在"文化大革命"中，这条街上风平浪静；陕西境内一乱，陕西人就跑到湖北境内，湖北境内一乱，湖北人就跑到河南境内。他们各是各的避风港，各是各的保护人。各家妇女，最拿手的是各省的烹调，但又能做得两省的饭菜。孩子们地道的是本省语言，却又能精通两省的方言土语。任何一家盖房了，所有人都来"送菜"，送菜者，并不仅仅送菜，有肉的拿肉，有酒的提酒，来者对于主人都是帮工，主人对于帮工都待如至客；一间新房便将三省人扭和在一起了。一家姑娘出嫁，三省人来送"汤"，一家儿子结婚，新娘子三省沿家磕头作拜。街中有一家陕西人，姓荆，六十三岁，长身长脸，女儿八个，八个女儿三个嫁河南，三个嫁湖北，两个留陕西，人称"三省总督"。老荆五十八岁开始过寿日，寿日时女儿、女婿都来，一家人南腔北调语音不同，酸辣咸甜口味有别，一家热闹，三省快乐。

一条白浪街，成为三省边街，三省的省长他们没有见过，三县的县长也从未到过这里，但他们各自不仅熟知本省，更熟知别省。街上有三份报纸，流传阅读，一家报上登了不正之风的罪恶，秦人骂"瞎�"，楚人骂"操蛋"，豫人骂"狗毬"；一家报上刊了振兴新闻，秦人说"嫽"，楚人叫"美"，豫人喊"中"。山高皇帝远，报纸却使他们离政策近。只是可惜他们很少有戏看，陕西人首先搭起戏班子，湖北人也参加，河南人也参加，演秦腔，演豫剧，演汉调。条件差，一把二胡演过《血泪仇》，广告色涂脸演过《梁秋燕》，以豆腐包披肩演过《智取威虎山》，越闹越大，《于无声处》的现代戏也演，《春草闯堂》的古典戏也演。那戏台就在白浪河边，看的人山人海。一时间，演员成了这里的头面人物。每每过年，这里兴送对联，大家联合给演员家送对联，送的人庄重，被送的人更珍贵，对联就一直保存一年，完好无缺。那戏台两边的对联，字字斗般大小，先是以红纸贴成，后就以红漆直接在门框上书写，一边是"丹江有船三日过五县"，一边是"白浪无波一石踏三省"，横额是"天时地利人和"。

镇柞的山

古时有个标准：山不在高，有仙则名。于是便有了西岳之险，峨眉之秀，匡庐幽深，黄山峻伟；人皆以爱山之奇而满足心境，山皆以足人所欲而遂得其名。可见爱山者其实爱己，名山者并非山之实际也。镇安柞水一带的山，纵横千里，高耸入云，却从未被天下知晓；究其原因，似乎所有名山的特点无不包括，但不能准确地有一个两个词儿的结论。面对着它们，你印象到的，感觉到的，山就是山，你就是你，物我不能归一，只能说：哦，瞧这山啊，这山多像山啊！

镇柞的山，正是特点太多了而失去了特点可怜不能出名，也正是不能出名而可敬地保持了山的实质和内容。

有人说：天下的山都跑到这儿来了。这话应该是正确的，整个镇安柞水的版图，自有半水半田九分山之说。高大是少见的，布局又都突如其来，没有铺设，也没有枝蔓，方圆几十里一个大山岭接着一个大山岭。沟壑显得少，却显得深，迷离叵测的曲折并不突出，但长得要命，空气阴沉如经过了高度的压缩。道路常是从山下往山上盘旋，拐一个弯，拐一个弯，再拐一个弯，路面随着拐弯而左高右低，右高左低，车似乎不是在行路，而是在压一条斜仄不平的钢板。一个弯与一个弯垂直线只有十米左右，弯路却至少二里，常常四个轮子的倒没有一头羊爬山快。好不容易到了山顶，山的峰峦如海的波涛，无穷无尽，只说此处离太阳近了，却红红的太阳照着，不觉其热。

一山未了一山迎，

百里没有一里平。

犹是老禅遥指处，

只堪图画不堪行。

114

这是唐代贾岛路过这里写下的诗句，于是你想象任何雄鹰在这里也会折翅，任何巨风在这里也会消声，真正的过往英雄，只能是两个球形的太阳和月亮。当然，高山之顶有高山之顶的好处，蛇是用不着害怕了，任何一处草丛里都可以去躺去卧，也不见那泥葫芦一样的野蜂巢欲坠不坠地挂在石嘴上，花开得极少，鸟也没有，但蹲下拉一次大便吧，苍蝇却倏忽飞来，令你思考着一个哲理：美好的东西或许有或许没有，但丑恶的东西却绝对分布得均匀。

开始下山了，车速快得像飞行，旅客的心嗡地常要空悬在腔内，几乎要昏眩过去。你闭上眼睛，听见的不再是汽车的哼哼，只有气的发泄，风的呼响，遐想着古时飞天的境界。峡谷越来越深，越深越窄，崖石上是一层厚厚的绿苔，一搂粗两搂粗的老树上也锈着绿的苔毛，太阳在头顶上空的峡间，也似乎变成一个怯怯的绿刺猬了。汗老是出不来，皮肤上潮潮的，憋得难受。你怀疑这是要到山的腹地里，那里或许就是民间说的阴曹地府。

百思不解的是山有多高，水就有多高，水有多高，人就居住得有多高。那一家一户间或就在一片树林子里，远远已经看见，越近去却越不能觅寻；或许山岩下又有了住房，远处一点不能发觉，猛地转过岩头，几乎是三步五步的距离，房舍就兀然出现，思想不来那砖瓦是如何一页一块搬上去的。瀑布随时都可以看见，有的阔大，从整个石梁上滚下，白的主色上紫烟弥漫，气浪轰动着幽深的峡谷，三四里外脸上就有了潮潮的水沫的感觉。有的极高极高，流下来，已经不能垂直，薄薄的化为一带，如纱一样飘逸。有的则柔得只能从石壁上沫沫地滑下，远处看并不均匀，倒像是流下的牛奶，或者干脆是一溜儿肥皂泡沫。河谷里，水从来不见有一里长的碧青，因为河床是石的，坑洼不平，且山上滚落下来的石头，三间屋大的，一间屋大的，水缘石而成轮状，扇状，窝状，翻一色白花。这种白赋予了河石，遇着天旱少水季节，一河石头白得像纸糊一般，疑心是山的遗骨，白光光地将一座山与一座山的绿分开。小型水电站就应运而生，常有那半山一块平地，地中涌出一巨泉，久涝不滥，久旱不涸，只稍稍将泉水引流到一个坎下，一座小电站就轻而易举形成了。那住得再高的人家，用不着到山下的河里去挑水，只消在门前砍一株竹子，打通关节，从后墙孔里直插到屋后石缝里的小泉里，水就会一直流进锅来，不用了，也只稍斜一下竹竿便罢，方便倒胜过城里的自来水龙头，且少了那许多漂白粉，冬暖夏凉，生喝甘甜，从不坏肚。

遗憾的是地太少了，未修台田的，一片一片像缀起的补丁，修了台田的，可怜却总是席大的炕大的转不开牛。地里又都是黑碎石片碴，永远吸不了鞋底，不小心却会割破脚心，耕作农具便限制到一种扇形的板锄。这类地土，如果在别的地方，寸草也不会生长，这里却最适宜种苞谷、洋芋、扁豆、绿豆、芸豆、黄豆、南瓜、红薯，农民称道这石碴里有油。那一种老苞谷，颗粒并不大，却十分饱满，是离太阳近的缘故吧，太阳的金黄使其灿灿发光，做饭易糊锅，嚼起特别味长。洋芋只要下种便有收获，两个洋芋在火塘边烤了，便会吃得连打饱嗝儿。最富有的是山上的树，浅山里树很杂，蛇出没无常，冷不防就从草丛里拐行而来，身上又都五颜六色，或许缠在树上，或许盘在岩头，或许如枯木一般横在路上。外地人免不了一步一个心跳，本地人却用

116

树枝一挑，"日"地甩出去，随便得很。还有一种什么草，叶下尽长着茸茸的倒钩白刺，视之如绒毛似的，手一捉，竟如蝎子一般，奇怪的是解铃还须系铃人，只要将这草捣碎成泥敷在伤处，则立即痛止。那商芝更是满山都是，春天里长得如佛手，摘下晾干，蒸可以吃，炒可以吃，据说秦时四皓避乱隐居商州，就是以此为食，营养丰富，滋味比黄花菜倒醇。于是那黄花菜便不稀罕了，家家门前的地堰上，都长着一丛一丛，花开了也不去采，不为食用，只为好看。深山的林却浩瀚无边，森林开发队一日一日在那里修路建场，但那些可做栋的、梁的松树、柏树、栲树、槲树、桦树，路险不能运出，只好在那里枯死，腐烂，山民们用麻袋装了那黑灰似的木土背下山到公路边，一麻袋三角钱卖给那些栽花育草的城里司机们了。浅山里有野兔、山羊，深山里有野猪、狗熊。山民们人人一身兼三职：农夫，药户，猎人。三四人、七八人结伙成队上山围猎，守点的严阵以待，赶山的大声吆喝，那阵式雄壮得如古罗马大战。虽每个村子少不了有被野兽抓破了头和脸的残疾人，但出猎便不空回，曾经一个人看见了一群野猪从岩上跑来，只一枪打中了为首的一头，它掉下岩来，后边的一条线紧跑的野猪以为前边的同伙在跳涧，一个一个也就从那里跌下岩死了，竟有十一头。

　　山果在这里最有特色，桃儿都是茶碗大，一律歪嘴儿，白的嫩白，红的艳红，是山中少女脸的缩小。夏天的日子里在山里行走，几天几日也用不着去吃五谷，这种仙物可以吃饱又不伤胃。秋天的板栗、核桃更是满山遍野，无家无主，只要你肯捡就是。若是一个人到山洼去，一洼半人高的绿草，草头一层红的黄的紫的花蕊，仰身而卧，吸几口花香，听几声鸟鸣，如痴如醉，再爬起来往坡根去，在那栗子树、核桃树身上蹬上一脚，那果子就哗哗坠落一地。山木丛杂，不能大面积地种植谷蔬，又近山之家不须柴薪砍伐，山民们就挖药材，扳竹笋，采蘑菇、香蕈，捡核桃、栗子，剥棕，取枸，割漆，收蜜，摘茶，锯板，烧炭，缠葛，破竹，编荆。常常在日暮时分，听见山的这儿那儿有着山歌，和者盖寡，间或就见河中有了木排，人在上边坐着，三点两点，归家"一叶扁舟"去了。随之，山洼处处冒起炊烟，四野云接，鸦群盘旋，三三五五的剪了尾巴的狗在吠。

从远古以来，这里一切都是自产自供，瞧瞧建筑，便足看出人的性格：从来没有院落，住屋又都是四四方方一个大间，以门槛为界，从不向外扩张。阴阳先生的择屋场风水，原则只有一条，就是深藏。一般从不结村聚庄，一家一户居之，即使三五集而一起，必是在背风洼地，从不像陕北人的村寨或县城总是在高山顶上，眼观四方，俯视众壑，志在天外。他们家再穷再贫，从不想到外地谋生，对于在外工作的人，倒常常要议论个离乡背井的苦楚，即使现在已经十分热闹的柞水县城、镇安县城，地势建筑也一个是槽状，一个是瓮形。至今在深山里，也多少存在着宁肯家里的东西腐烂坏臭，也绝不愿出售贩卖的习惯。古时整个地区没有钱店，当行货绸缎、皮毛、毡毯、估衣鞋袜，银镂匠作等铺，花布、油盐、釜甑、锄镰、药材等项，俱系随便贩运，朝买夕卖，本小利微，至于坐贾行商大本生意则几乎绝迹。而现在城镇，除了国营商店、饭馆、旅社外，小商小贩也还不多，间或几家营业的，也是要卖烟酒，全是烟酒，要卖油条，全是油条。工匠从无外来，故夺巧技艺者稀少，日常用具皆自个为之，器坚朴耐用，但样子劣拙不堪。

正因为这里闭塞，也以此保守了传统古朴之风俗。此地老根老总的户少，除台湾省外，各地都有新迁户，客籍便称之为下河人。但井间相错，婚姻相通，任恤相感，庆吊往来，浃洽投机，故五里一腔，十里一调，而礼节尚习不甚相远。家家日月稍宽裕，必要酿酒，料或用苞谷，或用大米，或用柿子，或用甜菽秆，常在门前路边，以地坎挖灶，安上锅，放上发酵的料，上架一锅，烧酒而成，过往人只要说酒好，随便舀喝。再是腌肉，每家每年至少养二至三头肥猪，或者交售一头，或者全部宰了，腌以盐，熏以烟，即为腊肉。喝酒吃肉，在这里不仅为生活之需，同时也成了一种娱乐和艺术。一般的亲戚，一般的工作干部，他们并不认官职大小，名望轻重，只要是从外地来的，必是有饭就有肉，有肉就有酒。自酿的酒初喝味道并不好，但愈喝愈上口，酒令五花八门，冬天的夜晚便可以从黄昏一直喝到第二天清早，以谁家酒桌下醉倒的人多为荣耀。吃肉更是以方块见长，常在稀饭里煮有肉块，竟使外地人来吃面条吃过半碗，才发觉碗底尽是大肉片子而感慨万千。故在这里工作的干部调到外地，都善吃善喝，问之，便说："镇柞锻炼的。"并感叹之：在镇柞，不会喝酒吃肉就不能当干部啊！风气淳厚，俗尚朴野，外面世界多认为山民性情不驯，其实绝无强悍之徒，全陕西以商州容易治理，商州又以镇柞易治著名。

地以人重，人因地灵，镇柞地处偏僻，挺生者不多，但山川蜿蜒，灵淑之气有结，人才仍辈出矣。随着时代的变迁，社会的发展，山里一天一天发生着现代的变化，山外一天一天也认识了这块土地的神奇和丰富。

现在年轻的山民已经彻底看不起父辈那种急于谋生而缓于谋道的生活，差不多不愿那种六七人合挤在一炕的习惯。尽一切力量去求学，升学回来，不死缠身于那一亩二亩瘠贫的山地，勃勃欲兴之气甚盛。生在山里，重新认识山，靠山而吃山，光挖药一项，天麻、猪苓、党参、肉桂，家家门前屋檐下都是一晒一席，扩大茶园，自办茶坊，种植桐树，榨取桐油，割土漆而置染新式家具，请工匠熟制各类皮革……山上万宝俱全，土特产运出去，钱财就源源不断流淌而来。商店里，开始出售手表、电视机、录音机，也有了姑娘们穿的高跟皮鞋，也有了小伙子们的黑墨蛤蟆镜。

原先干部皆关中或商州川道那边支援来的，来时都不愿来，来了全不安心，有"祖国山河可爱，镇安柞水除外"的俗语流传。而今争相前往，但本地干部迅速成长，从县上到区到社，层层干部出门就背着草鞋，翻山越岭，抓政治，抓生产，抓科学。山僻干部事简责轻，若要无事，便仅吃肉喝酒也应付不了，最足钝人志气，所以他们时时提醒，严格要求，激发无事寻出有事，有事终归无事，体察风物，熟悉民情，兴利除弊。

小型水电站日益发展，村村都有了电灯、电磨、粉碎机，用不着麦子用梿枷、棒槌打了，用不着粮食在屋角的手摇石磨上磨了。那板栗、核桃、猕猴桃，因为有电，机器加工，其罐头畅销全国，更有那一山栲树、槲树，放着起山蚕，一年两次，收成好不壮观。且家家注重起种桑，不养蚕的摘叶卖，养蚕的有丝织绸，不愿自织便将丝卖，无丝而又不能买者就多代人缫丝。于是，县上机构庞大的丝绸厂就建成了，丝绸厂是镇柞最大的工业，亦是最大的文明之地。大凡别的地方，代表当地富裕的标志是商店，代表当地人物容颜的标志是剧团，但镇柞的丝绸厂却两者兼而一身地代表了。工厂招收工人的条件要干净利索，眼明亮，牙整齐，心细，手巧，故机器织出的绸缎如霞如云，管理机器的女工华美娇艳，简直使你不能想象这山野之内竟有如此风流人物。

老一代人流传的俗语有"洋芋糊汤疙瘩火，除了神仙就是我"。现在竟成了一种讥讽的笑话。在县城村镇，夜里的彩色电视机占却了所有人的心身，一场国家队的排球赛胜利，竟也会几十人近百人连夜游行庆贺，一次电影百花评奖，一次全国小说评奖，竟也会有十几人集体写票寄往北京。在那些深山老林里，山民们或许正捧着糊汤碗，或许冬至天气还未换上棉裤，或许二三月间青黄不能接上，但常发生有人急急火火跑老远的路去对相好的人讲："某某进政治局了！""谁谁下台了！"样子使人可笑而可敬。天明六点半的新闻广播，青年山民也会准时醒来收听，他们注意着国家政策的颁布，研究着生财变富的门路，捕捉着生意买卖的信息。当他们大把大把嚼着油炸的蚕蛹，嘴角流油地向你夸说着他们的计划时，你会感到吃惊而又有几分嫉妒。他们虽然不像城市人那样向现代化迈进的节奏迅速，但你却热羡这里水好，用不着漂白粉，这里的空气好，用不着除尘器，这里的花草好，用不着在盆里移栽。城里的好处在这里越来越多，这里的好处在城里却越来越少了。

一九八三年七月十八日

商州又录

商州又录

小　序

　　去年两次回到商州，我写了《商州初录》。拿在《钟山》文学期刊第五期上刊了，社会上议论纷纷，尤其在商州，《钟山》被一抢而空，能识字的差不多都看了，或褒或贬，或抑或扬。无论如何，外边的世界知道了商州，商州的人知道了自己，我心中就无限欣慰。这次到商州，我是同画家王军强一块儿行旅的，他是有天才的，彩墨对印的画无笔而妙趣天成。文字毕竟不如彩墨了，我仅仅录了这十一篇。录完一读，比《初录》少多了，且结构不同，行文不同，地也无名，人也无姓，只具备了时间和空间，我更不知道这算什么样文体，匆匆又拿来求读者鉴定了。

　　商州这块地方，大有意思，出山出水出人出物，亦出文章。面对这块地方，细细做了一个考察，看中国山地的人情风俗，世时变化，考察者没有不长了许多知识，清醒了许多疑难，但要表现出来实在是笔不能胜任的。之所以我还能初录了又录，全凭着一颗拳拳之心。我甚至有一个小小的野心：将这种记录连续地写下去。这两录重在山光水色、人情风俗上，往后的就更要写到中华人民共和国成立以来各个时期的政治、经济诸方面的变迁在这里的折光。否则，我真于故乡"不肖"，大有"无颜见江东父老"之愧了。

一

最耐得寂寞的，是冬天的山，褪了红，褪了绿，清清奇奇的瘦；像是从皇宫里出走到民间的女子，沦落或许是沦落了，却还原了本来的面目。石头裸裸的显露，依稀在草木之间。草木并没有摧折，枯死的是软弱，枝丫僵硬，风里在铜韵一般的颤响。冬天是骨的季节吗？是力的季节吗？

三个月的企望，一轮嫩嫩的太阳在头顶上出现。

风开始暖暖地吹，其实那不应该算作风，是气，肉眼儿眯着，是丝丝缕缕的捉不住拉不直的模样。石头似乎要发酥呢，菊花般的苔藓亮了许多。说不定在什么时候，满山竟有了一层绿气，但细察每一根草，每一枝丫，却又绝对没有。两只鹿，一只有角的和一只初生的，初生的在试验腿力，一跑，跑在一片新开垦的田地上，清新的气息使它撑了四蹄，呆呆的，然后一声锐叫。寻它的父亲的时候，满山树的枝丫，使它分不清哪一丛是老鹿的角。

山民挑着担子从沟底走来，棉袄已经脱了，垫在肩上，光光的脊梁上滚着有油质的汗珠。路是顽皮的，时断时续，因为没有浮尘，也没有他的脚印；水只是从山上往下流，人只是牵着路往上走。

126

山顶的窝洼里，有了一簇屋舍。一个小妞儿刚刚从鸡窝里取出新生的热蛋，眯了一只眼儿对着太阳耀。

二

这个冬天里，雪总是下着。雪的故乡在天上，是自由的纯洁的王国；落在地上，地也披上一件和平的外衣了。洼后的山，本来也没有长出什么大树，现在就浑圆圆的，太阳并没有出来，却似乎添了一层光的虚晕，慈慈祥祥的像一位梦中的老人。洼里的梢林全覆盖了，幻想是陡然涌满了凝固的云，偶尔的风间或使某一处承受不了压力，陷进一个黑色的坑，却也是风，又将别的地方的雪扫来补缀了。只有一直走到洼下的河沿，往里一看，云雪下是黑黝黝的树干，但立即感觉那不是黑黝黝，是蓝色的，有莹莹的青光。

河面上没有雪，是冰。冰层好像已经裂了多次，每一次分裂又被冻住，明显着纵纵横横的银白的线。

一棵很丑的柳树下，竟有一个冰的窟窿，望得见下面的水，是黑的，幽幽的神秘。这是山民凿的，从柳树上吊下一条绳索，系了竹筐在里边，随时来提提，里边就会收获几尾银亮亮的鱼。于是，窟窿周围的冰层被水冲击，薄亮透明，如玻璃罩儿一般。

山民是一整天也没有来提竹筐了吧？冬天是他们享受人伦之乐的季节，任阳沟的雪一直涌到后墙的檐下去，四世同堂，只是守着那火塘。或许，火上的吊罐里，咕嘟嘟煮着熏肉，热灰里的洋芋也熟得冒起白气。那老爷子兴许喝下三碗柿子烧酒，醉了。孙子却偷偷拿了老人的猎枪，拉开了门，门外半人高的雪扑进来，然后在雪窝子里拔着腿，无声地消失了。

一切都是安宁的。

黄昏的时候，一只褐色的狐狸出现了。它一边走着，一边用尾巴扫着身后的脚印，悄没声地伏在一个雪堆下。雪堆上站着一只山鸡，这是最俏的小动物了，翘着赤红色的长尾，自我欣赏不已。远远的另一个雪堆上，老爷子的孙子同时卧倒了，伸出黑黑的枪口，右眼和准星已经同狐狸在一个线上……

三

初春的早晨，没有雪的时候就有着雾。雾很浓，像扯不开的棉絮，高高的山就没有了吓人的巉石，山弯下的土塬上，梢林也没有了黝黝的黑光。河水在流着，响得清喧喧的。

河对岸的一家人，门拉开的声很脆，走出一个女儿，接着又牵出一头毛驴走下来。她穿着一件大红袄儿，像天上的那个太阳，晕了一团，毛驴只显出一个长耳朵的头，四个蹄腿被雾裹着。她是下到河里打水的。

这地面只有这一家人，屋舍偏偏建得高，原本那是山嘴，山嘴也原本是一个囫囵的石头。石头上裂了一条缝，缝里长出一棵花梨木树。用碎石在四周帮砌上来，便做了屋舍的基础。门前的石头面上可以捶布，也可以晒粮食。这女儿是独生女，二十出头，一表人才。方圆几十里的后生都来对面的山上、山下的梢林里，割龙须草，拾毛栗子，给她唱花鼓。

她牵着毛驴一步步走下来，往四周看看，四周什么都看不清，心想：今日倒清静了！无声地笑笑，却又感到一种空落。河上边的木板桥上，有一鸡爪子厚的霜，没有一个人的脚印。

在河边，她蹾下了，卸下毛驴背上的水桶，一拎，水就满了，但却不急着往驴背上挂，大了胆儿往河那边的山上、塬上看。看见了河水割开的十几丈高的岸壁，吃水线在雾里时隐时现。有一棵树，她认得是冬青木的，斜斜地在壁上长着。这是一棵几百年的古木，个儿虽并不粗高，却是岸上塬头上的梢林的祖爷子。那些梢林长出一代，砍伐一代，这冬青还是青青地长着，又孕了半粒大的籽儿。

她突然心里作想：这冬青，长在那么危险的地方，却活得那么安全呢。

于是，也就想起了那些唱给她的花鼓曲儿。水桶挂在毛驴背上，赶着往回走，走一步，回头看一下，走一步，再回过头来。雾还没有退。桥面上的霜还白白的。上斜坡的时候，路仄仄地拐成"之"字，她却唱起一首花鼓曲了：

后院里有棵苦李子树啊，

小郎儿哟，

未曾开花，亲人哪，

谁敢尝哎，哥呀嗳！

四

秋天里，什么都成熟了；成熟了的东西是受不得用手摸的，一摸就要掉呢。四个女子，欢得像风里的旗，在一棵柿树上吃蛋柿。洼地里路纵纵横横，似一个大网，这树就在网底，像伏着的一只大蜘蛛。果实很繁，将枝股都弯弯地坠下来，用不着上树，寻着一个目标，拿嘴轻轻咬开那红软了的尖儿，一吸，甜的香的软的光的就全到了肚里。只需再送一口气去，那蛋柿壳儿就又复圆了。末了，最高的枝儿上还有一颗，她们拿石子掷打，打一次没有打中，再打一次，还是不中。

树后的洼地里，呜哇哇有了唢呐声，一支队伍便走过来了。这是迎亲的；一家在这边的山上，一家在那边的山上，家与家都看见，路却要深入到这洼地，半天才能走到。洼地里长满了黄蒿，也长满了石头，迎亲的队伍便时隐时现，好像不是在走，是浮着漂着来的。前面两杆唢呐，三尺长的铜杆，一个碗大的口孔，拉长了喉咙、扩大了嘴地吹。后边是两架花轿，轿简易却奇特，是两根红桑木碾杆，用红布裹了，上边缚一个座椅，也是铺了红布的，一走一颠，一颠一闪，新郎便坐了一架，新娘便坐了一架。再后边，是未婚的后生抬了柜，抬了箱、被子、单子、盆子、镜子。再后边，是一群老幼。女人们衣服都浆得硬硬的，头上抹了油，一边交头接耳，一边拿崭新的印花手帕撩撩，赶那些追着油香飞的蜂。

吃蛋柿的女子忙隐身在树后，睁一只眼儿看，看见了那红桑木碾杆上的新娘，从头到脚穿得严严实实，眼睛却红红的，像是流过泪。

吹唢呐的回头看一眼，故意生动着变形的脸面，新娘扑地笑了，但立即就噤住，脸红得烧了火炭。

一生都在山路上走，只有这一次竟不走路啊。被抬着，娘生她在这个山头上，长大了又要到那个山头上去生去养了。

树后的女子都觉得有趣，细嚼起来，却不知道这是怎么回事。

她们很快被迎亲的队伍发现了，都拿眼光往这里瞅。四个女子羞羞的，却一起仰头儿盯着那高枝儿上的蛋柿。她们没有用石子去打，蛋柿也没有掉下来。

迎亲队伍没有停，过去了。他们走过了一条小路，柿树下同时放射出的、通往四面八方山头的小路上，便都有了唢呐的余音。

五

高高的山挑着月亮在旋转，旋转得太快了，看着便感觉没有动，只有月亮的周围是一圈一圈不规则的晕，先是黑的，再是黄的，再灰，再紫，再青，再白。洼地里全模糊了，看不见地头那个草庵子，庵后那一片桃林，桃林全修剪了，出地像无数的五指向上分开的手。桃林过去，是拴驴的地方，三个碌碡，还有一根木桩；现在看不见了，剪了尾巴的狗在那里叫。河里，桥空无人，白花花的水。

一个男人，蹲在屋后阳沟的泉上，拿一个擀杖在水里搅，搅得月亮碎了，星星也碎了，一泉的烂银，口中念念有词。接着就摸起横在泉口的竹管。

这竹管是打通了节的，一头接在泉里，一头是通过墙眼到屋里的锅台上。他却不得进屋去。他已经是从门口走过来，又走到门口去，心是痒痒的，腿却软得像抽了筋，末了就使劲敲门。屋里有骂他的声音。

骂他的是一个婆子，婆子正在搬弄着他的女人，女人正在为他生着儿子。要看看儿子是怎样生出来的，婆子却总是把他关在门外。

"这是人生人呢！"

"我是男子汉，死都不怕呢！"

"不怕死，却怕生呢。"

他不明白，人生人还这么可怕。当女人在屋里一阵一阵惨叫起来，他着实是害怕了。他搅着泉水祈祷，他想跑到那桃林，一个人到河面的桥上去喊。他却没了力气，倒在木桩篱笆下，直眼儿只看着月亮，认作那是风火轮子，是一股旋风，是黑黑的夜空上的一个白洞。

一更过去，二更已尽，已经是三更，鸡儿都叫了。女人还在屋里嘶叫。他认为他的儿子糊涂：来到这个世界竟这么为难。山洼里多好，虽然有狼，但只要在猪圈墙上画白灰圈圈，它就不敢来咬猪了。这里山高，再高的山也在人的脚下。太阳每天出来，怕什么，只要脊背背了它从东山走到西山，它就成月亮了。晚上不是还有疙瘩柴火烤吗？还有洋芋糊汤呢。你是会有媳妇，还有酒，柿子可以烧，苞谷也可以烧，喝醉了，唱花鼓。

女人一声锐叫，不言语了。接替女人叫的是一阵尖而脆的哇哇啼声。

门打开了，接生的婆子喊着男人："你儿子生下了，生下了！"催他进去烧水，打鸡蛋，泡馍。男人却稀软得立不起来。天上的月亮没有了，星星亮起来，他觉得星星是多了一颗。

"又一个山里人。"他说。

六

你毕竟是看见了，仲夏的山上并不是一种纯绿，有黄的颜色，有蓝的颜色，主体则是灰黑的，次之为白，那是枸子和狼牙刺的花了。你走进去，你就是你梦中的人，感觉到渺小。却常常会不辨路径，坐下来看那峡谷，两壁的梢林交错着，你不知道谷深到何处，成团成团的云雾往出涌，疑心是神鬼在那里出没。偶然间一棵干枯的树站在那里，满身却是肉肉的木耳。有蛇，黑藤一样地缠在树上。气球大的一个土葫芦，团结了一群细腰黄蜂。蹑手蹑脚地走过去，一只松鼠就在路中摇头洗脸了。这小玩意儿，招之，即来，上了身却不被抓住，从右袖筒钻进去了，又从左袖筒钻出去了。同时有一声怪叫，嘎喇喇地，在远处的什么地方，如厉鬼狞笑。

你终于禁不住了寂寞，唱起来；一旦唱起来，就不敢停下，想要使所有的东西都听见，来提醒它们：你是有力量的，是强者。但唱得声越来越颤了。惊恐驱使着你突然跑动，越跑越紧，像是在梦中一样，力不从心。后来就滚下去，什么也不可得知了。

人昏了，权当是睡着了；但醒来，却是忍不住的苦痛，腿上的血还在流呢！

一位老者，正抱着你，你只看见那下巴上一窝银须在动，不见那嘴，末了，胡子中吐出一团烂粥般的草，敷在腿上的伤口，于是，血凝固，亦不疼。你不知道他是谁，哪儿来的。

"采药的。"他说。

"采药的？就在这山上，成年采吗？"

他点点头，孤独已经使他不愿再多说话吗？扶着你站起来，他就走了。

你是该下山了，但你不愿意；想陪陪他，心里在说：山上是太苦了。正是太苦，才长出了这苦口的草药吗？采药的人成年就是挖着这苦，也正是挖着了这草药的苦，才医治了世上人的一生中所遇到的苦痛吗？

你一定得意了你这话里的哲理，回头再寻那采药人，云雾又从那一丛黑柏下涌过来了，什么也没有了响动，你听见的是你的呼吸声。

七

一群乌鸦在天上旋转，方向不固定的，末了，就落下来；黑夜也在翅膀上驮下来了。九沟十八岔的人，都到河湾的村里来，村里正演电影。三天前消息就传开，人来得太多，场畔的每一棵苦楝子树上，枝枝丫丫上都坐满了，从上面看，净是头，像冰糖葫芦，从下面看，尽是脚，长的短的，布底的，胶底的。后生们都是二十出头，永不安静在一个地方，灰暗里，用眼睛寻着眼睛说话。

早先在一起，他们常被组织着，去修台田，去狩猎，去护秋，男男女女在一起说话，嬉闹，大声笑。现在各在各家地里，秋麦二料忙清了，袖着手总觉得要做什么，却不知道做什么。只看见推完磨碾后的驴，在尘土里打滚，自己的精神泄不出去，力气也恢复不来。

场畔不远，就是河，河并不宽，却深深的水。两岸都密长了杂木，又一层儿相对向河面斜，两边的树枝就交叉纠缠了。河面常被这种纠缠覆盖，时隐时现。一只木排，被八个女子撑着，咿咿呀呀漂下来。树分开的时候，河是银银的，钻树的防空洞了，看不见了树身上的蛇一样的裹绕的葛条，也看不见葛条上生出茸茸的小叶的苔藓。木排泊在场畔下，八个女子互相照看了头发，假装抹脸，手心儿将香脂就又一次在脸上擦了，大声说笑着跳上场畔。

后生们立即就发现了，但却正经起来，两只眼儿都睁着，一只看银幕，一只看着场畔。

八个女子，三个已经结了婚，勾肩搭背的，往人窝里去了，她们不停地笑，笑是给同伴听的，笑也是给前后的人听的。前后有了后生，也大声说话，话是说明电影上的事，话也是给他人说明自己的能耐的。都知道是为了什么，都不说是为了什么。

五个女子是没有订婚的，五个女子却不站在一起，又不到人窝去，全分散在场畔边上，离卖醪糟的小贩摊，不远不近，小贩摊上的马灯照在身上，不暗不明。有后生就匆匆走过去，又匆匆走过来，忙乱中瞅一眼，或者站在前边，偏踩在一块圆石头上，身子老不得平衡，每一次从石头上歪下来，后看一眼，不经意的。女子就吃吃地笑。后生一转身，笑声便噤，身再一转，吃吃又响。目光碰在一起了，目光就说了话。后生便勇敢了，要么搭讪一句，要么，挪过步来，女子倒忽地冷了脸，骂一声"流氓"。热热的又冷冷了，后生无趣地走了。女子却无限后悔，望着星星，星星蒙蒙的，像滴流着水儿。再换过地方，站在卖醪糟的那边，一只手儿托着下巴，食指咬在牙里。

一场电影完了，看了银幕上的人，也看了看银幕上的人的人，也被人看了。八个女子集合在场畔，唱了一段花鼓，却说："别唱了，那些没皮脸的净往这儿看呢!"就爆一阵笑声，上了木排，从水面上划走了。木排在河里，一河的星星都在身下，她们数起来，都争着说哪颗星星是她的，但星星老数不清。说："这电影真好!"奋力划桨。

木排上行到五里外的湾里，八个女子跳下去，各自问一句："几时还演电影呢?"一时间，脚腿却沉重起来，没了一丝儿力气。

八

西风一吹，柴门就掩了。

女人坐在炕上，炕上铺着四六席；满满当当的，是女人的世界。火塘的出口和炕门接在一起，连炕沿子上的红椿木板都烙腾腾的。女人舍不得这份热，把粮食磨子搬上来，盘脚正坐，摇那磨拐儿，两块凿着纹路的石头，就动起来，呼噜噜一匝，呼噜噜一匝。"毛儿，毛儿"，她叫着小儿子，小儿子对娘的召唤并不理睬；打开了炕角一个包袱，翻弄着五颜六色的、方的圆的长的短的碎布头儿。玩腻了，就来扑着娘的脊背抓。女人将儿子抱在从梁上吊下来的一个竹筐子里，一边摇一匝磨拐儿，一边推一下竹筐儿。有节奏的晃动和有节奏的响声，使小儿子就迷糊了。女人的右手也疲乏了，两只手夹一个六十度的角，一匝匝继续摇磨拐儿。

风天里，太阳走得快，过了屋脊，下了台阶，在厦屋的山墙上腐蚀了一片，很快就要从西山峁上滚下去了。太阳是地球的一个磨根吧？它转动一圈，把白天就从磨眼里磨下去，天就要黑了！

女人从窗子里往外看，对面的山头，孩子的爹正在那里犁地。一排儿五个山头，山头上都是地，已经犁了四个山头，犁沟全是外田往里转，转得像是指印的斗纹，五个山头就是一个手掌。女人看不到手掌外的天地。

女人想：这日子真有趣，外边人在地里转圈圈，屋里人在炕上摇圈圈；春天过去了，夏天就来，夏天过去了，秋天就来，秋天过去了，冬天就来，一年四季，四个季节完了，又是一年。

天很快就黑了，女人溜下炕生火做饭。饭熟了，她一边等着男人回来，一边在手心唾口唾沫，抹抹头发。女人最爱的是晚上，她知道，太阳在白日散尽了热，晚上就要变成柔柔情情的月亮的。

小儿子醒了，女人抱了他的儿子，倚在柴门口指着山上下来的男人，说："毛儿爹——叫你娃哟！——哟——哟——"

"哟——哟——"却是叫那没尾巴狗的，因为小儿子屎拉下来了，要狗儿来舔屎的。

九

冬天里沟深，山便高，月便小，逆着一条河水走，水下是沙，沙下是水，突然水就没有了，沙干白得像漂了粉，疑惑水干枯了，再走一段，水又出现，如此忽隐忽现。一个源头，倒分地上地下两条河流。山在转弯的时候，出现一片梼树，树里是三间房，房没有木架，硬打硬搁，两边山墙上却用砖砌了四个"吉"字。桉树叶子都枯了，只是不脱落，静得没声没息，屋后是十三个坟墓，墓前边都有一个砖砌的灯盏窝。这是百十年里这屋里的主人。十三个主人都死去了，这屋还没有倒，新的主人正坐在炕上。

这是个老婆子，七十岁了，牙口还好，在灯下捏针纳扣门儿，续线的时候，线头却穿不到针眼，就叹口气坐着，起身从锅台上抱了猫儿上来。猫是妩媚的玩物，她离不得它，它也离不得她，她就在嘴里嚼馍花，嚼得烂烂的了，拿在手里喂它吃。

孙子还没有回来，黄昏时到下边人家喝酒去了。孙子是儿子的一条根，儿子死了，媳妇也死了，她盼着这孙子好生守住这个家。孙子却总是在家里坐不住，他喜欢看电影，十里外的地方也去，回来就呆呆痴几天。他不愿留光头，衣服上不钉扣门儿。两年前就不和她一个炕上睡，嫌她脚臭。早晚还刷牙呢。有男朋友，也有女朋友，一起说话，笑，她听不懂。

她总觉得这孙子有一对翅膀，有一天会飞了。

灯光幽幽的，照在墙角一口棺木上，这是她将来睡的地方，儿子活着的时候就做的，但儿子死了，她还活着；每一年就用土漆在上边刷一次，已经刷过八次了。她也奇怪自己命长。是没有尽到活着的责任吗？洋芋糊汤疙瘩火，这么好的生活，她不愿离去，倒还收不住他的心呢！

心想：现在的人，怎么就不像前几年的人了；一天不像一天了。她疑心是她没在门框上挂一个镜儿。上辈人常是家里有灾有祸了，要挂一块镜子的。她爬起来，将镜子就挂上了，企望让一切邪事不要勾了孙子的魂，把外界的诱惑都用镜收住吧。

半夜里，门外有了脚步声，有人在敲门。老婆子从窗子看出去，三个人背着孙子回来了，打着松油节子火把，说是孙子喝醉了。白日得知县上要修一条柏油公路到这里来，他们庆祝，酒就喝得多了。老婆子窸窸窣窣下来开门，嘟囔道："越来越不像山里人了！"

门框上的镜亮亮的，天上的月亮分外明，照得满山满谷里的光辉。

十

路到山上去，盘十八道弯，山顶上一棵栗木树下一口泉，趴下喝了，再从那边绕十八道弯下去。山的两面再没有长别的树，石头也很分散，却生满了刺梅，全拉着长条儿覆盖在石上，又互相交织在一起。花儿都嫩得噙出水儿，一律白色，惹得蝴蝶款款地飞。

十八道弯口，独独一户人家，住着个寡妇，寡妇年轻，穿着一双白布蒙了尖儿的鞋，开了店卖饭。

公路上往来的司机都认识她，她也认识司机，迟早在店里窗内坐着，对着奔跑的汽车一招手，车就停了。方圆三十里的山民，都称她是"车闸"。

山里人出到山外去，或者从山外回到山里来，都在店里歇脚。谁也不惹她，谁也没理由敢惹她。她认了好多亲家，当然，干儿子干女儿有几十个，有本乡本土的，有山外城里的。为了讨好她，送给她狗的人很多；为了讨好她，一走到店前就唤了狗儿喂东西吃。十几条狗都没有剪尾巴，肥得油光水亮。

八月里，店里店外堆满了柿子、核桃、黄蜡、生漆、桐油。山民们都把山货背来交给她。她一宗一宗转卖给山外来的汽车。店里说话的人多，吃饭的人少，营业的时间长，获取的利润少。她不是为了钱，钱在城乡流通着，使她有了不是寡妇的活泼。活泼，使一些外地人都知道了她是寡妇。她不害羞，穿了那双有白布的鞋儿，整头平脸，拿光光的眼睛看人，外地来人也就把她这个寡妇知道了。也讨好地掰了干粮给那狗儿吃，也只有给狗儿吃。

满山的刺梅都开了，白得宣净，一直繁衍到了店的周围。因为刺在花里，谁也不敢糟蹋花。因为花围了店屋，店里人总是不断。忽一日，深山跑来一只美丽的麂子，从那边十八道弯上跑上，从这边十八道弯里跑下，又在山梁上跑。山里的一切猎手都不去打。他们一起坐在店里往山头上看，说那麂子来回跑得那么快，是为它自身的香气兴奋呢。

十一

一座山竟是一块完整的石头，这石头好像曾经受了高温，稀软着往下墩，显出一层一层下墩的纹线。在左边，有一角似乎支持不住，往下滴溜，上边的拉出一个向下的奶头状，下边的向上壅一个蘑菇状，快要接连了，突然却凝固，使完整的石头又生出了许多灵巧，倒疑心此山是从什么地方飞来的。

河水就绕着这山的半圆走，水很深，像黑的液体，只有盛在桶里，水知道它是清白。沿着河边的石矼，人家就筑起屋舍。屋舍并不需起基础，前墙根紧挨着石砭，沿屋下的水面，什么地方在石砭上凿出坑儿，立栽上石条，然后再用石头斜斜垒起来，算作是台阶。水涨了，台阶就缩短，水落了，台阶就拉长。水也是长了脚的，竟有一年走到门坎下，鸡儿站在门墩上能喝水。

现在，水平平地伏在台阶下，那里是码头，柏木解成了一溜长排，被拴在石嘴上。船儿从峡谷里并没有回来，女人们就蹲在那里捶打一种树皮。这树皮在水里泡了七七四十九天，用棒槌砸着，砸出麻一样的丝来，晒干了可以拧绳纳鞋底。四只五只鸭子在那里浮，看着一个什么就钻下去啄，其实那不是鱼，是天上落下的还没有消失的残月。

一只很大的木排撑了下来，靠近了对面的山根，几十人开始抬一个棺材往山上去，唢呐咿咿呜呜的。这是河湾上一个汉子要走了，他是在上游砍荆条，然后扎排运到下游去卖，已经砍了许多，往山下扛的时候，滚了坡。在外的人横死了，尸首不能进家门，棺材上就缚了一只雄鸡，一直要运到河那边山头的坟地去。熟人死了一个，新鬼多了一名。孝子婆娘在唢呐声中哭，有板有眼。这边砸树皮的女人都站起来，说那汉子的好话。

在水里钻了一生，死了却都要到山顶上去，女人们不明白这是为什么，或许山上有荆条，有龙须草，有桐籽，有土漆，河里只是来往的路吧。唢呐吹得这么响，唢呐是人生的乐器呢。出世的时候，吹过一阵，结婚的时候，吹过一阵，下世的时候，还是这么吹。

一个女人突然觉得肚子疼，她想了想，才六个月，还不是坐炕的日子呀！就怀疑是那汉子的阴魂要作孽了，吓得脸色苍白。夜里，女人的男人偷偷从门前石阶上下去，坐船到了对岸山上，浇了一壶酒，将削好的四个桃木橛子钉在坟头，说："你不要勾了我的儿子，让他满满月月生下来，咱山上河里总是盼着一个劳力啊!"

一切很安静。住人家的那块完整石头的山上，月亮小小的。水落了，门下斜斜的台阶，长长的，月亮水影照着像一条光光的链条。

商州再录

题　记

　　去年写了一个《商州初录》，一个《商州又录》，似乎倒引起了读者的兴趣，纷纷来了信，商讨起天文地理，风物人情，以及远古近今的政治经济哲学美学经文方志，内容杂泛而有趣。差不多又有一种意思流露出来，是对商州山地的企羡，思绪想象且比我非非尤甚，接着便怀疑天下是否真有这块美丽神秘的地方，后又愤愤不平地说他们的故乡比商州更好，不信请我去看看。其中便有了几位热血活跃勇敢好奇的年轻人，竟告假自费前往实地游察。这使我欣然同时惴惴不安，去信说：商州确有其地，打开中国的地图，画一个十字线，交叉的方位稍往东稍往南，那便是了。战国时期属秦，汉时称商州，唐时为商洛，宋至清又复改商州，今又再归为商洛。地方的美丽和神秘，并非出自我的"人人都说家乡好"的秉性，也非我专意要学陶渊明，凭空虚构出一个"桃花源"，初录和又录里的描写，已足以说明这不是桃花源，更绝无世外。但它的美丽和神秘，可以说在我三十年来所走的任何地方里，是称得上"不可无一，不可有二"的赞誉。需要提醒的是，这地方旅行是艰辛的，李白、白居易、杜甫、王维、温庭筠涉足到此，必是骑一头毛驴，还得有一名书童伴随，彳亍而行，吃尽苦楚，以致使韩愈牺牲了携领的亲生爱女，以致使苏辙任职而抗命不去，以致使贾岛发出哀怨："一山未了一山迎，百里没有一里平。犹是老禅遥指处，只堪图画不堪行。"当然，现在是何等年月！但同时又不能不考虑虽然当今交通运输工具的现代化却又因其交通运输工具的先进而使人的自身的脚力和韧劲在人创造的先进工具中日渐退化。即便是去骑自行车，颠簸程度难以承受，何况路多忽上忽下，车骑人倒比人骑车的机会多，更还有许多值得去的地方，帮助人的仅仅只能是一根鸡骨头木的拐杖。

基于这种情况，我便觉得我又有事可干，于是点灯熬油做那一种不流臭汗却绞脑汁的写工，看作是自己"以济天下"的一种表示，这就是可亲可敬的读者将要读到的这个《商州再录》。

声明的是：

对于商州，外界人的眼里，以为我了如指掌，实则在商州人的眼里，我只是做了点勉强的解说。我不在那里受商州户口登记处管辖已是十二年，儿时的印象虽深入骨髓，却反倒漠然，犹如一个人钟情于爱人，出门在外却常常突然记不清他（她）的容貌一样。这几年，去了那里几次，也未做到深入得剃光头穿对襟褂，吆牛扶犁做农事。严格地讲，只是"鸡鸣茅店月，人迹板桥霜"的走动走动。今年又去了一趟，有许多使我吃惊的变化，所到之处，新房新院新门楼，人民衣着整洁，面色有红施白。甲子年按往昔乡俗，是不宜男婚女嫁，但路上随时有迎亲的队伍，唢呐高吹，也有抱录音机欢唱，新娘子不羞，仰面迎人，也是披红，却皮鞋筒裤，戴镯的手腕都戴上了手表。逢节过会，亲戚走动，装馍的小竹提篮皆换作五升小圆笼儿，馍顶上还点缀洋红，酒却不是空瓶盛散酒，一律新买的瓶装酒。再不见穿有石榴皮和靛蓝自染的土布衣服，一些老汉穿商店的裤子虽然心疼"一边穿磨损浪费"而将开口换到后边，下蹲艰难，受年轻人耻笑，但毕竟穿了机织布，最差是咔叽料的。长久的印象里农民善于藏富，而今更突出的是显示了农民性格中的另一面，极尽豪富。他们已不再逍遥于"洋芋糊汤疙瘩火，除了神仙就是我"的生活，变得知农知工知商，有识有胆有进取，言语大方，行为有风度。时常三人五人凑一起聊天，竟议论当今天下潮流变幻，政府首脑的得失功过，以及政策推行的实效和可能发展改动的趋向，使我觉得未免可笑，随之而大为感叹。我在往洛南县寺耳区去的路上，直觉得感受丰富，夜里在小镇街上喝酒，兴致难禁，劣性儿勃起，用毛笔未作构思便书写了三尺条幅，其文不妨在此抄出，以证明我当时的心境：

甲子岁深秋，吾搭车往洛南寺耳。但见山回路转，湾湾有奇崖，崖头必长怪树，皆绿叶白身，横空繁衍似龙腾跃。奇崖怪树之下，则居有人家，屋山墙高耸，檐面陡峭，有秀目皓齿妙龄女子出入。逆清流上数十里，两岸青峰相挤，电杆平撑，似要随时作缝合状。再深入，梢林莽莽，野菊花开花落，云雾忽聚忽散，樵夫伐木，叮叮声如天降，遥闻寒暄，不知何语，但一团嗡嗡，此静之缘故也。到寺耳镇，几簇屋舍，一条石板小街，店家房皆反向而开，入室安桌置椅，后门则为前庭，沿高阶而上，偌大院子，一畦鲜菜，篱笆上生满木耳，吾讨酒坐喝，杯未接唇则醉也。饭毕，付钱一元四角，主人惊讶，言只能收两角。吾曰："清静值一角，山明值一角，水秀值一角，空气新鲜值八角，余下一角，买得今日吾之高兴也。"

当然，也令我吃惊的有另一些发现和感受，是这次商州之行，亦有不同儿时在商州，甚至不同前年去年去商州，觉得有一种味儿，使商州的城镇与省城西安缩短了距离，也使山垴沟岔与平川道的城镇缩短了距离。这味儿指什么，是思想意识？是社会风气？是人和人的关系？我又不能说准，只感到商州已经不是往昔的商州。所到的人家，已不待生人为至客，连掏出工作证，甚至报刊记者证来，亦不大生效。必要有熟人相引，方热情可炙，否则面虽有笑容，也有礼有节，但绝不启酒坛炒熏肉拉家常视为知己，也绝不会临走装你一袋子木耳、核桃、黄花菜、板栗，送三里五里，还频频摇手呼之：再来啊！坐下采访，也不会使他们紧张得一脸狼狈，热汗满头，问一句答一言，句句无过无不及无危险的官话大话空话套话无用话，而是淡然不答，或是口若悬河，说些挖苦话，牢骚话，奚落话，使你觉得有情有理又刻薄尖酸，时不时会将我装套其中，面红耳赤。这还罢了，尤其是在村里看见大场上一堆一堆麦草秸子如清朝官员收集平放的花翎帽，问起这是谁家的，这家目下情况如何，回答必是正话反说，反话正说，有企羡却夹着忌妒，有同情又带着作践，或者随你话，答你言，给你个圆溜溜不可捉摸。他们能干而奸狡，富足而吝啬，自私，贪婪，冒险，

148

分散。这不免使我愤怒。静心思索，又感到，随着时代的变迁，这些山民既保存了古老的传统遗风，又渗进了现代的文明时髦，在对待土地、道德、婚姻、家庭、社交、世情的诸多问题上，有传统的善的东西，有现代的美的东西，也有传统的恶的东西，也有现代的丑的东西。而这些善的美的、恶的丑的东西，又不同于外地。它是独特的商州型的，有的来自这个特定的自然环境中形成的自身，有的来自外边的流行之风的渗透影响。如此看来，在整个中华民族振兴的年代里，商州人极力在战胜这个商州的地理环境、社会形态，一方面也更需要战胜商州人的自身。

这许许多多感触感想以此引发的复杂的错综的黏糊不清的思考，有的我可以说出，有的意会到了又苦不能道出，有的竟仍处于混沌中。于是，在动笔记录这些所见所闻的故事之时，陷入极大艰难。我试图要把这部实录分为甲本乙本两组完成，故先写了几个新生活的具体变化的篇章，但笔一放开，即不可收，愈写愈长，最后竟成了独立的中篇小说。而这种行文已超越了《商州再录》的统一格式，便只好删除，单独去发表。所以，读者看到的这个再录，仅仅是我保留了一些短的，又能统一归入一定格式的篇章。或者不难看出，写眼下新的具体事情比较少了，单薄了，这本来是原计划中的甲本，现既已抽去了再录中的乙本大部分，也敬请读者宽恕，而我自信的是，这些所谓甲本的篇章，并不是为了写过去而写过去，意在面对现实，旨在提高当今。我认为，任何行动，任何事业，乃至每一项改革，关键是人的素质，而人的素质的培养和提高皆是总结过去的经验和教训，清醒其各种美善产生的环境土壤和丑恶产生的环境土壤。不就事论事，而是历史地考察。这便可以釜底抽薪而止汤沸，便可取沙换土而灭毒菌的。

日前与一些朋友交谈，说起当今社会鼓励人民高效率，高收益，高消费，也就有人鄙夷"发扬延安精神，艰苦奋斗"。这话初听，似乎有道理，似乎延安精神不宜当今时代了。但又一想，此话是太偏颇，是歪曲了延安精神的，延安精神之所以提倡艰苦奋斗，并不是要人艰苦了再艰苦，最后还是艰苦，而主要的是奋斗。难道当年红军北上不是开拓性的壮举吗？在延安那个穷山沟里硬是丰衣足食，不更是一种开拓吗？延安毕竟是艰苦的过渡地，最后还不是开赴北京，要宣告新中国的诞生吗？商州目前的情况，也正类同当年的延安，是在艰苦中拼力奋斗。奋斗就是摆脱艰苦，一种自然的艰苦，一种人的自身的艰苦。这也正是我的《商州世事》能写出来的信念和动力，也是我企图争取读者理解的愿望。如果事能如此，我便打算往后再继续到商州去，到山地去，到生活的深处，再录出一些东西呈献给读者。

周武寨

从云镇到柴镇，距离了十五座山梁，这山梁皆立陡陡的，互不接壤，各自拔地崛起独立于世。有十五座山梁就有十四条川谷，一条川谷又是一脉流水，这十四脉流水就夜以继日地流，喊喊叫叫地流。河流是天生的悲剧性格，既有志于平衡天下，又为同情于低下的秉性所累，故这十四脉水有的流得有头有尾，有的流得无头无尾，有的流得有头无尾，有的流得无头有尾，却没有一脉是可以将两个镇子连接起来。流水边上的山民靠这水吃喝生存，抚儿育女。春天里桃花盛开，鱼鳖肥嫩，用黄蜡木条编就了捞筐置于中流击水的巨石下获取鲢鱼、草鱼、五色鱼。用自制的三戟钢叉在浅水沙中插鳖。冬天里，满山白雪，一川银冰，赶驴子到岸边站定，用钢钎凿窟窿汲水，驮回来人喝鸡喝，饮猪饮牛。唯有秋夏二季，男人们一早上山去割漆割葛割龙须草。去捡毛栗，打核桃，收油桐籽、紫葡萄、松果、橡子，直到傍晚自造了柴筏子顺流返回。那女人就在河里相迎，脱着赤条条的一丝不挂，身子如同浪花一个颜色，会突然从丈夫的柴筏下水鬼般地爬起。水给了这里的人极大的方便、幸福、自产自销和自作自受的天伦人伦之乐，但水又使这里百分之六十的人一生数十年里不曾去云镇和柴镇。要为镇子上五颜六色的商品所惑，要为镇子上繁华热闹的场景所诱，又不怕艰辛，又有钱，到云镇和柴镇去那儿就要爬一条山路了。

路可以说是最勇敢的，又是最机智的，能上就上，能下就下，欲收先纵，转弯抹角，完全是以柔克刚，以弱争强，顺境适应，适应了而彻底征服。故在这一带，山民们最崇尚的，一则是天上的赫赫洪洪荒荒的太阳，二该是地上的坚坚韧韧黏黏的山路。六月六，每年的好日头，一个旋转着的柠檬黄的液态火球，所有人的所有物产，譬如苞谷、豌豆、麦，譬如耳套、裤子、鞋、狐皮帽子，甚至女人们的包袱布卷、笸篮针线，年老了但并未下世的一年刷涂一次土漆的寿棺、寿衣，都要拿出来暴晒。人家的老的少的，在阳坡里剥净了上衣，将洋红水抹在额上、肚脐眼上，大碗喝酒，猛敲铜的脸盆，直到一脸皮肤由白变红，由红变黑。至于对山路的崇尚，区别于太阳的是渗透在日常生活之中，每个家庭里或男或女，总有两三个名字与路有关，阿路、路拾、麦路、路绒，叫得古怪而莫名其妙；无知无畏的孩童，什么野皆可撒得，却绝不敢在路上拉屎拉尿，据说那会害口疮得红眼；出嫁的陪妆家具只能从路上抬走；送葬的孝子盆只能在路上摔打；民事纠纷，外人不可清断之时，双方要起誓发咒，也只能是头顶着燃烧的如油盆一般的太阳，脚踏在路口中心；做了亏心之事想忏悔赎罪嘛，上老下少有了七灾八难不能禳解嘛，断子绝孙不能延香续火但求后生积德积福嘛，去，修路护路，这比到菩萨庙里娘娘庙里关帝庙里磕头烧香、上布施、捐门槛效果更好！

这条从云镇这达到柴镇那达的山路，叫官路。所谓官，大概就是公的意思，旧时称官老爷，可能认为公共的老爷，官路也自然便是大家要走的路了。这条官路市里是多少，公里是多少，有人说二百四十市里，有人则说一百九十市里，说话者又皆是这官路上长年走动的脚夫，相差竟是五十市里，可见没有国家绘图局的干部背了仪器测定，这里程永远是不能轻信的。官路既不知长短，更不知为哪一上辈人所开，严格地讲，这也不是谁开出来的，是一代一代人的脚硬踏出来的。往往在最艰难的山峁上，崖畔上，明显地看出路不是一条，突然地分开，如一堆乱绳相绕，各自在寻找着最佳轨道，山峁崖畔过去了，路又合为一条。

路的颜色永远是不变的，硬的，白的，或者是两旁的石岩石壁，或者一边临渊面沟，一边紧贴石塄石坎。沟坎暗处生一层苔衣，苔衣浅时视见如斑痕，厚时则绒得似乎海底软体动物，化僵尸为神灵，且日月交错，四季更替，苔衣随之而碧黄紫黑，路却始终赤裸，容不得任何伪装和蒙蔽。偶尔飞鸟过后，口衔的草籽落入其上，斜旁的野酸枣根从地上伸延过来，却绝没有它出头露面之时。山羊灰兔可以爆豆似的在上遗矢，狐子獐子可以印花似的在上留蹄痕，但即使夜如泼墨，路仍是泛着灰白。沿途有许多山泉，滴水成潭，这不是专门人的发见，也不是专门人的开掘，却修理得十分精美卫生，谁也自觉地不去洗脚洗脸；渴饮，跪下去，这是对水神的礼拜，是不跪就喝不上水的跪，然后，仄身在近旁掐一片冬花叶来，折一个斗勺状，慢慢地舀吮。每五里有一小站，十里有一大站，站无站亭，沿地形一个较大的空地，空地边上有高高低低的石坎土台，足以停歇背篓，空地中有天然的石头，或立或蹲，那柴担货担就恰到好处地两头放在石上。这种停歇站形成于久而久之的无意之中，形成了，便作为行路上必歇之处。陌生人在这条路上，最惊叹的莫过于那些脚夫，他们的货担由两个竹筐一根扁担组成，筐里土漆漆过，黑光铮亮，系五色绳索，扁担长一丈、丈二，翘翘呈弓形，顶尖镶有铜的包角，左右换肩扶手处又包有牛蛋皮套，行走开来，大脚大步，一手扶了扁担，一手持一搭柱，时时将搭柱斜支在扁担下而将重量引渡于另一肩上，腾云驾雾的姿态，使观者皆忘却这是劳作，有飘然而至的神仙味道。在停歇站上，那停放货担的地方已占却尽了，他们会靠着崖壁，用搭柱支了扁担中间，货担静静地悬空休息了，脚夫也静静地立在那里闭上眼睛休息了。这么沿途下来，陌生人又一定会发现站与站的距离几乎相等。这正是站的妙处所在，如平原上的农民丈量土地，是反抄了双手用步子踏的，山民们负重着货物，是靠体力的消耗程度来决定站点的，其准确度却与仪器测量相去不远。

　　当然，沿途的人家是少极，近乎可怜巴巴，且都临着河畔沟底，或山坳坡洼，而将那不怕热不怕冷的泥塑的山神像安置在路边，修盖一座精美到极致的小庙。小庙的墙壁上，基石上，不会像城市文明人那样刻起横七竖八的"××到此一游"的字迹。山民们多半不识字，即或识字，艰辛的跋涉也使其没有了这种雅兴。但他们却都有被城市文明人所嘲笑的迷信：香火不会中断，时有红绸布挂在庙檐，而且极忌讳说"倒了""滚了""完了"的话语。他们不畏惧狼虫虎豹，因为他们有对付野兽的力气，狼虫虎豹想吃他们，他们更想吃狼虫虎豹，又想得狼皮虎骨。他们害怕鬼神，鬼神不是可以用力气征服的，所以他们斗打不过就反过来采用软化政策，恭维它，跪拜它，以供献收买它。

有了路，脚夫们就不断，有外地之人，有沿途人家的汉子，冬冬夏夏，朝朝暮暮，从云镇到柴镇，从柴镇到云镇。云镇是镇安县最繁荣的镇子，也是商州西南边界上最著名的贸易点。远在明清，就成了湖北、四川、安康、汉中从南部入商的要道重镇。商贾之人完全不必再往北走到商州城去，更不必再往西安市去。北路南下的商人贾客可以将布匹、食盐、水烟、煤油运到云镇，南路来的贾客可以将桐油、生漆、药材、竹编运到云镇，云镇有十四个货栈，八个酒店，几乎有街面人家都开办旅店饭店；以物易物，公买公卖，或者请经纪人在酒桌上翻手为云覆手为雨而生意成交，或者在一顶半新不旧的草帽下边、衣襟底下握手掐指讨价还价，斤斤计较，反正到最后各自满足，南北分道扬镳。柴镇小则小矣，却是三省交界地，说它是云镇的陪镇亦可，说它是云镇的门户更可，它的地理极其绝妙，人员成分尤为复杂。围绕着它的，四面是路，八方可通，像是一个宝葫芦，而金线吊葫芦的，一扯就是几百里远的，就只有这条山路了。

一个脚夫，从柴镇出发，吆赶了毛驴走一天半，担挑子或者走两天，就可以歇在清风涧。清风涧上是一个村，村子却差不多荒废了。房院倒塌，断墙残垣，沿一堵石崖边上，有一排高高的屋基，全然是四楞见线的石条所筑，石与石之间的白灰已经脱尽，生出毛刺草、野刺蝶，一种花脚蚊子般的飞虫在那里嗡嗡一团。这是曾经壮观的一排房子。试想当初，门前对着山路，路那边临着屋舍，入门启窗，窗外远眺，一涧白云，满耳清风，如今仅剩这秃石基。夕阳里金辉腐蚀，那拳大的扑鸽、升大的鹰隼歇落其上，屙下一堆白花花的粪便，怪叫一声，足可以令人悲凉不已。尤其在夜里，月在中天，万籁俱寂，在这些破败屋舍间走动，一片蛐蛐鸣叫，于朦胧之中看见一只狐子逾墙而过，那更使人于一种萧瑟之中平添时过境迁的感慨。

但是，就在这废墟之中，黑夜里透出了一点光明。这光明来自一面窗户，窗户是用新竹编制的，竹纸上贴了雄鸡啄蝎的窗花，经光射映，栩栩如生。这是一所院子，月夜下院门敲了数声，一人出来，两人进去，立即屋顶的烟囱中冒出轻烟，烟出窗口溅有火星，散发出看不见却能感受到的热量。院门是紧闭了，门前的那棵杏树和榆树默然静寂，这是一棵树，却是两种树干，远近闻名的合欢木。树上的硕大的窠里，歇下了一对夫妻的喜鹊，及它们三个羽毛未丰的女儿。树卜阴影里却坐卧了一只狼狗，此狗系纯种的山狗，有狼的凶狠和警觉，据说这类狗是处在狼多的深山，与狼长年搏斗久而久之衍变过来的。此时它沉静得如一尊石雕，但稍一风吹草动，双耳便耸起，汪汪几声，爆响若豹。显而易见，这所院子是清风涧唯一活着的院子，院子里的人是清风涧真正的主人。主人在这里生活得似乎十分坦然平和，并不害怕院后一片二亩方圆的坟地，坟地里那一棵一棵黑桩似的古柏，那馒头似的墓堆和墓前那远自清朝年间至公元六十年代的石碑。

这地方就是清风涧，这村子却叫周武寨，周武寨里这院人家开的是一个店，店里卖酒，酒旗上也是"周武酒"。

酒旗是用一块黄油布制成的，已经在土炕上铺过了好多年，孩子的尿的腐蚀和屁股的肉的磨蹭，黄油不但未被剥脱，反倒愈发光亮。它晃在合欢树的横枝上，太阳一照，迎风抖着，就是一片狂欢的色彩。从柴镇而来的脚夫老半天爬一条沟道，一上到前去五里的山峁上；从云镇而来的脚夫在盘山道上转过了六六三十六个拐弯，一转到前去五里的垭口上，这酒旗就全然看见了。一看见酒旗，脚夫们就大受刺激，双目放光，无异于在茫海孤舟漂泊三月半载突然望见了港口，无异于古时唐僧取经人困马乏之时荒野里看见了一处古刹。脚夫们长时间的艰难枯燥的行程，任西北风的鞭挞和沉重的云空的压抑，便任随这黄油布的酒旗激起想象，使之达到迸发的顶点！于是，长叹一声，丢下挑子，拴住毛驴，一个立体的"大"字直直地倒在草丛里，评论起这店家的烧酒香味，评论那猪油烩的浆水浇在绿豆和麦磨出的杂面条上的酸味、辣味、呛味，还有那臭豆腐、糖咸老鸦蒜、辣丝熏肉的味道，甚至那垂吊着布袋奶子的老板娘满满当当塞在藤椅上的胖身子，那瘦得猴儿一样干练的掌柜的火纸点吃的白铜水烟袋，以至那儿媳的高低、粗细、善恶、俊丑。他们这么谈着，就把一切疲劳消除，似乎他们并不是脚夫，悠闲的是一群戏院里的观众，是一群集中在村口碾盘上开老碗会的食客，是一群人生评论家，世事的鉴赏家。

这会使第一次做脚夫的人大惑不解，他只觉得饥肠辘辘，腰酸腿疼，极快地赶了过去大块吃肉，大碗喝酒，脱一个赤条条无牵无挂在那面大炕上大声响一阵鼾，却不明白老脚夫们这么乱七八糟地评论倒要比真吃、真喝、真睡而更觉受活！不免疑问起来。老脚夫们就坐起身来，将烟袋慢慢点着，摆了架势，竟会说出一段关于周武寨的陈年老事。

清风涧之所以为清风涧，是十五座山梁中，唯这里最高，且山脉走势宛若"人"字，起源了十四条川谷中最宽最长的川谷，而川谷蜿蜒远去，在这里的夹角特别深邃，从南北相等的五里外的山头往"人"字头上走，路就像缠在山腰上的云带。脚夫们最提心吊胆的，就是走这段路。他们必须吃饱用苞谷面包萝卜丝的窝窝头，或者用山泉水在一只携带的铝盆里拌和了大米柿子磨制的炒面，否则行在路中，心慌腿软，就有可能跌倒，一跌倒就堕入涧内如飘一片树叶一样杳然无声。再是三叩六拜那山神泥胎，祈求神灵保佑。因为寂静得可怕的石砭道上，猛然迎面走来一个女人，妖妖艳艳，飘飘忽忽，你能说清这是良家女子，还是狐狸成精的伪装，还是涧下阴鬼的幻变？更何况涧下突然一声猿啼，山顶上一块风化石头突然滚落。路是一尺宽的，因临着深涧，感觉上便仅仅只有半尺宽窄，这边山头的脚夫要过，最紧临那边山头的脚夫也要过，两者相遇道中，担挑的东西多了，大了，退让就成了难题。故脚夫们拔脚的时候，总是在这边喊几声："噢噢噢——！"那边的肯定要回几声："噢噢噢——！"说明那边也有人要过了。于是这边的就停下来，等那边的过来了，方可再过去。有时这边一喊，那边也喊，并不是有人，而是回音，这边人空等那半晌不见人过来。就兀自在这边骂一通娘。也有这边"噢噢噢"之后，那边并

157

没明显回应，脚夫们便背着寿材板结队朝前走。这寿材板是柴镇方面最赚钱的生意，仅一页板，柏木的，松木的，苦楝木的，长一米八，宽二尺零五，一人只能负重一页，用绳子缚在背上，行走起来，前边看去像一群带甲壳的动物，从后看，人不见头不见腿，犹如魔幻了的木板移动。脚夫们就一个与一个拉开一定的距离，不能近，近则容易撞磕，不宜远，远则一人出事，无同伙照应。但是，不巧的是突然听见喤喤喤的铃声，迎面就来了一队驴驮子。两方在道中相遇了，并不说话，怒目而视，那是一种极端仇恨的僵持。退让是谁也不愿干的，于是就沉闷着，直等到双方皆精疲力竭，相互看出对方虽然可恶却还不是一脸凶相、企图干伤天害理之事的歹徒，那背木板的便服输了，一个一个将身子侧转，将木板靠在崖壁上，像是钉死在那里，让毛驴队紧贴了身子过去。

这就到了清风涧。

到了清风涧，人就像下了竿的猴，卸了套的牛，炸了麻花的油，没有一丝力气可存，故天时地利地需要在此有一些人家，供脚夫吃，喝，睡，养精蓄力。于是，人家也就产生了。

这是在清嘉庆年间，从四川过来了一个生意人，行到这里，寻思：到云镇、商州做买卖，倒不如在此搞经济。主意拿定，就没有再走，从山上砍了树枝搭了一棚，安身下来卖茶卖酒。没想生意竟好，一过就是二十年，到了行将老去的年纪，他收留了一个过路的花子。这花子虽饥寒交迫，人却忠厚，接管了老汉的家产后便甘做孝子，将长辈埋葬在屋后，自己又经营茶酒，如此又是二十年，临终又招了一个过继的。如此反反复复了上百年，这里的木棚翻新了瓦房，经营了酒也增设了饭，但店家还只是一人，又都是下世之前方有新的到来。后，掌柜的是一位姓周的汉子时，他从人贩子手里买得一位女子，方正经成为一户人家，这是本世纪二十年代的事。夫妇一辈子生活在这里，虽然每日皆有过路脚夫，但脚夫长则一日短则半晌，匆匆离去，天地自然就留下他们二人，不免清寂难耐。偌大世界唯一使他们生趣的是干那一种生理的交合，无异于山中的豹子山猪，或那一帮一伙红着眼睛的野狗。这女人又该是枣核体形，正是能生能育，又加上吃喝有余，水土良好，空气新鲜，竟生出十二个儿来。十二个儿长大，狼虎一般，一个个高头大脑，能在山上砍柴垦地，能在涧下攀藤采药，吃生肉能克，睡石板能眠，于是人口兴旺，家业扩张，屋舍年年修筑，娶妻生子，分锅另灶，慢慢便形成一片不大不小的村寨。

但是，动乱年月，哪里会是一块清静之地？十二个儿皆长成门扇高低，忽一日，柴镇的镇长坐了滑竿上来，前呼后拥了几十个背"汉阳造"的兵士，对着周老头子宣布：国难当头，匹夫有责效劳，十二个儿子要抽六个壮丁充军。老头子听罢，当场晕倒在门前石阶下，口吐白沫，昏迷不醒。十二个儿子正在门前山梁上挖芋头，先瞧见有人上山，以为脚夫，后见老父倒在地上，皆凭了力大无比，血气方刚，举了镢头扑下山来斗打，竟将一兵用镢头挖倒，镇长看时，那镢头还嵌在死人的脑壳里拔不出来。一时下令射击，"叭叭叭"三声脆响，满山沟从未有过这种声响，山石松动，哗哗下落，在涧底砸碰不息，山鸟惊飞，野猿飞窜，十二儿有三个倒在地上，已经气绝了。

幸存的九个儿子一见三个兄长身亡，毕竟是山里长大，登时竟呆在那里，清风涧里死一样寂静，蓦地一声撕肠裂肚的呐喊，九个儿子分八面逃散。又是一阵枪响，中间的那个倒下了，血冲上半空，喷洒在石岩上，八个都站住了，被兵士们绳绑索捆在了门前的苦李子树上。老头子苏醒过来，老夫妻一对跪在地上给镇长磕头求饶，两个儿子还是被拉走了。镇长说话是算数的，他打死了四个，抓走了两个，六个壮丁的名额一个不多，一个不少。

一家人遭到飞来之祸，只有抱头痛哭到天黑，天黑到天明，四具血淋淋的尸体横在院里，招惹得白日鹰飞隼来，夜里狼叫狗咬。行路的脚夫们几天不见踪影，全钻进了石洞和树林子。后来听得这家人哭声渐歇，传来沉重而单调的敲打声，方走近看时，周家拆掉了三间房的楼板，钉起了四口棺材，在屋后掘坑埋儿了。此时，两个儿子还在柴镇镇公所的柱子上五花大绑着。周老头子疯一般地赶去，眼瞧着儿子被剥光了上身，头发上系了绳子拉直在屋梁上，口骂，用竹板子扇嘴，脚踢，坠四十斤重的石锁，然后将香点燃一下一下按在脊梁上烧，老头又是捣米般地磕头，镇长放了话：保人可以，每人保费五百个银圆。一千个银圆到哪儿去找？这样就出来了一个姓武的人。

这人是柴镇上的赖子，生得四肢短小，铮眉火眼，上无父母，下无妻小，终日混在赌场，是谁也见不得谁也恶不得的角色。当时刚刚赢得一千五百个银圆，听说清风涧的周家没钱买丁，就毛遂自荐他可以资助，但条件是一千个银圆买清风涧三间房子，二亩坡地，一处林子。周老头子瓷眼看了看他，没有言传，返回清风涧，老少围了火塘思想了一夜，还是拿不定主意，老头子说：

"罢了，罢了，让姓武的来吧！"

第二天里，便又提了一坛水酒，寻着武赖子，将那一千个银圆交给了镇长，赎两个儿子回来。姓武的也就迁进清风涧，新屋新户，以示庆贺，请了镇上鼓乐班子吹吹打打，好一场热闹的"红庄"。周老头子一股子眼泪往肚里流，还是提两吊熏肉，一坛麻油前去笑脸祝贺。

事过一年，镇上又要抽丁，结果两个儿子又被抓去，周老头子一气之下，得了鼓症，半个月汤水不进，第十六天里伸腿儿过世走了。老爹一死，娘也死了。六个儿子就将家彻底分开，每人四间，勉勉强强耐活日子。柴镇到云镇的脚夫们还在走动着，那清风涧的新户武赖子则也以三间房开店，但实为赌场，招惹了附近地痞流氓没黑没明在家酗酒行赌。时常赌场闹翻，六亲不认，打得你断了胳膊，他折了腿，窝主武赖子也曾输得红了眼，以自己耳朵下注，结果手气不来，当真就被人割了左耳喂狗。常言道："十个赌棍九个盗。"这帮人一旦没了本钱，就在砭道上拦路抢劫，将脸用锅灰抹花，只需带一把斧头，在那最陡最斜的砭道拐弯处一站，十有八九钱财必获，害得这一路脚夫少了许多，即使要过，也是十个八个结队而行。慢慢路断人稀，周家的店里就少了许多生意，只是叫苦不迭。

周家的第四个儿子，名叫周四路，本是善良忠厚小子，但每晚听武家酗酒赌博吆三喝四，止不住过去观看，久而久之，心热眼馋，也下了一注，没想竟赢了。得了好处，慢慢厌恶起农事，上了挣横财的瘾，三个兄弟百般劝说，只是不听，结果一场赌中却输了个精光，便也出去拦路抢劫，沦为人贼，被脚夫们打倒，用石头砸死在涧沟里。老四一死，武赖子则说老四生前借过他的钱，要兄弟三人偿还。周家三人明知这是讹诈，苦于死口无对，只好眼睁睁让武赖子占了老四的房子、土地。这样一来，姓武的就在清风涧有了近一半的物产。

后五年里，周家三个兄弟年年都有出丁的任务，为了保住祖宗的家业，三人死也不肯出丁，这武赖子便买丁，每次得周家两间房子、两亩坡地，他就替丁走了。只说这是条妙计，既可保住家人，又可从此没了这条恶虫，没想这姓武的是个混世的魔王，竟充军不到十天，就偷跑回来，无病无伤，且混得一身衣裳。如此连连替了周家四次壮丁，竟返回来将周家的家产吞并得十分有九，清风涧倒成了武家的世事。武赖子做了这里的强人，东六十里虎头山的土匪王老五就将自己的一个养女嫁他为妻，生下两男两女，武家就雇了长工，招了店员，自己发展自己的生意，数年之间，威风不可一世。后又娶了两个小老婆，各生有两男一女，越发成了此地一霸。再后，扩张田园，又开办染坊，终日门前布挂得像流云一般，白布染蓝，蓝布染黑，柴镇一带染布的人家也寻到他的门下，直到中华人民共和国成立前一年，发展到云镇有他的染坊分店、生药店、棺材店，出门动步，坐一滑竿，脚搭在前边轿夫的肩上，羊皮长袍，狐皮帽子，那一只耳朵上也戴了松鼠皮套。

　　一九四九年正月，镇安解放，武家是地主，周家是贫农。周家兄弟三人，又生出六个儿来，又分到了武家一半房产、土地。武赖子年事已高，当年遭到抢劫的脚夫们联合上告，结果政府正法他于原籍，在柴镇的河滩里一颗子弹掀开了天灵盖。武家的儿子去拉，一张芦席裹了尸体走了一天，行至天晚，忽遇瓢泼大雨，儿子们就钻进一孔石洞避雨，天明继续上路，路上的担架里武老子的尸体竟被野狗吃得剩余一个腔子，一个没脑浆的空壳脑袋。武家的三个老婆，待丈夫一死，后两个年轻好事，守不住空房，也分别一走了之。六个儿子，三个受

162

不了父亲的骂名，跑到了新疆去谋生，三个为人老实，在家替爹赎罪，安分守己，勤于耕作，但皆因出身不好，远近没有人家肯将女儿嫁过来做媳。只是第三个儿子到了二十六岁，讨了一个柴镇的三十二岁的寡妇。这寡妇面貌丑陋，心性却善，且有一身男人般的下苦力气，第二年里，竟生下一个胖胖的儿子来。

周家却翻起身来，在政治上，人口上，经济上，迅速繁荣壮大，就又一次重新整修屋院，迁埋父母兄长坟墓，在屋前庭后广植草木。如今所见那棵大杏树就是当时所栽。这树生长奇怪，一人多高时，单株独干，可后来根部就又冒出一树，叶瓣为榆，竟极快与杏树长齐，又相缠相绞，长到碗口粗细，便两根合为一起，犹如同根异枝，世人以为神奇。但在那时，周家人时时忘不了武家的仇恨，兄弟三人每年大年三十，率众儿众女到先父长兄墓前烧纸点灯，武家也去烧纸点灯，却怯于亡人罪恶，都是等周家烧纸点灯之后才悄悄前去点那么一支小蜡，也不敢鸣鞭炮奠酒。周家祖坟的灯点过正月十五。每晚生一盆红光光的木炭火，又将十个儿子叫在一起叙说当年的情景，激发他们的义愤，以致时时无端挑起矛盾。两户人家就要动口动手动脚，自然武家吃亏的多，得胜的少。

两个家族都成长起来，清风涧成了一个真正的村寨，规划为柴镇公社清风寨生产队。队长是周家人当的，会计、保管、出纳也都是周家人。那些年社会上的会多，民工多，每有名额，周家人就出去，武家人在地干活，只能老老实实，不能乱说乱动。时间过得如流水，"文化大革命"就来了。当然，山地的革命风暴比城镇慢了半年，但一旦风暴到来，其激烈程度竟比城镇强出数倍。他们几乎没有经过学习、动员、串联、辩论，一上手就开始了武斗，而且立即同柴镇、云镇的各派发生联系，周家是一派，武家是一派。很自然，周家便将武家扫地出门，赶到云镇去了，而柴镇的同派则驻进了清风涧。

六八年七月初七，清风寨又是一个炸红的日子。周家的人正忙着宰猪，在大环锅里烧滚了开水，一桶一桶盛在大木梢盆，就跳进猪圈去拉出那一头壳郎猪来。柳叶尖刀刚刚捅进猪的心窝，柴镇同派的一名瞭哨的突然看到五里外的山顶上黑压压站满了人。这派的头目就叫道："糟了，保皇派来了！"全体队员立即各就其位，那崖边的石屋子里就成了碉堡。杀猪的周家四儿没有枪，口叼着那柄血刀，一面系腰带一面往合欢树下跑，那边山头上的枪声就炒爆豆一样响起来，这厢往那厢打，那厢往这厢打，参战的人耳朵却失去了听觉，只有风响，看着子弹在石崖上溅一个石花，触电般地滑向一边，钻进了草里土里。山头上的那派企图从砭道过来，寨子里的这派企图占领前边的山嘴，却皆不能成功，就这么相持着放枪。直到黄昏，夕阳烧红了山头，那派枪声渐稀。周家爷子高叫："他们要退了！"就将捅死的猪重新开膛，猪血已经淤在肚里，肉成了暗红色，在锅里煮了，就夹在饼子里分散给每一个打枪的人。这四儿也极轻狂，拿了肉饼站在石屋前一口一个月牙，两口一个山字，还未下咽，啪的一个枪子飞来，他应声倒在那里。众人大惊，抬头看时，寨后的山梁上冒出了几十个人头。原来那派枪声渐稀是计，趁这边麻痹分出一支爬山后峭壁过来占领了后山，一时前后夹攻，周家这派支持不住了，退到了涧右下去的一个洼里。周家十人死了老四，九人皆熟悉道路，领人从洼前崖畔往下攀藤逃跑，那边山头就一枪一个，打掉了三个。顿时慌乱，一半人又从崖畔跌下摔死，剩余的转过洼去，钻进梢树林子里不见了。武家回到村子，见周家已抢了自己全部财产，一怒之下，放火烧了周家的数间房子。这一仗，周家死了五个，武家死了两个，清风寨的男子汉仅剩下了六人。

这就是轰动镇安县，乃至震惊商州的"七七武斗事件"。

"文化大革命"总算要结束了，镇安县城成立了"红色政权"，云镇、柴镇也成立了"红色政权"，两派的头头们化仇敌为好友，都一条凳子上坐了当官。周家武家死去的人，也分别得到了门楣上高挂的一个烈士证牌。清风寨似乎是从此安宁了，幸存的人屋烧了开始修屋，地荒了开始耕地，天雨之后在山坡捡地软菜的时候，不时可以捡到一颗两颗子弹壳，拿回来做旱烟袋嘴咬在嘴里吸烟。但为时不久，"一打三反"运动开始，有仇的伸仇，有冤的诉冤，血债必用血偿还。周家武家虽然死了人，但活着的也都欠有别人的血债，结果，一个晚上，周家的所剩四个男人全部带走，武家的两个男人带走了一个，那门楣上的烈士证牌宣布无效，丢进火里烧了。五个清风寨的男人都持枪打死过人，或放火烧过房，三个被验明正身受到制裁，两个剃了光头判处了无期徒刑。

清风寨真成了一个魔窟鬼场，东来的风，西往的风，从这里扫过，常常呼啸着卷起风柱，成群的乌鸦黑压压一片倏忽落在石崖上，倏忽就吸进了梢树林子去。猪圈上，牛棚墙上，虽然用白灰刷上了一个一个赫然的圆圈，但依然狼来，且常常夜半三更像人一样哭叫。周家武家的寡妇们就纷纷走离了。周家的六媳妇因为身边有一个十一岁的男孩，她才没有走掉，而武家的男人自己没有娶妻，却带着兄弟的唯一幸存的女儿，投奔到女儿的外婆家，住在关中合阳县去了。

天下一太平起来，脚夫们又开始频繁地走动。人如草木，生生死死，枯枯荣荣，但从柴镇至云镇的这条山路却依然如故。只是脚夫们人困马乏行至这里，实指望能在这里吃一顿饭，喝一壶酒，睡在大炕上伸伸懒腰，抽烟打一通哈欠，但一见一片残垣断壁，荒坟秃墓，看见那已经肥胖臃肿如二斗瓮的周家寡妇和儿子在山坡前耕地下种，就不忍心去打扰了。

清风寨的那棵合欢树出奇地依然葱郁，树皮已经枯燥，但六十七发子弹头嵌在其内，显出六十七个小洞，却没有一个洞里穿透的。孤儿寡母天黑关门，窗白起身，一个心思去务弄山坡上的地，地土广，劳力少，庄稼长得不景气，但足吃足喝。娘并不害怕死魂阴鬼，却一定要给儿子做一个兜肚，兜肚是大红，镶有黄边，兜肚系儿上拴一个削得精细的桃木小棒槌，以此为护身符。又每每给儿做红色短裤，结红色裤带，又用红色的布纳一个小包夜夜压在儿的枕头下。到了每月初一，天上不出月亮，寡妇就在门前燃豆秆火，哔哔剥剥让其爆溅火花，然后手拿面箩或是筛子，叫一声："路路，——回来哟！回来——！"做儿的就应："回来了——！回来了——！"怕儿子神散，以此招魂。儿子却更不怕鬼，他没有见过鬼，也想象不出鬼，他只害怕狼，说："娘，咱弄一支猎枪来！"娘一听枪，浑身就软了，花了五元钱从山下人家买来了一只狼狗，狗异常凶猛和忠诚，母子俩视为家口。

当母子在山坡上耕种，看见脚夫们在门前停歇，又立即走去了，做娘的不免想起早年的光景，但寡妇人家如何开店？每晚还是早早关门。只是在合欢树下摆设了三个瓦罐，盛满竹叶茶水，让脚夫们自舀自饮，不取分文。又一有空余，母子拿了镢锨修补门前那条山路。待到四五月，合欢树的杏木上结满了黄澄澄的杏子，母子俩吃不完，就全摘下来放在路边，娘就坐在旁边一面纳鞋底一面催儿用蒲扇赶杏子上的苍蝇。来往脚夫放下挑担、背篓，说：

"这杏子怎么个卖法？"

寡妇说："这杏子不卖！"

"这么多的杏子也不卖？清风寨真是死人寨，连一个杏子都不卖！"

寡妇听了，就生了气，不再作答，看着那脚夫走了，瞧出是个无恶意的人，又是极馋那杏子的，就气消下来，说：

"不卖就是不卖，你想吃了你就来吃！"

脚夫便又转回来，抓三个五个吃了。

"要吃就吃个够，只要把杏核留下，我们要煮油茶呢。"

这脚夫才明白孤儿寡母的意思是宁吃不卖，一阵感激，直吃得左边牙酸了换右边牙咬，右边牙酸了用门牙咬，末了从货担里取一颗铜铃儿拴在狗的脖子上。

又一次春天，石砭道上的崖壁上换了绿的苔衣，清风寨的涧里洼里，几树桃花夭夭地开了。山路上走来的脚夫，挑担头上或许就用柳条串着了一串一拃长的白条鱼儿，还有鳖，这是谷川里的河水里捉捞的，要捎到云镇和商州城去，那里有了许多南方人，见这等水物就馋得不要命的。寡妇的儿子稀罕是稀罕，却绝吃的念头，用手摸摸，粘一层腥息的鳞片，就去合欢树下的秋千上去撒欢子荡了。这秋千，寡妇年年清明前后就给儿子架的，说是"遗烂套子"，荡过了，就要脱下那已经见出棉花的破棉衣，要换夹袄了。母子俩拿了镢头上山，挖了一畦地，暖和和的太阳就照得身上出汗。娘俩开始种小豆，一侧头，瞭见合欢树下站着了两个人，一个头发灰白，是个男人，一个是秀发女子。两人并没有带什么，呆呆地站在那里。山上的母子看了一会儿，儿子说："娘，那是两个什么人？"娘说："还有什么人，过路脚夫吧。"儿子又说："不像，有一个年轻女子呢。"娘说："别瞧人家的姑娘！娘已经给你说了，娘会给你找个媳妇的。"儿子却还在说："是不是贼呢？"娘就立起身往下喊："喂，过路的，这里没有店了，快走你们的路吧！"

这一声呐喊，寨前的那两个人就回过头来。那男人突然痉挛，大叫了一声"六嫂子！"就趴下去狼一般嚎着哭。山坡上的女人倒愣了，她眼睛已经发花，看不清，却听出了声调，自言自语道："怎么是武家老二的声？"忙对儿子说："你瞧瞧，那是谁？"儿子看见了，正是武家老二，顿时火从心烧，提了镢头就要冲下去。寡妇将儿后腿抱住了，说："牲畜，你要干什么？"儿子红着眼说："我要灭绝了他！"寡妇扳倒了儿子，一耳光扇在他的脸上，叫道："人还没死绝吗？你杀了他，你也没了命，我守寡就是来看着清风寨成鬼的地方吗？"儿子没有动弹，娘却扑下去，在武家老二的面前，说声"你回来了！"就瘫坐下去。她召唤着那女子，认得出那女子脸上有武家老大的影子，说声："你是路妞儿吗？路妞，你认不得六婶了！？"把女子拉过怀来，呜呜咽咽哭将起来。

两家人谁也不再提说往日的旧事，两家人默默地住在了清风寨。

三年之后，一片废墟之中，新崭崭盖起了四间瓦房。房后还有那一片坟墓，但已经挖去了荆棘，除了那石碑、古柏，新生了一片翠泠泠的慈竹。慈竹的竹鞭在地底下掘进，通过了每个坟堆，到达了远处的武家的坟地上，有一种花翅膀的鸟儿就鸣叫其中。门前是高高的院墙，门楼尤为壮观。和那棵合欢树相对的是山路那边的一处大大的篱笆，篱笆为栲木、青枫木棍棒所栽，木耳就自生自长，现吃现割。而沿着山路下至五里，上至五里，路边全种植了金针菜，金针开花，看可悦目，食则营养。两家人合为一家了。

小两口住在了新屋的东厢，老两口住在了新屋的西厢。不久，在脚夫们中间，开始流传着一个笑话，说是一个脚夫晚上路过这里，听见了这四间屋里传出了四种声音，让同伙猜测这四种声音为谁发出，什么内容。四种声音是："啊！""哎？""嗯！？""噢……"但脚夫们谁也说不清这声音发自老少四口谁之口，又包含了何等人伦之乐的丰富内容。

只是到后来，脚夫们忽然看见那屋前的合欢树上，挂出了一个牌子——"清风寨酒店"，脚夫们就流水似的走进这店家去了。他们看见那店主形容枯瘦，精神却好，正在屋里烧制一种苞谷酒。这酒的烧制法不同于本地，完全是关中人的烧法，酒劲醇烈，第一槽热酒刚下来，他竟能端起杯子连喝三下，连鼻子也酒糟糟地红了。那店老板娘，身子越发臃肿，两个布袋吊奶，人老了依旧饱满，在案上擀面，奶子就上下涌动，发出啪啪的拍打肚皮的响声。可怜她人胖汗多，面擀不到纸薄就一脸虚汗，要坐下休息了，堆在麦草蒲团上如一包棉花。儿子呢，儿子没在家，到云镇进百货去了。年轻的儿媳却坐在了炕上，头上包扎了一条红得如火的丝头巾，脸皮浮肿，却在笑着。她的两岁的儿子正站在炕前，逗弄着被褥里一件肉乎乎的精光老鼠一般的婴儿，在问娘："娘，这弟弟是哪儿来的？""沟里捞的。""娃娃都是捞的吗？""都是捞的。""我也是捞的？""是的，人都是捞的。""那爷爷、奶奶、爹、娘也都是捞的吗？""捞的！"一家人就都嗤地笑起来。

脚夫们觉得这一家人有趣，就不免搭讪一句："你们这大孩子叫什么名呀？"做爷爷的说："周石头。"再问："那个小儿子呢？"做奶奶的说："才起的，武水水，起得好吗？"脚夫们倒疑惑了，问道："怎么一个姓周，一个姓武？"一家人都不言语，脚夫们立即觉醒了，脸色尴尬，不再发问。那炕上的媳妇却发了话："这有什么奇怪的，周家武家合成一家了嘛，孩子怎么不分别姓氏？"脚夫中就有一个懂得柳庄麻衣相法的，当下看了媳妇的面貌，问了小两口的生辰八字，口里喃喃了半晌，说："是福命，福命，你的儿子不会仅仅是这两个，依你命看，能生得十二三个哩！"儿媳妇就笑着说："这地方就是缺人，用不着担心计划生育，要真能生，生一打最好，单数就姓周，双数就姓武。"

这事传出之后，脚夫们就从此管清风寨叫为周武寨了。久而久之，这家人也默认，店业越办越大，生意越做越红。就在媳妇生下第三个儿子的满月后，一个识文墨的脚夫歇在这里，夜里无事，一家人陪着这脚夫喝酒，又说起这店的名字。脚夫出主意要把那店门口的牌子换大，说："古人办店，都有酒旗，何不挂一条黄旗，增添这酒店的古风古色呢？"店老板和儿子也喝到了八成，听罢，拍手叫好。当即让脚夫帮着制旗，却苦于找不到黄布，那坐在炕上的儿媳便从婴儿身下抽出黄油尿布，当场铺在桌上，脚夫也逗了酒劲，竟打开自己贩卖的红洋漆来，用破棉套蘸了，在上写出四个大字"周武酒家"。写毕，这脚夫就溜下桌底，一直到第二天中午方醒。

一个死了才走运的老头

从商县下来了一条河，河并不大，一满是石头，潺潺的水触石漫流，这石头就整个一个冬天、春天，分作两种颜色：上部为黑，下部为白。有一种鹤，当地人称作老鹳，铁杆一样长腿走物，就张着翅膀落下来，站在石头上单足独立，瞅定着一个目标，梆地下去，骨头的嘴叼出一尾鱼来。水太浅了，水也太清了，小鱼小虾就要遭殃。这河沟很长时间内成了老鹳的领地，吃饱了肚子，结伙成群在那里散步，姿态高傲而优雅。于是，小鱼小虾就盼着夏天和秋天。这时节久雨三天，水位就骤然猛大，深浅无法估量，扑涌得满河满沿，斗大的石头如倒核桃一样在其中流动。更恐惧的是吼声，轰轰隆隆如打雷，水几时不退，吼声不消，水退了，岸上的人家三天里耳朵里还是轰轰响。这河就是这个样子，是不露声色的，母老虎式的，蔫驴式的，其突兀变化在情理之中而又发生于意料之外。

但它偏偏冲不破黑龙岭。它是直直为奔趋丹江而来，眼看一里两里就入江了，黑龙岭却横在江边，如一堵墙似的。莽头莽脑地去撞，吱吱泼泼地去咬，却不行，只好折头顺黑龙岭背后，曲曲弯弯往东流，流十五里，从龙尾后的峪口出去入江。这十五里河沟没有人家，峪口却一大村，叫着流峪湾。

湾里人很穷，祖祖辈辈，人口兴旺，土地贫瘠。方圆最平的地方是河滩，河滩却是走水的，田地只好挂在山梁。梁上是红胶泥，天旱挖不动，套牛扶犁，少不得断了曳绳，豁了铧尖；天雨时却软得泡汤，常常三更半夜，某某面皮呼噜溜脱下来，地就像剥皮一样离去，赤裸裸露出石头山骨。

农民是黄土命，黄土只要能长出一点庄稼，农民就不会抛弃黄土的。这里的人们一向无是无非，关心而弄不明白各种国家大事，因为贫困，他们没有机会接受什么文化教育，虽社会给予他们不断的补充性的各种政治运动的教育，而终于都没有弄明白。但是，他们并不曾嫌弃过这块地方，并无什么遗憾。这也得助于他们有劳动，劳动是他们生存的手段，也可以说劳动是他们生存的目的。

这湾里都是老庄老户，熟知所有供劳动的土地，哪一块土深，哪一块土薄，了如指掌。湾里所有的男女，老老幼幼，甚至嫁出去的姑娘，订婚尚未过门的媳妇，喜怒哀乐，每一个人无有不知，犹如自己一口的门牙、槽牙，哪个疼哪个不疼，眼睛不看，感觉也感觉得出。天亮了，从墙上取下犁铧，吆上老牛，老牛在坡田踏犁沟走，人看着牛的屁股走，大声地骂牛，给牛说话，如训斥着自己的老婆儿子。擦黑回家，吃罢晚饭，熬一壶苦叶茶喝了，黑灯瞎摸和老婆两人作一人，既是人生任务，又是人生享乐，安眠一夜过去。只有下雨天黑，抱头睡几个盹，去串门闲聊，说些自编的"四溜话"，如"四令"："下了竿的猴，卸了套的牛，炸了饼的油，×了×的×。"没完没了地编缀下去，句句离不开那人生基本情事的，满足他人的精神，也满足自己的精神。所以，这地方清贫而清静，多一个人就显得特别多，少一个人就显得特别少。总而言之，即就是放个屁，空气也会为之波动，使这个世界失去平衡。

这一年，一个老头住进了湾来，湾里就接连发生了不大不小而有奇有怪的变异。

老头姓延，名字不可知，相貌却是城里人，因为他的脸上没有明显的两颧赤红，即使年事较高，但鼻子又不是酒糟的颜色。来的那天，他背着一个铺盖卷儿，后边是两个带枪的民兵。这民兵却不是保卫他的，任务是押送，他在湾前的河畔里要解手的时候，给民兵说了好多话，末了民兵点头，却将他的裤带抽下来，让他绕到那片林子里去了。湾里人一见此景，便知道是犯了错误来改造的角色。那些年里，城里人常要到山地的，能到山地，必是改造，似乎山地是一个大极好极的监狱，劳改场，城里人能来和山民们一起吃，住，劳动，那便是天下最大的惩罚。往日里，这流峪湾四周的村子里，曾先后有过这类人去，这个村子却一直没有。有人询问过公社干部，回答是："有错误大的就给你们！"此话另一层意思是说：你们流峪湾是最坏的村子，应该让犯有大错误的人来。干部的话似乎是侮辱了流峪湾人，难道世世代代生活劳动在这个村子的人都是和犯了大错误的人一样吗？他们有什么大错误，他们愿意在这里受贫穷吗？犯大错误的应该是天，天造设了这一个穷地方！犯大错误的也应该是他们的祖宗，将他们生育在这个流峪湾！但这么埋怨归埋怨，埋怨之后，不免为不给他们分一个城里的什么人而不悦：城里人毕竟是城里人，瞎好能到这里来，看看城里人和他们在一起，也是能开开眼界的。所以这老头来后，有几家房子宽裕的，就腾了一间两间，要将老头的铺盖搬过去。但带枪的民兵却不同意，他们传达公社旨意，叫老头住在关帝庙里。

关帝庙是流峪湾唯一的古建筑，原住一个泥关公，红脸，长须，握一柄十三斤重铁打的真刀。"文化大革命"中泥塑打碎了，改作了队里饲养室。但牛和饲养员住进去了半年，饲养员坚决不干了，说是关老爷的两个烧制的黑瓷眼球现在嵌在山墙上，天一黑就放光，这还罢了，更是庙堂大梁夜夜响动，又有节奏，先是"叭"，接着就"叭叭叭叭……"一声紧一声，声声不断从这头响过那头。牛是不信鬼的，牛依然入睡，饲养员却夜夜吓得半死。结果换了若干饲养员，人人如此，队部便重新盖了饲养室，庙就空空放着，让老鼠和蝙蝠占了领土领空。

村人稍稍收拾了一下，安好了门窗，堵了鼠洞，这老头就住进去了。

老头不大说话，脸上总是笑着，那皱纹十分纵横，眼睛也似乎是其中的两道皱纹。他给村人的第一印象是个软性人，善眉善眼。

第二天，老头就下地了。正是初春，山梁上的红薯地里，要用一种板锄拢窝堆子，活计沉重，但也有其出力的艺术：双脚分开站定在装了家粪的小坑边，将锄把握紧，第一锄挖开粪下土，一挑，土粪搅和，第二锄向左，一锄土搂来，第三锄向右，一锄土搂来，末了正面一锄挡在正中，又就势将锄一按，一个玲玲珑珑的小土丘就形成了。人往前走着，一溜土丘佛珠串似的就从胯下出现，五人六人一排儿过去，一块地刹那间起了波涛。老头握着锄，却左一锄，右一锄，再左一锄，右一锄，七下八下，土丘还是堆不整齐，而且手心就起了泡。打泡又将泡反弄破，挤出清水，疼得脸面都扭曲了。下午，人们开始担水插薯秧，老头也去担水。在平地上倒还罢了。上得山来，却气喘吁吁，又不会换肩，想放下桶歇歇，桶却放在一个料浆石上，石子滑动，一只桶哗啦啦滚下去，水漫流不可收拾，桶底脱落，如车轮般而去。

人们见老头狼狈，就苦笑笑，看出这不是当农民的料，即使硬叫他当农民，也终不会当得像农民。队长便让他男占女位，和婆娘女子一起去插薯秧。

妇女说："真作孽，你怎么连农民都不会当!"老头说："瞎得不中用了。"妇女又说："你怎么不在城里?"老头说："说我是犯了错误嘛。"妇女再说："犯了错误就来劳动，那我们是祖祖辈辈犯了错误了?!"老头只是笑笑。

妇女们是不熟就不说话，一双脚不肯直腿高抬让人看的。但三句两语觉得熟了，便不忌女人的羞耻，将地头的孩子拉来拥在怀里，白花花地裸着奶子来喂，或在裤腰下去抓那发痒的皮肤，然后一面询问老头，在城里做什么官吗? 家里有老伴吗? 有儿有女有孙子娃娃吗? 怎么没一个来伺候的? 还有，一个人睡在关帝庙里，夜里有什么动静吗? 前边的提问，老头就不说话，眉毛那么闪闪，却说起夜里睡得很稳，末了加一句："只是那庙梁在响。"妇女脸色立时煞白，说："你也听到了! 怎么偏要让你和鬼睡在一起?"老头说："那不是鬼，先响起来，我还以为贼来偷我，掌灯一看，原是木梁在响，这木梁是桑木的，陈年的桑木是会自响的。"妇女们又惊又疑，把老头的脸看了老半天，说："你怎么知道这多! 你在城里一定是当着大官?"接着以老头的眼镜为依据，做领导的都会戴眼镜，公社的主任戴有眼镜，正面看只有一个圈圈，老头的圈圈相套，如烧酒瓶底。就有人将老头的眼镜取下，老头便什么都看不见了，蹲在那里只是笑着要。

有妇女将这些告知了男人，男人也惊疑地看着老头，但立即又摇头了：这不是城里的大官，大官的脸是不易笑的，这老头却一脸笑纹。或是他凤凰落了架，但落了架的凤凰别村有，都是人倒架子不倒，脸上终日霜打了似的，哪有老头这么逗乐？

农家的女人是最相信做掌柜的丈夫的，也觉是，便将老头也不在心上放，只是往后放了胆儿，寻老头取笑逗乐罢了。

关帝庙前正好是打麦场，每天早晨，男人们起来拾粪，老头就在麦场上小跑，样子像犯了羊痫风病的，后来场边的大喇叭就哇哇叫，老头就站定支耳朵听。孩子们骑着牛上山去牧，乜着眼睛喊："老头，到山上去？"老头说："山上有什么好的？"小孩说："有毛老鼠，捉回来剥了皮，冬天做耳套!"老头也便去了。果然捉了两只老鼠，拿回来剥了，皮子钉在庙墙上，老鼠肉孩子要喂猫，老头却洗净了，剁成小块，在缸子里盛了放火堆上炖，吃得满嘴流油。

这事使村里人大惊失色，认作死猫和狗都能下咽，这老头是个下贱之人。故以后，他跟孩子们上山，孩子们和他打赌：你敢折这些树枝回去做饭吗？老头折了，回去做饭，但浑身却出了一层小红疙瘩，奇痒难受。老头才晓得那树枝是漆木的，中了漆毒。孩子们得到满足，就又教他采了韭菜熬汤洗，说："洗的时候，你要说，'七七（漆漆），你是七，我是八!'洗过七天，毒就退了。"吃午饭的时候，村人都在槐树下端着海碗，老头也来了，看见有人碗里是蝌蚪似的面疙瘩儿，问："这饭是如何做的？"有人说："是一个一个用手捏的。"老头就信以为真，叹为观止。于是爆发一阵哄笑。笑是笑，笑得大家都高兴了，那人还是将漏瓢借给老头，老头也会做吃漏鱼了。

总之，老头不是个好农民，但也没有怪毛病。村人就觉得和他们是一样的。既是一样，也并不尊重和惧怕他，有他还可以作践。作践不是歧视。只是有了开心的趣事。

后来老头就剃了光头，剃了光头就越发在村里显不出特别，反倒形象丑陋，属于最窝窝囊囊的农民之列。

老头似乎什么都不缺，因为他是光棍一条，不给老婆买鞋面布，也不为儿女上学交学杂费。但他还就是缺钱。没有钱，也可以说什么都没有，却又总是有病。他一病倒，村里人去帮他做一顿葱花辣子汤面吃，吃了让他蒙着被子捂汗。他却问有没有什么药片。村人就发笑，一般病还用得着花钱买药？又用一个瓷缸子在里边点了纸火，往太阳穴上拔个红印，用针在眉心放一点黑血，说："这么大人了，甭娇气！吃五谷能不生病？若再不好，往山上采些葱白根，河滩里挖些甜甘草，熬熬喝吧！"但老头太笨，认不出这些草药。村人就同情起他，又想到他的晚年后事，说："你没个儿女？"老头又是不言语。村人叹息道："你连个儿女都没有，谁将来给你摔孝子盆呀？"倒替他熬煎。

一个冬天，他病得不轻，人像风吹倒似的。他没有力气上山去挖荆棘、杂树疙瘩燃火，就捡了路上的烂草鞋煨炕，拾各处的猪羊骨头，人的骨头，拿回来燃饭。骨头燃起来焰升得高，味儿却十分难闻，村人就不满了。且后来有人传出他曾在河滩剥过丢弃的死婴的裹身布，来缝补被褥，就更加由同情引起恶感了。生产队长将这事汇报给公社，公社的答复是：他实在不行了，你们村能不能把他五保起来？

流峪湾开社员会，众人虽有微词，但还是五保了。老头开始从队场的麦秸堆里取麦秸烧，而且在麦秸里筛出一些未碾收清的麦粒，十天二十天积攒一起可以换二斤三斤豆腐吃，又每月有二元钱，打油灌醋。这样过了半年，村人就大有意见：平白无故地安插了一个生人进来，分了他们的份，分了一份粮，已经威胁到他们的利益，现又白白供养?!

偏老头病还未好转，已经睡倒。只说这次是要死了，但总是还活着。到后来，有人就偷偷将老头一件衣服拿到六里外的城隍庙去，替老头先向阎王报到，老头却缓活过来，能下炕活动了。送衣服的人就说："这老头安心是来坑咱们的!"

从此，老头虽还是笑笑的，村人却并不觉得善眉善眼，反处处嘲笑他，烦起他来。

秋后，公社的干部传达了上级的命令，要求科学种田，说要一律种条田，将地分作若干块，一畦种麦一畦空下以后种洋芋，然后麦收了种苞谷，洋芋挖了植豆子。公社主任嵌有金牙，他的话是金口玉言。他的到来大受村人欢迎，干活的全然停下，嘻嘻地给他笑，吃饭的全然敲着碗沿，殷殷地问候他吃否。因为他是他们的官。他们按官要求耕作地。

老头也到地里来了，却说："这种耕作不会增产的。"村人就瘪了嘴，说："什么人都可说得，你是说不得的，你哪里晓得农事?"老头说："这里是红粘土质，地温也不寒，不宜种条田。这里缺水，主要在秋季，秋季常是五月十五日以前降雨，过后就干旱，大面积植回茬苞谷才能丰收。"老头说的倒是实情，村人就惊奇老头农活干不了，却哪儿得来这一套经验，便说："这是公社主任指示的，他也按的是县委指示，全县要百分之八十种条田哩!"老头却说："这是瞎指挥!"

老头竟能这么说话，村人少见的。但村人饶恕了他，没有向上打小报告，也没有采纳他的。老头那时是拄了拐杖，气得直戳地，就又动员说服一些上年岁的人。上年岁的人心也动了，却不敢拿事，老头说："就把责任推给我吧！"人问："你有什么权力，谁能相信我们会听你的？"老头作了难，沉思了半天，说："就说公社那次打电话通知布置种条田指标，是我接的，我转达为按原来方法耕作。"结果，村子里全种了麦，没有种一块条田。事情过后，公社来追查责任，村人以老头话说了，公社主任勃然大怒，骂一句"阶级敌人破坏！"将老头拉去，全公社开大会批斗了一番。

流峪湾也有代表参加了会，在会上，他们才真正知道了这老头是一个牛鬼蛇神，之所以不让种条田，是出自阶级敌人的破坏目的。全公社轮流批斗之后，老头又送了回来，而且公社领导已不再对他放任自流，要求村人监督他改造，只许他老老实实，不准他乱说乱动。当然也就再不五保他了。

但是，这年秋后，周围的村子种了条田，麦和苞谷皆比往年少了二成，流峪湾却丰收了。老头很得意，见人多的地方他也就去，人们却并不与他多说话，连作践取笑也不。老头就默默走回去，坐进他的关帝庙里。有胆大的孩子趴在庙门缝往里看，老头是坐在火堆边，将那跳进来的猫儿搂在怀里抚摸，嘴里嚅嚅咬动什么，看出来了，是一些黑馍糊糊，放在手心给猫喂。猫是喂不熟的，吃饱了，它就要走。老头也不打它，拴它，因为关帝庙里老鼠多，飞来的麻雀多，猫还是会来的。

老头身体似乎好些了，天天也去出工。还是男占女位，所得的工分是妇女中最低的，六分。他的头发已经用不着剃也成了光的，火毒毒的太阳晒秃了他的头发，脸上也晒出了一块一块的黑疤。他学会了缝补衣服，能使用鞋耙子打制草鞋，能用吊锤儿捻羊毛线。

这个时候，公社里兴修水利，为了向河滩要粮，村人就在十五里外的河水拐弯处凿黑龙岭，凿了一个涵洞，水端走丹江了。十五里河滩种了粮。改河时，老头很高兴，也去当了一名民工，在一个铁匠炉上帮拉风箱。但是，涵洞凿得太小，旧河道上的拦水坝又都是用沙土修的，老头就愤愤起来，找着公社的领导，说："涵洞这么小，如果大水下来，有树木卡在那里，水一聚起，拦水坝能招得住吗？一定要是石坝，并要分三级漫坡才行！这要请县上的技术员搞呀！"公社领导冷冷地笑了："农民办水利你又看不顺眼吗？是你来领导我们吗？"老头快快退回来，心总不甘，就在民工中散布这施工不科学。也便有人打小报告上去，老头自然又被批斗了一次。村人也深信了公社主任的话："阶级敌人总是会跳出来的！"因为他们爱的是土地，多一份能出力洒汗的土地，他们就能多吃一份粮食，公社领导带领他们改河造田，他们认为这是好事。

涵洞竣工了。河水直入丹江，十五里长的旧河道，第一料全种下了红薯，红薯收获得很多，家家的地窖里都装满了，石坡上，屋顶上，又晒上了红薯干儿。村人有了吃的，便越发证明老头不但错误，真正是想破坏了。他们有了粮，就努力地置买木料，纷纷在原河口处盖新屋。老头劝阻，说此地基不好，他们就有些生气，背过身笑骂他迂。第二年夏天，天下久雨，三天三夜未歇，老头身子已经十分虚弱，他拄着双拐出来看天，看地，走去看丹江水位。丹江水涨得厉害。老头便忧心忡忡，找着队长，要求夜里让村人不要睡，预防水涨。村人说："水涨怕什么，丹江水还能溢进沟来？"老头说："丹江水再大也不会溢进来，要是旧河道处的拦水坝垮了呢？"村人就变了脸，说："你又在胡说，你是盼水不来冲垮这一沟上下吗？说什么败兴话！"噎得老头当下就咳嗽不已，吐了一摊血。

第二天夜里，雷声更大，风雨更大。村人在地里劳作，只有这雨天才能抱头睡觉，或者又去串门儿编那"四句溜"，编缀"四硬"："铁匠的钳，石匠的錾，小伙子的××，金钢钻。""四软"："棉花包，猪尿泡，火罐柿子，女娃子腰。"就有人说："应该把城里来的老头编进去，说他硬，他也死硬认死理儿，说他软，也够软，说话不顶个放屁，软豆腐谁也能捏他！"这么说闹半宿，就分头回去睡觉，一睡下如死了一般。到了四更天气，老头睡不着，突然听得一种沉闷的吼声，走出来一看，什么也看不清，一个电闪里，发觉湾上边的沟里，齐愣愣一个数丈高的水头扑下来，上面全是涌着树木、柴草、庄稼苗子。他一直担心的事情发生了，就大声喊："快跑呀，水来了！水来了！"村里还死一般寂静，他就将脸盆拿出来，拼命敲打。村人听见敲打声、喊声，爬起来，同时听到水的咆哮声，慌乱中全往山坡上跑。刚刚跑到山根，水就进了村，霎时什么也没有了，人们全都惊呆了，连一声叫喊也没有。电闪中看见坡根一家窑洞，水哗地进去，窑门推倒了，再哗地退去，那窑里的柜子、桌子、衣物、粮食飘然即去。所有男女"哇"地起了哭声，有叫儿的，有喊娘的，发疯地在山根叫，拿头在地上撞。

关帝庙是全湾的制高点，老头在天微亮中，看见水面上漂过来一个麦秸积堆，堆上站着一个妇女，大喊救命。老头干急没办法，他不会游水，即使会游，胳膊腿也硬了，就拿了绳子使劲抛过去，要那妇女抓住绳，让他拉过来。妇女是把绳拉住了，老头却拉不到这边来，趔趔趄趄往水边挪，急中抱住了一棵小树，连人带绳缚在一处。但那麦秸积堆还在往下行移，妇女死不丢手，结果那棵小树被连根拔起，把老头和树拉到了水里。

第二天，水再没有上涨。村里冲毁了所有在旧河道的地，毁了三十三间房，那新修的房片瓦未留。死了十三人。十三人的尸体在丹江下游的月儿滩找着了，但老头的尸体没有见。

河水为什么会漫进旧河道，经调查，山洪下来，水面上浮着大量木料和原树，堵住了涵洞，水越聚越大，冲垮了沙土拦水坝后下来的。这个时候，村人才清醒老头的话是有道理的，这不是一个破坏者。

一个阶级敌人虽在这次没有成心破坏，他的死也不可能歌功颂德。但念及他毕竟事先发现水来，救了村里很多人，村人又沿河找了他三天尸体，仍不见踪影，也就作罢了。

事情就这么过去了。过去了两年，流峪湾又恢复了往昔没地的状况，因为谁也不再提出改河造田的事，沟里的河水照样从村边流过。好的是村里的人，地虽然少了，但并没有失掉他们的劳动权利。只要有劳动，他们就会活下去，不会厌世，不会自杀。

那个城里来的老头，死了却连尸体也没留下，时间稍过一阵后，流峪湾人倒有些叹息，不明白老头命为什么如此不好。不明白就不明白吧，劳动又会使这不明白从头脑里一日日淡去，以至消失。

可以说，村人已经把老头遗忘了。

但是，村子里后来却又来了许多城里人，突然提问到了老头。老头被人提起，村人除了那次发水感激他的一份感情外，就更多的是提到他的可笑。可笑他不会农活，可笑他不会生活，可笑他越活到最后越不自量力，寻着让批斗……城里的人听了，却都流下泪来，告诉说，这是一位省里的大领导，当过水利厅长，当过省委的书记。

原来老头是一个老大老大的官！村人目瞪口呆，竟恨起了自己的有眼无珠。但随之，他们就高兴起来，庆幸着他们曾经和一位大领导生活了数年。当调查的人员问到这老头当年的所作所为时，他们的记忆力一下子好起来，说老头曾经到他们家多少次，每次是怎么说的，吃了他们几袋烟，他们又如何教会他做漏鱼，怎样挑手上的水泡，又如何给他熬草药，在额上拔火罐。事无巨细，说得一清二楚。

一座大大的坟墓修建在村头山顶上，又凿了一块大石做了老头的墓碑，花圈一个接一个，鞭炮一响又一响。后来，老头的事迹又在喇叭上响了，报纸上登了，老头是个英雄，前来谒仰的人多极。

陵园渐渐成了这一带名胜之地，流峪湾的人十分荣光。出门走几十里，上百里，问道："家住哪里？"回答就要是："老头沟的！"自老头的陵园修建以后，村人就不再称村为流峪湾。这么一说，外人就刮目相待，说："啊，那真是个出英雄的地方！"村人就面放光彩。

参观的人多了，村人就在去陵园的路两旁，陵园的门口，摆设了小吃摊，有烙饼、凉粉、面皮饸饹，村人日渐收入增大，没有一家不感激那死去的老头。夜里，或农闲空余，他们依旧去串门，编那"四句溜"。但串门却是为了去借用他人的豆腐石磨做豆腐，借用他人的饸饹床子压饸饹，编"四句溜"也多是夸耀自己的日月，编缀了"四红"："出山的日头，炉中铁，老头沟的人家，杀猪的血。"编缀了"四痛快"："穿大鞋，过草地，说老头，放响屁。"这么一面做工，预备了明天的买卖生意，一边编缀，末了一个就说："老头是好人。"

有一家精明之人，想出了赚钱的绝招，专门经营买卖苞谷面漏鱼儿，吆喝道："这是英雄当年吃过的漏鱼呀！"买者涌涌，吃罢高声叫好。也有吃不惯的，但一想老英雄被迫害到此，顽强生活，当年就吃这个，日子也真可怜，以可怜而受到感动，感动中得到教育，也就要说这漏鱼好，应该常来常吃。这卖漏鱼的主人，收入竟多出旁边的小贩三倍。

金　洞

丹江边一条路，一直逆着走，走两天，就可到板桥。温庭筠的"人迹板桥霜"，就言此地。这地方是个川道，真造化的好。江边的山本来是相对着奔马一样地上来，于这里马儿缓行，徘徊似的，山一束，接着一放，再一束，再一放，江水就为之扭动，形成冰糖葫芦的结构。山好这还罢了，更妙的还是这里的空气。正因为山束束放放，把这里世界分为无数的小的天地，山那边的狂风是吹不过来，山这边的水的潮湿也不会飘散殆尽。四季不生蚊子。善长一种怪柏，叶为珍珠状，通体形似孔雀，散发出微微的柏油清香。早晚觉得鼻口受活，皮肤也受活，空气好到了你不感觉了它的存在，不知道了它的好。

因此，什么花草都长，长大就开始结子，花是艳乍得如妖神精变。几乎任何一只鸟儿，叼着任何一粒种子，落在任何地方，不多时间就会有一点绿出来。江边两岸陡峭峭的石壁，是一张囫囵囵的平面，却不免要生出种草的，且嫩得不可用手去掐，掐之则飞溅一摊绿水，再不留半点形骸，单听听草的名字：石蹦莲，便想得出是何等的仙品了。山顶上，坡道上，除了孔雀柏外，只生三种树：桦，冬青和杜仲，全是清奇可爱之物。杜仲虽然不多，但凡出现，皆个个受人保护，当地人视其为治病木，砍柴割草，突然不慎扭伤了腰，翻山过涧，突然闪失跌肿了腿，只要靠在树干上吃一时烟，或是打个盹，起来浮肿消退，筋骨复原，一切又好了。

还有一件值得夸口的是板桥的土，要让全商州的人眼馋。土里含沙，沙色呈黄，所有田地踏上去，感觉是软软的，鞋底却干净无粘连。从地畔上，坡面上，细细看去，那并不是青石的构造，而是黄沙和五色卵石，孩子们常常会从中发现一些树枝、树叶、贝壳，甚至是鱼，形象逼真，敲之铿锵，成为化石了。遥想远古，这里该是一个深海或湖泊。但这沙石质的地层，并不是武断中的松散无力，它们的立身极好，坡根下，沟道里，常常出现一些洞穴，谁也不知道那是天工的还是人工的。洞壁上生满一层茵茵的绒苔，手摸之则平，放手又还原如故，往着幽幽的洞内喊一声，嗡嗡有韵，如在瓮中，袅袅余音可使洞里一天不散。

这么好的地方，正是生命适应的环境，于是，有兰草长出，荆棘也长出，往往兰草丛里长出荆棘，或荆棘丛中长出兰草。孔雀柏、白桦，成了栋梁，那葛条也必绕树而上，随树尖而张扬。人在这里居住了，狼也到这里居住，人住在川道，狼住在沟岔，人住在山下，狼住在山垴，两厢提防，两物相害。从多少多少年以来，狼始终想吃完人和人的牛、羊、猪、兔，人始终想剥尽狼的每一张皮子。但是，相互皆不能如愿。愈是处于一种不安全境地，愈是大力繁衍后代，这种结果则导致了这块土地上的永恒的生态平衡。

人们一直在说，这山里是有一只大母狼的，眼如铜铃，嘴似血瓢，尾巴像扫帚一样粗、一样长，全身的皮毛都发亮了。但亲眼看到的人却极少。相传十年前，张家的老二出外打猎，在江对岸的洼里和这母狼遭遇，一枪打去，那恶物却顺枪子扑来，将他逼在一个大石之下。欲进不能，欲退不能，这老二凭了一股血气，就地一滚，从母狼胯下蹿过。母狼回转身来，张了血口来咬，他慌乱中双拳一顶，恰在母狼口中。只说这下完了，没想那拳顶住了母狼喉咙，使它张嘴不能合闭，喘气艰难。这么，人拼足力气往里顶拳，狼拼足力气要将手腕咬断，进行着一种力的相持。双方皆没有响动，大眼瞪着小眼，足足一袋烟工夫。后来，张家老二力气不济了，那母狼往后一退，他跌倒了，立即昏厥中丢掉了双拳，昏厥中被母狼撕成了数块。当人们发现他的时候，母狼已经离去，那地上的狼蹄印大如小儿木碗。

人们以为此狼是成了精了，打不过它，就祈求神灵。猎户家迷信的老太太，在儿孙们进山打狼去的头天晚上，就要整夜在中堂点燃一盏油灯。这油灯如果一夜不灭也就罢了，若突然无风而熄，则横竖不让第二天出猎。

猎人们为消灭这只母狼，想尽了一切办法：挖过陷阱，埋过鸡皮炸药。但抓到的，炸死的，只是那些小狼。老狼还是不肯闪面。狼群日益凶残，常常夜里进村，窜入猪圈，将那一百二三十斤重的肥猪拉走。肥猪一见狼吓得一声不吭，狼就会用嘴咬了猪尾，支起前爪，作人的行走，而又用自己长长的尾巴作鞭吆赶。叼羊，羊虽然胆小，但百般哀求，其声凄厉。人们便会从梦中醒来，将乌黑的枪头从窗格里伸出。但狼更是精明，大凡羊一叫唤，一下子就咬断羊的脖子。它们吃猪要吃活猪，吃羊则死肉亦可，拉出棚去，就坐在屋后什么地方吃，偏留下羊的一个永不瞑目的脑袋，两只蹄子，再叼到人的门前，然后噪叫地唱着而去。使人感到痛心，也感到羞耻，自尊心和贪财心极强的人因此而吐血身亡。

狼整治着人，人也想整治着狼。从遭难的猪圈羊棚里的蹄印判断，那只母狼出动了，他们就在村口的一家屋后，挖下一个大坑，上边盖一个磨扇，人就夜夜抱着小羊蹴在下边，逗得羊发出叫声。果然这一夜，那母狼来了，听见羊叫，就使劲刨那磨扇上的乱草，发觉了磨扇上的磨眼，便将前爪伸了进去。在下的人见狼已中计，立即用双手抓住那狼前爪，大声疾呼。众人就赶来一阵无情棒打。母狼毕竟是母狼，疼痛中猛地将前爪拔出冲出人的包围，落荒而逃了。看那磨扇下的人时，脑袋在爪子拔去之时撞在磨扇上，人已昏迷，但手里却还死死抓着狼的一只爪的毛皮。第二天，看见那陷阱的磨扇上留有一道三尺长的黑色的狼的稀粪。

母狼虽然没有捉住，但人们已经看见它是老了，皮毛不是焦黄，而是黄灰，那前爪脱了毛皮，又受了一场惊，谅它也不会活到多久。村人便开了一次庆功会，家家将酿就的苞谷酒端出来，喝得酩酊大醉。

那母狼果然再没有下山露面，母狼的徒子徒孙也安静了许多日子。板桥地面，似乎是太平天下了。

但山坳沟岔的狼并没有罢休。母狼残废了，当产下又一窝狼崽就倒下死了。狼是从来不让人看见自己的尸体的，它们最好的埋葬地点是儿女们的肚腹。很快，母狼就被分尸，连一块肉也没有留下。吃饱了自己母亲肉的狼群又一次下山了。它们并不是向这个地方的人发动残酷的报复，而是要迁移到山的深处去，临走时做了一件人们意想不到的事。

有一只狼来到村边的河滩。这正是一天黄昏，太阳欲落未落，满天红霞烧起。狼远远看见草地上有一个女人，咿咿呀呀唱着挖野菜，便从荒草中悄没声地爬过去。那女人并没有发觉，眼光被一丛猪耳朵菜吸引，才弯下腰去，狼从后边将她压倒了。女人就喘着气笑说："死鬼，光天化日的，孩子会看见的!"狼不懂她说的什么，咬住了肩膀就往回拉。这女人十分年轻，肌肤光润，奶子丰满，回头看时，"啊"的一声，浑身顿时酥软。但这女人毕竟又清醒过来，待狼拉她十步远外，伸手就要折近旁的一株树枝来打，手一抱住树身，狼就拉不动了。女人折不下树枝，越发抱了树身不放，人狼就在那里搏斗着。突然间，草地边上飞一般地跑来女人的小儿。他是同母亲一块出来的，只贪图了掏一个地老鼠洞，回头来叫娘，发现无人，跑来见娘正被狼咬住。娘喊："我儿快跑!"儿不知狼的厉害，无知亦就无畏，当下并未跑走，倒双手拽住狼的尾巴，说："放开我娘，放开我娘!"狼回过头来，见是一个小人，果然就放开咬女人的口，却反身一口叼住小儿的腰，四蹄急如雨点般地走了。

这突变使女人完全呆了；眼睁睁看着狼跑走，小儿大哭大叫，她爬起身前去追赶。那狼也时不时扭头看看，将小儿放下了，因为小儿的挣扎，使它失去平衡，累得鼻孔喷气，需要停下来换换口，再轻轻

188

叼住后胯，转过山湾，不见了。

此事震撼了整个板桥，全村人出去寻找孩子。一无所获，以为孩子已被狼囫囵吞下，回来就万般安慰女人，用泥做了孩子的模样，入棺埋葬了。埋葬那天，全村起了哭声。

一场风雨，小儿坟丘虚土瓷实，烧过纸灰被水冲去，飘落的剪得外圆中方的阴纸印在土里，搭梦草生出来，茅刺草生出来，娘哭坟插在那里的柳树枝也转死为生，长出嫩芽叶了。但是，这小儿并没有死！当他清醒过来的时候，已是夜晚，他看见了无数的灯，绿幽幽的闪光。后来愣愣看清了，原来他是躺在一座很大的山洞里，他的周围，或立或卧着十二条狼，那灯就是狼的眼睛。他吓得"哇"地哭了。一只狼，就是叼他来的那只狼，走过来，用嘴咬起他的手，又咬咬他的肚子，却全不疼，像是要给他说话似的，便将一只小得如小狗的狼崽叼放在他的面前。狼崽在他的衣服下乱拱，用冰凉的舌头在他的肚子上乱舔。小儿虽是年幼，但人事还稍知道一些，见这狼群并不吃他，而狼崽如此乱舔，知道一定是要吃奶了。可他哪儿有奶呢？狼崽舔了一会儿，就走开去，嚎嚎地叫。所有的狼都围过来，用头挤他，用尾巴扫他，然后洞里一切都安静了。随之，他听到了一种金属的脆响："钉玲！""钉玲！"似乎就在身后，伸手去摸，一颗大大的水珠就掉下来，小儿明白这是洞壁在渗水呢。他挪着身子，黑暗里张口接着那水，慢慢看见洞口有了月光。月光下，五只狼一排儿卧在那里，喉咙里咕咕地发着响声，像是在忧愁地絮叨着什么，又像是在打鼾。小儿站起来，慢慢地向洞口走，洞口立即亮了几只绿灯。他说："你们要找个喂奶的吗？我没有奶，我要回去！"但一声可怕的吼声，他就吓得又一次昏倒过去了。

第二天，小儿发现洞里的狼少了许多，但洞口仍卧有一只，一见他走动，就龇牙咧嘴地发恨声，他就动也不敢动了。狼崽醒了，顽皮地跑来跑去，似乎要逗他耍玩，但过一阵就呜呜地叫。又是天黑了，所有的狼全都回来了。它们背来了一只奶羊，奶羊很瘦，奶子却极大，几乎挨住了地面，不住地哀叫，又跪下来，将两个前蹄一屈一屈，行作揖状。那狼崽立即近去就噙住了它的奶子，发出咕儿咕儿的吸吮声。狼崽吃饱了，安然地蜷作一团睡着了。小儿竟也大胆地前去抱了羊奶来吮，狼看着，并没有威胁他。

这只奶羊，就一直供养了他们五天。第六天里，奶羊卧倒了，声声叫唤不已。看守的狼就把它放出去，让它在洞口外吃草。但奶羊不敢跑，吃饱了草，又乖乖地走回来。小儿便试图着在一次奶羊出外吃草的时候，也走了出来。他眼睛已不宜在阳光下睁开了，疼得如针在扎，使劲地哭着叫娘。半天后看清了地方，这原来是在一条很深很旷的沟里，到处长满了梢林和荆棘。他于是产生了逃跑的念头，就从一架刺梅丛后猫腰跑去了。但是，当他停下来喘气，一抬头，就在他的面前，坐着一只狼，正用一双静静的眼光看他，立即他又一次被叼起来，轻轻放在洞里了。

小儿再也不可能走出这石洞了，他伴随着这群狼和瘦得骨架似的奶羊，不知在此过去了多少日月。他夜夜做梦，都是回到了板桥村子，回到了家里，爹娘怎样把他架在脖子上一边走一边剥着栗子喂他，他有一只糊得好看的风筝还挂在门前的杜仲树上，不知娘是否给他取下来。他夜里做梦，白日里坐着也做，醒来就哭，可永远没人到这条沟里来，也永远没有人到这洞里来。白天差不多狼都在洞里，天一黑，它们留下一只两只，其余就出去了。它们到什么地方去，去干了什么，他是不知道的，只见每次黎明时回来，或许赶来一头猪，或许叼来羊的几块腔子、腿。有一次它们竟叼进一套孩子的衣服。小儿一看上边血迹斑斑，就浑身打战，但那衣服却叼放在他的身边。他索性穿上，说："你们什么时候吃我？"狼没有回答他，照样每日让他出洞，在树上采些野果子吃吃，到远处的山坡上挖些红薯吃吃，但每一次又被狼叼回来。他后来发现，当羊出去吃草的时候，他也跟出去，狼是不管了，他就牵着羊到洞前那片梢林右边去吃那一片鲜活活的青草，去一口泉潭里喝水。他终于胆子更大了，一次对羊说："今日没狼跟着，咱们跑走吧！"就牵了羊过了草地，进入荒沟的那个洼里了。这时候，小儿听见了人的哭声，哭得长声长气，想："遇见人就好了！"循声跑去，那哭着的竟又是洞口的看守他和羊的狼，用爪子在地上刨了一坑，嘴巴塞进去发出的叫声。

小儿逃不出洞来，哭着哭着也就不哭了。他和奶羊玩，和狼崽玩，狼崽常常吮他的手指头和脚指头，偶尔就咬痛了，他就用石头打它，跟它学吃生肉，争吃羊的奶。

又是没黑没明地过去了许多日子，小儿身上竟慢慢长出一种黄白的汗毛，眼睛也红了。又是一天，狼叼回来一件人的衣服，他穿上了，发现衣服的口袋里还有一个小小的烟斗和一个打火机。小儿就每次出去，开始捡些干枯的树枝回来，一日一捆，一日一捆，他全放在了洞口。有一天黎明时分，狼群全然归了洞，卧在洞里打盹，小儿突然点着了洞口的枯柴，火光冲起，浓烟弥漫，封住了洞口。小儿趁势跑出来了。此时，洞里一片嗥叫，接着就有五六只狼冲出洞来。当发现小儿，小儿已经跑上了沟畔，大喊大叫。这喊叫是那样的尖锐，对面山梁上一位行路的猎人发现了，立即放了一枪，追赶小儿的狼群静伏在草丛里，不敢前进一步。

小儿凭着自己的依稀记忆，跑回到了板桥村。正在村口，遇见了他的娘。娘坐在一个小小坟丘上哭，他说："娘，你哭谁呀？"做娘的猛听到声音，觉得耳熟，想：这多像我的儿呀！就回过头来，眼泪蒙眬见面前站着一个像儿又不像儿的动物，当场"啊"的一声昏厥了。

村人跑过来，有认出是小儿的，但谁也不相信是活着的小儿，看作是鬼，一哄就散了。这小儿莫名其妙，伤心地哭了，跪着说他是人呀，是被狼叼去的那小儿呀！娘也苏醒过来，认出果然是儿，一把抱住又哭，边哭边问，村人又渐渐走近，却问得奇奇怪怪，将这小儿从娘怀里夺开，说道："世上哪有被狼叼去不吃而能生还的人？！这是狼变的，是怪物！咱们治死了母狼，狼是来报复的。他不是人，是祸害！"

做娘的也怀疑起儿子了。人怎么也不能相信这桩怪事的，以为板桥要遭大灾大难了，多少代人，还不曾有这般奇闻啊！便将小儿捆起来，丢在了村前的河滩上。说："他要是狼变的，狼派来的，咱们把他丢在这儿，狼就会有反应的。"

果然，就在当天夜里，这群狼来到了河滩，它们团团将小儿围住，然后留下两狼守卫，其余发疯似的向村子撕咬，又咬死了许多人家的猪、羊，还咬死了一头小牛，而三只奶羊被拉到了河滩，让小儿用嘴去吮羊奶。第二天白天，狼也没有退去。没有一个人敢到河滩去了。

第三天里，板桥村的全部男女集合起来，集中了所有的猎枪，趴在河堤上一起向狼群射击，五只狼被打死了，其他的全部打散。人们把那受狼保护的小儿拉回来，他已经奄奄一息了，不能开口说话，用筷子撬开他的嘴，往里灌水，灌米粥，他还是不能下咽。村人议论纷纷，都不知这是人是狼。是人怎么能和狼在一起，是狼为什么又能认得其母？就有好事者将这事告知了公社，公社有个文书，才从大学毕业不久，听得其事，赶到现场。那小儿已经醒来，只是微弱地叫着要娘。做娘的过来，看着非人非狼之物，应也不是，不应也不是。这文书就前去讨问事情经过，小儿又是复述一遍经历，文书就说："这是人，都不要加害他！"就背了小儿，引众人向居住过的狼洞走去。

　　狼洞里已经没有狼了，洞口的那堆柴火已经燃尽。进洞去，发现这是一个从未见过的大洞，洞壁上，洞里的石头上，留有狼毛，狼粪。再往里，是一堆动物的白骨，和一只饿死的奶羊。而且发现了当年被母狼咬死的张家老二的一只袜子和一只鞋。这下，村人才相信了小儿的话都是真的，那做娘的就叫一声"我儿！"将小儿搂在怀里。

　　但是，小儿头却一歪，小腿儿一蹬，死在了娘的怀里。全村男女又第二次参加他的葬礼，将他就埋在洞里。洞很大，为了寻一个适应的地位，他们向洞内深进。没想这洞深极，而且愈走愈黑暗，当进入最里边的时候，却突然出现了点点的光，大感不解，掘下一块拿出洞来，经太阳一照，愈是灿灿闪亮。"这里有金子！这是个金矿！"村人们大惊，连夜将这块沙土运往县上，经鉴定，这是一孔含量很大的金矿。于是乎，村人们纷纷涌向洞来开采。当然他们还只是手工淘金，见天有人进洞，背出一筐沙土，到河边，用一个木槽子在那里慢慢摇动，沙土冲走了，真金留下。屏住气，用羽毛轻轻扫在手心，再轻轻装进腰带上那个特制的竹管里。十天半月，一个淘金者可以出卖沙金，得来四五十元。

这金洞，村人依然称作狼洞。但他们过上了富裕的日子，却都忘不了那个小儿。他们将小儿的坟墓迁埋在了洞顶，而且修筑了一个小小的庙房。他们修灶要敬灶爷，打炕要奠土地，上山要拜山神。小儿也是他们敬拜的人，每次进洞，就要去小儿庙里点上一炷香，祈求小儿保佑，使他们进洞得金，来不空回。

小儿的娘，那个已经褪了青春颜色的女人，消除了耻辱和悲痛，觉得自己生养过一个了不起的小人来。她也在耕作了田地之后，前来淘金。但她是从不进洞的，她只要求进洞的人每个出来将脚上的草鞋脱给她。她提着这些沾满沙土的烂草鞋到河里去淘，竟每每淘出金子要比别人三筐五筐的沙土里淘的金子多。

板桥自从有了金子出产，这美丽的地方更是居商州首位。从商南、山阳，以及湖北的襄阳，河南的淅川等地，纷纷有人前来淘金。几年之内，这地方就开挖了许多新的金洞，每个金洞顶上都修一个小小的小儿庙。远近的人为了这板桥的金矿而来，来了就赞叹这里的山好，水好，花好木好，空气好，更赞叹这里的人好。美中不足的一点，是这里野羊野兔甚多，常常糟蹋庄稼，扰乱村人，还将淘金人的被褥干粮袋咬破。人们就要说：这些狼不吃的！

狼确实是不吃它们。因为那群狼死的死了，逃的逃了，到很远很远的山里去，再没有回来过。

刘家三兄弟本事

刘家是住在黄寺的。黄寺为商南、丹凤、洛南交界处，是商州的一块荒蛮地方。这里的水土不好，孩子小时是最易得一种大骨节病，所以地面虽然宽绰，种麦种稻种豆种苞谷芋头，不风调雨顺也会五谷丰登，但商州土籍人却绝不来安家立业，土地终被荒草和杂木统治。久而久之，流水浸漫，沟川道涌起沼泽坝子，落叶和败草腐朽成粪，长年散发出浓重的酸臭气息。直到六十年代，国家贫困，饥不拣食，慌不择路，就有外地人逃生于此。首先是陕北人，接着是河南人，川北人，他们应算作一种流民。流民的秉性是随地而安。安则排弃他人，自立自强，故这些外来户皆不一块居住，或是一个山洼，或是一处河湾，一家占却，独来独去，开荒种田放牧植树，终与近邻老死不相往来。

山诚然高远，却不是皇帝不管，外来户越来越多，很快就进行了户口登记，划分社队行政区域，他们要统一耕作记工，统一碾打分粮。这就出现了一个生产队人口六户七户之小，面积却十里二十里之遥，初十，二十，三十三天，法定的队部会议，沟沟岔岔的男女就打着松节火把赶到队公房去，听队长安排这十天的活计。而记工员，一位中学毕业的青年，留一个分头，穿一双胶鞋，上衣口袋上插两支三支水笔，跑动着记工落账。到了庄稼收获季节，家家屋后的山梁上都有碾场，各家耕作的五谷各家吃，当然队长是一一按量过秤，多余的再转到别的碾场上。时间一长，这种生产结构就出现了舞弊，各家私开荒地，收获时又都偷窃集体庄稼；不免你家告我家，我家告你家，乌眼鸡一般互相啄斗。争执开来，因孤家寡居已久，口舌的功能渐渐不宜说话，故骂是骂不出名堂，三言两语，大打出手；家与家从此没有不仇的。这刘家的仇就是其中最甚的。

刘家兄弟三人，名字很简单，大者刘老大，中者刘老二，小者刘老三。其父原籍陕北清涧，目不识丁，十多年前和他的表妹流落到此，物产丰富便使他们再没有走去，一间庵房里，生下个热肉疙瘩老大，这孩子饭量极好，只要是煮熟了的东西什么都吃，吃了又都克化，整个夏天里，乃至初秋，一丝不挂，那一张像鼓一样圆的肚子终不见陷进一个坑去，也不见一处干净，但决然不曾生病。五岁上，不幸的事情发生。老大的脖子下长出一个包来，包日益见大，竟如一个小型布袋。夫妻俩方知这叫瘿瓜瓜，痛苦了一年，到处求神拜仙。后见这地面的人家差不多都有孩子出现这种怪相，明晓不是前世作孽，乃水土所致，便思想回陕北。陕北水土虽好，但好土又不长粮，饿死不如赖活，只好又安心住下。越是后代不强，越是繁衍后代。夫妻俩就猪狗似的年年生下儿来，到五十八上为止，共生育九个，但七个皆害四六风丢了，守下两个，又五岁前寄生在陕北老家，等骨骼长硬了接回来，这就是后来的老二、老三。

俗话说：男长十二夺父志。兄弟三个能接力之时，老父上山砍柴被蛇咬了，回来浑身发肿，三天未黑死去。家里没有领头的，兄弟三人全不听老母劝说，凭着一身蛮力，在外放纵野性，惹是生非。此地水土恶劣，外地女子不愿来做媳妇；本地的女子又知道刘家三兄弟的德性，所以三人长到门扇高低，婚姻之事无人问津。老娘又急又愁，夜夜哭泣，竟哭坏了一双眼睛，不久又添心口疼，年里好歹耐过了冬，只说眼看就要吃到新麦面了，她却没福，死了。娘一死，三条光棍更是人不人鬼不鬼地过活，屋漏了，无人去管，有酒了，三人抢喝。饭生一顿熟一顿。裤子破了，用绳子结疙瘩。家里有窗没纸，有锅没盖，盆、罐、锅、碗、烂鞋、臭袜、米面、筛子、棉花套子，屋子里随地而放，满满当当。而门前的碌碡下是一堆玻璃碴片，那是喝醉了酒，扬手丢过去的空瓶，听的是一声空响。窗外则苍蝇乱飞，竟是三个夜半小解，懒得出门，从窗格里放射，以致窗台上冲出无数的道槽。

这种日子，毕竟使老三觉悟，他慢慢地不乱说乱动，慢慢地安生本分，慢慢地看不惯大哥二哥，终于淤泥里显出莲花，声誉为之鹊起，有十二里外的侯家欲将女儿许配于他。媒人找上门来，兄弟三人都在场，老大当下变了脸，骂道："老三，你娶什么老婆？世上哪能上下颠倒，你说说，是大麦先熟，还是小麦先熟？"硬拗住：他有了媳妇以后方能老二老三找。

老三看着大哥那一脸横肉，实想扑上去抽他一个耳光，打他个口鼻出血，提着拳头过去，刘老大就往后退，一直退到墙拐角，叫道："老三，你要干啥？你敢灭绝人！"老三一股粗气从鼻孔里长长喷出来，拳头松了，反转身去，拿砍刀上山走了。

老三一走，老大就抖着那布袋一样的瘪瓜瓜哭了一通，一抹脸皮肉笑起来，对媒人说："你瞧我这兄弟，多么仁义！说来说去，一个奶头吊下来的嘛！那女的如果愿意跟我，我会掏六百元的礼钱！"媒人乃刁钻之徒，当下没有言语，末了说："你能拿出六百？"老大说："刘家没了老人，我就为大，我两个兄弟也不会不听我的。"老二只是坐在那里嘿嘿冷笑。媒人就走了。

但是，两厢相看的那天，媒人却硬不同意老大前去，说他相貌丑陋，那女的见罢必会坏事。老大没法，就劝说老二，让其代相。老二是刘家长得最排场的，当下换了一身新衣，剃青了光头，呼呼啦啦去了。事情进展得很成功，那女方家贫如洗，女子倒生得通条，虽然眼角烂红，见风落泪，但毕竟身体健壮，在妙龄时期，亦有几分动人之处。婚事就定了下来。

过了半月，刘老大怕夜长梦多，就草草娶过那红眼女子。一家人大碗烧酒喝了几罐，全醉得七成八成。羞羞怯怯的新娘在洞房的炕上猫儿似的坐着，头低得谁也不敢看，房门推开，老大就进来了，动手动脚。这新娘一看不是老二，大呼小叫，老大就死关了门，诉说原情，把灯一口吹了："灯吹了还分什么俊丑？你只想着我没长这个肉布袋就是了！"

这一夜，老二老三睡在屋后苦楝树上的架子床上，听大哥的新屋里吵骂不断，哭叫不断，响动不断。天明起来，老大满脸是血，却不见嫂嫂出来，老二推门进去，那女人竟赤条条仰面缚在长条凳上，凳下污血一摊。

女人既然破了身子，也便自认命该如此。她曾听得村言：嫁了老爷做娘子，嫁了屠夫翻肠子，眼下嫁了老大，夜夜也只好揣着那肉布袋入眠，做些别的非非之梦。但见老二就骂。女人是天生的骂人动物，骂得老二睁不开眼。骂过三天五天，心里却疼爱起老二，便对老二百般要好，老二在锅里舀饭时，竟在锅巷擦身挤过，用身子蹭他的腰。这些当然避开老大，老三发现了，只是心里扑扑腾腾地跳。

刘老大有了媳妇，热火了半年，添了一种半声咳嗽。此病缠身，耗人精神，也觉得女人不过如此，就贪起酒来，将女人撇在一边。如此日月更替，夫妇感情如淡水一般。

嫂嫂暗里待老二眉眼，老二就贼胆儿上来。三月里往山上采蕨，两人走到一个山洼，天降大雨，逃在崖下躲身，做嫂嫂的看见老二浑身精湿，衣服全贴在身上，显出那健壮的胸膛，就说："兄弟，我眼里落了渣渣，你替我吹吹。"老二没有动。正好两个崖鸡子在崖窝处踏蛋，嫂嫂脸如炭火，又说："兄弟，我看不清，那崖子鸡在干啥哩?"老二欲火上来，两个男女做在了一处。有过一次，便有十次八次。男人干这事是胆儿越干越小，女人干这事却胆儿越干越大，大到能包天。竟在一次套牛接磨的磨道里，两人就急做肮脏事，不想让老三见了。当晚风高，老三将老二叫到山后树林子里，老三厉声责问，动起手脚将为兄的打得一对眼窝成两个青包。但回家来，对大哥却一字未提，也对嫂嫂一声未恶。只是中午全家人上山种地，老三自动回家做饭，三个饭罐提到地头，老大是一罐捞面，面下是熏肉疙瘩，老二是一罐捞面，嫂嫂的捞面吃着吃着，罐底里却挑出料豆和禾秆节，心里一惊，知道事情老三握了把柄，借饭中埋马料骂自己"牲畜"，肚子里一阵绞痛，不敢声张。

后来，刘家的家境越发艰难，无法过活了，提出分家。家里财产并不多，如何来分，老大想拿重头，老二却说："咱舅死得早，没人主持，这家里分不均的！咱将柜、瓮、苞谷、芋头、大大小小吃的用的都分成摊，摸纸蛋来抓。兄弟三人，为娶嫂嫂，才使这家败下来，你有了老婆，你不能不管待我和老三娶老婆！"老大说："说得倒好，我也管待不了你们将来的棺材?!"老二见老大睁了硬眼,也就叫道:"你要不管,你的媳妇也要和我们平分!"竟主张嫂嫂也作为家中一份财产来分,谁得了柜和瓮和三斗苞谷,谁就不能得嫂嫂,谁得了嫂嫂,就不能再拿家中财产。老大便和老二打起来。

老三一怒之下,顺门就走了。他再没有回来,跑出了这有地方病的黄寺,跑出了商州,一直到了丹江下游的老河口,拜了那渡口艄公是干爹,落脚撑船为业了。

刘家的分家,惊动了生产队,队长来判理。自然老二没理没义,少廉少耻。兄弟俩就分房另住,不再说话。但那女人却时常往老二家来,老大也有察觉,却防得了野猫野狗,防得住家里娼妇?常在半夜三更将女人捆吊在柱子上拳打脚踢。没想这种毒打越发使这女人一心在老二身上。

一日,全队人来到刘家后山开地。老大干到晌午,旁人都带了干粮在地畔吃,自己离家近,便要媳妇送饭。眼瞧日头已端,饭迟迟未见送来,回家去取,却发现老二正和女人睡在炕上。当下没动声色,返回地畔,又是拿拳砸土块,又是用脚踩镢头,末了双拳击打脑袋。众人见了,莫名其妙,追问之下,说了原委,就嘤嘤哭泣不止。有好事人就生了怒火,跑下山来围住房子,将那狗男女双双打倒在地,交老大处治。老大知道打是不顶事的,就提来一桶清花泉水,冷不丁从老二头上浇下。

这一手来得绝,众人又气又笑。但见老二扑棱棱打个冷战,不由分说地跳起来,拨开众人,夺门而跑。那是用了全部生命力的奔跑,老大抬脚又要去追,众人挡住了,说:"让跑,让跑出一身热汗来,要不真会要了他的命哩!"

老二跑到一座山上，汗虽是出来了，但耗尽了精力的身子经冷水一激，招致不治之症于骨髓，不久便发烧不退，丢了小命去了。那女人也受不了如此羞耻，喝了老鼠药死去。平白家里折了两人。

刘老大从此孑然一身，吃饭不知饥饱，睡觉不知颠倒，做事不知瞎好，成了这地面一个怪物，一个半吊子，一个人人讨厌又人人爱逗弄调笑的角色。

他饭量大，力气大，谁家有拉锯的，碾场的，和泥浆的，打地基的，大凡出蛮力之事，都愿去叫他。他有叫必到，老念叨人家的媳妇茶饭好。但令人头痛的是他的饭量太大。春季里，青黄不接，又没瓜菜，没人叫他帮工，他就得饿肚子，自留地的麦子还未等熟，就用剪子铰了穗儿回来揉颗儿，碾浆巴吃。等到旁人收麦，他的麦已吃完。队里的口粮，他是一人分得一人半的，却只能吃半年就断顿，年年救济，穷窟窿总是填不满。队长就决定他的口粮半月由队里称一次，逼着他计划。这还不行，半月的口粮吃到第十天，他就出门走了，腰里系一条草绳，脸上涂抹了锅灰，在方圆百十里乞讨。"要饭三年，给个皇帝也不做"，刘老大深深体会到这一点，他填不满的是肚腹；不要的是脸皮，且浪浪荡荡，遇着谁家就吃谁家，哪达天黑哪达睡，落得天不收地不管的自由。

这种有吃的就在家，没吃的就出外的日子过了数年，使生产队、公社的领导丢尽荣光，便给他安排到林场去护山守林。林场有集体灶，规定唯独他可以无定无量地吃喝。这简直是天大的幸福。他也就对山林事业忠心耿耿。大凡附近人偷砍树木，私放牛羊，他就会旋风一般从山上卷下，没收了砍柴的扁担，言语狠毒，面目狰狞。这种六亲不认的负责态度，队里当然大加赞扬，但群众少不了和他厮打。有一次打开来，他竟用刀割掉了放牧人的牛的尾巴，而自己也从此跛了一条腿。

事件处理，刘老大自然要赢，那人被罚了重款。刘老大后被封为护林模范，再也没敢有人小瞧，他可以雄赳赳挥着拳头对要打他的人吼道："来吧，来，你敢动我一指头，公安局会让你蹲班房！"

刘老大有了杀威，常常被生产队或者公社派去做一些非常工作，譬如县剧团来演戏，台下人挤得排山倒海，台上就喊："刘老大，刘老大！"他便拿了树枝，哪儿人挤哪儿抽打，秩序就安静了。三六九日逢集，税务所干部同小商贩争吵起来，税务所人喊："刘老大，刘老大！"他就过来是摆摊子的摊子翻了，是卖鸡蛋的鸡蛋篓子踢了。兴修水利，要架设水渠上的涵洞，没人敢上去冒险，也有人喊"刘老大"，他却不应声，他也知道无妻无子他可以得罪任何人，但爬高上低，要的是人命，他也会突然精明起来。若再说一句："你上去了，今晚灶上多给你吃三个烙饼！"有烙饼就不要命了，刘老大猴子一样爬了上去。

刘老大的"劳动模范"，是公社年年铁打了的。

…………

县城的人是不知道刘老大的传奇的，既不知道他的传奇，也没有任何亲戚，死了就死了，犹如一只狗，事后三天，人们也便遗忘了。可尸体却横在河滩，第四天里仍没有人收，日日夜夜就响着狗的厮咬。县公安局只好掏五元钱，雇两个人将尸体拉到山根处，掘坑埋了。

202

本来一切都安然了，偏这天黄昏，来了一个汉子，夹着一张芦席。埋尸的人问是什么人，回答，他是死者的同胞弟弟，叫刘老三。

刘老三近六七年没有露面了，他的出现使人不免吃惊，看他的模样，几乎无旧日的痕迹，衣着整洁，形容康健，想必是发了财的角色。他说，他在老河口撑船，发誓再不回黄寺，也再不会见老大老二。但他不久听说老二死了，死了就死了，还有老大在家顶门立户，就心安理得过他的日子。可前三天听丹江上游下去的人讲起这边枪决的人的趣事，哇地却哭了，披星戴月赶来。他说："我要看看大哥，负责把他运回家乡入土。"

刘老三刨出了其兄，已看不到兄长的脸面，脑浆是枪子打飞了，脸皮是野狗撕吃了。他只好用一疙瘩棉花塞在腔子上那个头骨壳里，算作是大哥的脸了，说："大哥，我送你回去吧！"

丈二白布裹了一具烂肉，芦席捆上缚了一只公鸡，刘老大被运回黄寺，运回兄弟三人居住过的四间房后，埋葬了。

刘老三花费了四天时间，在这个生产队的每一户人家里跪下磕头，替大哥赎罪，也替自己的过去赎罪。然后放火烧掉了四间破房，连夜又回老河口的那张渡船上去了。

一个热热闹闹的人物过去了，三县交界的山地，人们受威胁的就只有那瘿瓜瓜和大骨节病了。省上不久也来了地方病防治队，大量的碘盐、海带运了来，大批的药品运了来，连得这些病的也少了。

木碗世家

四十年代，商县城里出了个大地主，姓周，名寿娃，方圆百十里皆是他的地。出城北六十里到碾子坪，是一洼地，四面为赭褐石山，洼田则土质油黑，宜于种烟，周家的烟户就都在这里。

每年七月八日，萝卜拔出的时候，烟也就成熟，绿茵茵的秆子半人高，牛犊子进去也能埋没；花呈白色，灿烂绚丽；烟户们腰里就缠一条碱蓝色的土布腰带，下坠一个烟葫芦，清早踏露水进地，用小叉刀儿在烟花骨朵上划开口子，让白得像奶一样的东西流出来，见风变黑，成为黏糊状，就小心地刮下来，这便是生烟了。生烟全部卖给周家，不准外流，价钱虽然是极贱，但毕竟要比种苞谷芋头或辣子茄子收利大些。

当时的政府，名义上也禁烟，但他的军队、官员，直到小的保长皆是嗜烟有瘾，这碾子坪又山高皇帝远，并没甚妨碍。直到后来，专权统一收购的周寿娃，因与几家土匪火并，家破身亡，碾子坪的烟便种得不如先前活跃。但因种植时间久了，种植者也有上了瘾的，贩毒的也有后来发了财的，烟还一直种下来。于是，这碾子坪渐渐沦为瞎人的地方，有发家的，有破家的，坏人更坏，是好人也往坏里变。几年间，地痞、无赖、流氓、强盗，都涌到这里，远远近近人都晓得这个碾子坪了。

出于污泥而也有不沾染的，黄家就是其中一个。这汉子先几年也给周家种烟，其祖父也学得抽几口，久而上瘾，鼻涕眼泪一团的，浑身作抖，常常就倒在烟地里用纸卷了那生烟疙瘩偷抽，人不人鬼不鬼的死了，祖母发誓，再不允儿孙们闻一口烟，只是家人害牙疼腹泻，方泡些烟花壳子喝喝，采些烟叶煮锅来吃，奶和爹娘在周家败落后不久也相继下世，这汉子更不种烟，因此家境最贫，三十岁上没有婚娶。日月清苦，又未中毒，汉子身心康健，手脚有力，在七分薄田里耕作填不满肚子，就学得一项手艺，走乡串村为人旋制木碗。

商州是没有烧瓷的货场，世世代代的碗盏都是买关中耀州商贾的瓷品。一个碗在那时价钱昂贵，平常人家很少有几席用具的，而孩子们的饭碗最易于打碎，这旋制的木碗就有许多人来购买。黄家的生意还勉强混得。三十六岁，木碗旋制得有了声名，娶得了一个独眼媳妇，又生下一个儿来。家是囫囵的家了，但旋制木碗的收入维持这三张嘴很不景气。村里许多人劝他改了行当，也栽植烟土，他只是不听，说："那不是长久的事!"人人怨他迂执。

但黄家的生意却是正的。四九年大军到了山里，烟土就严禁了，有贩毒发家的丢了脑袋，有吸毒的瘫卧在炕头；黄家心中庆幸，坚信人生在世，安分为主，善良为本。家里分得地后，木碗手艺虽还不能中止，但精神百倍地靠地吃喝了。

一晃，三十多年过去了。黄家汉子已经腰像虾一样弯起来，成了老汉，儿子也墙高，娶妻添子。因为后来几十年的风风雨雨，老汉的手艺没有再使，只说今生今世再也不可能操持旧业，这套手艺要灭绝了，没想行将老去的年纪，政府的政策变了。过去没有土地，共产党给了农民土地，现在农民有了土地，共产党又要让农民眼光不要局限在土地。老汉不免大发感慨。

他将儿子叫到炕前，说："儿呀，我也是在世上经了六七十年的世事了，地土没变，人口翻了几番，政府让农民可以经商从工，这是治国安民的路数。咱何不将旋制木碗的手艺再使出来，能落一个钱毕竟比闲在家里好呀！"儿子说："也是，我正谋算干什么事好哩。"父子俩第二天就提了板斧进山，砍伐许多宜于旋碗的柳树、桐树、核桃树、冬青树。

老汉的手艺到底是烂熟于心，儿子将树干锯成小节，砍出碗的粗形，老汉就用凿子挖出碗心坑，安起旋刀。以前的旋刀，是在一个支起转动的磨扇上的木桩上安的，磨扇摇动，如风轮般疾，只要双手扼住碗形木块，半天可做出一个来的。现在有了电，儿子是会玩弄的，如工人的车床，一个小时便可旋出一只碗的。一家人欢天喜地。

手艺使过半月，儿子却疲沓了，因为木碗的销售极无市场。如今哪家没有细瓷碗盏，即使吃饭才学端碗的小孩，也都使用搪瓷碗，这种铁皮瓷碗既卫生又摔不烂。买木碗的仅仅是那些深山老沟的人家或城镇类似古董嗜好者买一些收留赏玩。儿子就贱看起这门手艺，上山砍树不起劲，夜里旋碗也打瞌睡，见天和爹闹别扭。

老汉说："儿呀，你是让村里一些人家看红眼了，人家搞运输，办砖厂，那倒真能立即发起来，可咱这手艺是长久计，三十多年前……"儿子知道他又要讲旧社会种烟土的事，就说："爹，世道不一样了！那时你是正理，现在却吃不开了。"爹还要解说，儿子又呛一句："你老了，你不懂，我不与你说。"老汉动了肝火，将儿子臭骂了一通。儿子索性彻底不和老爹合作了，每日跑出跑进，干自己要干的营生了。

老汉一肚子委屈，一肚子气，但年岁不饶人，世事不是年高人的，他也就不再理儿子，终日自己干自己的。看着儿子见天不落屋在外跑动，却未能找个要干的营生，心里说："好吧，是龙是虫，你干干看吧，到头来你就知道你爹了！"

儿子是聪明透顶的角色，但一个月浪荡过去了，还是没事可做。他没有大的本钱，不可能立即去买拖拉机长途搞运输，他也不愿意黑漆半夜偷贩木材、药材，躲避政府检查人员，搞投机倒把。在这远离城镇的山洼里，他能干什么呢？空空的手回来，抱着饭碗三碗四碗地吃，爹就要说："家里没盐了，你也不要靠我的钱来养活你们三口，你去买吧。"爹嘲笑他，他当面只是给爹笑笑，夜里睡到自己的小土炕上，抱了脑袋苦不能眠。

一日，是二月初二，白天里没下雨响了几声雷，人人都说早雷一响，就是惊蛰，万物该复苏了。儿子心中焦躁，也没在家吃爆炒的苞谷花儿，闷头闷脑往邻村同学家去喝酒。夜半三更，醉醺醺回来，路过村后的麦地，那里竟有一头小猪卧在地堰下，支支吾吾叫。他喊了三声："谁家的猪？"没人回应，就嘟囔骂着："谁家媳妇这么懒，夜里不关圈门就睡了！"把猪抱回来，想第二天有人来找就送了过去。摇摇晃晃到家里，将猪在中堂脚地放了，家人见是一头小猪，问是哪儿来的，他说了原委，一家人也就睡下无话。第二天，没有失主来找，儿子也觉奇怪，老汉将猪看了，条条倒好，吃手也好，却忽然叫道："这哪儿是人丢失的，是抛弃了的！"儿子听了这话，忙看那猪的尾巴梢，果然是扁形双辫的，也"噢噢"惋惜了一通。

在这一带，喂猪的都有讲究，凡猪尾梢是扁形双辫状，就认为这是羊猪，为羊托生，最终要被狼叼去的。狼在这里很多。听说这种猪无论如何不会给饲养者带来利益，是喂猪最忌讳的牲畜。

老汉就要提起猪的后腿再丢到野外去，儿子说："乡俗是那么讲的，可我总不信天下有这等事！我偏将它喂下，捉捉这个鬼。"老汉拗不过儿子，便任他养去。从此，儿子倒有了事可干。饲养这猪如同伺候媳妇坐月子，每顿必是亲自拌食，草剁得碎碎的，料搅得匀匀的，直看着那蠢物吃得双蹄叉开，才肯罢休。这猪也便气吹一般长大，到了八月宰了，净肉一百二十斤。留下一个猪头，一副后腿，再加上心、肝、肠、肺一揽子下水，整肉卖得八十五元三角。老汉也觉得奇怪，暗地里服起儿子命大，才把猪保下来，不至于做了狼口里的菜。就说："既然喂成了，你也不会干别的，就再买一个小猪吧，冬天到了，红薯萝卜下来了，猪好喂的。"

儿子去集市上买小猪，但去过几趟，皆空手返回。老汉不知儿子的心思，以为他不想喂猪了，没想儿子却最后买回来了两头各八十斤的半拉子猪来。老汉气得又不理儿子，嘱咐老伴也不要管：买这么大的猪，本身就花三四十元，将来能赚得多少呢？儿子没有言语，只是每日蒸了红薯、萝卜来喂。两头猪架子不小，只是发瘦，红毛像绒衣一样。两个月后，猪竟脱去绒毛，色起白亮，个个如小牛犊一般。儿子便拉到国家收购站卖了，每头除去本钱，净落一百。

这二百元钱，儿子并未添置家中财物，又买了四头八十斤左右的半拉子瘦猪，剩余钱买了许多苞谷，磨碎了搅着红薯、萝卜饲喂，到年底，一一出售，转眼又落得五百元。

黄家儿子的喂猪窍道立即被全碾子坪人发觉，眼红不已，都不大经营小猪了，全去外乡市场购买六七十斤、八九十斤的半拉子猪，回来增加精料，赚起快钱来。这儿子看这情况，只是笑着，又在市场上看着各种行情，竟再也不买半拉子猪，买回一头高大肥壮的母猪来。母猪买到家，一家人都反对。老汉说："你是才摸索了些窍，你就又胡来！现在母猪不值钱，就是生下猪娃，那能赚得几个钱？"儿子说："爹你不知，正因为都不喂小猪，那大猪从何来？母猪贱了，正是买的时候，你等着瞧吧。"果然两个月后，母猪生下十二个猪娃，热腾腾，肉乎乎，喂到能跑会吃食，市场上猪发生了紧张，因为都抢大猪，大猪没有了，好多人不再喂母猪，猪种奇缺，一下子小猪的价又提起来。这黄家儿子将出月的小猪抱到市场，不是卖个，而论斤估价，一斤三元五，一时三刻倒被买主抢个精光。

山地里，没有别的副业可搞，养猪是农家的拿手好戏。养猪的人得了利，差不多家家都饲养开了，甚至将全家的收入押注在猪的身上，认作是心肝命脉，是财神爷菩萨，是种下的金种下的银，长出的摇也摇不完的摇钱树！但黄家儿子却洗手不干了。

他先后落得八百元，二百元翻修了漏雨的堂屋，一百元给家里添了一个板柜，一张方桌，一百元买了衣服使大小穿得光洁鲜亮。儿子对老汉说："爹，你年纪大了，就不要干那旋木碗的事了吧。"老汉说："你挣了几个小聪明钱，就张狂得没衣领了！你那是长远的事吗？我这木碗，不买的是不买，但买的却老是买，发不了大财，也吃不了大亏。人一生日子长哩，你那几百元，就能吃喝一辈子吗？"老汉并不眼馋儿子，儿子也就笑笑，让爹干他的去了。

他是靠养猪发的，又突然不养猪了，村里人莫名其妙。有一次爹往北山销售他的木碗，这儿子也随爹去了。北山的羊多，家家有一两头奶羊。他们养羊，一半是为了吃肉，一半是为了挤羊奶喂牛；深山坳的人不喝羊奶，嫌有一股膻气。黄家儿子就一个奶羊十五元，一次买回五只来，见天晚上挤奶。奶好的时候，一头奶羊可挤五斤奶，五五二十五斤，他用铁桶装了，驮在自行车上走十里到刘家堡工厂去。这工厂是"备战"年月从城里迁来的，工人们有的是钱，又是南方人，吃食讲究营养。二十五斤奶只消车子转一圈便一销而空。一斤奶是三角，二十五斤是七元伍角，黎明去，半清早返回，钱挣得趁手而轻省自在。如此半年，黄家儿子又添养了三只奶羊，手头花钱十分滋润。手一滋润，人也显得大方，见人就开口笑，笑毕就掏烟敬散，村人没有不企羡的。

商南县志上有过这样的记载：南山猴，一个干啥都干啥。就是指说这碾子坪一带人的秉性，随波逐流。这秉性至今依旧遗存。村里人人大养特养猪后，这年底猪的数量爆炸，交售生猪十分困难，好多人家三天三夜排长队无法交售给国家收购站，又急着花钱办年货，只好自家宰杀，那肉价就从一元三降到一元一，一元一到腊月三十中午，肉还是卖不出去，就落到九角八分打发出手。无不怨天尤地，末了就骂自己命蹇，又要学黄家儿子养奶羊了。不长时间，奶羊又普遍饲养，但卖奶人却常常使奸取巧，在奶里大量羼水，卖奶的声誉就败下来。黄家儿子的八只奶羊一时倒不出手，就每天赶了羊一路往刘家堡工厂家属区去，一路人悠闲，呜呜嘟嘟吹一个口琴，羊悠闲，逢嫩草就啃，遇清泉就饮。到了厂区，实行现买现挤，货真价实，竟又一下子压倒那些羼水的奶户。他的生意非但未被挤垮，反倒越发兴旺。

这种活羊鲜奶的出售，别出心裁，村人没有不对他的聪明能干叹为观止，连旋制木碗的老爹也疑心儿子的脑袋是空空。

收入越来越大，黄家儿子又出人意料地将八只奶羊转卖了。去了河南灵宝，二元五角买回来了十三只荷兰种鸡，一路搭火车坐汽车，入商州行旱路走水路，披星戴月回到家，十三只鸡死去了五只。这鸡色黄，黄中透赤，个头不大，形如圆疙瘩。村人这次倒议论纷纷，认为他是聪明反被聪明误，这次真正是一趟瞎胡闹了，每每见到他，总是那么笑着说："这就是你千里之外召回来的凤凰吗？"他说："是。"村人又奚落："这鸡能屙金尿银吗？"他抬起头来，看出了对方脸上的内容，说："试试。"十日过去，这鸡没什么动静，二十日过去，这鸡还是没动静。那些也养着鸡的人家，都是一群一群来亨鸡，日日产蛋，又都显夸似的将蛋篮子提去交售时，要路过黄家门口，大声说他们家的鸡蛋大，搭在眼上对着太阳照。黄家儿子听见了，也不言语。黄家老汉过六十五岁大寿，到养鸡人家去买几元钱的蛋，主人家偏要说："你们家不是也养鸡了吗？"老汉说："他哪儿是养鸡，是在养鸽子玩哩。"主人就说："鸽子也会下鸽子蛋呢！"老汉一脸羞愧。主人又说："远近都说你家儿子是能干得上天摘了星星的人嘛！"老汉就赶回来，数说儿子倒腾倒腾就胡来开了，要让把那些不下蛋的鸡杀了吃肉，也免得见天每日饲喂那么多精料。儿子不听爹的，也不嫌弃那鸡。

说也惊奇，到了二十九天里，那十只鸡就下蛋了，下的蛋一个几乎要比来亨鸡重出一两，不久就收得一筐。这产蛋之事却并不声张于外，又一颗不卖不吃，全部孵化，抱出八十三个小鸡。小鸡死了十只，长出公的十二只，长大了六十一只母的。这母鸡长大，又是生蛋，见天蛋就收得几十。结果，蛋全部交售县农技站，每颗五角。消息传开，全县震惊，迅速人人皆知荷兰鸡种优良，纷纷向县农技站索买种蛋，这黄家就成了唯一的供种蛋之户。虽然近一年光景未得一分收入，却一下子暴发巨财。

当荷兰鸡普遍饲养开后，他又去栽甜叶菊。第二年又将一部分田地植了桐树苗。树苗长成，正逢植树造林热潮，一棵树苗三角五，比种粮食价值翻了九倍。

从开始卖猪时起，黄家儿子就每桩生意，又积攒资本，扩大新的生产，到桐树苗子出手后，他已有了六千元存款，便购买了一台小四轮拖拉机，搞起长途运输。几年间，山地的农民差不多都富起来，目标都盯在了拖拉机上。但山地不如城镇近郊，可以有干不完的活计，山地里立时有了这么多拖拉机，运输项目短缺，而柴油汽油机油价格上涨，许多人家又挣不下钱来。这黄家儿子挣回两万元后，立即停止了这宗生意，又去了县城，随后又去了省城。忽一日夜里回到家中，往亲戚朋友处借钱，说他要买一辆运输公司退下来的公共车，搞碾子坪上下几十里通往省城的班车。他说得很自信："现在出外做生意的人多，班车特别紧张，两天到省城往返一次，永远不会担心没事干的，一年就可捞回本，白落得一辆车啊！"

黄家老爹听罢，正点火抽旱烟，火柴燃尽，却惊得点不着烟，手也烧疼了，说："儿呀，我算是服了你了，这世界是你们年轻人干的。可凡事都有高有低，只能急流勇退。钱是挣不完的，万不能太出人头地，树大就要招风！现家里有了钱，日子不会受穷了，你就要从此打住，不可一步走过了，招来祸事。当年贩烟土的就有……"儿子说：

212

"爹，你是没到外边跑跑，外边的世界大得咱想都想不到的！咱这算什么？再说，咱一不偷，二不抢，凭自己劳动挣钱，能惹得什么事呢？"老汉知道儿子正在兴头上，九头牛是拉不转头的，只是抽旱烟，想年轻人做事不留后路，没吃过亏呢。夜里和老伴唠叨，总害怕出什么事，一颗心放不下来，越发看重起自己的旋制木碗的手艺，说："他娘，咱旋木碗，这倒不是为了能挣多少钱，更为着将来自己儿子，有一条牢固的退路啊！你瞧着吧，咱都是什么人，咱的儿子一下子就能得这么多钱，这不是好事哩！"

儿子买回公共车，每月薪水八十元雇用了一名司机，开始了每日从公社所在地的镇上通往省城的班车。他不会开车，日后一面求师傅教授，一面负责售票。他们的班车服务态度极好。五百里的全程距离的乘客肯拉运，十里八里的短途捎脚的也肯拉运，乘客到什么地方，要停就停，并备有晕车药，零售各类糕点，言语和蔼，面容可亲。一时竟吸引了大量乘客。

此事立即轰动了整个商州七县，甚至全省运输系统。自然而然，遭到许多非议，就有人联名写信上告，说是此种行动直接威胁了国家运输公司的收入。一个月未跑完，商州地区有关部门强令黄家儿子的班车停开。

班车查封，村人有愤愤不平的，亦有惋惜不已的，更有幸灾乐祸的，说社会主义毕竟是社会主义，黄家儿子是妄想当资本家！黄家老汉就说："罢了，罢了，车封了就封了，没让你坐牢就是烧了高香！世上的好事怎么能让你一个人占完呢？你也看出来了吧，你发了，人人眼红你，说你能行；你发得太大了，就忌恨你，使你失了人缘！"

儿子好生苦恼，在家蒙头睡过三天，第四天就上省去告。官司打开来，几经曲折，几次反复，耗费了一大笔钱，贴赔了三十斤木耳和黄花菜。家人都劝他作罢，说："手揉揉心口，气就顺了。"他不，说："我哪一点违反了国家法令，我是符合政策的，我有信心打赢官司的!"又三次上省，花二十元请人写了状子，七十元请了律师辩护，终于，法庭上，他胜利了。班车又开动了。

重新通车的那天，黄家儿子将车打扮得灿然一新，用丈二红绸结了彩花，系在车头，又站在车上放了五板子三百响小鞭炮，十二串大雷鞭炮，以示祝贺。放完鞭炮，人们将车团团围住，一群孩子拥挤着捡拾未燃的散炮，正热闹得不可开交，黄家儿子却趴在车头上老牛一样地呜呜痛哭。

此后半年，全商州的运输车辆全进行了个人承包，而黄家儿子的班车已收入了三万元，完全赚回了一切本钱。村人都在扬言：黄家儿子不是个平地卧的角色，他必是又要办车队了！但是，黄家儿子没有，却把三万元一分也不动用，又从银行贷款了二万，竟招聘了建筑施工队，在碾子坪洼前的山根处修建了一座四层楼来。

楼房十分威壮，一进山洼就十里八里都看得见。竣工那日，黄家儿子一身整齐衣服，去了县城，请来了县政府的县长，教育局的局长，公社的社长和碾子坪小学的校长，几方开会，提出这座楼房捐献给碾子坪小学。

一张烫金的玻璃框装上了一份奖状，悬挂在了黄家的堂屋墙上。农民办校的新闻在省报的头版头条登出，是套了红边的。

那辆黄家儿子的班车还是见天每日在公路上行驶。

当省报的记者访问他，问他一个农民是怎么发起来的，为什么别人不行，他却老行，又是不断折腾，而每一折腾皆能成功，是不是村人所说：是命强命好走运气？

黄家的儿子就笑笑，却指着自己的媳妇，说："全靠她。"这回答使人惊奇。问那媳妇，媳妇说，她有三个哥，一个是省政策研究所的，一个是县农科局的，一个是大学毕业生，在外省的一家工厂任新的厂长；黄家儿子每每干事，皆听从这些舅官指导，开通思想，提供信息的。接着，黄家儿子打开他的一个大木箱，仅各种来往信件，各种资料参考，竟重有百十公斤。

记者访问的那天，黄家的老汉却不在家，他是出外推销他的木碗去了。其实，他是听说记者要来，故意躲避的。此时，这老汉正坐在大深山一家买主的门槛上，一边吸旱烟，一边说："这木碗好啊，瓷碗虽中看，可容易碎，好的东西要是摔碎了，让人心疼。木碗是不怕摔的，即就是摔碎了，人也不会太心疼的。你别小看这手艺，这是铁打的，吃不撑死，也饿不扁肚，细水才长流，本分才和平啊！"

老西安

平凹

老西安

当我应承了为老西安写一本书后，老实讲，我是有些犯难了，我并不是土生土长的西安人，虽然在这里生活了二十七年，对过去的事情却仍难以全面了解。以别人的经验写老城，如北京、上海、南京、天津、广州，要凭了一大堆业已发黄的照片，但有关旧时西安的照片少得可怜，费尽了心机在数个档案馆里翻腾，又往一些老古董收藏家家中搜寻，得到的尽是一些"西安事变"的内容，而这些内容国人皆知，哪里又用得着我写呢？

老西安没照片？这让多少人感到疑惑不解。其实，老西安就是少有照片资料。没有照片的老西安正是老西安。西安曾经叫作长安，这是用不着解说的，也用不着多说中国有十三个封建王朝在此建都，尤其汉唐，是国家的政治、经济、军事、文化中心，其城市的恢宏与繁华辉煌于全世界。可宋元之后，国都东迁北移，如人走茶凉，西安遂渐渐衰败。到了二十世纪二三十年代，只如现今陕西的一个普通县城的大小，在仅有唐城十分之一的那一圈明朝的城墙里，街是土道，铺为平屋，没了城门的空门洞外就是庄稼地，胡基壕，蒿丘和涝地，夜里有猫头鹰飞到钟楼上叫啸，肯定有人家死了老的少的，要在门首用白布草席搭了灵棚哭丧，而黎明出城去报丧的就常见到狼拖着扫帚长尾在田埂上游走。北京、上海已经有洋人的租界了，蹬着高跟鞋拎着小坤包的摩登女郎和穿了西服挂了怀表的先生们生活里大量充斥了洋货，言语里也时不时夹杂了"密司特"之类的英文，而西安街头的墙上，一大片卖大力丸、治花柳病、售虎头万金油的广告里偶尔有一张两张胡蝶的、阮玲玉的烫发影照，普遍地把火柴称作洋火，把肥皂叫成洋碱，充其量有了名为"大芳"的一间照相馆。去馆子里照相，这是多么时髦的事！民间里广泛有着照相会摄去人的魂魄的，照相一定要照全身、照半身有杀身之祸的流言。但照相馆里到底是怎么回事，十分之九点九的人只是经过了照相馆门口向里窥视，立即匆匆走过，同当今的下了岗的工人经过了西安凯悦五星级大酒店门口的感觉是一样的。一位南郊的九十岁的老人曾经对我说过他年轻时与人坐在城南门口的河壕上拉话儿，缘头是由"大芳"照相馆橱窗里蒋介石的巨照说开的，一个说：蒋委员长不知道一天吃的什么饭，肯定是顿顿捞一碗干面，油泼的辣子调得红红的。他说：我要当了蒋委员长，全村的粪都要是我的，谁也不能拾。这老人的哥哥后来在警察局里做事，得势了，也让他和老婆去照相馆照相。"我一进去，"老人说，"人家问全光还是侧光？我倒吓了一跳，照相还要脱光衣服?！我说，我就全光吧，老婆害羞，她光个上半身吧。"

正是因为整个老西安只有那么一两间小小的照相馆，进去照的只是官人、军阀和有钱的人，才导致了今日企图以老照片反映当时的民俗风情的想法落空，也是我在写这本书的时候首先感到了老的西安区别于老的北京、上海、广州的独特处。

但是，西安毕竟是西安，无论说老道新，若要写中国，西安是怎么也无法绕过去的。

　　如果让西安人说起西安，随便从街上叫住一个人吧，都会眉飞色舞地排阔：西安嘛，西安在汉唐做国都的时候，北方是北夷呀，南方是南蛮吧。现在把四川盆地称"天府之国"，其实"天府之国"最早说的是我们西安所在的关中平原。西安是大地的圆点。西安是中国的中心。西安东有华岳，西是太白山，南靠秦岭，北临渭水，土地是中国最厚的黄土地，城墙是世界上保存最完整的古城墙。长安长安，长治久安，从古至今，它被水淹过吗？没有。被地震毁坏过吗？没有。日本鬼子那么凶，他打到西安城边就停止了！据说新中国成立时选国都地，差一点就又选中了西安呢。瞧瞧吧，哪一个外国总统到中国来不是去了北京上海就要来西安吗？到中国不来西安那等于是没真正来过中国呀！这样的显派，外地人或许觉得发笑，但可以说，这种类似于败落大户人家的心态却顽固地潜藏于西安人的意识里。我曾经亲身经历过这样一幕：有一次我在一家宾馆见着几个外国人，他们与一女服务生交谈，听不懂西安话，问怎么不说普通话呢，女服务生说，你知道大唐帝国吗？在唐代西安话就是普通话呀！这时候一只苍蝇正好飞落在外国一游客的帽子上，外国人惊叫这么好的宾馆怎么有苍蝇，女服务生一边赶苍蝇一边说，你没瞧这苍蝇是双眼皮吗，它是从唐朝一直飞过来的！

　　西安人凡是去过镇江的北固山的，都嘲笑那个梁武帝在山上写着的"天下第一江山"几个字，但我在北京却遭遇到一件事，令我大受刺激。那是我第一次去北京，我要去天桥找个熟人，不知怎么走，问起一个祖胸露乳的中年汉子："同志，你们北京天桥怎么去？"他是极热情的，指点坐几路车到什么地方换坐几路车，然后顺着一条巷直走，向左拐再向右拐，如何如何就到了。指点完了，他却教导起了我："听口音是西安的？边远地区来不容易啊，应该好好逛逛呀！可我要告诉你，以后问路不要说你们北京天桥怎么去，北京是我们的，也是你们的，是全国人民的，你要问就问，同志，咱们首都的天桥在什么地方，怎么个走呀？"皇城根下的北京人口多么满，这一下我就憋咧。事隔了十年，我在上海，更是生了一肚子气，在一家小得可怜的旅馆里住，白天上街帮单位一个同事捎买衣服，跑遍了一条南京路，衣服号码都是个瘦，没一件符合同事腰身的。"上海人没有胖子"，这是我最深刻的印象。夜里回来，门房的老头坐在灯下用一个卤鸡脚下酒喝，见着我了硬要叫我也喝喝，我说一个鸡脚你嚼着我拿什么下酒呀，他说我这里有豆腐乳的，拉开抽屉，拿一根牙签扎起小碟子里的一块豆腐乳来。我笑了，没有吃，也没有喝，聊开天来。他知道了我是西安人，眼光从老花镜的上沿处盯着我，说，西安的？听说西安冷得很，一小便就一根冰拐杖把人撑住了?！我说冷是冷，但没上海这么阴冷。他又说：西安城外是不是戈壁滩?！我便不高兴了，说，是的，戈壁滩一直到新疆，出门得光膀子穿羊皮袄，野着嗓子拉骆驼哩！他说：大上海这么大，我还没见过骆驼的呢。我哼了一声，大上海就是大，日本就自称大和，那个马来西亚也叫作大马的……回到房间，气是气，却也生出几分悲哀：在西安时把西安说得不可无一，不可有二，外省人竟还有这样看待西安的?！

　　当我在思谋着写这本书的时候，困扰我的还不是老照片的缺乏，

222

也不是头痛于文章从哪个角度切入，而是真的不知如何为西安定位。我常常想，世上的万事万物，一旦成形，它都有着自己的灵魂吧。我向来看一棵树一块石头不自觉地就将其人格化，比如去市政府的大院看到一簇树枝柯交错，便认定这些树前世肯定也是仕途上的政客；在作家协会的办公室看见了一只破窗而入的蝴蝶，就断言这是一个爱好文学者的冤魂。那么，城市必然是有灵魂的，偌大的一座西安，它的灵魂是什么呢？

翻阅了古籍典本，陕西是被简称秦的，秦原是西周边陲的一个古老部落，姓嬴氏，善养马，其先公因为周孝王养马有功而封于秦地的。但秦地最早并不属于现在的陕西，归甘肃省。这有点如陕西人并不能自称陕人，原因是陕西实指河南陕县以西的地方一样。到了春秋时期，秦穆公开疆拓土，这下就包括了现在陕西的一些区域，并逐渐西移，秦的影响便强大起来，而在这辽阔的地区内自古有人往来于欧亚之间，秦的声名随戎狄部落的流徙传向域外，邻国于是称中国为秦。所谓的古波斯人称中国为赛尼，古希伯来人称中国为希尼，古印度人称中国为支那、震旦，其实全都是秦的音译。到了秦始皇统一中国，"逼逐匈奴，威震殊俗，匈奴之流徙极远者往往至今欧北土……彼等称中国为秦，欧洲诸国亦相沿之而不改"。秦的英语音译也就是中国。中国人又称为汉人，中国的语言称汉语，国外研究中国学问的专家称之为汉学家，日本将中医也叫作汉医，那么，汉又是怎么来的呢？刘邦在秦亡以后，被项羽封地在陕西汉中，为汉王，刘邦数年后击败了项羽，当然就在西安建立了汉朝，汉朝到了汉武帝时期，国力鼎盛，开辟了丝绸之路，丝绸人都自称为汉家臣民，西方诸国因此就称他们为汉、

223

汉人，沿袭至今。而历史进入唐代，中国社会发展又是一个高峰期，丝绸之路更加繁荣，海上交通与国际交往也盛况空前，海外诸国又称中国人为唐人。此称谓一直延续，至今美国的纽约、旧金山，加拿大的温哥华，巴西的圣保罗，澳大利亚的墨尔本，以及新加坡等地，华侨或外籍华裔聚居的地方都叫唐人街。

世界对于中国的认识都起源于陕西和陕西的西安，历史的坐标就这样竖起了，如果不错的话，我以为要了解中国的近代文明那就得去北京，要了解中国的现代文明得去上海，而要了解中国的古代文明却只有去西安了。西安或许再也不能有如秦、汉、唐时期在中国的显赫地位了，它在十八世纪衰弱，二十世纪初更是荒凉不堪，直到现在，经济发展仍滞后于国内别的省份，但它因历史的积淀，全方位地保留着中国真正的传统文化（现在人们习惯于将明清以后的东西称为传统，如华侨给外国人的印象是会功夫，会耍狮子龙灯，穿旗袍，唱京剧，吃动物内脏，喝茶喝烧酒等，其实最能代表中华民族的东西在汉唐），使它具有了浑然的厚重的苍凉的独特风格，正是这样的灵魂支撑着它，氤氲笼绕着它，散发着魅力，强迫得天下人为之瞩目。

有一句老话：南方的秀才北方的将，陕西的黄土埋皇上。我去过江浙一带，每到一县，令我瞠目结舌的是那里的博物馆里差不多都有几个以及几十个中过状元的名单表，而漫长的科举年代，整个陕西仅只有康海和王铎两个状元，据说一个还有后门之嫌。可陕西的黄土的确也是厚的，在西安之东的黄河边，随处便见几百米高的岸层尽是黄土，无一拳大的砂石；西安郊外的水井，井台上都架有巨大的轱辘，两个人或四个人抱着轱辘绞动半天才能绞上一桶水的。在这厚土上，气脉沉绵，除了人文始祖轩辕黄帝墓和始皇嬴政墓外，单是围绕着西安的汉唐两代的帝王陵墓竟多达三十余座，如汉高祖刘邦的长陵，汉武帝刘彻的茂陵，唐太宗李世民的昭陵，唐高宗李治和皇后武则天的乾陵。这些陵墓，唐时是以真山为陵，遍布于渭北平原的蒲城、富平、三原、泾阳、礼泉、乾县，而汉陵除文帝灞陵是以土塬为坟之外，其他均是在咸阳塬上人工筑成的方尖锥形大土坟，颇有类于埃及的金字塔。坟堆经过两千多年的雨水冲击和人为的破坏，墓基业已缩小，尖锥早不整齐，可望去仍如山丘。关中平原的地下是没有什么矿藏的，它只长庄稼和皇陵，庄稼是供人生存吃粮的，皇陵埋葬着王朝的象征。如果说埋一颗种子可以生长草木，那么埋下一个王朝的象征而生长出的就是王气，这恐怕也是明清之后陕西少有秀才的缘故吧，学文从艺毕竟是一桩"雕虫小技"啊。

十五年前的一个礼拜日，我骑了自行车去渭河岸独行，有一处的坟陵特别集中，除了有两个如大山的为帝陵外，四周散落的还有六七个若小山的是那些伴帝的文臣武将和皇后妃子的墓堆，时近黄昏，夕阳在大平原的西边滚动，渭河上黄水汤汤，所有的陵墓被日光蚀得一片金色，我发狂似的蹬着自行车，最后倒在野草丛中哈哈大笑。这时候，一个孩子和一群羊就站在远远的地方看我，孩子留着梳子头，流一道鼻涕在嘴唇上，羊鞭拖后，像一条尾巴。我说："嗨，碎人，碎人，哪个村里的？"西安的土话"碎"是小，他没有理我。"你耳朵聋了没，碎人！""你才是聋子哩！"他顶着嘴，提了一下裤子，拿羊鞭指左边的一簇村子。关中平原上的农民住屋都是黄土板筑的很厚的土墙，三间四间的大的入深堂房是硬四椽结构，两边的厢房就为一边盖了，如此形成一个大院，一院一院整齐排列出巷道。而陵墓之间的屋舍却因地赋形，有许多人家直接在陵墓上凿洞为室，外边围一圈土坯院墙，长几棵弯脖子苍榆。我猜想这一簇一簇的村落或许就是当年的守墓人繁衍下来所形成的。但帝王陵墓选择了好的风水地，阴穴却并不一定就是好的阳宅地，这些村庄破破烂烂，没一点富裕气象，眼前的这位小牧羊人形状丑陋，正是读书的年龄却在放羊了！我问他："怎么不去上学呢？"他说："放羊哩嘛！""放羊为啥哩？""挤奶嘛！""挤奶为啥哩？""赚钱嘛！""赚钱为啥哩？""娶媳妇嘛！""娶媳妇为啥哩？""生娃嘛！""生娃为啥哩？""放羊嘛！"我哈哈大笑，笑完了心里却酸酸的不是个滋味。

关中人有相当多的是守墓人的后代，我估计，现在的那个有轩辕墓的黄陵县，恐怕就是守墓人繁衍后代最多的地方。陕西埋了这么多皇帝，辅佐皇帝创业守成的名臣名将，也未必分属江南、北国，倒是因建都关中，推动了陕西英才辈出，如教民稼穑的后稷，治理洪水的大禹，开辟丝绸之路的张骞，一代史圣司马迁，仅以西安而言，名列"二十四史"的人物，截至清末，就有一千多人。这一千多人中，帝王人数约占百分之五，绝大部分属经邦济世之臣，能征善战之将，侠肝义胆之士，其余的则是农学家、天文学家、医学家、史学家、训诂学家、文学家、画家、书法家、音乐歌舞艺术家，三教九流，门类齐全。西安城南的韦曲和杜曲，实际上是以韦、杜两姓起名的，历史上韦、杜两大户出的宰相就四十人，加上名列三公九卿的大员，数以百计，故有"城南韦杜，去天尺五"之说。

骑着青牛的老子是来过西安的，在西安之西的周至架楼观星，筑台讲经，但孔子是"西行不到秦"的。孔子为什么不肯来秦呢，是他畏惧着西北的高寒，还是仇恨着秦的"狼虎"？孔子始终不来陕西，汉唐之后的陕西王气便逐渐衰微了。民间的传说里，武则天在冬日的兴庆宫里命令牡丹开花，牡丹不开，逐出了西安，牡丹从此落户于洛阳，而城中的大雁塔和曲江池历来被认为是印章和印泥盒的，大雁塔虽有倾斜但还存在，曲江池则就干涸了。到了二十世纪，中国的天下完全成了南方人的世事，如果说老西安就从这个时候说起，能提上串的真的就没有几个人物了。

一九〇〇年，八国联军进北京，慈禧逃难西安，这便是西安临时又做了一回国都吧。这一次做国都，并没有给西安增添荣耀，却深深蒙受了屈辱，更让西安人痛心的是庚子之乱的结果将西安人赵舒翘处死。

赵舒翘的家是在城西南的甜水井街上，我曾在双仁府街居住了数年，因双仁府距甜水井极近，偶然就认识了赵氏的后人并成为熟客，常去他家吃酒喝茶。那是个大杂院，拥挤了十多户居民，但在那以砖墙和油毛毡分隔出的七拐八弯往里走，随处是楼粗的屋柱，菱花雕窗，墙头的砖饰，想见着往昔是多么豪华。我坐在唯一产权归他的那间偏房小屋，光线阴暗，地面潮湿，撑起那精致的揭窗，隐约地看到几件老红木椅柜，强烈地感受到了一种幽怨之气，疑心落在窗前一棵紫藤上的小鸟是赵舒翘的托变。赵舒翘是当时西安人做得最大的官，由刑部尚书到军机大臣，甜水井街几乎就是赵家府。慈禧西逃，就是赵舒翘护驾到他的老家的。清室代表与八国联军谈判时，联军提出必须严惩义和团的幕后支持人刚毅和赵舒翘，而刚毅在西来途中病死，赵舒翘自然被洋人盯住不放。慈禧是欣赏赵的，曾亲笔为赵题写"镜清光远"挂屏一幅，所以不想杀之，先是革职留用，后改为"斩监候"（死缓），但洋人一再威逼，慈禧才拟改斩赵取得联军谅解。消息传出，西安各界人士便群起为赵舒翘请命，数万人在钟楼下游行示威，慈禧遂改"赐自尽"，让他得个全尸。赵舒翘时年五十四岁，体质强壮，加之内心总在想慈禧能有赦免的懿旨追来，因而服鸦片不死，又服毒药数种不死，折腾了几个时辰，最后是被捆在木板上以黄裱喷烧酒一层一层糊面憋死。赵舒翘一死，家府中的男人就作鸟兽散了，仅存下一大群妇道人家靠往日积存度日。妇人多阴气重，家境一败再败，屋舍典卖从一条街到半条街，由半条街到三处院落，直至中华人民共和国成立后，赵家的正宗后人，也即我的那位熟人只能栖身于一间小屋了。据说赵舒翘临死前遗训子孙"再勿做官"，此话准确与否，没有深究，但事实是赵家的后人皆以技艺生活，再无一人在仕途上。

　　就在赵舒翘被赐死的时期，却有另一个被赐了"一品诰命夫人"，这便是三原安抚堡的一个寡妇。寡妇是人物漂亮，处事果断，远近盛传她是金蛤蟆精变的。夫家原是当地的首富，她初为人妻，男人就病死了，村人都说她得改嫁，这户人家从此要败了，她偏就顶门立户，将一个大家治理得井井有条。难得一个妇道角色，几十年里鸡啼起身，描眉油头，打扮得容光焕发，然后提了曳地长裙，踮了三寸金莲，登坐于专门修筑于大院中的一个板楼上，监督百十号长工短工劳作。慈禧逃来西安，也正是所谓国难之时，这寡妇竟有主见，用马车拉了满满一车金银捐贡朝廷，感动得慈禧要认她做干女儿。

一个是朝里人，一个是民间事，在清朝末年，陕西人演绎的悲喜剧绝对是陕西人的特色。在西安，甚或在关中的任何县任何村，随时是可以听到秦腔的。外地人初听秦腔，感觉是"死狼声吼叫"，但那高亢激越的怒吼之中撕不断扯不尽的是幽怨沉缓的哭音慢板，就如冬日常见到的平原之上的粗桩和细枝组合的柿树一样，西风里，你感受到的是无尽的悲怆和凄凉。时间又过了几十年，又是一个政坛上的强人和民间的奇才登场，这就是杨虎城与牛道濂。关于杨虎城的事迹，各类西安事变的文献书中已经说得太多，他原是渭北一带的刀客，为人豪爽，处事勇敢，但绝不是个粗人。我读过一篇参与了西安事变的某人的回忆录，其中有两处描写印象深刻。一是说杨虎城识不了多少字，但记忆非凡，多少年前的某日某事某某参加皆清楚不误；演讲时，他可以拿讲稿，但在讲稿上折好多角，折什么样的角讲什么样的话，只有他明白，然后开讲就全然不用别人为他写的讲稿。二是说他和张学良合作，相互并不是没有存疑，张学良的出身、学养、势力自然是杨虎城不能比的，但杨虎城办事除了有豪侠之气外，因出身农家，自有农民的一点狡黠，两人决定了兵谏，他却担心张学良提前撤了他，时时注意着张的动静。一次张学良的一位重要部下在易俗社看戏，他当然也派人在剧场，戏演到一半，那个部下匆匆离去，他手下的人遂赶回将情况告诉他，他便估摸张学良要动手了，紧急召集军事会议，调动部队，即将出发前得到情报，那个部下离开剧场是去干别的事了，方停止了行动，险些出了大的事故。我们现在能看到的张学良和杨虎城的照片，一个英武潇洒，一个雄浑沉健。杨虎城的相貌是典型的关中人形象，头大面宽，肉厚身沉，颇有几分像秦始皇墓出土的兵马俑。现存留在西安城里的张学良公馆和杨虎城公馆，便足以看出两人风格，一个是西式建筑，一个是庭院式的传统结构。出身于草莽的武人在国家民族危难之际冒着身败名裂的危险兵谏，这是一种正义的力量，人格的力量，可歌可泣，但他又是传统的，农民式的，他的结局必然与张学良截然不同。我曾数次去拜谒过他的陵园，在肃穆的墓碑前，看终南山上云聚云散，听身后粗大的松树上松子在天风里坠落，不禁仰天浩叹。

与杨虎城几乎同一时期的，在城区的蓝田县里却也出了个奇人牛道濂。民间里提牛道濂是没人知道的，说牛才子则妇孺皆知。西安方圆历来出奇人异事，近多年来曾不断地传出哪儿哪儿有了个神人，我是相信神癨是混迹于芸芸众生之中的，且是对一切神癨现象都敬畏的人，所以，但凡听说，就去拜见，倒是结识一帮高士。当我来到西安时，牛才子已经作古很久了，但他的故事却常常在市民的茶摊上、麻将桌上谈说不已。一个细雨闲闲的中午，我在出租车里听司机给我谈天说地，"你知道终南山里隐居着三千个真人吗？"我不知道，过去有"终南捷径"之说，现在有这么多人隐居在那儿，何不显世呢？司机说："你瞧着吧，现在世上狼虫虎豹少了，狼虫虎豹都托变成人，这些高人就该显世在人类危难的时候了，就像牛才子当年那样！"于是，他开始讲牛才子，说河南军阀刘镇华一九二六年率军围困西安八个月，久攻不下，从城外向城里挖地道，城里人都知道地道要挖进来了，但谁也不知道地道口将在何处出现，每个街巷都埋了大瓮，灌满了水，派人日夜守在水瓮边听声看水面。牛才子就出来说话了，但他并没有说地道口要从哪儿出来，他只建议城防当局把一个叫莲花池的地方扩大，让四周的水都引过去，成为一个湖。湖是形成了，水深齐腰，竟于某一日湖水突然下泄，原来是地道出口正在湖中，湖水就把地道全泡塌了。说牛才子在蓝田老家更是有许多神奇，以至大红的日头下，他出门带了伞，村人都立即要带伞的，偶有不效法的自然就遭了雨淋。说杨虎城有一度地位岌岌可危，请教于牛才子，牛才子正在马房门街的酒馆里喝酒，他常年穿一件长袍子，在酒馆里喝酒是立在那里买上一盅仰头一口喝下。杨虎城的卫兵来请他，他不待卫兵说话，写了个字条让带给杨虎城："重用名字里有山字的人。"云从龙，虎凭山，杨虎城果然起用了一个叫王一山的人，事业真的发达开来。

赵舒翘和杨虎城是西安近代史上两个无法避开的人物，而民间传颂最多的倒是那个安抚堡的寡妇和牛才子。赵舒翘和杨虎城属于正剧，正剧往往是悲剧，安抚堡寡妇和牛才子归于野史，野史里却充满了喜剧成分。我们尊重那些英雄豪杰，但英雄豪杰辈出的年代必定是老百姓生灵涂炭的岁月，世俗的生活更多的是波澜不起地流动着，以生活的自在规律流动着，这种流动沉闷而不感觉，你似乎进入了无敌之阵，可你很快却被俘虏了，只有那些喜剧性人物增加着生趣，使我们一日一日活了下去，如暗里飞的萤虫自照，如水宿中的禽鸟相呼。

以西安市为界，关中的西部称为西府，关中的东部称东府，西府东府比较起来就有了一种很有趣的现象。东府有一座华山，西府有一座太白山。华山是完整的一块巨石形成的，坚硬、挺拔、险峭，我认作是阳山，男人的山，它是纯粹的山，没有附加的东西，如黄山上的迎客松呀，峨眉山上能看佛光呀，泰山上可以祀天呀，上华山就是体现着真正上山的意义。太白山峰峦浑然，终年积雪，神秘莫测，我认作是阴山，女人的山。东府有秦始皇兵马俑博物馆，西府里有霍去病石雕博物馆。我对所有来西安旅游的外地朋友讲，你如果是政治家，请去参观秦兵马俑张扬你的气势，你如果是艺术家，请去参观霍去病墓以寻找浑然整体的感觉。在绘画上，我们习惯于将西方的油画看作色的团块，将中国的水墨画看作线的勾勒，在关中平原上看冬天里的柿树，那是巨大的粗糙的黑桩与细的枝丫组合的形象，听陕西古老的戏剧秦腔，净的嘶声吼叫与旦的幽怨绵长，又是结合得那样完美，你就明白这一方水土里养育的是一种什么样的人了。

如果说赵舒翘、杨虎城并没有在政治上、军事上完成他们大的气候，那么，从这个世纪之初，文学艺术领域上天才却一步步向我们走来，于右任、吴宓、王子云、赵望云、石鲁、柳青……足以使陕西人和西安这座城骄傲。我每每登临城头，望着那南北纵横"井"字形的大街小巷，不由自主地就想到了他们，风里点着一支烟，默默地想象这些人物当年走动于这座城市的身影，若是没有他们，这座城将又是何等的空旷啊！

于右任被尊为书圣，他给人的永远是美髯飘飘的仙者印象，但我见过他年轻时在西安的一张照片，硕大的脑袋，忠厚的面孔，穿一件臃肿不堪的黑粗布棉衣裤。大的天才是上苍派往人间的使者，他的所作所为，芸芸众生只能欣赏，不可模仿。现在海内外写于体的书法家甚多，但风骨接近者少之又少。我在江苏常熟翁同龢故居里看翁氏的照片，惊奇他的相貌与于右任相似，翁氏的书法在当时也是名重天下，罢官归里，求字者们接踵而来，翁坚不与书，有人就费尽心机，送帖

232

到翁府请其赴什么宴，门子将帖传入，翁凭心性，上次批一字"可"，这次批一字"免"，如此反反复复，数年里集单字成册作为家传之宝。于右任在西安的时候却是有求必应，相传曾有人不断向他索字，常坐在厅里喝茶等候，茶喝多了就跑到街道于背人处掏尿，于右任顺手写了"不可随处小便"，他拿回去，重新剪裁装裱，悬挂室中却成了"小处不可随便"。西安人热爱于右任，不仅爱他的字，更爱他一颗爱国的心，做圣贤而能庸行，是大人而常小心。他同当时陕西的军政要人张坊，数年间跑遍关中角角落落，搜寻魏晋和唐的石碑，常常为一块碑子倾囊出资，又百般好话，碑子收集后，两人商定，魏晋的归于，唐时的属张，结果于右任将所有的魏晋石碑安置于西安文庙，这就形成了至今闻名中外的碑林博物馆，而张坊的唐碑运回了他的河南老家，办起了"千唐志斋"。正应了大人物是上苍所派遣的话，前些年西安收藏界有两件奇石轰动一时，一件是一块白石上有极逼真的毛泽东头像，一件是产于于右任家乡三原县前泾河里的一块完整的黑石惟妙惟肖的是于右任，惹得满城的书法家跑去观看，看者就躬身作拜，状如见了真人。

　　从书法艺术上讲，汉时犹如人在剧场看戏，魏晋就是戏散后人走出剧场，唐则是人又回坐在了家里，而戏散人走出剧场那是各色人等，各具神态的，所以魏晋的书法最张扬，最有个性。于右任喜欢魏晋，他把陕西的魏晋碑子都收集了，到了我辈只能在民间收寻一些魏晋的拓片了。在我的书房里，挂满了魏晋的拓片，有一张上竟也盖有于右任的印章，这使我常面对了静默玄想，于右任是先知先觉，我是浑厚之气不知不觉上身的。

于右任之后，另一个对陕西古代艺术的保护和发展做出了重要贡献的人物当属王子云。王子云在民间知之者不多，但在美术界、考古界却被推崇为大师的，在三四十年代，他的足迹遍及陕西所有古墓、古寺、山窟和洞穴，考察、收集、整理古文化遗产。翻阅他的考察日记，便知道在那么个战乱年代，他率领了一帮人在荒山之上，野庙之中，常常一天吃不到东西，喝不上水，与兵匪周旋，和豺狼搏斗。我见过他当年的一张照片，衣衫破烂，发如蓬草，正立于乱木搭成的架子上拓一块石碑。霍去病墓前的石雕可以说是他首先发现了其巨大的艺术价值，并能将这些圆雕拓片，这种技术至今已无人能及了。

石鲁和柳青可以说是旷世的天才，他们在四十年代生活于西安，又去了延安再返回西安发展他们的艺术，他们最有个性，留在民间的佳话也最多，几乎在西安，任何人也不许说他们瞎话的，谁说就会有人急。在外地人的印象里，陕西人是土气的，包括文学艺术家，这两个形象也是如此。石鲁终年长发，衣着不整，柳青则是光头，穿老式对襟衣裤；但其实他们骨子里最洋。石鲁能歌善舞，精通西洋美术，又创作过电影剧本，柳青更是懂三四种外语，长年读英文报刊。他们的作品长存于世，将会成为中华民族文化遗产的一部分不动资产……

当我们崇拜苏东坡，而苏东坡却早早死在了宋朝，同样的，我出生太晚，虽然同住于一个城市，未能见到于右任、王子云、石鲁和柳青。美国的好莱坞大道上印有那些为电影事业做出贡献的艺术家的脚印手印，但中国没有。有话说喜欢午餐的人是正常人，喜欢早餐或喜欢晚餐的人是仙或鬼托生的，我属于清早懒以起床晚上却迟迟不睡的人，常在夜间里独自逛街，人流车队渐渐地稀少了，霓虹灯也暗淡下去，无风有雾的夜色里浮着平屋和楼房的正方形、三角形，谁家的窗口里飘出了秦腔曲牌，巷口的路灯杆下一堆人正下着象棋，街心的交通安全岛上孤零零蹲着一个老头明灭着嘴唇上的烟火，我就常常作想：人间的东西真是奇妙啊，我们在生活着，可这座城是哪一批人修筑的？穿的衣服，衣服上的扣子，做饭的锅，端着的碗，又是谁第一个发明的呢？我们活在前人的创造中而我们竟全然不知！人人都在说西安是一座文化积淀特别深厚的城市，但它又是如何一点一点积淀起来呢？文物是历史的框架，民俗是历史的灵魂，而那些民俗中穿插的人物应该称作是贤德吧？流水里有着风的形态，斯文里留下了贤德的踪迹，今日之夜，古往今来的大贤大德们的幽灵一定就在这座城市的空气里。

一九九八年冬季的一个夜晚，空气十分地清冷，我游逛到了碑林博物馆的附近，一家字画店还未关门，进去竟购买了一张康有为手迹"应无所住"的拓片。我喜欢康有为的书法，也知道这四个字的原石碑现在仍保留在兴善寺里，但回来对拓片还是看了许久，发着笑声，画下了一张画。我画的是一条鱼，鱼无鳞，遍布了青铜器上的那种纹饰，旁边题道："鱼以人腹为坟墓，我的毁誉在民间。"我想到的全然是康有为了。

一九二三年康有为被陕西督军延请入陕，老夫子颇为风光，所到之处参观、讲学、吃宴，并要在众人的叫好声中留下墨宝，"应无所住"就是那次写就的。他乘兴而来，每到一处恭维的话听得耳朵也磨出茧了，总不免要谦虚一句"老而不死了"，没想到待他离开西安却是十分败兴，西安城里从此留下了一副对联，"国之将亡必有；老而不死是为"，横额"寿而康"。事情是这样的，康有为去了一趟碑林博物馆附近的卧龙寺，卧龙寺的和尚见是康有为，便将珍藏于寺的举世珍籍《碛砂藏》拿与他看，康有为当然知道它的宝贵，借口拿回寓所翻阅，竟不再言送还而匆匆离陕。待他的车马一走，寺里和尚立即呈报督军府，众人一片哗然，以李仪祉为首的一批地方名流力主要讨回珍宝，但康有为是何等人物，又怎么当面剥他那张贼皮呢？和尚们就紧追不舍，一直到了潼关追上，拦道挡马，婉言说了康夫子学富五车，见识广博，别人都不识《碛砂藏》，只有您慧眼识得，遗憾的是此经书一千五百三十二部，六千三百六十二卷，你看到的是卧龙寺分藏的一部分，还有一部分藏于开元寺，若先生喜爱，不几日将全集装订一起了给先生送到府上过目。如此云云一番巧说，康有为哈哈大笑，交出了《碛砂藏》，还说了一句："我明白孔子为什么西行不到秦了！"

康有为做了一回贼，可他是性情中人，并不羞耻而成全了一段饭后茶余的趣话。最令西安人六十多年来义愤不已的是六骏马的失盗和破坏。唐太宗昭陵上的六块浮雕骏马，算得上是中国的艺术珍品，它为太宗生前征战时所骑的战马，各有马名，即飒露紫、拳毛騧、特勒骠、白蹄乌、什伐赤、青骓。唐代的雕刻本来就是很写实很生动的，这六件浮雕的马，三跑三立，惟妙惟肖地表现了唐代西域名马的硕健形态，更透射出了唐崇尚雄浑重力量的时代风度。明清以后，陕西是再也没见过像样的马匹，关中平原上有的只是耕田驮货的驴和骡，驴骡那是马的附庸，所以陕西人看重这六骏马。但是一九三六年的一个风高月黑之夜，一个美国人勾结古董奸商盗运了飒露紫和拳毛騧，又将其余四马打碎而藏匿下来。西安人闻讯缉拿，终于缴获了被打碎的

236

四马，如今碑林博物馆展出的四骏，就是将碎块重新模制的。

从本世纪起，陕西的文物不断地被挖掘出土，每一次莫不轰动国内外，而从文物生出的故事更是灿烂又离奇。蓝田猿人头骨是因为当地人在一条沟里常挖一种石头研粉治疗外伤而引起了专家的注意，查明了那是远古兽骨化石，进一步发掘所收获的。秦兵马俑坑是临潼农民打机井打出一堆陶片而发现的。法门寺地宫是寺塔倒塌后清理地基显露的。更有那些盗墓贼一个在墓坑下一个在墓坑上，待到文物吊上来，墓坑上的丢下绳索使墓坑下的活活饿死的事；有盗窃了一颗秦兵马俑头而丢掉了自己的头的事；有偷藏了汉代稀罕陶器，一连三日夜里做梦，梦见陶器里发出声音：让我回去，让我回去！以此吓得精神失常的事。我于西安已经生活了二十七年，长长短短在九处安家，几乎见到在什么地方搞建筑，但凡挖地基都有文物出现，而那些秦代的砖、汉朝的罐、瓦当、铜钱、陶俑，虽也是够等级的文物，可实在太多，国家并不是严格管理，于是差不多的人家都有那么几件。八十年代初，我借居于北郊农家，村里许多人家的厕所墙角总有一大堆打碎了的汉陶罐片，农民是用其揩屁股的，揩过了又丢在那里，经过雨淋干净了，如此再用。秦的汉的瓦当，老太太们则是要用来拓印锅盔馍上的花纹的。九十年代初，我在城南一所疗养院治病，疗养院外的塬地上聚着一堆一堆破砖烂瓦，农民在怨恨着地里的破砖烂瓦太多影响着耕犁，原来这里曾是唐时的一座寺庙，因和尚诱奸民女，附近村民将和尚活埋地下，仅露出个光头，再用铁耙来耙，将寺称耙头寺，后又一把火毁了。我每日下午去那破砖瓦堆里挑拣，竟在病愈回家时带回来了十几块有花纹和文字的砖瓦。

西安多文物，也便有了众多的收藏家，其中的大家该算是阎甘园了。阎家到底收藏了多少古董，现已无法考证。鲁迅先生当年来西安，就到过阎家，据说阎甘园把所有的藏品都拿出来让这位文豪看，竟摆得满院没了立脚的地方。等到我去阎家的时候，阎家已搬住在南院门保吉巷的一个小院子里，人事沧桑，小院的主人成了阎甘园的儿子阎秉初，一个七八十岁的精瘦老人了。老人给我讲着遥远的家史，讲着收藏人的酸辣苦甜，讲着文物鉴定和收藏保管的知识，我听得入迷，盘脚坐在了椅上而鞋掉在地上组成了"×"形竟长久不知，后来就注意到我坐的是明代的红木椅子，端的是清代的茶碗吃茶，桌旁的一只猫食盘样子特别，问，那是什么瓷的？老人说了一句，乾隆年间的耀州老瓷。那一个上午，阳光灿烂，几束光柱从金链锁梅的格窗里透射进来，有活的东西在那里飞动，我欣赏了从樟木箱里取出的石涛、朱耷、郑板桥和张大千的作品，一件一件的神品使我眩晕恍惚，竟将手举起来哄赶齐白石画上前来的一个飞虫时才知道那原本是画面上绘就的蜜蜂，惹得众人哄笑。末了，老人说："你是懂字画的，又不做买卖，就以五千元半售半赠你那幅六尺整开的郑燮书法吧，你我住得不远，我实在想这作品了还能去你家看看嘛！"可我那时穷而啬，竟没有接受他的好意，数年后再去拜访他时，老人早于三月前作古，他的孙子不认得我，关门不开，院里的狗声巨如豹。

世上的事往往是有牙的时候没有锅盔大饼，等有了锅盔大饼了却又没了牙。待我对收藏有了兴趣，日子也不至于一分钱要掰开两半来使，但我却没能收藏到很好的东西，甚至有相当部分是假古董。有一次有人提供在东郊的一户人家后院的厕所墙是用修大寨田挖出的墓砖砌的，发现砖上有浮雕图案，连忙赶去，厕所墙却是新砖砌的，老太太说前日来了一个人，见过有这么好的人吗，拿新砖把那些旧砖换去了。又有一次，我买了十多个汉陶俑，正欢天喜地往书架上放，来了能识货的朋友指出这是假的，我坚决否认，骂他生了嫉妒之心。朋友说："我也曾买过几个，和你这一模一样，我老婆不小心撞坏了一个，发现里边有一枚人民币的。"我当场将一个敲开，果然里边出现了一枚贰分钱的镍币。从此我改变了收藏观，以为凡是经我看过的东西就算我已收藏了，我更多地去国家博物馆参观。陕西的历史博物馆是非常多的，我到周原博物馆去看青铜器，到咸阳博物馆去看秦砖秦陶，到碑林博物馆去看石雕碑刻，到西安历史博物馆去看汉俑和唐壁画，到西北大学博物馆去看瓦当、封泥，到陕师大博物馆去看古帖名画。做一个西安人真是幸福啊，每一件藏品都在展示着一段曾经辉煌的历史，都在叙说着一件惊天地泣神鬼的悲怆故事。周秦汉唐一路下来的时空隧道里，一切都变得湿漉漉的，伸手可以触摸的，你就会把放大挂于墙上的秦兵马俑照片认作你自己，该去吟唱李白的诗了："秦王骑虎游八极，举剑向天天自碧。"

我得到过一张清末民初时期西安城区图，那些小街巷道的名称与现在一模一样，再琢磨这些名称如尚德路、教场门、四府街、骡马市、端履门、大有巷、竹笆市、炭市街、后宰门、马场子、双仁府、北院门、含光路、朱雀路、马道巷，非常有都城性，又有北方风味，可以推断，这些名称起源于汉唐，最晚也该是明朝。西安是善于保守的城市，它把上古的言辞顽强地保留在自己的日常用语里，许多土语方言书写出来就是极雅的文言词，用土话方言吟咏唐诗汉赋，音韵合辙，节奏有致。它把古老的习俗一直流传下来，生了孩子要把鸡蛋煮熟染红分散给广亲众友，死了人各处报丧之后门前的墙上仍要贴上"恕报不周"，仍然有人在剪窗花，有人在做面花，雨天穿了水泥屐在青石小巷呱哒呱哒地走。它将一座城墙由汉修到唐，由唐修到明，由明修到今。八十年代，城墙再次翻修，我从工地上搬了数块完整的旧砖，一块做了砚台，一块刻了浮雕，一块什么也不做就欣赏它的浑厚朴拙，接着遂也萌生了为所有四合院门墩石的雕饰拓片和考察每一条小街巷名称的计划。但这计划因各种原因而取消了，其中一个直接的原因是我去一家豪宅拓门墩拓片时被人家误以为是贼，受了侮辱，后来又患肝病住了一年医院。《废都》一书中基本上写到的都是西安真有其事的老街老巷，书出版后好事人多去那些街巷考证，甚至北京来了几个搞民俗摄影的人，去那些街巷拍摄了一通，可惜资料他们全拿走了，而紧接着西安进行了大规模的城区改造，大部分的老街老巷已荡然无存，留下来的只是它们的名字和遥远的与并不遥远的记忆。

我在西安居住最长的地方是南院门。南院门集中了最富有特色的小街小巷，那时节，路面坑坑洼洼不平，四合院的土坯墙上斑斑驳驳，墙头上有长着松塔子草的，时常有猫卧在那里打盹，而墙之上空是蜘蛛网般的陈旧电线和从这一棵树到那一棵树拉就的铁丝，晾挂了被褥、衣裳、裤衩，树是伤痕累累，拴系的铁丝已深深地陷在树皮之内。每一条街巷几乎都只有一个水龙头，街巷人家一早一晚用装着铁轮子的木板去拉桶接水，咣咣咣的噪音吵得人要神经错乱。最难为情的是巷道里往往也只有一个公用厕所，又都是污水肆流，进去要小心地踩着垫着的砖块。早晨的厕所门口排起长队，全是披怀提裤蓬头垢面的形象，经常是儿子给老子排队的，也有做娘的在蹲坑上要结束了，叫喊着站在外边的女儿快进来，惹得一阵吵骂声。我居住在那里，许多人见面了，说，你在南院门住呀，好地方，中华人民共和国成立前最热闹啊！我一直不明白，南院门怎么会成为昔日最繁华的商业区，但了解了一些老户，确实是如此，他们还能说得出一段拉洋片的唱词：南院门赛上海，商行林立一条街，三友公司卖绸缎，美孚石油来垄断，金店银号老凤祥，穿鞋戴帽鸿安坊，亨得利卖钟表，"世界""五洲"西药房……说这段唱词的老者们其中最大八十余岁，他原是西门瓮城的拉水车夫，西安城区大部分地下水或苦或咸，唯有西门瓮城之内四眼大井甘甜爽口。他向我提说了另外一件事。大约是一九三九年吧，他推着特制的水车，即正中一个大轮，两侧木架上放置水桶四个，水桶直径一尺，高二尺，上有小孔，用以灌水倒水，又有小耳子两个，便于搬动，在瓮城装了水才唱唱嗬嗬要到南院门去卖，南院门却就戒严了，说是蒋介石在那里视察。他把水车存放在一家熟人门口，就跟着人群也往南院门看热闹，当然他是近不了蒋介石的身的，先是站在一家茶社门口的棋摊子前，后来当兵的赶棋摊子，他随着下棋人又到了茶社，下棋的照常在茶社下棋，他趴在二楼窗子上到底是见了一下蒋介石，并不断听到消息，说是胡宗南为了显示自己政绩，弄虚作假，让店行的老板都亲临柜台迎宾服务，橱窗里又挂上一尺宽三尺高的蒋介石的肖像。蒋介石到了老凤祥，看一枚明代宫廷首饰"钗朵"，顺口问，西安黄金什么价？蒋介石身后的胡宗南忙暗中竖起右手食指和中指，随又弯成钩形，店老板便回答：二百九。其实西安的黄金价已涨到每两四百元。从老凤祥出来，蒋介石这家进那家出，问了火柴又问盐，问了石油又问布，石油已涨成一元二三一斤，但仅被报成七角。

在南院门居住，生活是确实方便的，这里除了没有火葬场，别的设施应有尽有。所谓的南院，是光绪十四年（1888 年）陕西巡抚部院由鼓楼北移驻过来的称号，民国以后又都为陕西省议会、国民党省党部、西安行营占驻，一直为西安的政治中心。一九二六年南院门西侧的箭道开辟了小百货市场，面粉巷、五味什字、马坊门、正学街、广济街、竹笆市，集中了全城所有的老字号。竹笆市早在明代就是竹器作坊集中地，至今仍家家编卖竹床竹椅竹帘竹笼之类。涝巷是传统的书画装裱、纸扎、棚坊、剪刀五金等工艺作坊区，三家五家的在门面或摊点上出售传统小吃如杏仁油茶、粉蒸肉、甑糕、枣沫糊、炒荞粉。克利西服店是洋服专卖店，那个长脖子、喉结硕大的师傅裁缝手艺属西北第一，给胡宗南做过服装，给从延安来的周恩来也做过服装。老樊家的腊汁肉，老韩家的挂粉汤圆，老何家的"春发生"葫芦头泡馍，王记粉汤羊血都在涝巷外的正街上，辣面店香油坊卖的是最纯正的陕西线线辣面和关中芝麻香油。马坊门的鸿安祥是专卖名牌的鞋店，正学街有家笔店，印石版，篆刻图章，制作徽章。广场的甬道里有西安最早的新式制革厂，有一摆儿卖香粉、雪花膏、生发油、花露水的"摩登商店"，有创建于清宣统元年（1909 年）的陕西图书馆，有商务印书馆，中华书局，世界、大东和北新书局分店，有慈禧来西安所接受的但未被返京时带走的贡品陈列所"亮宝楼"。南广济街有广育堂，制配的痧药和杏核眼药颇具声名，更有达仁堂、藻露堂中药店。

藻露堂创立于明天启二年（1621年），该店名药"培坤丸"，以调经和血补气安胎而声播海内外，日均销售额二百银圆。每年春节这里都办灯市，可谓是万头攒拥，水泄不通，浮于半空的巨大声浪立于钟楼也能听见。正月十五前后的三天晚上，灯谜大会自发形成，由南院的正街、广场一直延伸到马场门，马场门就有了一家叫"礼泉黄"的算卦小屋，礼泉黄的谜面、谜底是不离经、史、诗文的，有着几根稀黄胡子的屋主肯定是坐在旁边的藤椅上，在人们的啧啧夸赞声里，呼噜噜呼噜噜一锅接一锅地吸水烟。

南院门的衰落是民国十七年以后的事，那时西安建市，市政府把满城区划为新市区，开辟东西南北四条新街，后又是陇海线通车到西安，新市区逐渐发展成新的商业区。中华人民共和国成立后随着五十年代中期私营工商业的公私合营和手工业的合作化，一些店铺、作坊合并，有些业主歇业、改行、迁走，南院门就再也不可能回复往昔的热闹了。它和上海城隍庙、苏州玄妙观的商业街有相似处，但上海城隍庙、苏州玄妙观现在依然繁华，而西安南院门已衰败，这是因为它毕竟偏处西安城西南隅而不在旧城中心，再是商业往往依托旅游而发展，它并不是西安的游览热点。现在的南院门街巷名字还是老名字，面目已经全非，尽是崭新的高楼大厦了，当年我居住时推着架子车咯咯噔噔去拉煤饼的那个煤炭店呢？一下雨水便积起半尺深，用木板堵住门槛，用塑料白布苫住墙头的那保吉巷呢？那长着一棵香椿树，王家老太太每到初春会给我送一把椿芽的四合院呢？每日清早推着三轮车高声吆喝"教场门的饸饹来喽！"的麻脸女人呢？那个迟早坐着的眼睛只盯过往行人脚的钉鞋人身后的木电线杆呢？但是，过去的两种传统小吃的生意却做大起来，"春发生"葫芦头泡馍已盖起了数层大楼，樊家腊汁肉铺也扩大到极豪华的两间大门面，满城的好食者搭出租车要赶去门口排队。

我第一次来到西安的时候，是十三岁，作为中学生红卫兵串联的，背了粗麻绳捆着的铺盖卷儿，戴着草帽，一看见钟楼就惊骇了，当即草帽掉下来，险些被呼啸而来的汽车碾着。自做了西安市的市民，在城里逛得最多的地方依然是钟楼。我是敬畏声音的，而钟的惊天动地的金属声尤其让我恐惧。钟鼓楼是在许多城市都有的建筑，但中国的任何地方的钟鼓楼皆不如西安的雄伟，晨钟暮鼓已经变成了一句成语，这里还依然是事实，至今许多外地人一早一晚聚于钟鼓楼广场，要看的是一队古装打扮的人神色庄严地去钟楼上鼓楼上鸣钟敲鼓，恍惚到了远古的时代。钟楼在西安的中心，西安人讲龙脉，北门出去的北郊塬上就是龙头，现仍叫龙首村的，钟楼正好建在龙的腰上。古时候钟鼓之声响起来情形如何，四座城门的守卒是否关闭城门，来往行人是否立足凝神，不可得知。一位姓章的朋友说过这样的事，他的爷爷在民国初年是个刽子手，那时报时的方式一度是"放午炮"，当然午炮也是在钟楼上放的。他常常执行犯人必须在午炮前就临刑场，单等了午炮轰然一响，嚼一口酒噗地喷向犯人，刀起头落，然后那没了脑袋的身子从肚脐往上聚一个包，包渐渐涌上，断颈就猛地冲上一股血来。

以放炮而报时，这也只有西安人能这么干了。西安虽是帝王之都，但毕竟地处西北，气候干燥，冬天冻得要死，夏天热得要命，一年四季其实只有两季，刚刚脱下棉袄，没过几天街上就有人穿单衫了。这样的地理环境，产生了秦嬴政的"狼虎之师"，产生了味道最辣的线

244

线辣子和紫皮独瓣蒜，产生了最暴烈的"西凤酒"，产生了音韵中少三声多四声最生、冷、硬、倔的语音和这种语音衍义成的秦腔戏曲。在大小的饭馆里，随处可以看到一帮人有凳子不坐而蹲于其上，提裤腿，挽袖子，面前放着"西凤"酒，下酒的菜是生辣子里撒着盐，而海碗里的一指宽如腰带的长面，辣油汪红，手掌里还捏着一疙瘩紫皮大蒜，他们吃喝得满头大缸冒气，兴起了咧开大嘴就来一段秦腔。西安人的生、冷、硬、倔使他们缺少应付和周旋的能力而常常吃亏，但执著和坚韧却往往完成了外人难以完成的物事。二十年代"西安围城"之役就正好体现了这一点。

一九二六年的春天，军阀刘镇华在吴佩孚的支持下，又勾结了阎锡山以及陕南、陇东、陇南的镇守使，率十万兵力攻打西安。守住西安，对于策应广东革命政府的北伐有着十分重要的战略意义，但守城的军队仅有杨虎城、李虎臣、卫定一三部近万人。一万对十万，相持了八个月，这是何等的艰难！刘镇华攻不开城，就企图围死城，沿城周挖壕七十华里，壕后筑土墙，架设大炮隔绝内外，又纵火烧毁城外十万亩麦田。城中粮食短缺，斗粟百元，后到有价无市，军民挖野菜、剥树皮、餐油渣、咽糠麸，进而煮皮带、吃药材、屠狗杀马、挖鼠罗雀，甚或食死尸。有两段文字，是亲历围城之役的人写的：

一、城中死尸，到处可见，收埋稍迟，则犬来啮之，甚至有饿至难忍，假寐道旁而群犬亦向之呲牙者。余在端履门见一饿倒老妪，尚未绝气，群犬即围而争食。细观老人，若欲格之而无力格之，然待余飞身赶到从事驱逐，而老人之一臂一足已为群犬咬断，多已去也。

二、十一月十二日，风雪连天，白昼若晦，全城几断人影，是日遂以死两千人传矣。越日，余往各处视之，见屋檐之下，倒毙无数，大道之中，横陈多尸。披乱麻布者有焉，拥旧棉絮者有焉，穿破夹衣者有焉，此服色之不一也。有口含油渣而尚未咽下者，有突然倒地作欲起之势者，有若彼此互抱而取暖者，有蜷曲于乱草之中，状若安睡者，此死相之不一也。其中男子最多，妇人最少，老者最多，幼者最少，劳工最多，他界最少，此人色之不一也。余观至此，几疑此身已入饿鬼地狱中。

即使如此，西安人仍未屈服，八个月后，击败了刘镇华，护城成功。成功后，在北新街空旷地上挖下大坑，葬埋了遗散在城内各处无人收埋的死难者万具尸骨，并在大冢上修起纪念馆，杨虎城以沉痛心情写了一副挽联：

生也千古死也千古；
功满三秦怨满三秦。

城西南角有个地方叫双仁府，再往南而又西的小巷叫火药局，之所以叫火药局是因为旧时制造过枪弹。小巷是一道坡，铺有青石，巷口堆卧着一对巨大的石狮，能想象石狮后曾是实枪荷弹地站着过兵卒的。星期天，因我在一个熟人家获得一个精致的蛐蛐罐儿，来城墙根寻蛐蛐，我们踏过了小巷，在那巷外的一大片荒蒿地里转悠。蒿草半人多高，无风，一派蛐蛐繁嚣，跺跺脚，合声就住了，刚一移步，鸣音又起，但却无论如何也捉不到一只的。忽然见城墙根处一丛蒿草摇曳，甚觉奇怪，近去了，扫兴的是一对男女在那里坐地，忙避身走开，

246

一边想爱情是不怕黑不怕旷也不怕脏的，一边竟发现那城墙的土壁上有无数的小洞眼儿，而洞眼儿里都钻有弹头！进巷的时候，一个老太太指点说那荒蒿地原是试枪打靶场，没想弹头会这么多，是清时的兵卒在这里试射的呢，还是杨虎城的将士的遗作？捧着满满的一掬出来给巷子里的人看，他们并不稀罕，指点着一所院子，说先前那屋顶上就站有岗，什么样的武器家伙都有。问：这是什么人的院子？答：李虎臣的家。我遂肃然起敬，想起了西安围城之役的往事，扒在锁着的院门口向里张望，虽什么也未看到，回家却画了一幅画。画的是一个破烂的窗户，窗户外的墙上左右爬着两只壁虎，题写了"二虎守长安"。

著名的西安事变发起人之一仍是那个杨虎城！可以说，全城死去四万人守护八个月的只有在西安发生，而敢以地方军的身份把蒋介石抓起来，也只有陕西人能参与。临潼的骊山我去过多次，在捉拿蒋介石的石崖上总能想见人在危急时的能量，那么至尊的蒋委员长听到枪响后大冬夜里穿件睡衣赤脚能跑上山，又能从石崖的一个窄缝中爬过去！但我更想到的是杨虎城的胆量，以他的地位和兵力，若是别人，见了蒋介石粗气也不敢出，何况他与张学良相比，又算个"粗人"。张不但喜爱骑射，且有驾机遨游的嗜好，曾驾机飞越秦岭到汉中与孙蔚如军长共进早餐，再驾机去重庆办事，又驾机往洛阳会友，然后飞返西安，何等的倜傥潇洒。杨虎城凭的什么呢，喝烧酒，吃羊肉泡馍，吼秦腔，一副厚重憨朴之相？就凭的是铮铮的民族气节，凭的是陕西人的豪胆，不干就伏低做小，要干就破釜沉舟。据民间传说，在兵变过程中，杨虎城也是怀疑过张学良的坚决性的，他也曾主张过杀掉蒋介石，只是在共产党的力主下，他顾全了大局，和平解决了西安事变，但等得知张学良亲自护送蒋介石离开西安后，他捶胸顿足，知道张学良走错了一步棋，也清楚了自己将要面临的命运，数日里沉默不语，关门不出。

一代宗师吴宓论说过陕西人的性格特征：倔、犟、硬、碰。所以陕西人很少能在中央机构里任大官，即使有也为期不长，沦为悲剧。杨虎城在西安围城之役和西安事变中都是给自己做了棺材，向家人和部下做了后事安排的，围城之役中他枪毙了力主投降的大绅士褚小毖，年迈老母在老家生命危急时，他下令凡是有关他母亲的消息，任何人不得向他报告，违者杀无赦。在动员会上他流泪表示：我不是要大家战死而我独生，我已下定决心，城破之日我就自杀于钟楼底下，以谢大家，以谢人民！他生前曾自我评价，一生只做过三件事：一是十八岁时杀了蒲城县的大恶霸李桢，为蒲城人民除了一害；二是守住了西安，把孙中山的民主革命在陕坚持到底；三是和张学良发动西安事变，达到了停止内战一致抗日的目的。他阻止部下谈他的"五马长枪"，"五马长枪"是西安的土话，指出五关斩六将之类的光辉业绩，但西安人至今民间流传最多的仍是他的五马长枪。

西安的东门里城根一带，历来是有个露水市，也称鬼市的，即天微明开市，太阳出来散市，集市上买卖破旧杂物，专为下层人开的。鬼市现在还依然，八十年代初我去那里买过一个自行车旧轮胎。这些年听说鬼市成了小偷们的赃物出售地，常发生黑吃黑现象，更有公安人员在那里卧底缉拿罪犯，我胆小，就不敢去了。一日被朋友怂恿，说是可以看到社会底层各色人等，便黎明六点赶到那里，天麻麻胡胡，

248

城墙根下已有了些许人，或蹲或立，窃窃私语，其状若鬼，忽有人疾步奔跑，遂有十多人极快地将面前物件装入麻袋扛了也跑，不知发生了什么事故，吓得我们再不敢近去，拐进一个巷子走掉了。西安还有两个好的去处，我倒是那里的常客，一处是八仙庵，一处是朱雀南路的旧货市场。八仙庵是座道观，香火是极其盛的，每月初一和十五，城里上些年纪的老户妇人就抱了孙子要去庵里烧香磕头，万人簇拥，当然就兴旺了香火纸裱鞭炮生意，热闹了小吃摊点，集中了课命卜卦之流，不可思议的竟有一条街红火着古董买卖。书院门街上是固定的文物古董市场，不知是那里门面已无法再扩增还是出售书画赝品太多坏了声名，反正是朱雀南路口就开辟了新的旧货市场。我在八仙庵买到了一沓旧时照片，在朱雀南路口旧货市场买到了十多张未署名的写生画，意外的收获使我兴奋了许久。旧照片是关于西安在民国十八年饥馑中一些赈灾内容的，尤其是那些饿死街头的灾民相片，令人惨不忍睹；而写生画则是一位谁也无法知道姓名的画家在街头的风情速写，正是这些偶尔得来的资料使我触摸到这个世纪之初西安的模样而唏嘘不已。

民国十八年，陕西遭了大旱，其严重程度在国内以及世界的历史上都是罕见，据呈报南京政府的文件显示：全省二百万人饿死，二百万人流离失所，八百多万人以树皮、草根、观音土苟延生命。南京政府成立了"全国赈灾委员会"，派视察团到陕，其视察团某成员日记记载：第一天前往西安的西北二乡，东莱园、含元殿、二府庄、大白杨、西十里铺，车子行驶不到五分钟，便见路旁饿死的有十余具尸体，苍蝇营聚，白蛆咕涌。再往前行，更有奇臭刺鼻，停车见三千米外有一大坑，坑中塞满尸体，且不远处正有人用木板车和绳索拉扯往这里运死人。坑是天然的大涝池，已无水，尸体几乎填高至坑沿，有人踏着尸体过去拣扒衣服。午后再去了孙家湾、坑底寨，所有田地荒芜，蓬蒿没胫，不时发现破烂衣服与零乱骸骨。入其村，屋多泥门堵窗，无人居住。饿毙者先后相继，多至绝户，村人埋不胜埋，只泥堵其窗户，希图苟安于一时。那时赈灾，西安设立了妇孺收容所，又设了施粥厂，由赈务会发给受赈者食粥票，填明街巷及姓名，并照票据上的姓名造册留给粥厂存查。粥多为霉米，稀可见影又石子硌牙，但施粥时，检票员站在粥厂入口，验明饥者所持的食粥票，并核对与本厂底册无异，再发给一个竹签，然后排队入厂内，每人一满勺。翻阅这些照片和有关资料，我实在不忍于提起这段往事。西安人至今有两大忌讳：一是不说"出玉祥门"，玉祥门是西安围城之役冯玉祥领兵解围时所新开的一道城门，而此城门外在四十年代为国民党西安当局枪决犯人的刑场，二就是不愿提说民国十八年。

经过了民国十五年的围城战争，又经过了民国十八年的饥馑，西安是元气大伤，越发不敢谈繁华之地，十多年后艰艰难难缓过劲来，愣神一望，北京、上海、南京、广州是何等派头，而自己只是更多着农村的气息。这，也就是我在那一堆写生画里看到的情景。我的两个朋友，都是旧时西安城中的豪门后代。一个朋友讲，他那时还小，出门却是坐车坐轿，前后随着四个卫兵的，他推过牌九，吸过鸦片，到翠红楼上去窥视过妓女，在饭馆里聚众砸椅桌，是有名的"十大恶少"之一。"但我后来革命了。"他说，街上有了游行队伍，反饥饿，反内战，他每日一听到街上动静就往出跑，而父亲在家他是不敢动的，父亲午休起来照例得喝茶，茶毕则和新娶的姨娘在后花园习剑健身，一等门口汽车的喇叭响，父亲戴了礼帽出去了，他就将藏在屋角的三角小旗子拿上往街上去。另一个朋友是位女士，年龄更小，她讲她的母亲是上海人，是父亲在上海做生意娶来的，父亲是传统的治家方法，从小要求她的大姐笑不露齿，行不动裙，竟在大姐的裙边缀上小铃铛，若大姐走路疯张，响了铃铛，就呵斥不已。而母亲却受的洋式教育，能诗能画尤喜弹琴，每日必要上街看电影，夫妇少不得吵架，最后离婚。"你看，你看这把琴！"她搬出一把古琴，上面刻着秀丽的三个字：张一白。这是她母亲用过的，母亲离家时她一岁半，但母亲决然地走了，据说她嫁给了一个金融家，后来定居在香港了。各个家庭有各个家庭难念的一本经，大户人家的故事在西安毕竟知之甚少，大多的市民还只是为生计忙忙。一圈的城墙外，护城河里日夜流着臭水，一早一晚风把热腾腾的酸臭味吹遍各街各巷，尤其夏季，刺鼻的蒜薹味经久不散，香囊是稍有讲究的夫人和小姐出门必备之物。进了南城门子，没有一幢高出城墙的建筑，楼垛上栖落了成群的乌鸦，将粪便白花花拉淋在墙砖上和箭楼梁柱上，天一擦黑就呱呱呱地聒叫不已。更有些猫头鹰，大白天里泥疙瘩一般蹲在城墙垛头、钟鼓楼屋脊或城河边的榆树丫上，谁也不敢打的，打了据说遭殃，看见只能仰天呸呸吐几口唾沫，这如同街上张贴的处决犯人的布告，碰见了就撕下那朱笔钩就的红钩，带回家可以避邪。猫头鹰在夜里一叫，听到的莫不心跳肉颤，很肯定，第二天必是某一街巷的什么人家死了人。死了人的奠祭就在门首挂纸把，芦席搭了灵堂在院里，请乐班吹吹打打，整夜里唱孝歌。孝歌里有这样一句："人活在世上有什么好，说死了他就真死了"，唱得一条街巷的人都心里发酸。大人们死了，两天三天后就用木板车拉着白木棺材在孝子贤孙的哭号中去城外的郊野埋葬了，而那些出生未满周岁的小儿夭折了，则是用破布或乱草包裹装于竹筐，放在门外，掏钱让那些"闲人"带出城去处理。西安至今有一个很著名的词——闲人，指那些浪荡于街头上的无所事事的人，但"闲人"的起源却是一种职业，即当年穿着白底皂面深帮鞋，光着头，披着件白布褂，肩头上扛了一把铁锨，专门做收埋死婴的勾当。

据史料记载，三十年代以前，西安是特别地冷，往往农历十月搭初就下雪，撕棉裂絮一般，街上积雪一尺多厚。整个冬季，地面冻得裂缝，砖瓦有的冻酥，"糟糕"二字，被当时报刊上频频使用，都是形容冻酥的砖瓦的。房檐上悬吊一尺多长的冰凌坠子，那是普遍的景色，坑坑洼洼的街路上，木轮的、胶皮轮的大车时不时就碾扁了那些冻死的麻雀和老鼠，竟然都是无血。人人都讲究穿羊毛、狗毛袍子、戴耳套、蹬深腰棉窝窝，下层人的双手是要劳动的，手套当然要有，但手套只套住手腕和手背，五指是裸露的。富裕人家在家喝酒，酒得装在铜酒壶里于火盆上温热，现在土话里有一句"一壶酒冷喝了"，形容一件事办得不体面不畅心，就是从那时产生的。

九月份，居民们就要准备着过冬做饭和取暖的山柴、烟煤和蓝炭了。南院门东头的德福巷是最大的木炭市场，终南山下来的炭民，两鬓苍苍十指黑，在那里要待很久时间，却舍不得烤炭，常烧茄子秆和辣椒水泡手脚上的冻疮和血裂。差不多的四合院里，台阶上都是一摞两捆的堆着山柴，人与人见面，第一句问过："吃罢了没?"第二句就要说："炉子盘了?"街上有专门盘炉的手艺人，马场门和牛市巷则有专售炉灶。用马口铁石油方桶内外涂泥制作的炉可以烧煤饼或蓝炭，铜盆可以架明火，还有大脚炉、袖炉，用的是白铜，亮泽如银，遍体刻花。炕是任何贫家和富户都少不了的，只是富户的炕上铺毡垫褥，重要客人来了，招呼上炕去吸几口大烟土，贫家的则讲究炕沿上镶一块光洁出油的柏木板，亲朋好友来了就脱鞋上炕，去人忙喊：快去买欻子啊，把炕煨热噢！欻子是晒干的马粪或柴火碎末，街上有出售的。如果炕烧得并不热，就在被窝里塞个"汤婆子"，那种铜制的能灌了开水的女人形东西。炕角当然有一尊石刻的狮子或老虎，若客人携了小儿来，一根红丝绳一头拴了石狮石虎一头拴在小儿腰间，大人再说话，小儿也不会掉下炕去。

太阳出来了，街上避风的墙根就必然有一堆堆人晒暖暖，有钱的主儿从街上走过，长袍马褂的，衣领处、袖口、马褂边暴露了绚白的羊羔九曲细绒。时髦的人有一条宽而长的围巾一头垂在前胸，一头搭于后背。店铺里的相公、伙计们依然立柜台内，一边跺脚哈气地一边拨响着算盘珠子，一边朝门外看缩着脖子仍叫卖不已的甑糕摊、羊血摊和卖针头线脑帽子围脖的货郎担。剃头匠的挑子真正是扁担两头翘，极夸张地往上翘，几乎成一张弓，可能是源于满族人入关要求汉人剃发而不剃发者就割头的遗风，挑子一头是冷凳子一头是洗头烧水的热炉子，炉子前还是高竖一个木杆的，但木杆上已不再挂人头，是系一束红布条。大轱辘胶轮马车定时从北郊载客进城了，车夫的胡子上是一层热气哈出来又冻成的冰花渣渣，他在馄饨店里吃了两碗馄饨，又叮咛店伙计在擦黑将一碗不放胡椒的馄饨送到保吉巷的某某号去。伙计不免笑道：又给王姑娘啊?！王姑娘其实是保吉巷里最老最丑的妓女，老车夫脸并不红，一边走一边说老了老了还能干个啥，图着夜里暖暖脚嘛，头也不回地走了。冬天里，妓女的营生也是惨淡的，只有商界的军政界的有头脸的大人们才是包着开元寺妓院的几个苏州扬州的姐儿，而其他的妓女大多都闲置着，保吉巷的鸭子坑的下等娼妓就只有车夫挑夫和小贩去光顾了，便宜到一碗热馄饨即可。

我在芦荡巷的一个大杂院里采访过一个老得已走不动的人，他在中华人民共和国成立前是个货郎，主要在教场门、洒金桥一带串巷，他没有多少文化，却无意间说出了两句当年说过的词儿："卜浪鼓，响连天，媳妇女子一大串；过了桥，心里想，家里还有咱婆娘。"我觉得这词儿艺术性非常高，记录了他卖货时见到那么多女人，自然心里有许多想法，可走过了洒金桥那个地方要回家去了，心里就也只有自己的那个黄脸婆娘了。

漫长的冬季里，或许是孩子们最快活的，他们可以在街巷打雪仗，拿弹弓瞄准谁家屋檐上的冰凌坠子，用砖块和烂草堵谁家的炕烟囱，手脚已冻得裂口出血，头上却出了汗，卸掉了帽子，露出了马鬃头、笼系头、连毛头。城里孩子的发型和乡下孩子的发型没有差别，额头上都留长方形一块头发垂至额前，脑后也留一撮如雀尾头发，头顶又有从前至后的一绺头发，前连了刘海儿后连了雀尾。而系在脖子上的铁项圈和铁项圈下挂着的八卦钱和二十四象铜钱，就晃荡不已，叮当不已。在餐具上，中国人使用筷子，西洋人使用铁叉，有人认为历史上外国人侵略中国，光从他们以金属做餐具就看出他们的强大，而外省人的小儿脖子上一般佩戴红缰绳的，陕西的小儿却佩戴铁项圈，你可以认为是强悍，也可以说憨蠢，因为如囚徒。孩子们玩得疯狂了，

254

要跑很远的路去西城门的骆驼巷去看热闹。甘肃、宁夏、青海的商人穿着没有上面子的老羊皮袍子，牵着几十头骆驼来贩青盐了，他们搭起了帐篷歇脚，骆驼就跪卧在帐篷外，孩子们感兴趣的并不是帐篷里男人们用大碗喝酒时女人站在那里唱"花儿"，也不是骆驼跑开来从后看去拙笨滑稽，而是这些高脚头口卧下来竟嘴上套个布袋在嚼草料。

陕西是内陆省份，一般人是没有见过海的，陕北沙漠地带的人将小小湖泊就称作了海。当然，西安人也要将海字理解为大，说到谁的官大就是："他把官做海咧！"大的碗也叫作海碗。所有的羊肉泡馍馆和面馆，使用的都是海碗。西安南大街就有一家耀州海碗店，门面上刻着一副对联：人生惟有读书好，世间莫如吃饭难。

李斯在西安的秦朝时，统一了全国的文字，也规定了以秦的话语为国内通行话语，但当一九四九年新中国颁布实施了普通话，西安话却被沦丧为最难听的口音。原本同是北方语系的西安人按理较为容易讲普通话的，但西安人讲普通话显得艰难非常，这原因一方面是西安话去声多，咬字硬、重、浊，另一个原因是它的自大性和保守性作祟。普通话是普通人的话，西安人常常这么解释不说普通话的理由。可是，抛开它的保守性的弊病，这种保守却使西安话将中国上古语言在民间较多地保留了下来。我曾收集过相当多的属于上古语言的当今西安土话，总结出了其动词最多，又常常将一些现今流行的成语、词汇还原到原本含义的特点，使我的写作受益匪浅。我的文学创作使用的语言曾使许多外地人认为古文的功底深厚，其实是过奖和不了解，我仅是掌握了西安语言的特点而从民间话语中汲取一些东西罢了。现在，外省人对西安人最突出的印象是西安人把"我"念作"恶"，狠劲劲的，殊不知在西安的一些传统面食店里，门口支了床一样的大案用大钢铡刀切面，店屋正墙上写一个斗大的"咥"字，"咥"为古语，是吃的意思，但吃得凶猛。还有一种面馆，挂的招牌上是"𰻝"字，如武则天造"曌"字，神秘而蛮横霸道。

我在这个城市生活了将近三十年，为之得意的是我在这样一座古意浓厚的城里从事着我的写作，虽然孱弱单薄，但每每一月半载了就去登临城头，沿着南城门外走走，便气势上身，自我的感觉里也俨然成了大人。但我必然地也滋生了西安人不合时宜的毛病，比如讷言，有言则生硬，更甚者是张狂时最张狂，自卑时又最自卑。留给当今可供翻阅的史书和壁画里，唐长安城万邦来朝，生活在城里的平民百姓人高马大，宽衣松带，对待那些蓝目赤发的外国人并没有围观与惊羡，并且疑惑洋人走路腿直是不是没有长膝盖，更嘲笑他们的粗糙皮肤和恶心的狐臭味。即使文人士子如李白者，仰天大笑，醉卧酒市，连天子呼来也不上船。在汉长安，年轻的霍去病向西征战，所向披靡，将皇帝赐赏的酒倒在泉井则让将士痛饮，那种场面是何等地令人热血翻腾，心扉鼓荡！面对着普遍能收集到的那些汉时石匠、泥瓦匠用锤子凿子刻成的门墩、石狮，用泥土烧制盛水装米的罐子，我们有资格也有理由去戏谑明清以降的景泰蓝、鼻烟壶和蛐蛐罐。每每在京津的公园里看见一群一群老妇人插花抹粉，手摇彩扇跳舞健身时，我就想到霍去病墓前的人与兽的那块石雕，在汉代，长安城里的人健身常有人用与熊格斗的方式，而如今西安普通人家的床头不仅有拴小儿的石狮石虎，更多的是做布老虎为小儿的枕头，从小使孩子与虎同在。在常熟市的破山寺旁，我见到过许多旧石狮，皆雕得一派媚态，就觉得西安城里的石狮太威武了，连那些常见的拴马桩，顶端上的鹰犬雕饰也凶猛可惧。我在月明星稀的夜晚沿流光溢彩的秦淮河走过，也曾参观了京沪动物园中的所谓国宝大熊猫，却总是涌上心头的是西安城北日夜奔涌的古铜汁一般的渭水和汗血马。试想想，当姜太公在渭河岸头直钩钓鱼，高呼"愿者上钩"，当周文王求婚于金水畔，民众传唱"关关雎鸠，在河之洲，窈窕淑女，君子好逑"，当秦始皇统一了中国，得知金陵之地有王气而派去囚徒掘断那里山脉，当汉武帝在西域修建行宫，了解到负责修建的官员贪污巨款偷工减料而将其剥皮蒙鼓悬挂于城门洞上示警；是武则天可以令牡丹在寒冬里一夜开放，并能将她的坟墓造成仰面躺着的女人形状，是雷简公敢于三次力荐苏洵父子三人使旷世的天才震动朝野……这些，凡是西安人没有不引以自豪的。明清以后西安的衰败以至于到现在西安仍属于边城的地位，西安人之所以竭力要振兴，辉煌的历史在支撑着他们的心劲。但是，正如英国人看不起美国人而又不得不事事附庸了美国人一样，西安人将历史说得太多就露出了阿Q的秉性。当年全国学大寨，西安人包括整个陕西派代表是去了大寨参观，骨子里并不以大寨为然，以至于连陈永贵也批评说：老陕爱参观，参观回去不动弹。改革开放后，当陕西在政治、经济、文化诸多方面远远落后于国内别的省份，陕西人是蔫了，他们在国内的各方面会议上都只能坐在会场的后排和角落，听任北京的上海的广州的人夸夸其谈。口讷是有遗传基因的，而衰败使陕西人有口也说不起话。多少年来，陕西人在思考着落后的原因，西安也不知开过了多少研讨会，将重振汉唐雄风的口号喊得震天响，但西安仍未能坐拥西北，雄视天下。我曾经写过文章，提出过我的观点，认为西安和陕西在今日之滞后的原因有六：水源缺乏必然会影响到城市的发展和繁荣，西域的历史上的三十六国消亡就是断水而被沙漠淹没的，古长安城曾是八水环绕，如今除泾水渭水还可以外，其余六水不是干涸便是流量骤减，竟然城市食用水也发生枯竭，不得不从太白山下的黑河里修渠引水，这是其一。交通是经济发展血脉所在，陕西原本属内陆省份，公路铁路交通不畅，虽近些年以西安为中心东西南北开始有了通道，但仍未辐射成网络，直接影响着外商投资环境，这是其二。国内的政治、经济、文化中心的北去东移潜意识影响着西安和陕西人的心态，这是其三。以上三个原因使明清以后外国势力未能侵入，在当时当然是一种幸事，而从另一个角度讲也缺乏了先进的商业意识，这是其四。沉重的历史包袱，又因革命圣地延安的艰苦奋斗自力更生精神的长期教育而难以平和心理放下架子，制约了想象力和创造性，这是其五。关中平原的富饶使民性中滋生了懒惰和历代游牧民族与难民的进入而游牧民族仅满足于小生意，难民又多乏于温饱之后的进取且性格中多散漫、破坏成分，没有形成大生产的传统，这是其六。中国是有三长的，长江，长城，长安，长安虽然能长久地安康，可这种长久之安逐渐地销蚀了它的生气。我们常说，任何外来的东西到了中国，最后都是被中国同化了，西安正是最典型的体现，从一九四九年以后历来的政治运动中，陕西以至西安始终未有什么典型可提供给全国的，或许错误的东西它执行得慢未受到大的祸害，而正确的东西它依然疲沓对待则失去了一次又一次机会。西安城可以说年年在扩大，奇怪的现象是那些已成了城区的那些没了土地仍是农民户口的众多人

258

群接受新鲜事物特别迟钝，许多时兴东西从京津沪粤传到西安城城圈内，先是传到陕南陕北县城，然后再传回西安城郊，至今这些地方封建意识浓厚，如新媳妇仍要在婚后多少年每日必到公公婆婆屋中去倒尿盆，令人大惑难解。过去西安有八大景，说到雁塔钟声呀，灞柳风雪呀，曲江流觞呀，但很少传播开，倒是陕西八大怪却在西安问谁谁也能说，比如面条像裤带呀，锅盔像锅盖呀，辣子当作菜呀，房子一边盖呀，凳子不坐蹴起来呀。西安流行着一首谣词，可能是外省人给陕西人编的，陕西人没有恼，反而得意，我头回听这谣词是在一家面馆，一位黑胖子大声向老板要油泼辣子，然后念道："八百里秦川尘土飞扬，三千万人民吼叫秦腔，来一碗面条喜气洋洋，没有辣子嘟嘟囔囔。"舌头舔了一下宽厚的嘴唇，样子颇得意。

还可以再说说历史上的事。汉长安城东面北头有个轵道亭，驻了军人专门稽查行人，名将李广有一晚从此经过，在轵道亭当班的霸陵尉因为喝醉了酒突然执法如山，未让李广通过。李广的随从再三说明身份，霸陵尉就是不买账，依规定将李广扣留了一夜。这个李广后来出征，有了皇帝赐给的大权，指名一定要那位霸陵尉随军，一随军便把他杀了。诗人李白得到朝廷赏识时万人敬仰，所有官宦买通酒店老板希望能与之相见，盼的是李白能为自己写一首诗文或在朝廷言一句好话，待到失意，去夜郎流放时竟无人相送，他是能喝酒的，临走时想再喝一次桂花稠酒，东门外的"将进酒"酒馆的老板不愿出面，让伙计在酒里兑白水哄他。令"三宫六院无颜色"的杨贵妃在马嵬坡断魂后，唐玄宗逃往川西还在半路上夜闻驿站风铃响有贵妃呼他"三郎"之声而痛不欲生，但长安城里人人只去马嵬坡贵妃坟上抓土回家培花，认为花能开艳，以致将坟丘抓平，抓平了修复又再抓平。司马迁执言仗义受了宫刑，族人并不是现在说的为了怕灭族而改姓，一股在司字旁加一竖成为姓同，一股在马字前增两点成为姓冯，实则是嫌蒙羞耻。荆轲刺秦王，原本秦人该痛恨荆轲的，但秦朝亡后历代将秦始皇骂为暴君，西安城里就为荆轲修墓，且一直能保护下来。而董仲舒的坟墓据说以前倒也有过，但一会儿说在城南一会儿说在城北，前几年在一大杂院的厕所坑边发现了董仲舒墓碑，但仍没能为他修起个坟丘来。慈禧逃来西安，何等的国难当头，有个姓施的人却行贿李莲英，企图得道员之职，老佛爷竟说了句"今蒙尘在外，价可稍廉，然道员之职可擢两司，至少须万余"，一时长安城里卖官鬻爵成风。一九四七年国民党政府要召开"国民代表大会"，西安的头面人物展开竞选大战，街头巷尾都贴上了"请投×××一票"，有个姓马的竟雇大卡车拦在街口，大喊："一张选票一碗羊肉泡！"拉人上车去饭馆。柳青在晚年的时候肺气肿严重，穿对襟褂子，留个光头，吭吭咔咔随时要闭过气去，他挤在公共车里到站时谁也不肯让道，竟从众人的腿下钻爬下车。西安有让西安蒙辱的地方，以致使相当多的杰人俊才在西安的四堵城墙内是毛虫小鸡，走出去了却呼风唤雨，成龙变凤。国家改革开放以来，唯西安的各个行当流失的人才最多，曾四处惊呼"孔雀东南飞"。著名的国画大师何海霞在送给石鲁的挽联中就写过：□□□□□□□，西安生人难养人；哪里黄土不埋人，□□□□□□□。他最后也出走了北京。

科举制度，使陕西并没有出过几个状元，这是事实，可综观历史，

260

西安的文人和在西安生活过的文人，如果罗列起来，足以作为一部中国的文学史。"雁塔题名"那是唐时流行的成语，那些学子会试中了进士，在雁塔旁的曲江宴饮聚会，公卿豪贵之家也携家偕眷簇拥而来，在新贵中挑选东床，孟郊就写下了"春风得意马蹄疾，一日看尽长安花"。曲江宴后便到雁塔下题名，陕西人白居易更有了"慈恩塔下题名处，十七人中最少年"之句。新进士的得意忘形和风流韵事，姑且不论，但注重文化和全社会对文人的器重，西安却是有深厚的传统的。是西安这块地方易于滋生斯文，还是历代文人汇聚于此地使西安有了灵性，当今的事实是西安的文化氛围要浓于别处的。我到过许多极普通的市民家，多多少少都收藏有古书古画，并数次看到中堂上悬挂"一等人忠臣孝子，两件事读书耕田""读书是福，开卷有益"的条幅。走遍全国大小城市，手写的风格各异的店铺匾额西安最多，即便那些流动于街头巷尾叫卖的小吃担，如甑糕、笼笼肉、蜂蜜凉粽，担头上晃悠晃悠的一个小木板招牌上也常是集了颜真卿的字或于右任的字。高等院校之多现居于全国第三，随处在一些并不显眼的门洞上可以看到各类少年书法、绘画、声乐、舞蹈培训班的字样。秦腔戏曲的普及是外地人难以想象的，任何娱乐、聚会或乘凉处说唱就唱，且一人唱众人和，而人家遇红白喜事，就请专业剧团的人员来办堂会。专业的业余的作家以及文学爱好者人数众多，凡有文学讲座必是蜂拥而至，若遇名家签名售书，书店门口总少不了警察来维持秩序，疏散人流。书画学会，书画研究院，多得连书画界的人也搞不清。我听说过一个笑话，说是一次警察抓赌，抓住了几个书法家和画家，警察处罚的办法是上街买了一刀纸，让各人书写绘制十多幅，然后不了了之。

我是经历过一件事，是骑自行车过马路时闯了红灯，交警没收了车子并呵斥掏身份证登记，待他看过身份证，竟咔地向我致了一礼，送我穿过了马路，倒弄得我一脸的羞愧。

离西安不远的白水县有个仓颉庙，是中国汉文字产生的地方，仓颉造字的故事竟在西安有各种各样的说法，仓颉庙的石碑拓片甚或寺庙里的任何物事的照片都相当数量地被西安人购买收藏。三年前，南门口西侧的湘子庙街的土墙上出现过一张红色纸条，上面写着："敬惜字纸，善莫大焉。"我觉得奇怪，询问这是谁贴的，什么意思，于是认识了一个老者。我同老者在羊肉泡馍馆里一边掰馍一边交谈，他告诉我他在年轻的时候，西安的寺庙庵观道院都设有铁炉的，每日又派出当值的和尚道人，持钉竿，挑竹筐，走街串巷收捡字纸，然后携回投炉焚化。那时的墙壁上多写着："文字乃圣人创造，人人皆当敬惜。文人淩污字纸，文曲星降罪，则进学无门，考试不第；常人淩污字纸，则瞽目变愚，捡拾者，功德无量，增福添寿。"西安如此地爱斯文，对于祖先秦始皇嬴政的焚书坑儒又如何对待呢？西安东郊的洪庆堡据说就是坑儒的地方，洪庆就是由洪坑而改音来的，民间就一直有一种说法，即洪庆堡南侧的簸箕沟里活埋过文人，每逢天阴雨湿，冤鬼悲号，世世代代的孩子即使拾柴割草也不到那里。这里失去了文脉，自古以来没有出过名人，从秦至清末仅仅有一个秀才。此话真实性到底有多少，已无法考证，现在应届高考生在高考前特别忌讳去洪庆堡却是事实。

明清之际，西安是出了几个闻名海内的大儒，创办了一座关中书院。现书院已作为街名，书院的一些建筑仍保留在街口。关中书院的大儒叫冯从吾，办学的宗旨以"天地万物一体为度量；出处进退一丝不苟为风操"，评论时局，抨击魏忠贤之流，他每次阐道时，环而聆听者千人之众。天启二年，魏忠贤的权力越来越大，朝内外一些依附魏党的官员献媚取宠，给魏忠贤树碑立传，修建生祠，魏在陕的党羽准备在西安修祠，冯从吾竭力反对，终使他们未能得逞，形成"天下皆建生祠，惟陕西独无"的局面。关中书院成为明清两代陕西的最高学府，不少学者，包括后来的状元王铎和那个赵舒翘都是从这里受教发迹。到了清初，西安另一个大儒出现，这就是李颙，也是在关中书院主讲，倡导"严义利之辨，审出处之宜，忧乐关乎天下，痛痒系乎生民"，对陕西地区人才的培养和社会风气的养成产生了深远的影响。

大儒们经营的经国维世的理学，芸芸众生自有民间文娱。西安洒金桥北口内侧有座安庆寺，寺内殿宇按地势由东向西逐步升高于五座土台之上，由于城南终南山上有南五台，耀县（今铜川市耀州区）有北五台，这里便称作西五台。西五台有古会，每年的农历六月十七开始，十九结束，古会中有一项重要内容就是长安古乐赛会。老西安的乐社是十分多的，它们并不是什么组织严密的音乐团体，既有宗教性质，更是业余爱好者的自愿组合，这样的赛会便为敬神和自我娱乐和谐的统一。乐社大致分两类，一类是由鼓、铙、锣、钹等打击乐器组成的铜器乐社，一类则是由笙、管、箫、笛等吹奏乐器组成的细乐社。乐谱都是用宋代的俗字记录的，流传演奏着我国古代传统音乐，特别是保留了相当丰富的唐代燕乐遗音。庙会期间，因安庆寺是尼姑住持，会期多售儿童玩具、地方小吃，商贩设摊叫卖，所以城内妇女儿童多来赶会，香火极盛，热闹非凡。这些传统的乐社至今还保留了一些，西安从八十年代举办起"长安古文化艺术节",民间乐社演奏的古乐一直是压轴戏。现已作为陕西戏剧中一个剧种的"长安道情",即是从这些古乐中继承发展而形成的,而已经名扬海外的击打乐节目《鸭子拌嘴》《老虎磨牙》等,也正是在这些古乐中推陈出新创作出来的。如果去长安何家营村参观"长安鼓乐陈列馆",就可以看到原在西安市区和市属长安、蓝田、周至等县街道、乡镇、会社和寺观庙宇的鼓乐社使用过的乐器和这类古乐世代传留的谱本百余册、乐曲四十余种。提起了古乐,我不禁想到了在西安东郊的半坡遗址上发掘出的乐器:埙。埙吹奏出的是土音,刚而浊。可以说,在现今的中国再没有一个城市的乐器店中、旅游货摊上那么普遍地在出售埙。我在《废都》一书中写到埙的时候,国内能吹奏埙的专家并没有几个,当我同几个朋友带着埙夜里登城墙吹奏,城墙下涌集了那么多人倾听,它是那样的浑厚、神秘,有极强的穿透力,以至使一些年幼的少女惊恐而哭。埙的声响最能表达中华民族的性格,最能与西安这座古城氛围相融,如今城内大小文艺晚会上总有埙的演奏,那是拳大的泥葫芦形状,而巨大的埙,该称作㙇的,大若水缸,现放置于半坡母系氏族村中的陶山上,却无人能吹动,只等着天风旋来吧。

该提说到棋艺了。西安的象棋一直比围棋受到重视和普及,如同北方人崇尚黄金,南方人崇尚珠玉一样,象棋粗犷、激烈和明快是宜于西安人性情的。象棋爱好者可以在家中对局,或街头巷尾聚弈,飞炮跃马的中心场所却都在茶馆,老西安著名的象棋茶馆就数骡马市的毛家茶馆,国民市场东南角的仁义茶社,城东北角的张家茶社和甄家茶馆。清末至中华人民共和国成立前,这些茶社门前都摆一盘枣木棋子，全城名手各在馆中坐镇立擂，四方棋手报名挑战，观者如潮，就悬挂大盘，热闹时躺椅坐完，条凳坐完，数百人不得不手托茶壶站着看棋盘挂棋。这期间出了多少名手，单毛家茶馆坐镇的就有经棋艺群众评出的五虎上将。五虎的头虎叫赵栓柱，平日以卖香烟、瓜子为业，棋风剽悍强劲，威震一时。山西棋雄柴天和打遍西安别的茶馆无敌手，寻上赵栓柱，一战赵胜，二战柴输，柴天和不服，自己买蜡来夜斗，一个通宵下来，柴天和灰头黑脸出了茶馆直去车站返晋，从此不再到西安。但是，赵栓柱因谋生困难，十数年息影棋坛，西安群雄无首，各据一方，无人统一江山，到了一九四九年初春，赵栓柱突然出现在毛家茶馆，已是弯腰驼背，满头白发。消息立即传遍全城：头虎出山了！设擂那天，馆内馆外人挤得水泄不通，外层的人看不清棋盘，只听得内层人惊呼声、赞叹声、叫绝声，便见上擂者一个一个败下阵来，直到夜幕降临，再无应战人，赵栓柱盘脚搭手坐在蒲团上，抚摸着那副玩了半生的枣木棋子，一行老泪潸然而下。待到第二天，众棋迷抬着一面匾来馆中拜他为长安棋圣，老棋手却于头天子夜悄然离城了，从此下落不明。

到这里，不能不说说秦腔了，说秦腔又怎能避开了易俗社呢？唐玄宗在长安宫廷中时，充分表现了他伟大的戏剧活动家的气质，他爱女人，更爱艺术，不但亲自编排曲舞与杨玉环演艺，并设立了专门训练俗乐乐工的机构，"选坐部使子弟三百人，教于梨园"。梨园是戏曲的代名词，历代的戏班所敬神主就是唐玄宗，如同妓院是设立猪八戒神牌一样。唐时的梨园就在当今市的北郊大白杨村，而西安的戏曲艺人早在二百年前就于骡马市建立了"梨园会馆"。有传统的渊源，西安的剧社代代不绝，出现了许多杰出的戏剧家，民众是听戏、看戏，自己清唱作乐更成了生活的重要内容。曾发生过一个军人因犯军法被五花大绑拉上了断头台，他突然激愤地吼唱了一段秦腔，使他的将领念其豪爽赦罪还生。辛亥革命前后，西安进步的知识分子组织了易俗社、三意社、榛苓社、正俗社，以鲜明的民主主义观点编演新戏，寓教于乐，启发民智，易风移俗，其中易俗社最为有名。一九二四年的夏天，鲁迅先生和北师大教授王桐龄、东南大学教授陈钟凡、南开大学教授陈定谟、北京大学夏元以及孙伏园等十多人应邀到西安讲学，其间就专门到易俗社看戏。先生是南方人，在西安不服水土，数天里腹泻，又听不懂陕西话，特意请在西安的绍兴人来解说，当解说人讲他们初到西安看戏，一是觉得西安人唱戏要嘴大喉咙粗，二是自己的耳膜受不了，曾相互打趣"谁谁谁某事若是说谎，就罚他去看秦腔"，先生乐得仰天大笑，却言，话一时听不懂也不习惯，但戏的内容好，表演好，尤其曲牌好。他竟在不足二十天的西安之行中五次去易俗社，并亲题"古调独弹"四字赠予易俗社。那时的易俗社里正唱红的是花旦刘箴俗，他十岁上粉墨登场，演出《慈云庵》《忠孝图》，即被誉为"神童"和"蛐蚤红"，十三岁上出演《青梅传》，观者如潮，一时城内交通堵塞。一九二一年易俗社赴汉口演出，适逢欧阳予倩先生的南通伶工学社也在那里演出，欧阳予倩特别赏识刘箴俗，说，我尤喜欢刘箴俗，他实在有演戏的天才……他的身材窈窕而长，面貌并不是很美，但一走出来，就觉得他有无限动人之致……后精心排演《蝴蝶杯》《夺锦楼》《西施浣纱》，一时出现"北梅南欧西刘"之说。鲁迅先生在易俗社看过刘箴俗的《美人换马》返回北京不久，还是这出

266

《美人换马》，刘箴俗再次登台，忽然一句未唱完跌倒台上不省人事，从此卧床不起，拖延到十二月去世，年仅二十二岁。天才短命，名伶早夭，公葬那日送灵的行列长达二里之遥，那个孙伏园得知刘箴俗去世，与人说起刘箴俗，刘箴俗三个字在陕人的脑筋中已经与省长差不多大小了，你如果说刘箴俗不好，千万不要对陕西人说，因为陕西人无一不是刘党。

杨虎城在西安时修了一座别墅，取紫气东来之义，起名紫园，当蒋介石撤销了他的陕西省省长一职仅保留绥靖公署主任头衔，杨虎城遂产生消极情绪，改紫园为止园。蒋介石再到西安视察，他特意让蒋住他的别墅，让其明晓他的心迹，但蒋介石看到"止园"二字，立即对手下人讲，止字是中正的正字没了头，此地不祥，得择另处。蒋介石没有住在止园，头是保住了，但也就在此次西行发生兵谏事件。山西的军阀阎锡山，字百川，他到陕西，便要驻扎在陕西的宜川县。大的人物都迷信，人对于天地自然而能同一者皆能做大，西安人对此深信不疑。在一些狭窄的小巷酒馆里，我们常常看到一些衣着不鲜的人独坐喝酒，他们不事张扬，邻桌上"街娃"们滋事生非似乎视而不见，酒洒在桌子上或许会俯下头去吸吮，但说不准这些人中正有惊世骇俗角色，真人高士大隐于市，他们要么熟识《周易》，能观天象能察地理，要么身怀吐纳引导身怀特异功能，若相识交谈，个个莫不是要以天下为己任。时下的中国，政治氛围浓厚的城市除了北京应当是西安，北京的政治气氛浓是理所当然的，数年来社会上流传了多少形形色色的笑话，产生于北京的都是政治笑话，而西安虽衰败的年月太久远了，其政治情结依然存在。自从出了个李自成，又有了圣地延安，陕北的农民在黄土塬上勒紧着裤带犁地，一坐下歇息说的竟是联合国秘书长上一届是谁下一届又该是谁。曾经有三个农民背着饸饹来找我，一个是研究天象的，将丈二的白布摊在我的家中，指点他画在上边的星宿；一个是研究哲学的，先给我大段大段背诵了黑格尔、康德的论述，然后指责任继愈的观点，再是整个下午讲解他的隐性思维，使我昏昏欲睡又不能去睡；另一个是半月前以数封电报和长信与我商讨关于世界新格局问题，我未回复，他就来分析《孙子兵法》指点我国当今的外交政策。我曾在西安城玄武门内的一间公共厕所里，听见两个蹲坑的人在热烈地讨论了如何颠覆某非洲国家的计划，再后，他们没带手纸向我讨要，我说，二位还这么关心政治啊?! 一个说，天下兴亡，匹夫有责嘛!

陕西南部的岚皋县发生过这样一件事，森林深处的南宫山上一位老和尚坐化后，数百年肉身不腐，附近的一名游医自觉也功德无量，就用木板钉成箱子，自己坐进去，以重金买通一个山民从外钉死箱盖，可不足半年，箱板腐朽散裂，他化作了一堆白骨，让人嘲笑了一番还敲去了嘴巴里镶着的一颗金牙。而在西安城东的灞河源头，我去参观了长在那里的一棵阴遮半亩的古龙松和古龙松前的李先念旧居。当年李先念从西路军的征途上来到这里，建议中央红军以此建立根据地，攻可以进西安，退可以钻秦岭深山。党中央虽最后还是以延安作为了根据地，可李先念在这里住了三年。

陕西人热衷政治，但政治是需要权术的，陕西人在自己内部手段运用得还能自如，出外则因性格的缺陷往往玩转不开，所以中国近代史上陕西人没有几个成为重要的政治人物。地位最高的算于右任，曾经竞选过国民党的副总统，还没有竞选上。秦始皇坐位后派人去蓝田采一块做玺印的玉，采玉人发现一只凤每每到一处地方歇落，遂在歇落地挖掘，果然获得一块宝玉，此地历来有当官的人去采玉做官印的。但即使再到那里采掘，蓝田玉再也没有刻过陕西人能做得更大的官的印章，以至现在从平头百姓到省府干部腰里只挂着一挂一嘟噜的钥匙，钥匙是他们在家的权力的象征。

我忽然想到了文人。

书院的一家字画店里曾出现过一副"文化大革命"时期的对联，笔力遒劲，肯定出自某大家之手，但没有印章，甚至连署名也没有，联语是："红日当空，斯文扫地。"自古的观念里，诗文作得好的称"一支笔""笔杆子"，可现在的事实是，在西安或陕西任何县市，论起"一支笔"或"笔杆子"皆是专门为党政机构起草文件的为领导写报告的人。这些人所处的角色甚为难堪，在官场上他们是文人，在文坛上他们又是官人。即使是纯粹的文人，在政治的舞台上，亦往往有两种情况出现：要么奴颜婢膝，顺风俯仰，成为附庸；要么硬骨铮铮，铁肩担道义，辣手著文章。我在江南的一个古驿站里，看到过乾隆皇帝南巡时当地接驾的资料，地方官员除了汇报政务，进贡土特产外，其中有安排本地方的秀才献颂诗三十首的记载。这种遗风沿至当今，恐怕是再没有这样的诗人了，但往往有大人物到了某地，地方却必会召集一些书画家到宾馆作书作画的。历来的文人在这方面留下了许多有趣的故事，从而定位了其品行和个性。清初三大鸿儒之一，西安的那个李颙，康熙三十年里加以征召他都是坚决拒绝，说得好听些，他以一颗野心被白云缠绕和松风吹冷功名心为由，闹到僵时开出病历单寄给朝廷，以致陕西地方官"至县守催"。对他的医师和邻人"胁以重刑"，甚至派人用板床把他从富平抬到长安城来逼其就范，他绝食五天，滴水不进，卧怀白刃，誓欲自裁，陕西总督哈占不得已才同意以病重为辞回报康熙。在三四十年代，正是战乱岁月，西安的一批文化人，他们并不是共产党，却也做出了许多可歌可泣的事情。画家赵望云断然不肯为军阀权贵作巴掌大的画幅，豪屋不住，美宴不赴，你来硬的威迫，我惹不过我可以躲过，连夜西去敦煌。秦腔名角王天民到宁夏演出，马鸿逵要赠他一院房屋，要送他一万余元等优厚条件留他在自己身边唱戏，王天民就是要回西安。名剧作家范紫东、孙玉仁都是才高八斗的人物，数十年改编旧戏，编演新剧，宣传民主，爱国反帝，其作品成为秦腔乃至中国近代戏剧史上的经典剧目。

四十年代末，商南县有位姓王的县长，系省主席的侍卫员，凭主仆关系被外放县长，到任后贪赃枉法，无恶不作。西安有家文化通讯社报道了此事，一时社会轰动，舆论大哗。该县的议长在召集会议讨论时，姓王的县长突然破门而入，质问谁是揭发人，即拔枪射击，议长当场毙命，副议长越墙逃命，又被击中。血案的消息传到西安，省副议长在会上斥责"古今中外，无是政体"，文化社再次刊印副议长讲话，陕省当局大为震惊和尴尬，迫于舆论压力，将王押解西安法办。更有一家《秦风·工商日报联合版》的报纸，经常揭露省、县行政当局贪污舞弊及有关施政方面的种种黑幕，尤其抗战胜利后，坚持反对内战，呼吁释放全国政治犯，释放杨虎城。因此西北王胡宗南亲自听从省当局特别汇报，研究整治方案，封锁扼杀，指使特务强迫西安市报贩不准卖《秦风·工商日报联合版》，并由各警察分局秘密通知各商户不准订阅该报，不准在该报登载广告。但是，读者订不到报，亲自到报社取报，邮局把报扣了，报社就将铁路公路沿线的报纸交给每日第一班车上的司机代送。当局见软的不行，最后便纠集一伙暴徒砸抢报社营业部，要放定时燃烧弹焚毁印刷厂，并派人以车撞断总编辑双腿，将记者堵在巷子以辣面子、石灰撒入嘴和眼中，直至最后绑架著名报人李敷仁，秘密杀害报纸创办人杜斌丞。

我常常想，城市是什么，是一堆水泥和拥挤的人群。当我们是骑自行车的上班族时，我们反感着那些私家小车和出租车呼啸来呼啸去地常开在自行车的道上，而当我们有了钱能搭乘出租车，甚或有了自家小车，又总是讨厌骑自行车的人挡住了车的去路。几乎人人都在抱怨着城市的拥挤、吵闹和空气污浊，但谁也不愿自己搬离城市。大白天里，车水马龙，人多如蚁，可到了夜里街灯在冷冷地照着路面，清洁工抱着扫帚有一下没一下地划动，偶尔见到夜市上归来的相互扶着的醉汉和零星的幽灵一般倚在天桥上的妓女，你无法想象，人都到哪儿去了呢？为什么竟没有一个走错了家门呢？西安的街巷布置是整齐的"井"字形，威严而古板，店铺的字号，使你身处在现代却要时时提醒起古老的过去，尤其那些穿着黄的蓝灰的长袍的僧人，就得将思绪坠入遥远的岁月，那汉唐的街上，脖子上系着铃铛，缓缓地拉着木轱辘大车经过，该是一种何等的威风呢？城墙上旌旗猎猎，穿着兵卒字样军服的士兵立于城门两侧，而绞索咯吱咯吱地降下城门外护城河上的板桥，该又是一种何等的气派呢？青龙寺的钟声中哪一声糅进了鉴真和尚的经诵？葫芦头泡馍馆门首悬挂的葫芦里哪一味调料是孙思邈配制？朱雀门外的旧货市场上的老式床椅是辗转过韩干的身肢还是浸润过王九思的汗油？上千年的风雨里，这个城市竟呼呼啦啦败落下来，中华人民共和国五十年来虽积极地重新建设，但种子种久了退化，田地耕久了板结，它已实在难以恢复王气。毕竟如今的城市规模小，城外而来的汽车和人流将泥土直接可以带到市之中心，又因为城市的经济能力有限，众多的失业者得有生存的营生而导致街巷行人道上有了地摊，卖小杂碎和饮食，所以，西安的尘土永远难以清除，一年数日里的昏天灰地令人窒息，皮鞋晌晌得擦，晌晌是脏，落小雨落下来是泥点，下大雨路面积潭，车漂如船。深秋天气，法桐的花绒便起飞了，整个城市不寒而雪，到了冬季，雪下起来又难以久驻，雪与尘土和成污泥又冻成疙瘩，街面上随处就有跌倒的行人，最难堪的是一辆自行车啪地一倒，三辆四辆、十辆八辆啪啪啪地倒一大片。一旦夏天来临呢，大天白日，小伙子们全裸了上身，脖子上搭一条湿而脏的毛巾，在小巷透着窗子一看，也常能看到一些老妪也裸了上身在案上擀面，乳房干瘪，肋骨可数。入夜的街道两旁，钢丝床、竹躺椅、凉席摆满，白花花一躺一片如晾在了岸滩上的鱼。慈禧西逃来的时候，为了祛热，派人从太白山取雪化水盛在屋中缸里，如果现在没有了空调，市府的官员们就得如过去一样坐水瓮断案了。树是越来越少，鸟愈飞愈稀，从春到秋从夏到冬，能听到的是声声紧迫的如哭如泣的猫的叫春。近年来有一句民谣：不到北京不知道自己官小，不到上海不知道自己钱少，不到海南不知道自己身体不好。一个城市有一个城市的特点，如果说那一句以"你不像上海人"来评价上海人好的话是对上海的不恭，那么，说西安就不该是城，西安人是不太生气的，他们甚至更愿意保留下旧城重新在别处再建一个新的西安！

我一直有个看法，评价历史上任何人物是不是伟大的，就看他能不能带给后人福泽。因此，秦始皇是伟大的，武则天是伟大的，释迦牟尼伟大，老子也伟大，还有霍去病、司马迁。只要到临潼的秦兵马俑馆、乾陵、法门寺、楼观台、黄陵和延安去看看，不要说这些人物给中国的发展做出了多大贡献，为中国增加了多少威望，也不要说参观门票一日能收入多少，单旅游点四周连锁而起的住宿、餐饮、娱乐的生意繁华，就足以使你感慨万千了。一个城市的形成，有其人口、建筑、交通、通讯、产业、商业、金融、法律、管理诸多基本要素，但人的精神湖泊里的动静聚散却是仍需教化导向的，宗教就这样从天而降，寺庙也由此顺天而建。西安之所以是西安，它就是有帝王的陵墓和宗教寺庙，一个在地下，一个在地上，民族传统的文化氤氲着这座古城。据史料记载，唐长安城坊佛寺有一百四十四座，道观有四十一座，至今保存的名刹古寺有大兴善寺、大庄严寺、青龙寺、净业寺、仙游寺、圣寿寺、感业寺、华严寺、慈恩寺、西明寺、荐福寺、罔积寺、香积寺、草堂寺、卧龙寺、法门寺、楼观台、重阳宫、八仙庵、东岳庙、西安清真大寺，等等。中国佛教的十大宗派，除天台宗和禅宗外，其他八派都发祥于长安。富丽堂皇的殿宇内，壁画万象纷呈，慈恩寺塔西曾有尉迟乙僧画的湿耳狮子跌心花"精妙至极"，资圣寺东廊韩干的散马"如将嘶踯"，王维在荐福寺作辋川图"山谷郁盘，云水飞动"，吴道子在菩提寺画的礼佛仙人"天衣飞扬，满壁风动"，而赵景公寺内有幅"地狱变"阴森可怖，凡是看过都"惧罪修善"，致使当年东西两市的鱼肉都卖不出去。名刹古寺里多有离奇的故事传颂，唐观中便有天女降临来观赏玉蕊花的事，连刘禹锡也写下了"玉女来看玉树花，异香先引七香车，挚枝弄雪时回首，惊怪人间日易斜"。法门寺里更有司礼太监九千岁的刘瑾陪皇太后来降香，公断了宋巧姣一案，至今寺中还有双窝青石一方，据说就是当年宋巧姣告御状时跪诉冤情的地方。而"破镜重圆"的故事就发生在西明寺，西明寺原是唐隋越国公杨素的住宅，后因其子谋反被没收为官有的。杨素当红时，陈后主的三妹下嫁给陈太子的舍人徐德言为妻，当陈破亡之际，徐与妻言：今国亡家破，必难相安，以你的才色，定入帝王或贵人之家。你我恩爱，生死永不相忘。乃将一面铜镜击破，各执一半，相约于正月十五在市中贷求，破镜重圆与否，即可知生死了。陈灭后，其妻果被杨素纳姬，并宠幸无比，然而此姬依旧恋徐，正月十五日令奴婢持破镜至市求售，真的就遇上了徐德言，徐将重圆之镜及诗寄给陈氏，说：镜与人俱去，镜归人不归，无复姬娥影，空余明月辉。陈氏抱镜痛绝，不复饮食。杨素问明了缘故，惨然变色，长夜思考，终遣使召徐德言，将妻返还。

帝王陵墓和名刹古寺现在支撑着西安的旅游业，原本的清凉世界再难以清静，街上时常见到一些僧人道士，使市民们似乎觉得他们是上古人物而觉神秘，却也能见到一些僧人道士腰间别有传呼机，三个四个一伙去素食馆吃饭大肆谈笑而感到好奇。我曾一次去某道院想抽一签，才进山门，一脏袍小道即高声向内殿呼喊：生意来了！气得我掉头就走。但初一十五日庙观中的香火旺盛，而平日在家设佛堂贴符咒却仍是许多人家的传统。他们信佛敬道，祈祷孩子长大，老人长寿，仕途畅达，生意茂盛，甚至猎艳称心，麻将能赢，殊不知佛与仙是要感谢的，通过自己的生命体验佛道以及上帝的存在而知道我是谁我应干什么。隋唐的时候，长安城里是有一个三阶教的，宣扬大乘利他精神，主张苦行忍辱，节衣缩食，救济贫穷，认为一切佛像是泥胎，不需尊敬，一切众生才是真佛，愿为一切众生施舍生命财物。开创三阶教的信行早死了，其化度寺也早毁了，但我倒希望现在若还有那么个寺院也好。

俗言讲，铁打的营盘流水的兵。城市何尝不是这样，尤其像西安这样的城。因看过国外的一份研究资料，说凡是在城市待三代人以上的男人一般是不长胡须的，为了证实，我调查了数量相当的住户，意外地发现，真正属于五代以上的老西安户实在罕见。毛泽东有一句军事战略上的术语：农村包围城市。而西安的人口结构就是农村人进驻城市成为市民，几代后这些人就会以种种原因又离开了城市，而新的农村人又进驻城市，如此反复不已。但现在是居住在城里的市民，从二三十年代开始，意识里就产生了偏见，他们瞧不起乡下人，以致今日，儿子或女儿到了恋爱时期，差不多仍是反对找城里工作原籍在乡下的对象，认为这些老家还有父母兄妹的人将来负担太重，而且这些亲戚将会没完没了地来打扰。即使父母俱在城里的，又看不起北门外铁道沿线的河南人和说话鼻音浓重的已是城籍的陕北人，认为他们性情强悍、散漫，家庭责任心不强。其实，河南人在西安起源于黄河泛滥而来的难民，现已成为西安极重要的市民一部分，陕北人源于中华人民共和国成立初期大量革命干部南下，这两个地区的人勤劳、精明，生存能力和政治活动能力极强。西安基本上是关中人的集中地，大平原的意识使他们有着排外的思想，这也是西安趋于保守的一个原因。

在我的老家商州，世世代代称西安为省，进西安叫作上省。我的父辈里，年轻的时候，他们挑着烟叶、麻绳、火纸、瓷器担子，步行半个月，翻越秦岭来西安做生意，生意当然难以维持多久，要么就去店铺里熬相公，要么被人收揽了组织去铜关下煤窑。更多的，是夏收时期来西安四郊当麦客。这些麦客都是穿一件灰不叽叽的对襟褂子，蹬一双草鞋，草绳勒腰，再别上一个布口袋装着一个碗和炒面，手里提着一把镰。他们在太阳如火盆一样的天底下，黑水汗流地为人家收割麦子，吃饭的时候，主人一眼眼看着他们吃，还惊呼着都是些饿死鬼嘛，一顿要吃五个馒头！麦客们或许来早了，来晚了，或许正逢着连阴雨，他们就成堆成堆聚在街头檐下，喝的是天上下的，吃的则瞧着饭馆里吃饭人有剩下的了，狗一样窜进去，将剩饭端着就跑。当然，罗曼蒂克的事就在万分之一中发生了，我老家村子里就有过，是北郊一个年轻的寡妇看中了她雇用的麦客，先是在麦垛后偷情，再后来堂而皇之入赘，麦客叼着烟袋住在炕上成为这家男掌柜了。那时的商州是种大烟土的，老家的人讲过去吸烟似乎很难上瘾，不像现在吸白面，一吸上就等于宣布家破人亡了。也有想在当地当土匪而来西安弄枪的，四十年代，商州的两股土匪真的都是因在西安偷盗过一支枪而回去发展起来的，也有一个在西安买通了部队的军需，购得了五支枪，而出城时被查出，结果被杀，脑袋挂在城东门口。

城市是人市，人多了什么角色都有，什么情况也出，凡是你突然能想到的事，城里都可能发生。西安城里流动着大量的农村打工者，数处的盲流人员集中地每日人头攒拥，就地吃住，堵塞交通，影响着市容。麦客在五月下旬就进城了，而贩菜的、卖炭的、拾破烂的沿街巷推车吆喝，天至傍晚，穿着露而艳的妓女噘着红嘴唇拎着小皮包就开始奔走各个夜总会和桑拿房去。我在戒烟所里采访那些烟民，一个美貌的少妇哭诉她的夫离儿散，最后竟气愤地求我代她控告那些贩毒者：他们卖给我的是假货，让我长了一身黄水疮！城市是个海，海深得什么鱼鳖水怪都藏得，城市也是个沼气池子，产生气也得有出气的通道。我是个球迷，我主张任何城市都应该有足球场，定期举行比赛，球场是城市的心理的语言的垃圾倾倒地，这对调节城市安稳非常有作用。城市如何，体现着整个国家和地区的综合实力，随着人类社会的发展，城市的拥挤、嘈杂、污染使城市萎缩、异化了。据有关资料讲，在二十一世纪，人类面临的危机不是战争、瘟疫和天灾，而是人类自身的退化，这个退化首先从城市引起，男人的精液越来越少，且越来越稀，以至于丧失生殖的能力。我读到这份资料时，是一个下午，长这么大还没有什么事能让我感到那么大的恐惧，我抱着我收藏的恐龙蛋化石呆坐屋中，想恐龙就是从这个地球上渐渐地消失了，一个时代留下来的就只有这变成石头的蛋体了。我把我的恐惧告诉给我的朋友，朋友无一例外地嘲笑我的神经出了问题，说，即使那样又能怎么样呢，满世界流传查尔诺丹的大预言是一九九九年七月地球将毁灭，七月马上就到了，那就该现在不活了吗？朋友的斥责使我安静下来，依旧一日三餐，依旧去上班为名为利奔忙活人。说实话，自一九七二年进入西安城市以来，我已经无法离开西安，它历史太古老了，没有上海年轻有朝气，没有深圳新移民的特点。我赞美和咒骂过它，期望和失望过它，但我可能今生将不得离开西安，成为西安的一部分，如城墙上的一块砖，街道上的一块路牌。当杂乱零碎地写下关于老西安的这部文字，我最后要说的，仍然是已经说了无数次的话：我爱我的西安。

西路上

西路上

一　一个丑陋的汉人终于上路

我在右大腿根的一块肌肉发生麻痹的那个夏天，决定着再一次去西部。去西部，每隔三四年就要去一回，这几乎成了我的功课。我向人夸耀着，我是在沙漠上见过被风吹了出来的古干尸的，并且敲打过他的牙齿，他的牙齿没有铲形的门牙，但也是黄的。是在雪山底下的胡杨林里追赶过红狐，接受过一次很年轻的活佛的摩顶。也还是在捡拾硅化木的路上遇见了强劲的沙尘而与一位维吾尔族姑娘偎藏于坑窝子里，度过了一个浪漫的下午。西部的大部分城镇已经走过，每走一个城镇，写一篇日记，写毕了用钢笔尖在身上扎一个点，血流出来，墨汁渗进去，留下戳记，我说，若死后被剥下皮来，那将是一张别有意义的旅游图。西部对于我是另一个世界，纠缠了我二十多年的肝病就是去西部一次好转一次，以至毒素排出，彻底康复。更重要的是逃离了生活圈子的窒息，愈往边地去愈亲近了文学，我和我的影子快乐着。

这个夏天的决定，计划里是走一走丝路。

我的灵魂时常出窍。一个晚上，我坐在了案桌上，看着已经在沙发上一动不动了很久的平凹，觉得这个矮小而丑陋的汉人要去丝路真是可笑。古人讲做学问要读万卷的书行万里的路，他默数着已经去了西部几万里路了吧，可古人的行是徒步的或骑了一头毛驴，日出而动身，日落而安息，走到哪儿吃在哪儿住在哪儿，遭遇突如其来的饥渴、病痛、风雨和土匪，那是真正体验着生命的存在，而他的几万里则是坐了飞机和火车，一觉醒来从西安到了乌鲁木齐或从乌鲁木齐到了喀什到了伊犁。城市都是一样的水泥的山村，都一样的有着站着警卫的政府大院和超市。因事耽搁了吃饭时间的肚子饥和乞讨者吃了上顿不知下顿在哪儿的肚子饥绝对是两码事儿！灵魂又回归到了身体。当灵魂和身体都感到寂寞之时的西行计划里，我邀请了三位朋友，说：徒步是不现实的，那就搭上汽车，一个县一个县地行动吧。

朋友的回应轰然如雷，他们欢呼着能去印度，去波斯，去欧洲了。但我说最多只到乌鲁木齐，古时的西域十六国那仅是丝绸的集散地，而真正的丝路，就是西安到安西和敦煌。

我在家开始了大量翻阅有关丝路的资料，一边加紧治疗身上的疾病。我是脑供血严重的不足——恐怕是小时候饿坏了脑子和中年期的烦闷所致——每年的冬天要注射七天的丹参液，现在我得提前进行。怨恨的是右大腿根的麻痹一时难以治愈，虽无大碍，但接二连三做梦，都是骑了自行车不得下来，结果冲进人窝，紧张地喊：啊！啊！连人带车倒地，还撞伤了别人。

宗林，我在陕西安康的一个高颧骨的朋友（也是第一个被我邀请同行的），给我带来了一盒膏药和两张与丝路有联系的照片。膏药贴上无济于事，照片却让我激动不已。一张照片摄自安康博物馆，是一只金蛋，说在安康志上记载，汉朝政府推行奖励桑农的政策，凡有植万株桑者，可奖励一只金蛋。一张照片是一个村镇路口的石碑，上面隶书：高鼻梁村。这令我一下子豁然明白汉代的丝路为什么从长安城起点，那不仅因为长安城是汉代国都，也是因为长安城所在的陕西南部盛产丝绸，如今以产丝绸闻名的苏杭，那时还恐怕多是一片水泽吧。而高鼻梁村，必曾是洋人去采购丝绸的驻地了。洋人在鼻梁村如何采购丝绸，那鹰钩鼻和卷毛发怎样被山地人取笑？我想起了茂陵博物馆的汉朝官员接见外国使者的壁画，哎呀，那使者是躬腰拱手，低眉顺眼，一脸的紧张和畏缩！到茂陵去——我说——拜拜霍去病——路是有路神的，霍去病是丝路的神。在到处是美国影响的今日，喊一声我们的祖先也曾经阔过，做阿Q也是十分的开心。

霍去病的陵墓是高大的。过去无数次地来到这里，为的是那些举世闻名的石雕艺术，膝盖就软下去，放声大哭。现在在陵前捡起一块汉时的瓦的碎片，瓦片上恰好有一个小孔，打打磨磨，打磨了半天拴绳儿系在脖项，发问埋下一粒种子可以收获万斛的粮食，咸阳塬上埋下了这么伟大的人物，它将生长出什么呢？陵墓不是浑圆状，如山的土堆高低起伏，如燃烧的黑色的火焰。陵墓管理人员讲，陵墓是以祁连山的形状建造的。噢，这就对了！武曌依山建陵，将一个女人模样仰躺在大平原上，她是希望自己是一座高山，而亘绵千里的风雪祁连却整个儿是为霍去病存在的！我在系着的瓦片碎块上用笔写了去病二字——我不知道霍去病的名字是他的母亲为了希愿私生下来体弱的儿子强壮起来呢，还是汉武帝为他赐名，因为只有他才可以去掉汉朝常被匈奴困扰的心病？——让我的西行成为一次身心的逃亡，或可称作一次精神出路的拓通吧。

正如死与生俱来，生的目的就是死亡一样，我总想将心放飞又怎能放心呢？在系着了写有去病字样的汉瓦碎块的第四天，哗哗的一场雨淋湿了我晾在阳台的衣服，也淋湿了西行的欲火，至少我在一日复一日地拖延着时间。已经说好了的，一块上路的三个朋友不停地打电话催促，我只是以别的事搪塞着，说还得搜寻些丝路的资料，譬如，正在读斯文赫定的《丝绸之路》。

其实，斯文赫定的书我早读罢。我之所以迟迟不能上路，是我喜欢上了一个女人。

人是有缺点的，尤其是男人，每一个男人在一生中遇见自己心仪的女人都会怦然心动，这好比结婚后还要自慰一样。我以往的好处是，对女人产生着莫大的敬畏，遇见美丽的女人要么赶快走开要么赞美几句，而且坚信赞美女人可以使丑陋的男人崇高起来。但这一次，当奇缘突至（我只能解释为命中所定），我深陷其中，不能自拔。她说：你病了?! 我可能是病了，爱情是一场病。我的身子和灵魂又开始分离，好几次经过了她的房子和在电话亭，我已经坐在了她家的铺着花格床单的床沿上，我看见平凹在房门踏了一片脚印又走开了，我已经与她像各躺在云头上聊起天了，平凹拿起了电话筒又把电话筒放下。这女人是冷傲的，她的美丽和聪慧像湖一样清风徐来水波不兴，你走进去，扑通却没了头顶。如果她仅仅是美丽，美丽的女人在西安街头多如流云——在我的印象里，美丽的女人是傻笨的，她们不读书，不爱艺术，追求时尚和金钱——可她是一位出色的表现主义画家。西安是传统文化厚重的城市，而她的画有强烈的主观色彩，色彩、构图都推向极致，又充满了焦虑、迷惘和激情。更令我赞赏的是她并不是无关痛痒的画家，画面处处在强调着一种时代的精神。我已经老大不小了，而且旷世之丑，我与她的交往并不是要干什么——虽然爱是做出来的——但我无法保持我平日的尊严。人到了轻易不肯说出爱的年龄，这个字说出来了，我活得累她也感到与我在一起时的沉重。在她不能应约而来的时候，我就画马，因为她属马，又特别爱马，那长发、满胸、蜂腰、肥臀以及修长挺拔的双腿，若爬下去绝对是马的人化。那些日子，马画得满墙都是，宗林、庆仁和小路已经对我的拖延感到了愤怒，他们知道了我之所以拖延的原因，一方面惊叹着这个女人对我的想象力如此激发而画出了这般好的画（我以前并未学过绘画），一方面骂我重色轻友，又以丑与老的话题实施对我的打击，更糟糕的是他们私下与她交涉，约她能同我们一块西行。我后来才知道，她的回答是否定的，他们就劝她不要姑息我而误了大事。所以她竟在数天里与我失了联系，她的手机再也打不通，我失恋了。

失恋一词对于我似乎有些荒唐，但确实失恋了。我再一次翻阅关于丝路的资料，有一段记载使我苦笑不已。那记载的是年轻的瑞典人斯文赫定之所以在罗布泊长期不归，野兽一般，除了痴醉于探险事业外，还有一个秘密，是他失恋了。可以说，斯文赫定是在失恋后对自己的放逐，精神漂泊使他完成了自己的事业，而失恋中的我终于决定立即得动身上路了。这个时候，突然间感到了西安的喧闹和杂乱，空气污浊，以及建筑和人人物物都面目可憎。

九月的西安阴雨连绵，沉重的雾气使天压得很低，街道两旁的杨树年纪老了，差不多的树身都生了洞，流淌着锈铁色的汁，像害了连疮，而树絮如毛毛虫一样落在地上，踩入泥里。我并没有打伞，从城的南郊步行进城墙内区的羊肉泡馍馆去吃饭。（如果西安有什么最好吃的东西，那就是羊肉泡馍，我一直认为饮食文化造就的是人群的性格，秦灭六国，是陕西人吃了羊肉泡馍可以忍饥或怀揣了掰好的馍块及时熬羊汤泡吃加速了行军的时间才打败了精细炒菜的邻国。）经过西门外的石桥，有人在桥头上吹埙。自从我写了《废都》后，已经灭绝的中国最古老的乐器——埙——这个拳大的土罐儿成了旅游点上卖得最好的商品。在桥头上吹埙的家伙是个光头的中年人，他当然在雨地里吹埙是招揽顾客推销产品，但他吹得很好，声音从雨点的缝隙穿过，呜呜之音如鬼哭狼嚎，我却激动起来，目注着他自认为这是为我壮行。仰面就是西门，城楼在雨幕里巍峨，城门是封住了的，人流车辆只顺着左右的偏门通行。我突然间浪漫起来，跳上去在封闭的城门前一蹲，蹲成了一只狮子。

在那一刻里我想，古丝路就是从这里起点吗？脖铃喤喤的驼队驮着云彩一样的丝绸就这样打开了城门一路往西吗？商队出发时红男绿女在这里摆下酒席，霍去病开拔时武帝在这里擂鼓，玄奘取经时这里也是佛乐冲天，连那个贬官流放的林则徐在西安住过一段日子要往新疆，也是三五成群的哭送的人，而我要走了，她怎么就销声匿迹如飞鸟一样了无踪影了呢？"劝君更尽一杯酒，西出阳关无故人"，王维已经死了，早早死在了唐朝。雨还在下，屋檐吊线。油漆斑驳的城门上有一张晶亮的大网，黑肥的蜘蛛在空中吊着自己的丝往下来，停驻在我的头顶。沿着城门楼南北而去的城墙垛口，一排排尽是我名字中的凹字。我感觉我这尊狮子是红了眼的。

二　爱与金钱使人铤而走险

两千年前，匈奴侵占了月氏的地盘，在西北日渐坐大，汉王朝就寝食不安了，曾经软硬兼施（便有了昭君出塞的故事，也有了班超从戎的故事），但匈奴剽悍，又反复无常，一直难以制伏，于是武帝便派了张骞去已经西迁的月氏游说，企图联合抗敌。

丝绸之路就这样要始于足下了。

这一天也是个淫雨的天，张骞在西城门口的青石路面上重重地磕了一个响头，带百多人秘密西行。把渭河走尽，翻越了乌鞘岭，才在沙漠里一脚深一脚浅地走得很难，即被大队的匈奴骑兵围住，一瞧见肿泡眼、大板牙，不容分说，绳索捆了，送往单于庭的帐篷里。此一送，竟是十年之久。十年里，张骞习惯了穿羊皮袄，喝马奶，也与匈奴女子结婚生子，但张骞是汉室忠臣，终于设法逃脱了又继续西行，一年后到达大宛，到达月氏。可惜的是已经远离了匈奴的月氏，却新地肥沃，日子好过，无心再卷入战事，张骞骂了一句"小国寡民"，只好怏怏而归。

归来的张骞伏在殿前痛哭流涕，以未能完成朝廷重托而请罪，并呈上了一份十数年间的个人生活汇报和一路的出使见闻。汉武帝先是摇头，半仄了身子，慵懒地翻揭着那一大沓的材料，一段话便使他突然目生亮光："大宛有奇特的良马，出汗为血，日行千里"，霍地就站起来了。当初派张骞出使，一是念其忠诚能干，二也是看中名字中的骞字——驱马出塞——难道这匹驽马要引回天马吗？汉与匈奴作战了几十年未胜，原因是匈奴有好的坐骑，而汉人能乘的只是蒙古草原的小马，装备的落后导致了战事的失利啊！汉武帝走下殿来，把张骞扶起。看着张骞花白的胡须和酱猪肉一样深红的脖脸，眼里落下一滴泪来。这一滴泪使张骞受宠若惊，当武帝让他绘制一幅更详尽的出使图，他伏案工作了十天十夜，并再次出征，率使团去了。

下来的故事是异常的漫长也异常的壮观，几乎是演绎了汉朝的强盛的历史。使团带上千金和金马在大宛要讨换马种，遭到大宛国王断然拒绝。消息传回长安，武帝就愤怒了，立即发六千兵马去征伐，六千兵马在敦煌的大漠中因供应不足被渴死和冻死大半，到了大宛吃了败仗，仅六百人逃到了吐鲁番。武帝又下令，就在吐鲁番屯兵生息，谁也不能退进阳关，再派去六千人和三千匹战马要与大宛决一死战。结果汉军将大宛王府包围，迫使大宛国王献出了三十匹汗血马和一批仍属良种的牝马。有了良马种，汉朝建立了马场繁殖培育，数年后骠骑将军霍去病领军与匈奴作战，兵是精兵，马是良马，一举将匈奴赶出了甘肃的东部，一条中原与西域多国相连的交通大动脉于是形成。这条通道那时被称作御道，为了保护，沿着秦长城，新的长城继续向西延伸，百十里并建筑关塞，驻扎重兵。从此，在这条通道上，内地的商品输入西域，而西域的商品也输入内地，在出口的商品中，无论数量或地位，没有哪一样能与华美的丝绸相媲美。

这就是丝绸之路。

四年前，我因贪吃最好的苹果，去了一趟关中西北角的淳化，那里有秦直大道（这是与秦长城一样伟大的工程）的入口，也是丝绸路上的一个重镇，一只熊就站在路畔。熊是石的，汉代的。那时我想，霍去病的几十万大军是经过这里去西征的，成千上万只骆驼组成的商队也是经过了这里，为什么没有栽一块写着"泰山石敢当"的石头在这里，也没有竖一面凿着"西出阳关无故人"的碑子？石熊的体积极小，仅仅半人高，一只前爪举在头侧，一只前爪捂腹，嬉闹状的，鼻子发红（特意以有着朱砂红的石头赋形的）——我一看见这朱砂熊就乐了。

我把朱砂熊的故事说给了我的同伴，但是同伴没有乐。他们没乐，我也没有再说下去——古人的胸怀和幽默我们已经很少有了。

大家关心的只是翻地图，寻查着西行路线。丝绸之路是分为了东段、中段和西段的，西段东段又分为中路北路南路。南路从长安经天水、秦安、甘谷、武山、陇西、渭源、临洮到兰州；中路从长安经泾川、平凉、静宁、榆中、皋兰、永登到武威；北路从长安经通渭、会宁两县中的华家岭后，折向北到会宁，又从会宁至靖远渡黄河，经景泰、古浪到武威。中段是唯一一条直线，这就是甘肃的河西走廊，从武威经永昌、山丹、张掖、裕固、民乐、临泽、高台、酒泉、嘉峪关、玉门、安西到敦煌。西段的三条线，北线至安西经哈密、吐鲁番、乌鲁木齐、乌苏、伊宁至哈萨克、俄罗斯、伊斯坦布尔。中线从安西经楼兰、库尔勒、库车、喀什至塔吉克斯坦、土库曼斯坦、伊朗、伊拉克、埃及。南线从安西经石城、且末、和田、塔吉克斯坦、巴基斯坦至印度。真正的丝绸之路，就是西安至安西。对于进入了新疆以西的西段，因为我数年前几次去过新疆，而古时的丝绸贸易西域可以说是个集散地，至于西段的北中南三线，那也只是后人和商品足迹所到而已，所以，我们选择了丝路的主干线。至于主线的东段，北路是最短的一节，但由于地处大漠边缘，人烟稀少，交通诸多不便，从古到今走这条路的人不如中路和南路多，中路则是我以前去兰州时差不多经历过，那就只有走南路了。

走南路的，二十世纪二十年代有过了一个团队，名字叫中瑞科学考察团——在此以前，走的都是高鼻子蓝眼睛的人，他们是伟大的探险家，也是卑劣的文物盗贼——以骆驼为交通工具。其骆驼四百匹，每次宿营，骆驼卧成一圈，而人居之圈内，被称之为驼城。骆驼是除了牛马以外最易为人驯服的高脚牲口，它的样子丑陋，总是慢腾腾地摇晃着身子往前走，若碎步跑起来，从后边看去，样子显得笨拙和滑稽。它永远是相书上描述的那种贫贱者的步姿（它也只吃草料或数天里可以不吃），但好处是能忍耐，不诉说苦愁。我采访过一位近百岁的老人，他当年就是团队中的一员，他说，在沙漠的一个夜晚，月色明白，但他没心情去欣赏，因为口渴得厉害，拉了一匹骆驼到沙丘后想用刀子捅其前腿根喝血。他们曾经是这样屠杀过数十匹骆驼了，每次屠杀，骆驼都是前腿跪下去哀鸣不止，然后灰浊的眼泪流下来通过长长的脸颊，泪水立即被蒸干，脸颊上便留下泛黄的痕道。这一次他要偷捅的是一匹最壮的骆驼，他并不敢让它死去，只是要借它的一些血解渴，骆驼就拿眼睛一直盯视他，他向左，骆驼也向左，他向右，骆驼也向右，他才说了一句："我渴……"骆驼哇的一声，脖子上涌起一个包来，咕咕嗵嗵上下滚动，噗地一下，足有一小盆容量的痰液喷出来，浇了他一头一脸。骆驼的痰是非常非常的腥臭，他当时就昏倒了。老者的话使我在西行路上从此再也不敢遗忘了水壶，但也反感起了骆驼。虽然骆驼的时代已经过去，漫长的河西走廊里，只在敦煌鸣沙山下见过一队骆驼，有武威转场的牧人，赶着羊群，把他和他的女人、毛毡、锅盆和装着炒面的口袋坐在一匹骆驼上，骆驼便只好在一些旅游点上做了供拍摄的道具，寂寞地立在那里一动不动，驼峰歪着，稀稀的毛在风里飘。距中瑞考察团又过了十多年吧，真正地只为着丝绸之路的，是斯文赫定。这位曲卷了黄毛的洋人，口里叼着一支烟斗，带着了四辆福特卡车和一辆小轿车，从北京的西直门出发到乌鲁木齐，再逆着丝路到了西安。洋人就是洋人，自古的洋人都是从西往东来的。而我们却从东往西，一辆三菱越野车就呼啸着去了。

我一直认为，汽车里有灵魂的，当世上的狼虫虎豹日渐稀少的时候，它们以汽车的形状出世。这辆三菱越野车是白色的，高大而结实。当选择这辆车时，老郑（他是负责吃住行的，我们叫他团长）有过犹豫，因为这辆车曾经吃过一个人的，我却坚持不换，古时出征要喝血酒，收藏名刀要收藏杀过人的刀才能避邪，何况唐玄奘取经时的那匹马，也是有过犯罪史的小白龙变化的。我爬在车头，叽叽咕咕给车说话，叮嘱它既要勇敢又得温顺——我尊重着它，因为它已经是我们的成员之一了。

也正是这辆车，经过了许多关卡，未经检查和收费就顺利放行，我们总结这或许得益于车的豪华，或许因了老郑——他坐在前排，方脸大耳——像个领导。但车却在一大片苍榆和板筑土屋混杂的一处村落前被挡住了。挡车的是一群农民，立即有三个老头睡倒在车轱辘前，喊是喊不起来的，去拉，他们抱住你的腿不放，呼叫：大领导，你不做主，你从我们身上碾过去，大领导！问清原委，原是村干部吃了回扣便宜出卖了百十亩地让外人盖娱乐场所，他们不愿意少了土地，更不愿意盖娱乐场所。反映到乡政府，乡政府解决不了，正群情激奋着，见小车过来就拦住了。我们解释这事应该去上告，我们同情你们，也支持你们，但我们并不是大领导，瞧瞧，大领导能是我们这么瘪的肚子吗？他们说：得了吧，坐这么白胖的小车还不是大领导?！我哭笑不得，而且心情极糟，同行的老郑、宗林、庆仁和小路开始反复解说，趁机让我逃脱包围，去了路边的一间厕所。在厕所里，我的手机响了。

谁？我。哎呀，你在哪里？我在路上。路上？什么路上?！佛往东来，我向西去。

突如其来的电话使我又惊又喜，但话未说清电话却断了，我喂喂地叫着，又拨了她的手机号，传来的竟是"对不起，你所呼叫的用户已关机"。我站在厕所里发呆：她怎么也说了"佛往东来，我向西去"，莫非她也在西路上，并且提前于我出发的吗？哎呀呀，若真的她也来了西部，那这也太浪漫和刺激了！我迅速地掐指头——我会诸葛马前课，从大安、留连、速喜、赤口、小吉、空亡推算——果然断定这已经是事实了，就在空中挥了一下手，靠住了厕所角的椿树。这

292

才发现，椿树上有一长溜黄蜡蜡的粪垢，那是乡人蹭过了屁股。小路在厕所外大声喊我，说是问题解决了，赶快上车，我走出来，真的是公路上的农民开始散开，他们已经确信了我们不是大领导，那个老头还指了一下我，在说：看那个碎猴子样，我就觉得他不是个领导嘛！

重新回到了车上，大家还在叙说着刚才的一幕，感叹着出师不利，我却情绪亢奋起来，说咱这算什么呢，西路当然是不容易走的，想想，在开通这条路时，张骞是经过了十多年，又有多少士兵有去无还？就说开通之后，又走过了什么呢？我原本是因为情绪好，随便说说罢了，却一不留神说出了一个极有意思的话题，大家就争论起来：谁曾在这路上走过？当然走得最多的是商人，要不怎么能称为丝绸之路啊？！可庆仁疑问的是：一个商人牵上驼队一来一回恐怕得二三年吧，二三年是漫长的日子，离乡背井，披星戴月，就是不遇上强盗土匪，不被蛇咬狼追，也不冻死渴死饿死和病死，囫囵囵囵地回来，那丝绸又能赚多少钱呢？宗林就提供了一份资料，两千年前，丝绸在西方人的眼中那是无比高贵的物品，并不是一般平民能穿用得起的，其利润比现在贩毒还高出好多倍，当时长安城里三户巨商"行千里人不住他人店，马不吃别家草"，都做的是丝绸生意。这样，贩丝绸成了一种致富的时尚，更惹动了相当多的人以赌博的心理去了西域。现在从一些汉代流传下来的民歌中可以看出，丈夫走西路了，妻子在家守空房，"望夫望得桃花开桃花落，夫还不回来"，或许永远都不回来了，或许回来了，身后的轿子里却抬着另一个西路上的细腰。我看着宗林，突然问：如果你活在汉代，让你去做丝绸生意，你肯不肯上路？宗林说：我不贪钱。宗林没钱，也确实不贪钱，他是凡停车就下去给大家买啤酒呀可口可乐呀或者口香糖。我说宗林你不贪钱着好，如果说，在西部的某一沙漠里，有一位你心爱的女人，你肯不肯上路？宗林说：不肯。庆仁叫道：你这人不可交，对钱和色都不爱，还能爱朋友吗？我说我会去的——古丝绸之路恐怕只有商人和情人才肯主动去走，爱与金钱可以使人铤而走险的。

说罢这话，我突然觉得我活得很真实，也很高尚，顺手打开了那本地图册。地图册里却飘然落下一根头发，好长的一根头发。慌忙看了一下坐在旁边的小路，幸好他没有注意，捡起来极快地吻了一下。大前年有个法国的记者来采访过我，他手指上戴着一枚嵌有亲人头发的戒指，印象很深，因此我见到她的第一天就萌生着能得到她的头发的念头——头发是身体的一部分，我如此认为，而且永远不会腐败和褪色。这根头发就是她让我算命时揪下的。她是左手有着断掌纹的，总怀疑自己寿短（才子和佳人总是觉得他们要被天妒的），曾经让我为她算命——我采用了乡下人的算法，我故意采用这种算法，即揪下她一根头发用指甲捋，捋出一个阿拉伯数字的形状，就判断寿命为几——我在揪她的头发时，一块揪下了两根，一根算命，另一根就藏在了地图册里。现在，这根泛着淡黄色的头发在我的手，我不知她此时在西路的什么地方，阳光从车窗里照热了我的半个身子，也使头发如蚕丝一样的光滑和晶亮，忽然想起了艾青的一首诗："蚕在吐丝的时候，没想到竟吐出了一条丝绸之路。"那么，我走的是丝绸之路，也是金黄头发之路吗？

李白说黄河之水天上来，那不是夸张，是李白在河的下游，看到了河源在天地相接处翻涌的景象。我看到的西路是竖起来的。你永远觉得太阳就在车的前窗上坐着，是红的刺猬，火的凤凰，车被路拉着走，而天地原是混沌一体的，就那么在嘶嘶嚓嚓地裂开，裂开出了一条路。平原消尽，群山扑来，随着沟壑和谷川的转换，白天和黑夜的交替，路的颜色变黄，变白，变黑，穿过了中国版图上最狭长的河西走廊，又满目是无边无际的戈壁和沙漠。当我们平日吃饭、说话、干事并未感觉到我们还在呼吸，生命无时无刻都需要的呼吸就是这样大用着而又以无用的形态表现着；对于西路的渐去渐高，越走越远，你才会明白丰富和热闹的极致竟是如此的空旷和肃寂。上帝看我们，如同我们看蝼蚁，人实在是渺小，不能胜天。往日的张狂开始收敛，那么多的厌恼和忧愁终醒悟了不过是无病者的呻吟，我们一个县一个县驱车往前走，每到一县就停下来住几天，辐射性地去方圆百十里地内觅寻古代遗迹，爬山，涉水，进庙，入寺，采集风俗，访问人家。汉代的历史变成了那半座的城楼，一丘的烽燧或是蹲在墙角晒太阳的农民所说的一段故事，但山河依旧，我们极力将自己回复到古时的人物，看风是汉时的风，望月是唐时的月，疲劳和饥寒让我们痛苦着，工作却使我们无比快乐。老郑在应酬各处的吃住，他的脾气越来越大——出门是需要有脾气的——麻烦的事情全然不用我去分心。宗林的身上背着照相机也背着摄像机，穿着浑身是口袋的衣裤，他的好处是能吃苦耐劳，什么饭菜皆能下咽，什么窝铺一躺下就做梦，他的毛病则是那一种令我们厌烦的无休止的为自己表功，所以大家并不赞扬他是雷锋，庆仁永远是沉默寡言的，他的兴趣只是一到个什么地方就蹲下来掏本子画速写。这当儿，小路就招呼旁边的一些女子过来，"这是大画家哩，"他快活得满嘴飞溅了口水，"快让他给你画一张像呀，先握手握手！"庆仁一画就画成了裸体，他眼中的女人从来不穿衣服。当汽车重新开动的时候，我们坐在车上就打盹，似乎是上过了竿的猴，除了永不说话的司机，个个头歪下去，哈喇子从嘴边淌下来，湿了前胸。我坐在司机旁边，总担心着都这么打盹会影响了司机的，眼睛合一会儿就睁开来，将烟点着两根，一根递给司机，一根自抽。抽了一根再抽一根。嘴像烟囱一样喷呼着臭气，嘴唇却干裂了，粘住了烟蒂，吐是吐不掉，用手一拔，一块皮就撕开，流下血来，所以每到烟吸到烟蒂时，就伸舌头将唾液泡软烟蒂。但唾液已经非常地少了。我喊：都醒醒，谁也不准瞌睡了！大家醒过来，唯一提神的就是说话——臭男人们在一起的时候说的当然都是女人。

这个时候，我一边附和着微笑，一边相思起来，相思是我在长途汽车里一份独自嚼不完的干粮。庆仁附过身小声问我：你笑什么？我说我笑小路说的段子，庆仁说，不对，你是微笑着的，你一定是在想另外的好事了。我搓了搓脸——手是人的命运图，脸是人的心理图——我说真后悔这次没有带一个女的来。小路就说，那就好了，去时是六个人，等回来就该带一二个孩子了！庆仁说什么孩子呀，狼多了不吃娃，那女的是最安全的了。宗林说：那得尽老同志嘛！我是老同志，但我没有力气，是打不过他们四个中的任何一个。我讲起了一个故事，那也是我的一个朋友，他在年轻的时候一次在西安的碑林博物馆门口结识了一位姑娘，姑娘是新疆阿克苏人，大高个，眼梢上挑，但第二天要坐火车返回老家去了。他偏偏就喜欢上了这女子，五天后竟搭上西去的列车，四天三夜到了阿克苏，终于在一条低矮的泥房子

296

巷里寻到了她的家。他是第一次到新疆，也是第一次坐这么长的火车，两条腿肿得打不了弯。姑娘的全家热情地接待了他，甚至晚上肯留他住在了那一间烧着地火道的房间里。姑娘对他的到来一直惊疑不已，以至于手脚无措，耳脸通红，当房间里只剩下他们两人的时候，姑娘弯腰在地上捡拾弄散了的手链珠子，撅起的屁股形象在瞬间里让他看着不舒服，立即兴趣大变，便又告辞要回西安。结果就在这个夜里五点冒了风雪去了火车站，又坐四天三夜的车回来了。我说这样的一个真实故事，我也不知道要表达个什么意思，但大家对我的朋友能冲动着坐四天三夜的火车去寻找那个吊眼长腿的姑娘而感动着。

"那女子对你的朋友很快走掉没有生气吗?"司机原来一直在听着我们的说话，这也是他唯一的插话。一只兔子影子一般地穿过公路，车嘎地停了一下，又前进了。

没有，我说，新疆是最宽容的地方。你就是几百万的人来，它不显得拥挤，你就是几百万的人走，它也不显得空落。新疆的民族是非常多的，各民族普通老百姓的融洽程度是内地人无法想象。而且，什么人都可以去新疆，仅仅是一九四九年以后，内地发生了旱灾水灾地震蝗虫而无法生活的人，各个政治运动遭受了打击迫害的人，甚至犯了刑事的逃犯，都去到新疆，新疆使他们有吃有喝有爱情，重新活人。我列举了我供职的单位，有五个人是在新疆工作了十几年后调回内地的，除一个是转业军人，其余四人皆是家庭出身不好，在西安寻不着工作、娶不下老婆，却在新疆混得人模狗样。

当我们说完这话十分钟后，车的轮胎爆破了。车已经有灵性，爆胎爆的是地方——正翻过了乌鞘岭，进入一个镇子。说是镇子，其实是沿着缓坡下去的路的两旁有着几排房子，但这个镇子外边的坡上有一个烽燧，证明着它的岁数远在汉代。司机爬在车下换轮胎了，发现了轮胎是被啤酒瓶子的碎片扎漏的，便滚着轮胎到一家充气补胎的小店里去修补。小店乱得像垃圾堆，却有个胖女人坐在那里化妆，她的脸成了画布，一层一层往上涂粉和胭脂，旁边有人在说：咦，洋芋开花赛牡丹——生意来喽！胖女人还在画一条眉毛，店里却走出一个瘦子，一边将一木匣的莫合烟末拿出来，又撕下一条报纸，让司机先吸烟，一边笑着说：往新疆去啊？我们便到对面街坊的人家去讨热水冲茶。主人是让出了凳子，声明坐凳子是不收费的，热水却付一元钱，便觉得这主人不可爱。埋怨了几声，主人却说：现在经济了嘛，人家把啤酒瓶子摔在路上让轮胎扎破了再补，你们倒感谢人家，这热水是我从河里挑来烧开的，要那么个一元钱，你们倒脸色难看了?! 他这么一说，老郑就坐不住了，哼了一声，把头发揉乱，横着身子往补胎店去。老郑是蹴在了店外的凳子上，凳子上有着一把锤子，拿起来往自己腿面上砸，喊：补胎的补胎的，你过来！补胎的还笑着，问大哥啥事。老郑说，是你把啤酒瓶子摔在坡上的？那人脸立即变了，说哪里，哪里有这事？老郑就招呼宗林：你过来给他录录像，把这店铺牌号也录上！补胎人一下子扑过来给老郑作揖了，又反过身去，从一直坐在店门槛上喝茶水的老头手里夺过了茶杯，用衣襟把茶杯擦了擦，沏上茶递给老郑喝。老郑不喝，我们也不过去，瞧着老郑遂被请进了店里。过一会儿，老郑就八字步过来，说：他一个子儿都不敢收了！我说老郑你真是个惹不起，老郑说你怎么知道我的小名，小时候我在农村，谁要欺负我，我就哭，一哭就死，是手脚冰凉口鼻闭了气的死，别人

298

就得依我了。我们哈哈大笑，坐在旁边吃饭的三个孩子瞧着我们也笑了笑。他们每人端了一碗蒸洋芋，剥开来白生生地冒气，蘸着盐末大口地吃。那个胖墩儿原本吃得舌头在嘴里调不过，眼睛睁得大大的，一经笑，竟噎住了，我赶紧过去帮他捶脊背。这当儿，前边的巷子口狗一样钻出个青年，接着又跑出一个妇女，妇女是追撵了青年的。青年跑得快，妇女在地上摸土坷垃，土坷垃没有，将鞋掷过去，青年却在空中接住，说：妈，妈，路上有玻璃渣哩！围观的人就说：狗细多心疼你，你还打狗细呢?! 妇女单蹦了腿过来捡鞋，一屁股坐下来给众人诉冤枉："我怎么生下这儿子！狗细，狗细，你就不要再回来，我死了宁肯给老鼠散孝哩，我也没有了你这个儿子！"我问起给我们热水的老头这是怎么回事，老头说：你们怪我们乡下人刁，你们城里人才狠哩！原来这叫狗细的见镇上一帮人出外打工，他也就跟着去了乌鲁木齐，但他笨，没技术，只在劳务市场上等着刷墙的人叫去帮忙和灰，两个月下来，除了吃饭仅存了三百元。前半个月他回来，三百元钱不敢在口袋里装，裤衩上又没个兜兜，就把钱藏在鞋的垫子下。两天多的火车上舍不得买饭吃，肚子饥了只有蜷在那里睡，鞋就脱了放在座位下。鞋是破皮鞋，不穿袜子，脚又不洗，气味难闻，等到了离家十多里的那个站上，醒来要穿鞋，鞋却没见了。问左右的人，都是城里人，给他说普通话：那是你的鞋呀？臭气能把人熏死，从窗子撂出去啦！狗细急得哇哇哭起来，他倒不是珍惜那一双鞋，心疼的是鞋里还有三百元钱！但他打不过左右的人，骂了一句："我塞……"城里人又听不懂，等于白骂，只好下车赤脚走了十多里路回家。

　　我对这叫狗细的同情了，回头看看小路，小路眼里已经有了泪水。

小路也是乡下出身，老家就在丝路的东段，他曾经说过在他小的时候，村人沿着丝路往兰州去讨饭，那时他小没人带他，一位本家哥一直讨要到武威，回来给他说，在兰州见到火车了，那火车一拐进山弯就拉汽笛，走起来又哐哐哐地响，似乎在说：甘肃——穷！穷！穷穷穷穷！我们在兰州的时候，小路是带我去见过他的那位本家哥的，这位本家哥是后来上了大学，成了博士，又下海投身于商界，他领着我们参观了他们的网络公司。我先是向他讨教网络在中国的发展前景，然后话题转到了今日中国的现状，提到了他和小路小时在乡下的生活以及现在乡下人的日子，他们两人当下是抱头大哭。也就在那个晚上，我们讨论了这样的一个问题：按人类社会的演进规律，是农耕文明进入工业文明，工业文明再进入信息文明，当然不容许一个社会有几种文明形态同时存在，但是，偏偏中国就发生了三个文明阶段同时存在的现实。正因为如此，它引发了今日中国所有的矛盾，限定着改革的决策和路径，而使我们振奋着、喜悦着，也使我们痛苦和迷茫。狗细的母亲还坐在小镇的街路上哭诉，夹杂的呐喊像母狼在哀号，狗小跑一段停下来回头乐乐，又跑一段，最后靠在一个店铺门前的油毛毡棚柱上，狠劲地踢棚柱，棚盖竟哗哗啦啦掉下来，招惹得店主人又是一阵大骂。宗林端了机子就去追狗细，我把他拦住了，人都有自尊心的，这时候去拍摄，不是背了鼓寻槌吗？

但是宗林却在星星峡外的公路上摄下了一组类似的镜头。

小镇上的经历，使宗林萌生了大的想法，他原本只是跟了我想制作一套西路的风情片，现在，他却志存高远，要拍摄在西路上看到的各个文明形态中生活着的人们怎样安于命运，或怎样与命运奋斗并力图改变命运的图片。我不是个平庸的人吧，这想法绝对好！他得意着，所到之处，也就更忙了，常常我们一块出去，走着走着就不见了他，等他回来，不是说还没有吃饭，就是浑身的泥土。在武威的老街，为了拍一群像做舞蹈一样弹棉花的人，竟被狗咬了腿，伤是不重，用不着打狂犬病针剂，但一条裤腿却撕开来，像穿了裙子。

我和小路依然关注的是西路上的军事和经济的历史，丰富的遗迹和实物使我们在武威多住了几天。元狩二年（前 121 年），霍去病发动了祁连山之战，打败了匈奴贵族浑邪王，河西走廊并入了西汉版图，匈奴在哀唱了：亡我祁连山，使我六畜不蕃息；失我焉支山，使我妇女无颜色。对于失掉焉支山，为什么会使妇女无颜色，我去武威博物馆查询资料，是焉支山出胭脂，还是阻断了匈奴通向西域的道路，山域的各种奢侈品来不了，贵族妇女再不能乔装打扮？但是，庆仁却意外地送给我了一分收获。他是去武威老城速写时碰到了一个姓纪的女子，他当然为这女子画了一张像，而且画得极像，女子便邀请他去她家喝水。庆仁是"花和尚"，坐在人家屋里，又画人家屋里的土炕，土炕上绣着鸳鸯的枕头和土炕下放着的鞋子，偶尔在其柜子上的木板架上发现了一本旧书，书上记载了一七〇〇年前粟特国驻河西姑臧的商团首领写给其主子的信，便抄回来给我，强调可以证明公元四世纪的河西走廊在中西贸易中的枢纽地位。这确实是一封有着文献价值的又趣味盎然的信。我把信的其中部分用陕西话念着——陕西话在汉唐应该算作国语吧——让宗林录音录像。我是这样念的：

致辉煌的纳尼司巴尔大人的寓所，一千次一万次祝福。臣仆纳尼班达如同在国王陛下面前一样行屈膝礼，祝尊贵的老爷万事如意，安乐无恙。

愿尊贵的老爷心静身强，而后我才能长生不死。

尊贵的老爷：阿尔梅特萨斯在酒泉一切顺利，阿尔萨斯在姑臧也一切顺利。

……有一百名来自萨马尔干的粟特贵族现居黎阳，他们远离自己的乡土孤独在外，在□城有四十二人。我想您是知道的。

您是要获取利益，但是，尊贵的老爷，自从我们失去中国内地的支持和帮助（注：中国内地正处于西晋的永嘉战乱），迄今已有三年了。在此情况下，我们从敦煌前往金城，去销售大麻、纺织品、毛毡，携带金钱和米酒的人，在任何地方都不会作难，这期间我们共卖掉了 X+4 件纺织品和毛毡。对我们来说，尊贵的老爷，我们希望金城至敦煌间的商业信誉，尽可能地长时期得到维持，否则，我们寸步难行，以致坐而待毙。

……

尊贵的老爷，我已为您收集到成捆的丝绸，这是属于老爷的。不久，德鲁菲斯浦班达收到了香料，共重八十四司他特，对此曾作有记录。但他未写收据，您本应收到它的，但这恶棍将记录给烧了……这些钱应该分别开来，您知道，我还有个儿子，转眼之间，他会长大成人，如果他离家外出，除了这笔钱之外，他将得不到任何其他的帮助，纳尼司巴尔老爷定会尽力成全这件事的。

他有了这笔钱，就能成倍地赚钱。如果这样，对我来说，您就是像救命于大灾大难中的神灵一般的恩人，在儿子成年娶妻以后，仍让他守在您的身边。

另外，我已派范拉兹美去敦煌取三十二袋麝香，这是我个人买的，现交给您，收到后，可分为五份，其中三份归我儿子，一份归皮阿克，一份归您。

我念完了粟特人的这封信后，知道了当年这条路上熙熙攘攘往来的商人是怎么生活的，也知道了这个汉时称作姑臧也称作凉州的武威在西路上如何的显赫，一时引发了曾经歌咏过的岑参的《凉州馆中与诸判官夜集》：弯弯月出挂城头，城头月出照凉州。凉州七城十万家，胡人半解弹琵琶。琵琶一曲肠堪断，风萧萧兮夜漫漫。河西幕中多故人，故人别来三五春。花门楼前见秋草，岂能贫贱相看老。一生大笑能几回，斗酒相逢须醉倒。凉州的格局是阔大的，气氛也极安定，说人聚会于花门楼，一曲琵琶却是肠要断了，喝醉在地，是真要"一生大笑"呢，还是借酒消愁愁更愁了？近两千年前的姑臧城里的那个夜晚我想是一个夜晚——纳尼班达在写着信，烛光跳跃在他那瘦削的额头和满是胡须遮掩的狡黠的嘴角，他想到他的儿子是流泪了。于是，我推测着被匈奴囚禁了十多年的张骞逃脱后在继续往西去的路上，是如何在念叨着被丢弃的与匈奴女生下的儿子的名字；推测着那个逐放在北海的汉使节苏武看见了老牛舔犊，又如何想到长安城里的娇妻幼子，肝肠一节节地碎断。人是活一种亲情的，为了亲情去功名去赚钱走上这条路，这条路却断送了亲情，但多少人还是要上路，这如同我们明明知道终有一天要死，却每日仍要活得有滋有味。

西路的沿途，很少能见到大片的村庄，常常是在一处沙梁之后，白杨树丛旁，突然地就站着几个大人和孩子看着我们的车辆呼啸而过，使你生满疑窦，不知道他们是从哪里钻了出来。大人们差不多是满头是脸满脸是头的那种，孩子们却如花一样的鲜嫩，然后在汽车带起的尘雾里消失。或许，我们的车就停下来，要锐声地鸣着喇叭，因为又一户转场牧民所赶动的羊群和牛覆盖了一段公路。牧人在急促地吆喝着，吆喝声中充满了对我们的歉意，骑在马上的妇女已经下来，弓着腰将牧羊狗夹住在双腿之间，狗向我们龇牙咧嘴地吠一声，她就用手在狗头上打一下。但另一匹马背上的儿子却默然地看着我们，羊群和牛通过了公路，公路上落上了一层黑豆似的粪蛋，儿子的脖子扭成了四十度还在看我们。我永远记住了这一双白多黑少的大眼睛，总觉得它在向我们窥视，以至于多少个夜晚睡在旅馆都要将窗帘拉严，疑心那眼睛已变成了星星就在室外的树梢顶上。

宗林实在是希望能跟踪了一户牧民一天或者数天，拍摄一套他们生活状态的照片，"只要让我拍，绝对会得一个摄影大奖的！"他反复强调着，但这是不可能了，因为老郑已联系好了前一站的住宿，而且我上了火，牙疼得半个腮帮已肿起来，极需要寻到一个有医院的城镇。庆仁说，农民牧民渔民的生活方式还不大致一个样吗，你回去到陕南的山区，专门拍一个村庄从早上到晚上的活动纪实片，什么都知道了。我也附和：这就像你要想了解怎样给佛上香，就看看自己如何吸烟便行了——烧香供佛，吸烟自敬嘛！宗林嘟嘟囔囔了一阵，没脾气了，却附过身来要为我治牙病。他在我耳朵下的穴位掐，牙暂时不疼了，疼的倒是耳朵，等到耳朵的疼过去了，牙又开始疼。他轻声说：你想想她。我瞪了一眼。他又说：记住，你想她的时候，正是她在想你。我骂道：我病了难道她也病了?! 口里这么骂，心里却真的想到了她，就那么将头枕在宗林的腿上，任他一边轻按着耳下的穴位一边说：让平凹牙疼，牙是咬了你娘的×了?! 我就迷迷糊糊睡着了。

但车过了星星峡，他把我推倒在了车里。

车过星星峡的时候我是在迷糊着，再行了百十里地，我们似乎是进入了月球，山全成了环形山，没有一株树，没有一棵草，更见不到一只鸟。车在一个山包转弯处遇着了几辆手扶拖拉机，先是谁也没留意，庆仁惊叫了一声："金娃子!" 金娃子就是淘金人。宗林当时就让停车要拍照，老郑的意思是车继续开，远远超过了拖拉机，停下来再拍摄，一是可以拍摄得详尽，二是不至于惊吓了人家。车就急驶狂奔了一阵在一片如魔鬼城的地方停下来。这一切我都是不知道的。等下了车，到处是灰白色，用脚踩踩，却硬得疼了脚，原来是如石板一样的碱壳子。小路对着天空伸懒腰，浩叹着天上如果有一只苍鹰，这里就是最雄浑的地方了。我说都拉拉屎吧，一拉屎苍蝇就来了——在那时，想想有个苍蝇，苍蝇也是非常可爱的——但屎拉下了，并没有苍蝇出现。这时候，三辆手扶拖拉机一前一后开了来，第一辆已经开了过去，我才发现第二辆上堆放着铁桶、木架、被褥，被褥中间坐着三个人，两个男人，一个女人，都形如黑鬼。我当然醒悟这是淘金者，但祁连山脉里哪儿有金矿，这些淘金人又是哪儿人，从哪儿来要往哪儿去呢? 在张掖住店的那个晚上，窗外有着呜呜的风，隔壁房间里成

305

半夜的有着床板咯吱声和女人的颤音，害得我浮躁了一夜，天亮坐在走廊要看看那是一对什么男女，如此驴马精神。但男的形象却并未令我反感，因为他说话鼻音重，是个陕北人，前去搭讪了，才知他是金客（从此懂得淘金的叫金娃，收买金货的叫金客）。他并不避讳我，说那女人并不是他的老婆，但他一直爱她，爱得心疼。女人的丈夫也是他的同乡，因偷割电线电缆去卖铜卖铁，被逮捕了在新疆劳改，劳改中就病死了。女人一定要来把丈夫的尸首运回去，埋葬在其父母的坟地里，说为丈夫的墓都拱好了，拱的双合墓，她将来死了就也睡到右边的墓坑里。他是在新疆做金客的，当然就陪了她，他有钱可以让她坐一趟飞机，但那样陪她的时间短，他就和她坐了火车。劳改场里病死的人是埋在一片沙窝子里的，等他们去时，劳改场的人却弄不清了哪一个沙堆下埋着的是她的丈夫，她只好趴在沙地上哭了一场，把一捧黄沙装在布口袋里。是昨天晚上，她终于才让他圆了二十年的梦。"她是个好女人哩。"他低声说，"她答应把那一堆旧衣服和黄沙带回老家埋了，就跟我再来，伴我在这里收金呀！"我感叹着这白脸子大奶子的女人对那么一个丈夫还有这份情意，或许那丈夫对于别人是贼，对于妻子却是个好丈夫吧。我笑着说：你们昨晚可害得我没睡好呀！金客嘿嘿了一阵，说：人嘛，就要过日子哩。我说这与过日子何干，他说那女人答应要为他生个娃娃的，日子日子，它倒不是柴米油盐醋，主要是日出个儿子繁衍后代嘛！

金客有金客的日子，眼前的金娃却是这般形状，第二辆手扶拖拉机要开了过去，宗林就立在公路当中先拍照片，然后绕着录像。驾驶的是一个三十左右的青年，衣衫破烂，你怀疑是风吹烂的，也可能整个衣衫很快就在风里一片一片地飞尽；头上是一顶翻毛绒帽，帽子的一个扇儿已经没有了，一个扇儿随着颠簸上下欢乐地跳。他的脸是黑红色的，像小镇上煮熟了的又涂抹了酱的猪头肉。当发现宗林正对着他录像，他怔了一下，拖拉机差点熄火，虽还在驾驶着，速度明显减缓，如蹒跚的老太太。我们都围近去看，在高高的杂物之上，四个年轻人腿叉腿身贴身地围住了一圈，全都袖着手；全都是酱猪肉的脸，而且似乎被日晒和风寒爆裂；恐怕是数月未洗过脸和头了，头发遮住了耳朵，形成肮脏的绵羊尾巴状。他们对我们的靠近和拍照，惊恐不已，浑身僵硬，那系着绳儿拴在腰带上的搪瓷碗叮叮当当磕打着身边的木架。小路把纸烟掏出来往拖拉机上撂，说：兄弟，是去淘金呀还是淘了金回家呀？语调柔和，企图让他们放下被打劫的担心，因为前边的那一辆拖拉机已经停下，人都下来，并从拖拉机上抽出了锨在手，而后边的拖拉机也停下来，驾驶员虽还在位上，手里却操了一根铁棍。小路的话他们没有接，扔上去的纸烟又掉下来，拖拉机继续向前开，前后的拖拉机也重新发动马达。宗林一边拍摄一边对我嚷道：太好了，太精彩了，照出来绝对漂亮！我看着拖拉机上的人，他们对宗林的拍摄没有提出抗议，但脸上、眼神里没有了惊恐，却充满了一种自卑和羞涩气，想避无法避，就那么像被人脱光了示众似的难受和尴尬。我心痛起来，想起我在乡下当农民的情景：那时我沦为可教子女，每日涉河去南山为牛割草，有一次才黑水汗流地背了草背篓到河堤上，瞧见已经参加了工作，穿着制服骑了自行车的中学同学，我连忙连人带背篓趴在河堤后，不敢让人家看见。我立即摇手示意宗林不要拍摄了，拍摄这些镜头有什么精彩的呢，难道看着同我们一样生命的却活得贫困的人而去好奇地观赏吗？

拖拉机嘟嘟嘟地开远了，戈壁滩上天是高的，路是直的，能清楚地看出我们生活的地球是那样的圆，而且天地有了边缘，拖拉机终于走到了最边处，突然地消失——我感觉到边缘如崖一样陡峭，拖拉机和人咕咚全掉下去了。这数百里没人烟的地方，淘金人走了多久，路上吃什么喝什么，夜里住在哪里，淘出的金子由谁掌管着，刚才在我们围观和拍摄时掌金袋的人是何等的紧张，而那数月里所淘取的金子又能值多少钱呢？卖了金子分了钱，是买粮食呢还是扯一身衣服，或许为着找一个媳妇吧。我给大家讲一个我的老师去美国访问时的故事，老师在一处海滩上碰见了一个美国男人推着小儿车，小儿有两岁左右，非常可爱，他就对那男人说想和小儿拍照留影。那男人说你等一下，便俯下身对小儿叽叽咕咕了一阵。老师是懂英语的，他听见那男人在说：迈克，这个外国人想和你照相，你同意吗？小儿说：同意。那男人才对老师说儿子同意了，你们拍照留影吧。

我说的故事是在讲了对人的尊重，宗林反驳说咱们现在还用不着那一套，生存是第一位的，我或许那样拍摄让他们难堪，但拍摄出来让更多的人看见了来关注他们的生存状况，而不是去取笑和作践他们，我当年未参加工作前，在乡下去拉煤，比他们还悲惨哩！宗林说的是真情，他小时是受过罪的，我何尝不是这样呢？出生于农村，考上大学后进入城市的单位，再后是坐在家里写作、玩电脑、炒股票、交往高科技开发区的一批大老板，如果说农耕、工业、信息三个文明形态是一个时间的隧道，那我就是一次穿越了，而不管我现在能爬上了什么高枝儿，我是不敢忘也忘不了生活在社会最基层的人。我说，我什么苦没吃过，你这些镜头应该是为庆仁他们拍的。

"要我像金娃子这么活着？"庆仁歪着头，"我就一头撞在石头上死了！"

"鬼怕托生人怕死，"小路说，"人是苦不死的，你要到了他们这个份上，你也是挣着挣着要活下去，不但自己活下去，还要想法儿娶媳妇生下孩子，一溜带串地活下去。何况，瞧你这样子，当和尚是花和尚，当日本人也是朝三暮四郎。"

"我有你那么骚吗？我只是狂丑了一点。"

汽车中的浪话又开始了，我掏出了日记本，在颠簸中记下了小路的话，并写道：丝绸之路就是一条要活着的路啊，汉民族要活着开辟了这条路，而商人们在这条路上走，也是为了他自己活得更好些，我之所以还要走这条路，可以说是为了我的事业，也可以说是为了她吧。

三 路是什么，这重重叠叠的脚印

离开西安的那天，恨不得一日能赶到天水，当八百里关中平原像一只口袋一样愈收愈紧，渭河在两道山峦之间夹成了细流，这已经是走过了天水、秦安、甘谷、武山和渭源，走过了，却觉得西安的宏大和繁华。坐在西安城里写乡村，我是已经写过了一系列关于商州的故事，如今远离开了西安，竟由不得又琢磨起了这座我生活了二十八年的古都。两千年前的汉朝和唐朝，西安在世界的位置犹如今日美国之华盛顿吧，明清以后的国都东迁北移，西安是衰败了。日暮里曾同二三文友去城南的乐游塬听青龙寺的钟声，铜钟依旧，钟声却不再悠长，远处的曲江已没花红柳绿，我们也不是了司马相如或杜牧——寒风悚立，仰天浩叹，忽悟前身应是月，便看山也是龙，观水水有灵，满城草木都是旧时人物。前些年，突然风传城西南的一家宾馆门口的石狮红了眼，许多市民去那里烧纸焚香，嚷嚷着石狮红眼，街巷要出灾祸了，虽然街道办事处的干部数天里驱散着去迷信的人群，我还是去看了一回，我并未看到石狮是红了眼的，但石狮确实是一对汉时石狮，浑圆的一块石头上，粗犷地只刻勒了几条纹线，却形象逼真，精神凸现，便想这石狮会成精作怪的，它从汉代一路下来，应是最理会这个城市的兴衰变化的。出发的前一天，在家看戏本《桃花扇》，戏里的樵夫唱："眼看他起高楼，眼看他宴宾客，眼看他楼塌了。"便觉得这樵夫是在为这个城做总结。也就在刚刚合上戏本，一位朋友送来了一只大龟，是在旧城改造时，于拆迁的一座四合院的柱顶石下发现的，你要上路了，他说，杀吃了壮行吧。这龟如铁铸的颜色，我看着它，它也伸出了头看我，那眼神让我瞬间里感到了熟悉，而半夜里便梦见一个和尚，又在梦里恍恍惚惚认定这和尚就是汉代的那个鸠摩罗什，天亮就再不敢宰杀，将它放生在了城河里。离开西安的第二个晚上，睡在了天水宾馆，窗外的一片竹使风显形了一夜，远处的大街上灯火还是通明——正逢着过什么西部城市商品交易会，狮子龙灯还在舞着，秦腔还在草台上生旦净丑地演动——我是谢绝了接待人的观赏邀请的，想，陕西号称秦，秦又号称狼虎之国，但真正的秦人却算作是天水人，秦始皇的先祖就是在天水发祥后迁往了关中，如果说陕西现在已失去了中国政治、经济、文化的中心地位，而在天水，却也是舞狮子龙灯，穿明清服饰，粉墨登场，以示振兴传统文化了。对于传统文化是什么，应该如何继承，整个社会的意识里全误入了歧途，又有多少人想到一个民族要继承的应是这个民族强盛期的精神和风骨，而不是民族衰败期的架势和习气呢。一间房子里两张床，小路的一张嘴是刚刚歇下来就响起了鼾声，他的鼾声是毫无规律的，吼一阵，吹一口气，又吧嗒吧嗒咂嚼。在远处的锣鼓声中和身边的咂嚼杂音里，我开始记当天的日记了——我必须每天记我的日记——日记上有这么一段话：

一踏上西路，即便已经是公元 2000 年的秋天，你也不能不感叹这条路是多么的艰难！公路和铁路并排地贴着渭河的两边穿行，而这里的渭河没有滩也没有岸，水直接拍打着山根，用炸药和钢钎开凿出来的铁道和公路也仅仅能通过一列火车和一辆汽车。洞子奇多，几乎在黑暗中进行，盼望光明而光明又是那么的短暂，使你感觉到车不是向西走，而是越走越深，进入万劫不复的地狱。终于这一个洞子与另一个洞子距离略长，可以把整个脸柿饼一样地压扁在窗玻璃上，看到了对面正在通过火车，山根的石坎上站着一位穿了黄衣的路警，并没有行礼，却站得直直，流着清涕，旁边是一堆燃着的柴火。路还在往前钻，山越来越连着套着，河几乎在折行，崖头上坍下来的乱石埋住了路面，可能是昨天发生的崩塌吧，有几十人在那里撬石头，乱石里露出一辆被砸瘪的小车前半部，三个人在那里用锯锯车门，把一具脑袋嵌入了肩里的尸体往外拉……我紧张地看着司机，司机没有说话，大家都一时无语。老郑递一个苹果让我吃——吃或许能缓释紧张和恐怖——我没有吃，拿油笔在苹果上画了一尊佛，放在了驾驶室的前窗台上。车似乎直立着爬上了那一堆山石土堆上，苹果就掉下来。重新放好，车又立栽般地下山石土堆，苹果又掉下来了。再一次放好。终于通过了塌方路段，车一停下，我们立即从车门逃出来，随之便瘫坐在地上，没有了一丝儿的力气。小路让大家都对天吐唾沫，呸呸呸，说这样可以避邪，不至于让刚才的死者阴魂附着了我们。我是不怕鬼的，因为要怕鬼，开凿这条路不知死了多少人，行走这条路又不知倒下了多少人，而铁路和公路未凿开之前，赶一队骆驼从这里经过，能不是死亡之旅吗？这是一条鬼路。在这条鬼路上，我们的祖先拨着鬼影而走，走出了一个民族曾经有过的博大和强盛，开放和繁荣。现在，一条渭河日夜不息地流动，它流动的是历史，我们逆河而上了，我怀疑我们是当年西征军营里的马或商队中的犬要去觅寻往昔的一点记忆吗？

　　小路翻了一下身，睡熟的油乎乎的脸，看着令人害怕，但他的鼾声却停了。鼾声的停止突然使我不适应起来，以为他是憋住了气，年轻轻就要过去了，忙下床用手去试他的口鼻，却是哼儿一声鼾声又发动了，气得我拉下床头上的一双绣花鞋放在他的鼻前，让鞋臭熏死他！

　　金莲小绣鞋是小路白天收集到的，还有一双麻编鞋——小路是有收集鞋的癖好的。当车行到毛家庄，正好一列火车也停在那里，分散在石坡上的山民就把门户打开了，男的女的，老的少的，忙不迭地提着篮子从便道上往下跑。篮子里装着苹果、核桃和五味子，涌在车窗外"同志，同志"，殷勤叫卖，像河岸上的一群鸭子。五味子是一嘟噜一嘟噜的，颜色可人，但味道不好。当我们在品尝山货时，小路是不见踪影了，一会儿他从一家矮屋里出来，就笑嘻嘻地提着这两双鞋的，宗林叫道：你这嫖客，有爱破鞋的癖好？小路说，你不懂，这里边哲学上和美学上的学问大哩，西行的路上如果能收集到一些从未见过的鞋就是本人最大的得意了！

一路上，小路果然是收集到了两大纸箱的鞋。这些鞋当然多是各地的旅游点上的商品，他们在出卖风俗，冬夏四季的都有，老少男女的都有，也有各个民族的，逮的就是像小路这样的文化人的好新奇。那些脸蛋两团红肉的胖女人信誓旦旦地说：就这一双了！小路刚一转身，摊位下面又取出了一双摆在那里。两箱鞋分别在邮局打成包裹寄回了，我打击着他：最大的收藏是眼睛收藏，凡是拿眼见过了就算已经收藏过了；丝路是什么，就是重重叠叠的脚印，那该是走过了多少鞋?!

三天之后，我真的是把我的一双鞋和一颗牙丢掉在了路上。牙是严重的睡眠不足上火发炎而疼痛的，半个脸已经肿起来。这使大家十分紧张，因为任何一个人犯了毛病，行程计划将被打乱，沿途没有口腔专科医院，甚至像样的综合医院也没有，疼痛又使我耗费了忍耐能力，终于在一个小镇上被一位游窜的牙医拔掉了。这位牙医同时是卖老鼠药的，那一个大塑料盘里一半放着干硬的老鼠尾巴，一半放着发黑发黄的牙齿。他让我张开了嘴，黑乎乎的手伸进去摇动着所有的牙，当确定了病牙后，在牙根上涂了点什么药膏，然后手一拍我的后颈，牙就掉下来了。我把我的牙没有丢在那一堆牙齿中，牙是父母给我的一节骨头，它应该是高贵的，便抛上了一座古寺的屋顶去。鞋是在家时略有些夹脚，没想到在古浪跑了一天，脚便被磨破了，血痂粘住袜子脱不下来，好不容易地脱下来了，夜里被老鼠又拉进了墙角的洞里。路还长远，还得用脚，这鞋是无论如何也不能再穿了，但鞋还未到破的程度，我并没有把它扔进河里，也未征询小路要不要收藏，只是悄悄将它放在路边。在我们老家的山区，路边常会发现一些半旧不新的草鞋或布鞋，那是供在山路上行走的人突然鞋子破了再勉强替用的。我继承了老家山民的传统，特殊的是我在鞋壳里留下字条：这鞋没有什么污邪，只是它对我有些夹脚，如你的婚姻。

用棉纱包扎了我的脚，穿上了新袜和柔软的旅游鞋，我是走过了兰州周围的各县。我个头矮，穿上白色的旅游鞋，显得个头更矮了，但凡经过村镇，竟总有人瞧着我，小路问：我们这小伙怎么样，帅吧？回答的却是：鞋好。这是全国最贫困的地区之一，山上无树，黄土深厚，沿路的洋芋都开了花。钻进了一条有着无数的陶窑的土沟，一抹夕阳照来，整个沟坡的高高下下的田如一团巨大的石团被刀片胡乱地削过一样，在一派金黄色里闪亮。一群羊在沟底游移，牧羊的孩子坐在地上，脚手四乍，做着无聊的杂技。有老头和一头毛驴从坡垴处往下走，他双手抄在身后拉着毛驴的牵绳，路又如一条绳把他牵了过来。毛驴的额上有红的带子，是整个山沟最鲜艳的色彩，老头在吼着野调，漏齿的牙使口语不清，好不容易听明白了，吼的是：地里种的洋芋蛋，街上走的红脸蛋，炕上坐的糖乎蛋。我等着老头走近了问糖乎蛋是啥，他指了指路前一个没有长草的坟堆。这使我莫名其妙，又看了看坟堆，原来坟堆前坌着的不是一堆胡基，而是坐卧着一个人。人已经老得不像个人了，嘴皱得如婴儿屁眼，眼角糊着眼屎。这么老的人孤零零坐在坟前做甚？上前问：你老在这儿干啥？老人说我看我新房哩。又问你老多少高寿了？老人说活得丢人了，丢人了，九十二了阎王爷还不来领么。老人对生死的心态令我们惊叹，我要背他回坡下的村去，他硬是不肯，便掏了百元钱塞在他的怀里，我们便往沟畔我们要拜访的那户人家去。这人家在一处圆土峁下，五间的砖房与所有的人家土墙土屋顶不同，砖房的两边又各安了大木格窗，再加上刷黑的钉着大黄铜泡钉的大门，山峁如卧虎，这门窗就是卧虎的眉目了。主人的门前虽未有公路，他却是沟外镇子上的一支长途货运车队的车主，足迹和车辙终年在家乡与乌鲁木齐之间往复，那鼻子高耸的老婆也就是在酒泉的一个歌舞厅里认识而带回来的。我们就坐在客厅里烧罐罐茶（用玉米棒芯儿在铁火盆里架火，将陶壶装满了砖茶在那里煮沸，然后一一倒在小陶杯里），北方没有新鲜茶，但陈茶这么熬出石油一样黑汁来，却是另一种味道。问起这么多年搞长途运输有没有出什么危险，他说这当然有啦，彭加木是死在罗布泊的，余纯顺也是死了，他在沙漠上就看见过已经被晒干的现代人的尸体，他们是科学家或探险人，只是和大自然做斗争，运输车队却装着货，还得防那些强盗哩。他说他在一个夜里经过觉金山，突然前边有人挡车，他才要停下来，蓦地发现前边不远还有一个人提着一根木棒，立即明白遇上坏人了，刚踩了油门，挡车的那人就扑上车门外的脚踏板上，并已拉开了车门。他是一手把握着方向盘，一手斜过去紧拉车门扶手，两人就那么对峙着。亏得他脑子清楚——他说，我的长处是越在紧急时脑子越清白——就将车往崖根靠，既要靠近崖根，又不能把车碰在崖根，车就离崖根半尺宽，强盗便被挤伤了掉下去，然后一口气将车开下了山，才发现拉车门的那只手皮肉都拉裂了。

生生死死的搏斗，车主的描述是非常简单和轻松的，他不停地为我们熬茶，宗林就喝醉了——酒能醉人，茶也能醉人的——跑在门前的场边咯咯哇哇地呕吐。沟畔里就上来一个人，大声吆喝着"三娃"。"三娃"吆喝了半天没回应，那人说："志高——！"车主就走出去问啥事，叫魂似的？那人说不叫大名就不出声哇?！车主说就因为背运才改了名，你还是叫小名，叫得我还得和你一样穷吗？两人开始了一阵像吵架一样的对话。原来来人问车主几时去张掖，他的儿媳是张掖人，小两口去那儿弹棉花呀，墙高的人在家闲着，去挣几个钱是几个钱，在家闲着总不是个事呀！车主说明日一早就有车去张掖一带，但驾驶室里已经有人说好了，要搭顺车可以坐到卡车厢上面，如果不嫌风大，明早五点钟在沟口路上等着。车主就请那人来家坐坐，那人说他要走呀，身子不合适，头疼。车主说来喝口茶么，一喝头就不疼了。那人进来没有喝茶，却从怀里掏出个醋瓶子抿了几口，车主就作践你这个山西人，来这里做女婿三十年了，还不改吃醋的德性，便又对我们说来的这人叫松松，待儿子不好待儿媳妇好，儿媳妇生孩子时难产，他拿了醋放在儿媳妇的腿中间，嚷道山西人的后代要闻醋的，孩子果然闻见了醋味头就冒出来了。

到了张掖，最让我吃惊的是棉田，早知道河西走廊乃至整个新疆产棉，但走过一排杨树，迎面的竟是棉田一眼望不到头。棉花棵子并不高，棉桃硕大，吐着白花，拾棉的人几十个一溜儿摆开，衣着、说话都不是本地的模样，我也就想起了在陶窑沟车主家见到的松松，莫非这里边就有着松松的儿子和儿媳？我们走近去询问一位胖腰短腿的妇女，妇女竟是陕西南部我的同乡。嘿哟，乡党见乡党，我话一出口，她激动得就哭了。我问她是怎么来的，她还是夸我说话咋这么中听哩，然后才说她是一伙十二个人坐了火车来的，在家时听招工的人讲来拾棉花，心想拾棉花多轻省的活儿，又能挣得好钱，高高兴兴来了，来了工头把他们领到地边，说，拾吧，她一看见铺天盖地的棉花，吓得当下就软坐在了地上。"我吃不惯羊肉。"她说，"水土又不服，弯腰拾一天，夜里睡在床上全散架了，腿不是了我的腿，胳膊也不是了我的胳膊！"我同情着我的乡党，但我不知道该怎么来安慰她，不敢看她，仰了头看天上的云，云很高，挽了一疙瘩一疙瘩。老郑忙岔了话头，问这里有没有甘肃文登的小两口也拾棉花，她说和她一块拾的除了乡党，有六个河南人，还有一个湖南妹子，就指了一下远处的一个小女子，那女子是噘噘嘴，像吹火状。我说，噢，还有南方人，就她一个？乡党压低声音说，英英才可怜哩，年轻轻的守了寡，家里不要，孩子也被夺去了，一个人流浪过来的。

她说着，又后悔自己不该把朋友的隐私翻出来，不说了，不说了，但她还是忍不住又说给了我们，她或许是个藏不住事的人，也或许见了乡党只把憋着的话说出来痛快。因此，我们便知道了这个叫英英的湖南妹子家住在铁路沿线，地少人多，日子苦焦，村人就集体偷扒火车。隔三岔五了，男人们三更半夜爬上经过的货车，疯了似的，见什么就往下扔什么，老汉和妇女是藏在路基下的荒草里，见车上扔下东西来，便拣着往村里搬，搬到村里平均着分。因此，这村子也因此富裕开了，也因此从火车上摔死过三人，也因此被当地派出所抓去了三人。村人有个协定，凡是谁家的男人出了事，坐了牢或亡了身，集体

317

来养活这一家。英英有一个两岁的孩子，丈夫在一次扒盗中从车厢上往下跳，跳下来落在一个水坑里淹死了。丈夫死了村人当然要管他们家，但丈夫是个笨人，历来的扒盗中仅是个喽啰人物，而且他的死完全是他的笨造成的，村人就将四万元钱一次付给她家罢了。公公婆婆想，大儿子死了，还有个患摇头风的小儿子，就要英英和小儿子结婚。英英看不上小叔子，小叔子头摇着还罢了，那常年流涎水让她恶心。公公婆婆便翻了脸，要把孙子留下，让英英出门，钱是不给一分的。英英寻过村里的老者，老者说，你既然迟早要结婚，孩子留下是人家的根呀，至于钱，按法律也得判给儿子啊！英英就提了装有换洗衣服的包袱出来流浪了。

英英的遭遇使我唏嘘不已，想给她出主意回去状告她的公公婆婆，可她的丈夫本身是个犯法的人，政府能支持她？想给她写个信去找找张掖市的马老板，能否安置她在哪个大公司寻个工作——马老板和老郑熟悉，请我们吃过一顿饭——可她的形象太差，私企老板是不会接收的，信写了一半又揉掉了。我能帮她的，是我将一只吉祥葫芦让乡党转交给她。吉祥葫芦鸡蛋大，上面刻绘了菩萨，是在兰州的黄河边上特为避邪买的。乡党说，你也不送我一只？你看上英英啦？!

我看上的是至今仍不肯说出一句"我也爱你"的人。

我们在兰州，仍是未得到已经在西路的她的任何消息，我度过了最浮躁不安的几天。这座在中国占有重要位置的边城变化得天翻地覆，七年前我曾在这里走遍了巷巷道道，闭着眼睛也能走到那几家著名的拉面馆，但如今街路拓宽，新楼矗立，车流堵塞，人乱如蚁，你压根

318

儿不知了东南西北。在黄河桥边去看水车——我的生命里永远有着农民的基因，一看见犁过的地就想上去踩踩，一看见青草就想去割了喂牛——水车只剩下了一座，仅作为个象征物让人参观。往昔的兰州城是很小的，黄河南岸仍是大片的田地，十六米直径的大水轮成百座在日夜车水，轰轰隆隆，天摇地动，是何等的壮观！时代变迁了，城市扩建了，没有了农村的贫穷和落后，也消失了纯朴而美丽的风景。我坐在那里，茫然地往对面一家宾馆门口看，门口外马路上停满了小车，三个蓬头垢面的孩子立即提了小水桶和抹布去擦车。有车主大腹便便地出来了，大声呵斥：谁让你擦的？瞧瞧，越擦越脏了！孩子停驻在那里一语不发，看着车头一处的水痕还用袖头又揩了一下。车主钻进驾驶室了，孩子却一下子趴在门窗口，一声声叫"叔叔，叔叔"，车主又骂了几句，掏出一把钱来，从中抽了一张五元票，扔出车窗外，车就开走了。而宾馆左边的小巷口，是一辆已经停得很久的三轮架子车，架子车上装着垃圾，拉车的人坐在车上，先是毫无表情地看着那些为人擦车挣钱的孩子，后来脑袋就搁在车帮上睡着了，你无法想象车上的垃圾的臭味如何使他沉睡不醒，以至于孩子们为那五元钱争执着跑过身边，他还未醒来。这时候，巷子里另一个女孩走出来，她是沿着巷左的一排商店橱窗走过来，站在那里不动了，傍晚的落日正照在那橱窗的玻璃上，或许她奇怪了怎么每一块玻璃上都有一个发红的太阳，就立在那里发愣了，而夕阳的余晖和玻璃的折射使她罩上了一星亮光。我霍地站起来，难道是她？！但女孩毕竟是女孩，虽然特别像她，也只是她的缩小了的一个坏模罢了。我又坐下去，继续往巷子里看，自己笑自己犯神经，却自此有了一种异样的感觉：她是来过了兰州，或者，她也正在兰州。

这样的感觉使我情绪倍增，在兰州多待了一天，而且走街串巷。庆仁瞧我的浮躁样，曾经问，你要买什么？我说碰见什么能买的就买呗。庆仁就赞叹兰州上市的瓜果品种这么多的，我说是多，都不甜么。

几乎是从甘谷起，西兰公路上就时不时长有一些柳树，柳树一搂粗，空裂着腹。沟底或村畔的柳是每年有人砍去枝条搭窝棚和做柴薪，树长得就是一个粗短的黑桩和一蓬鲜绿的树冠，像是大的蘑菇一般，而公路上的柳却是肆意生长，这就是左公柳。西路上到处有着汉以来为打通这条路和疏通这条路的遗迹和故事，天水是见到了李广墓（墓现在荒芜在一所小学校的角落，墓前的石马无头断足。李广的武艺超群，曾醉中将卧石看作伏虎，能一箭射透，但他的命运不济，元帝时朝廷重用老将，而他年轻，到了武帝时朝廷又重用少将，他却又老了。一生虽经百战，终未封侯，他是个晦气的人物，所以当年蒋介石号召国民党将领向李广学习，甚至亲自约部下来为李广扫墓，应者寥寥，陪同的仅侍从数人），在秦安是踏勘了三国时期失街亭的战场，又于陇西登临了北宋年间防御戎夏的"威远楼"。而左公柳是左宗棠西征时沿途植栽的，现在这种柳树还存活着多少，已经无人知道，但它肯定是历史保存给西路最多的也是最鲜活的证据。

我们早已知道了出塞的那个昭君，也知道了文成公主的进藏，闻名于世的吐鲁番的额敏塔是额敏和卓帮助清高宗平定准噶尔有功受封而建造的，哈密瓜的称谓也是北京城人对哈密回王每年向清廷进贡的香瓜的冠名。但是，世人对于唐世平公主几乎要遗忘了，这位公主是嫁给了武威王的，她是怎么样个金枝玉叶身，又是如何来的，一生又在武威过的什么样的日子，史书没有记载，民间也无传说，我们只在武威的博物馆里看到了一块小小的她的墓志石碑。再是那个鸠摩罗什，从西域到了武威，一住就是十六七年，组织译经，开凿石窟，然后东下，沿途传法，以致陇西至天水一带成为中国佛窟寺院最多的地区，单是甘谷旧城就有二十四座庙，以至于一条大街上一半是东禅院，一半是西禅院。还有苏武呢，小时候站在乡间的土场子上看高高戏楼上演《苏武牧羊》，一声"汉苏武在北海身体困倦"，然后一个老头颤颤巍巍地出来唱着没完没了的词，令人厌烦，到了西路，方知道他作为汉使者被匈奴扣留并逐放于北海牧羊了十九年，十九年是个什么数字呢？丝绸瓷器是到了西域，葡萄、番茄、琉璃、地毯、琵琶、箜篌、腰鼓却来了东土。河西被封设了五郡，五郡的城头上飘扬了大汉旗帜，匈奴休屠王的太子竟又在汉朝做官封侯。在甘肃的永登，我们专门去看了一个人称吉卜赛的村，果然村人生活习惯与吉卜赛人酷似，尤其是女人皆识手相之术，经年累月结伙出外以看手相谋生。还有永昌县的牛头镇，全镇男女体格高大，碧目耸鼻，也不避讳其祖先是古罗马人，当年贩丝绸流落在此的。与这些人相见，小路免不了要与那些看手相的女人厮混，她们查看他的掌纹，过去的事一说一个准，他也目测她们，说某某身高多少，胸围几尺，也是从不失误。可宗林要给他与那些古罗马后裔照相时，小路是坚决不照的，他丑陋，不愿意陪衬她们的美，我也是西路东段的人，他说，怎么我的祖先就那么保持纯粹血统呢？怨恨不已。

　　一条路，从东往西，从西往东，来来去去了多少人呢？

敦煌去安西的戈壁沙漠上，我们的车极致了它的兽性，速度每小时一百六十公里，可是三个小时过去了，路上并没有见到一个行人。第四个小时吧，似乎前面有个踪影，还以为是只野兽，黑乎乎的一团，两条腿叉拉着缓缓移动，后才确定是人，形容枯瘦，衣衫肮脏，背有一个行囊。车是一闪而过的，但大家都看到了，是逃犯还是乞丐，我们竟讨论了半天，最后的结论不管这是一位什么人，必定不久就渴死饿死的。同是大漠上的人，能面对着一个将会渴死饿死者一闪而过吗？——邂逅是有着缘分的，应该格外珍惜，对于一株奄奄一息的戈壁植物我们都曾注目一阵，企图要读懂它的存在的意义，何况一个人呢？——我们的车掉转了方向又往回开，停在了那独行者的面前。

"喂，你从哪儿来呀？"我们问道。

"从乌鲁木齐来的。"他回答着。

"哎，要往哪里去呀？"

"要到西安去！"

我立即过去要替他取下行囊，说我们正是从西安要到乌鲁木齐去的，如果愿意，请上我们的车，再往乌鲁木齐去一趟了就可以一块回西安。但他说声谢谢，拒绝了，他告诉我们，他是特意徒步行走的，可他不是探险者，他的夫人一直开着宝马车在前一站，她不让他看见她，却每隔一百公里在路边做了记号为他埋藏着水和吃食。原来是这样，我倒有些不好意思了，我将一支烟递给了他，他将烟塞在那一蓬脏兮兮胡须下的嘴里扑扑地吸，然后一起立在那里撒尿。他尿得比我高，也比我有力，我却因热尿泄出更感觉身子冷。坐在车上的时候太阳隔窗照射，热得脱了毛衣，下了车气候竟那么冷，手僵得裤带解不开，解开了又掏不着那个东西，好长时间方尿出来，以最快的速度尿，似乎慢一点那尿就成了冰棍要撑住身子哩。

告别了独行人，我们坐车继续西行，宗林和小路依然对独行人产生着兴趣。如果那人说的是实话，他俩说，那夫妻绝对不是一般人了，妻子能开着宝马车在前，丈夫徒步在后，肯定是发了财的老板！当老板的却如此这般走，是有着什么难以发泄的不被外人知晓的痛苦呢，还是他们有着一段浪漫的契约？或许，他们是疯子。更或许，那人压根儿是不真实的，我们看到的并不是真人，是西路上的一个幻变了的漂泊鬼魂？！他俩的各种疑问并没有激起我说话的欲望，我回想着刚才与独行人的问答，觉得那问答是那么熟悉，蓦地记得了，在《禅宗公案》里有这么一段描写，一个人问禅师：你从哪里来的？禅师说：顺着脚来的。又问：要往哪里去？禅师说：风到哪里去我到哪里去。更记得了耶稣基督也是走到哪里总有人问：你从哪里来，要到哪里去？基督的回答从来一样：我来自地狱之城，要到天堂之城去啊！

四　是谁留下千年的祈盼

在我们从西安出发的时候，车里是钻进了一只苍蝇，宗林和庆仁曾忙活了半天去扑打，苍蝇却总是打不着，它站在庆仁的光头上，甚至就蹲在宗林当蝇拍摔打的那本杂志上。我便说这苍蝇有知识，恐怕也要随咱们一块儿上路呢，就留着吧。苍蝇便一直跟着我们。没想愈往西走，苍蝇愈觉得可爱，直到那天在戈壁滩上跑了一整天，我们要下车来小解，心想苍蝇这下会顺车门而溜掉的，但上了车，它仍趴在驾驶室的照后镜上，一条前腿跷起来极快地抚摸着脑袋，便知道它是个女性，不仅可爱，而且是很伟大的了。车经过一个镇落，庆仁专门下去买了一个西瓜，切开了就放在后厢角，对苍蝇说：你吃吧，咱们已经是一个团队了，我们会带你安全返回西安的。

过了兰州，黄河折头要往南而去了，我们没有乘坐羊皮筏子去体验水上的乐趣，而豪壮地往河里撒了一泡尿——让黄河涨了水去，把一切污秽都冲到海里去——头不回地往西，往西。黄土堆积的浑圆的山包没有了，代替的是连绵不绝的冰冷峥嵘的祁连。祁连应该是中国最逶迤的山，千百年来风如刀一样日复一日地砍杀，是土质的全部都飞走了，坑坑坎坎，凹凹凸凸，如巨木倒地腐化后的筋，祁连就成了山之骨。在全程的西路上，我们的车翻越了三个要去的山，一个是乌鞘岭，一个是党金山，一个是星星峡，另外有天山和火焰山。翻过乌鞘岭，可以说真正是另一个天地，长城离我们是那样的近，往日电视里看到的八达岭的长城是高大和雄伟，在这里却残败不堪，有的段落仅剩下如土梁一般的墙基，它是一条经过了漫长的冬季而腐败得拎也拎不起的瓜藤。伟大的永远是大自然，任何人为的东西都变得渺小，但这里却使你获得了历史的真实和壮美。山并不是多么险峻（这如河在下游里无声），车却半天爬不上去，而且开锅了数次。在山下还都穿着衬衣，到了山顶太阳依然照着，却飘起雪花，雪花大如梅花。忽然看见了一只鹰，斜刺着飞下来落在一块石头上，如又一块石头。停下车来吟了古句"偶呼明月向千古，曾与梅花住一山"，人一下来衣服立即宽了许多，匆匆在路碑前留一张影，赶忙开车又走——是逃走了一般——感觉里自己的影子还被冻僵在那路碑石前。下山转了多少个弯子，已不知道，我们在车里东倒西歪，像滚了元宵，却看见了就在前边，似乎很平坦的地段上，有两辆车翻了。事故发生的时间可能不长，一辆仰面的卡车车轮还在转，伤者或死者已被运走，有人凶神恶煞地提着皮带站在旁边，监视着已经围聚过来的虎视眈眈盯着散落货包的人群。我们的车也停下来。老郑跑过去问提皮带的人需要不需要我们帮助，回答是已经派人去前边的公路管理站报告了，马上会有人来处理，只问有没有烟，能否给他吸吸。老郑是不吸烟的，来向我要烟，我抓起三包扔了过去，并拆开两包天女散花般撒向围观的人，喊道：多谢大家照顾了！人群抢拾着烟支，轰地回应："没说的，没说的。"会吸的把烟点着了，不会吸的将烟夹在耳朵上，差不多散开，踅进村去了。村就是路北坡沟的一簇屋舍——这是我第一次见到的别于内地的村舍——不长树，没有砖瓦，没有井台和碾盘，一律低矮如火柴盒似的土墙土顶的土。若不是那每个土顶上的土坯烟囱冒着黑烟，我会以为那是童话里的。

但是，到了古浪，山却出现了极独特的形状：其势如卧虎，且有虎纹，是从山顶到山底布局均匀的柔和的沟渠。卧虎卧着的不是一个，是一群，排列成序，序中有乱，如被谁赶动着的，呈现了的不是一种柔弱，而是慵懒，大而化之，内敛了强大的爆发力。过了古浪，我们看到的又是恢复了骨质的那种山，魔幻般的一会儿离我们很近，一会儿离我们又极其遥远，庆仁才惊呼着山是被硫酸腐蚀过的，怪不得祁连也称天山，却又有一段山峦突然间失去了峥嵘，浑浑圆圆有着黄土高原土峁的呆样。车发了疯地狂奔，细沙在玻璃窗上如水沫一样流成丝道，山极快地向后退着，变化着，如此几个小时后，山就彻底地死亡了，是烧焚过一般，有一层黑沙，而更多的山口出现冲积洪积扇的沙滩，同时路北的腾格里沙漠如海一样深沉。宗林突然锐叫，那边有炊烟！已经是老半天未见到人的踪迹了，有炊烟就有人啊，我们都趴在车窗上看，烟确实是直直的一柱，却未见到房子、毡包和人影晃动。而盯着烟柱，神秘地屏了气息，倏忽间烟柱在游动，真的在游动，且愈游动愈快竟就到了我们车边——原来是小的龙卷风！于是，我们讨论了古人的诗句：大漠孤烟直，长河落日圆。哈，一定是古人犯了错，古人也会犯错的，错把龙卷风当作炊烟了！我们是好得意的，一得意就忘了形，把车停下来去拍摄壮景，宗林甚至说他要写一篇论文，这论文绝对会得奖的，然后司机却大声地呼叫着快上车，沙尘暴要来了！要来沙尘暴？我们看天，天上并没有特别异样的变化，但司机是经常走这条路的，他平时又不苟言笑，而他那么紧张地叫喊，我们是不能不听的。坐上车呼啸着就跑，风是果然就强硬起来，隔着窗玻璃听见哨子响，便见戈壁沙漠里起了无数的沙道儿，从骆驼草、沙棘、红柳根部唰唰地方向不定地窜，如蛇群狂舞，同时感觉到车时不时就飘起来。公路上有三辆载着货物的卡车已经停住，从车上下来七八个人慌不迭地往车帮系粗长的绳索，然后一起跑到风的反方向处使劲拉紧绳索，但一辆卡车还是翻倒了。远处一个维吾尔族老人骑着毛驴，人与驴几乎朝着风倾斜了四十度，出奇地还在走着，犹如电影中人在太空的镜头。小路的喉咙发炎了多日，时不时就咳一口稠稠的东西，他下意识地将车门刚开一条缝要吐出去，门哗地张开，虽紧急关闭了，吓得司机脸都白了，并厉声呵斥：这么大的风你敢开门，车门掀掉了不要紧，把人吸出去了还想活不活？！小路再也没了笑话，老老实实地瓷了半天。

我们的车终于在半小时后驶进了一丛杨树林子。车轮上溅有血迹，这令我们百思不解，可能是奔跑中碾着了急不择路的什么小野物，但似乎并没有发现有野物横穿公路，庆仁则认为这车是汗血马的魂灵附体了，它跑得太快，也出了血汗。

杨树林子后原本是一处村落，能依稀看到往昔的屋基和田地的模样，但现在滋养人与植物的水分在减少，湿地已紧缩，所有的人都搬迁了，仅除了一处房子住人，操持着给过往车辆充气补胎的营生。补胎人年纪并不大，光脑顶、大胡子，小路叽咕了一句：满头是脸，满脸是头。补胎人可能正与老婆怄气，一边收拾门前的修补工具，一边骂人，见我们车"嘎"地开进林子下，不骂了，招呼我们从车上快下来到屋子里去。门外天一下子灰了，黑了，接着像冰雹一样噼里啪啦地响。屋门是关了的，使劲地被风沙摇撞，后来吱吱吱如老鼠在啃，塞在门脑上的草把子一掉下来，而木梁上吊着的一个大柳条笼就秋千一样地晃。一只狗卧在那里一声不吭，灶洞口却出来了一只猫，它是从外边的烟囱里钻进来的，白猫成了黑猫。"没事了，没事了。"补胎人招呼着我们往炕上坐，又生硬地让老婆给我们倒开水。一人一碗水，喝到最后，碗底沉积着一小摊沙。宗林有些稳不住气了，问司机这样的天气可能会多久，会不会被困在这里。我说，没有棋么，有棋就好了，陈毅元帅战场上还下棋哩，大丈夫临危得有静气啊！我知道我脸上的肌肉还在僵着，却煞有介事地问起补胎人的生意了。他说：还可以，就是没有喷漆设备，要不真的发了财喽。我说：喷漆设备？他说：喷漆设备。我莫名其妙。这样的灰暗和嘈杂约莫过了四十分钟，外面渐渐明亮和安静下来，我们开了门，屋东边墙下涌聚了一堆沙，一只老大的四足虫四肢分开地贴在墙上，一动不动，用棍儿戳戳，掉下来，已经死了。而一只破皮鞋在高高的树梢上晃悠。树林子里的车完好无缺，我们就重新上路了，但一辆车很快地向补胎房驶来，这车令我们先是一惊，总觉得不像车，后来就扑地喷笑，原来车皮上的绿漆都在沙尘暴里剥脱了，像害病脱了毛的鸡，丑陋而滑稽。

还在家时，读过于右任一首诗，对其诗的序文觉得神奇："甘州西黑水河岸古坟，占地十余里，土人称为黑水国，掘者发现中原灶具甚多，遗骸骨皆长。余捡得大吉砖，并发现草隶数字。"到了张掖，方知道黑水国就是张掖古城，也知道了张掖是古丝绸路上全国最大的国际贸易大市场，即公元六〇九年，隋炀帝在此曾会见了二十七国的君主和使臣，亲自主持举办了万国博览会。但万国博览会并没有留下任何遗迹，黑水国虽有两座古城堡，一座已被沙埋没，一座堡内建筑荡然无存，唯有大量的砖块、瓷片和石磨，拣了半天，也不见一块上有什么文字。出了城堡，本意是寻个避背处方便，却见城堡外有一片蒿子梅，全开着蓝色的花，在微风中轻盈如蝶。哇噻！我呼叫了一声。我一向讨厌港澳一带的人大惊小怪的语气，现在竟这么呼叫，觉得是最能表现我的情绪了。真是奇异的事，到西部来外人一定以为我关注的是大的印象，殊不知在天高地阔的丝路上，却常常是一些细小柔弱的东西激起了我的注意。几乎是近二十天了还未看到过花哩，这一片蒿子梅令我愉悦了，我坐在那里看它的颜色，闻它的香气。看着闻着，我却伤感这好的一片花却开在这荒僻地，而且是深秋，快到败时。

宗林端着摄像机跑过来，摆弄着我在花前照相，风便把一朵花送到我的腮前。我说，咦呀，这花要给我说话了?! 小路就说，这花前世一定是个美丽女子! 就这一句话，使我立在那里发了一阵呆。她在第二次来我家的时候，我正在书房里写作，重而脆的脚步声从楼梯第一层踏起，我就觉得是她来了，屏气听脚步响到了六层，门铃响了，开门果然是她。她怀抱着偌大的一堆花，全是蓝色的勿忘我。我说，呀，让我不要忘了你呀? 她说是勿忘我吗? 我真的不知道这是什么花，路过花店，瞧这花美丽就买了一大抱，若真是勿忘我，那得收回了! 我说，你说的是真话，我也要以为你是有心买这种花的，现在这花进了我家，就是我的东西，你已无权带走它了。蒿子梅的颜色竟与勿忘我一个颜色，这是什么意思呢? 神灵要暗示着什么吗? 是不是她来过这里，还就在张掖一带? 我不让宗林再拍照了，小心翼翼地采了一大束蒿子梅回坐到车上。当我要取一支烟吸时，让小路帮我拿花，小路顺手将花放在车脚下，我便火了，大发了一通脾气，小路受了没头没脑的责备，说我神经。我把蒿子梅抱在怀里，一路到了宾馆就寻插花的瓶子，寻到的却是一只很憨朴的陶瓶，这花就陪我在张掖度过了三天。庆仁笑我瓶子是旧瓶，花是快败了的花，若是人也该称作徐娘了，我便在瓶子上写了：旧瓶不厌徐娘老，西路风月剧清华。并称蒿子梅是西路之花。

西路上的花，只有蒿子梅。自从在张掖黑水国旧址见到了那一片蒿子梅，留神起来，竟在以后的行程中时不时碰着它。它可以是野生，一片树林子后，一弯沙梁的低洼处，或大或小地就有了那么一丛，而沿途的城镇村落，人们又喜欢在院子里种植或花盆里栽培。西部的所有草木都可能是皮杆粗糙，形状矮小，唯有蒿子梅纤细瘦长，它不富贵，绝对清丽。因为老郑大半生是在西部的军营度过的，现在还仍是部队驻西安某干休所所长，一路上基本上和部队联系，吃住都靠沿途军营来安排。可以说，西路上我们走的是军线。在×团的驻地里，我们认识了黄参谋，他正在修补着驻地院子里一片蒿子梅的篱笆，这一片蒿子梅的花什么颜色的都有，风吹过来，摇曳着如五彩祥云。我大声地夸耀着蒿子梅，说是这里有土有水，蒿子梅是我在西路见到最美丽的蒿子梅。黄参谋却说十八年前你要来这里就不会说这话了，在这里建营房时满地卵石和骆驼草，为了保住一丛蒿子梅，他们每日节约着生活用水来浇灌，直至以后从远处拉来了土，又引来了祁连山上的雪水，蒿子梅才发展成了这般阵势。黄参谋的话让我心里咯噔咯噔地跳，蒿子梅虽然是生长在戈壁沙漠，但它是娇贵的，她虽然让我在今生很容易地相遇，但她又岂能是一般的女子呢？西路以来，总是不见她的踪迹，可她似乎又无处不在，云在山头登上山头云愈远，月在水中拨开水面月更深，却总有云和总有月吧。我这么想着，真希望黄参谋多说说关于蒿子梅的事，他说：不说花了，说军事上的事吧，我毕竟是军人啊！我当下脸红了，警惕了我在爱恋上的沉溺，就提议黄参谋多介绍些这里的情况，多领我们去看一些景点。这位爱花的黄参谋，果然是满腹的西路上的军事故事，他讲了张骞出使西域时的向导是一位叫甘父的匈奴人，扣压张骞的是匈奴贵族单于庭，单于庭逼迫张骞娶妻生子，在张骞出逃后单于庭是把张骞的儿子用马刀劈杀的。张骞从大宛返回时，为了避免途经匈奴，改走了路线，沿昆仑山北麓向东，经莎车、和田、鄯善，这完全是犯了路线错误，因为那里道路更难走，且羌人更惧怕匈奴，才又一次被抓住当作了讨好单于庭的礼物。他讲了霍去病为什么在元狩二年出征能杀败匈奴的兰王和卢侯王，是霍去病没有直接攻取乌鞘岭，而是偷渡庄浪河，撕开了匈奴防线。到了元狩二年夏再次出兵，是从祁连山突进的，一场恶战俘获单于单桓、酋涂王及相国、都尉以下众降者二千五百余人。又到秋天，采用离间计，浑邪王率部下四万人投降。霍去病是有勇有谋，不是李广战而败，败而战。河西走廊是一个世界上最大的古战场，是霍去病张扬了武力，现在最重要的两个城镇之所以取名武威和张掖，武威就是汉王朝在此耀武扬威，张掖就是"断匈奴之臂，张中国之掖（腋）"。黄参谋最有兴趣的——当然更是我们的兴趣——是领我们去看长城，去看长城沿线的关隘和烽燧了。

从春秋战国开始，随着各诸侯国的兼并战争的加剧、军队成分的改变和军事技术的发展，为了适应边境设防的需要，利用山脉、河流或堑山填谷，逐渐形成烽燧相望、城障相连的完整的军事防御工程体系。在秦朝，匈奴就在北方频繁袭扰，防御工程便从辽东修到了甘肃岷县。到了丝绸之路打通形成后，长城（当地人称边墙）自然延伸到了嘉峪关。当我们在古浪时，是顺路见识了石峡关，在武威却未去各关隘，经黄参谋介绍，又掉车头返回去了扁都口关，目睹了那里的峭壁陡立，领略了那变幻无常的气候，庆仁就是在那里感冒了，清涕长流，喷嚏连天响。黄参谋说，隋炀帝当年到张掖路过这里，正值风霰晦暝，士卒冻死了大半。小路瞧着谷径险狭，还要往深处去，被老郑骂了一顿，才赶紧退出。到山丹看峡口关，峡中湿云峥叠，呼吸也觉得困难，听说附近产石燕，若遇大风，石燕联翩飞舞，可惜我们未见其景，仅拾得鸡蛋大一块石燕，还缺了燕头。再去看红寺山关，看铁门关。到高台县的红崖堡、石灰关。去酒泉的胭脂堡，传说是北宋的佘太君率十二寡妇西征，在此梳妆打扮，筑城建堡，堡内泉水泛红色，可观赏而人不能饮。还有镇夷堡、两山口，断山峡口，还有像双目和蟹钳而在西域门口对峙的玉门关和阳关，一直追寻到万里长城的西端最重要的关隘嘉峪关了。

　　嘉峪关是坐落在祁连山与黑山之间的一个岩冈。汉时在今石峡关口内设有玉石障，依山凭险，加强防御，五代时在黑山设天门关，现在的关城是建于明洪武五年（1372 年）。我们登临关楼，正是风起时节，放眼关内外峻山戈壁，壮怀激烈，近观城郭楼台，砖土一色，静穆肃然，顿时感觉历史其实就是现实，时间在凝固着，不知了今是何年。关楼前的场子上是一座关帝庙——关帝永远是中国人的威武象征。如果嘉峪关是口内的大门，修关帝庙在这里就如同秦琼敬德一样做了门神——庙前是小小的一座戏台，正有一个秦腔班子在那里演出。台前观看的人不多，仅是刚从关楼上下来的一伙，全都外套系在腰内，墨镜架在额颅上，可能这些东南沿海的人欣赏不了秦腔，便指指点点台上演员谁个腰粗，谁个腿短。我们却看得痴醉，庆仁已经盘腿坐在尘土地上画起速写了。一个戴着硬腿椭圆水晶镜的老者就从台口的木梯上猫腰下来，他一直看着我，眼珠往上翻着，额颅上皱出一个王字，我看你像一个人！我说，是吗？他说，你姓贾？我就这样被认出了。原来这是从陕西过来的一帮民间艺人，行头简陋，衣着土气，但唱腔做工到位，已经在这里演出半年了。我遂被邀上台去。戏继续在演着，台下几乎只有宗林、小路他们了，但演员仍是挣破脸地唱，敲板的那个老头双目微闭，摇头晃脑，将木盘上的那张牛皮敲得爆豆一般。秦腔虽然是发源于陕西的地方戏种，但流传整个西部，外地人看秦腔，最初的印象是嘴张得特别大，声吼得特别粗，但秦腔在这么个地方演唱是最和谐于天地环境了。那天清唱的都是古戏，内容差不多与西部的历史有关，如果嘉峪关是个老人，这戏文该是它的一种回忆了。戴水晶镜的老者也吼唱了一段《苏武牧羊》，问我唱不唱，我说我声不好，如果有羌笛，我吹一段龟兹曲吧。（我是个蹩脚的音乐爱好者，但我知道炀帝时定天下九部乐，即清乐、西凉、龟兹、天竺、康国、疏勒、安国、高丽、礼毕，而九部乐中六部皆来自西部。我的家乡至今有无数乐班，走村串镇为百姓家的红白事吹奏，人却俗称乐班为龟兹，那曲调我也就会那么几段。）演出几乎要变成一种聚会了，老者赶忙取羌笛，这时候，我的手机响了，看了一下显示的号码，立即扔下羌笛"噢"了一声。

电话号码是她的，打开手机到了化妆室，那里三个女演员正在换裙衩，我那时的急迫样子她们一定会发笑，但我什么也不知道了。

你还活着？

我在你心中已经死了吗？

不，不，是我快为你急死了！你在哪儿？

我在鄯善。

天哪，你真的也到了西部！我在嘉峪关，嘉峪关离鄯善多近啊——你在鄯善等着吧——我们明天，最迟后天就到！

我已经离开鄯善到敦煌，然后去青海油田，要走的是油线。

333

油线？

电话突然地断了。我以为地处偏僻，信号不良，低头看时，竟是我的手机没电了。偏偏在这个时候没了电，使我十分沮丧。下了戏楼，用宗林的手机再拨，然而，她的手机已经关闭了。

这个中午回到宾馆，我给手机充上电，开始坐在那里用扑克预测——将扑克暗排一至七层的塔形，然后用手中的余牌配十三数而揭，看能否全部揭开。当我们在一起的时候，共同玩过这种把戏，我说我们能成为朋友，朋友中的朋友吧，扑克是一直未能打通过，这个中午，应该说是几十天来最兴奋的一天，虽然有着遗憾和烦恼，但毕竟知道了她的具体行踪，我相信扑克会通的。我给自己说：生活就是这样，要享受欢乐也要享受烦恼，念念叨叨中摆了一次，没有通。一次不算，以再一次为准。还是不通。最后一次吧，绝不反悔！牌在一层一层打开，马上就可以到塔顶，我的手抖起来，呼哧呼哧直喘气……但剩下的三张牌仍没能揭开。我扑塌在沙发上，感觉脖脸发烫，视力有些模糊，小路推门进来，问下午去不去文殊沟，文殊沟里有个关堡的，很重要的一个关堡。我看着他，没有言语。他说，你又发呆了？我说，你瞧瞧，那边墙上怎么长出棵树来？那不是树，小路说，是墙裂开的缝。我再看墙的时候，那果然不是树，是一条大的裂缝。我吁了一口气，一下子将扑克从桌面上掬了一捧，扔到了窗外。

小路回他的房间休息了，说好两点钟来敲我的门。他临走时警告着让我睡觉，说你睡眠不足，眼泡肿得很难看了。他一走，我又走到了窗外，一张一张捡起了那堆扑克——人在六神无主的时候信赖神灵——我毕竟还离不开扑克。一只麻雀在窗外的杨树下看我，我心里说：你敢笑话我一声，我就捡石子砸你！那麻雀到底没有叫，沙土上给我写了一溜"个"字。

我们的车往戈壁深处急驶，路还算平，一个小时后进入文殊沟。沟里驻扎着某装甲团，因为有部队在，小小的河岸这一片那一片是藏人、裕固人和维吾尔族人开设的毡房，毡房门口支着货摊，守摊的姑娘衣着鲜亮，摊位上的熟肉酱着颜色。越往沟里走，路越不平，到处是坦克和装甲车的履带轧出的硬土痕，而且游串的鸡步伐悠然，根本不让道，车就走得特别慢，货摊前的姑娘就招手，挤眉眼。小路说，她在叫我哩！也招手回应，一只狗就叼着骨头从车前跑过，车轮撞着了狗腿，狗叫声如雷。沟几乎走到头了，却往左拐钻一个山道，山道极窄，崖壁几乎就在车外，伸手可以撑住。远看这崖壁玄武色，十分威武，近来却只是沙粒的黏合，这让我有些失望，而水流冲出的渠道上是一蓬一蓬沙棘，沙棘的根已经相当苍老，又让我想到了四五十岁的侏儒。在山道七拐八拐了十几分钟，天地突然开朗，出现在面前的又是一望无边的戈壁！这是我见到的最为丰富的戈壁，五颜六色的沙棘、骆驼草和无名的野花，塞满了从南边文殊山峰流下的河道两旁，而河道没有水，沙白花花如铺了银。一辆摩托车就从远处顺了河道而来，先是一个黑点，黑点后拖着一条白色的尘烟，终于与我们擦身而过了，骑摩托的是一位黑红脸膛的年轻人，后车座坐着一个穿短裙的女子，吊着两条腿，丰腴得像白萝卜。摩托车在河道上跳跃着，女子的裙子就一掀一掀，暴露了并没有穿裤头的屁股，小路脸上的表情就滑稽了，大家没有理他，因为车上有黄参谋。

戈壁上有无数的沙墩，我们以为是残留的烽燧，黄参谋却说那叫大墩，是坦克演习时的靶点。说这话时东北角尘烟冲天而起，正有着一排坦克在演习行军。为了不影响演习，将车一直开到文殊山根，山根下就出现了一座残破不堪的古堡。堡墙上没有门，但有曾经安过门的洞。从墙洞钻进去，有一大片歪歪斜斜的土屋，似乎还有巷道，草丛里是干了的羊屎和驴粪，一些破碎的酒瓶和一只干瘪翘起的破皮鞋。却没有一个人。小路说，那一男一女就是从这里下去的，他们住在哪儿？我说，你还没忘掉那个光屁股呀?! 黄参谋才告诉我们，这古堡原来是一个关隘，清代曾驻扎过四十多名守兵，后来一直居住着裕固族人，十多年前裕固族人搬到戈壁滩外的沟里了，仍有大量的羊群在文殊山深处，但放牧的都是雇来的汉族人，他们每十天半月进山去看看，那一男一女就是去监工的。大家都哦了一声，无言以对。小路趴在堡门洞外的小泉里吱儿吱儿猛喝水，老郑提醒这里水性凉，喝多了坏肚子的，小路拍着肚皮仰躺在地上，说，我在这里当裕固族人呀！老郑说，那可不行，就是给裕固族人当女婿，人家也是有条件的，眼睛小的不要！

　　已经是太阳如金盆一样悬在了西边的地平线上，戈壁上的草全部沐浴在金黄色的光辉里，我们驱车回返。我打问着那些草都是什么名称，黄参谋说过了五种，自己也再弄不明白，我和宗林就下车去为每一种草拍照，并采下标本。草的叶子各式各样，但没有一种是丰厚的形状，而且枝秆坚硬，正感叹人的性格就是命运，而环境又决定了草木的模样，庆仁就在车上锐叫，鹿！鹿！我先以为他是在叫小路的，抬头看时，我身左二十米的地方竟站着一对小兽。但这不是鹿，是黄

336

羊，黄色皮毛，光洁油亮，小脑袋高昂着，一对眼睛如孩子一样警觉地看着我。这突然的奇遇使我如在梦境，竟发了一个口哨向它们召唤，它们掉头就跑，跑过了一座小沙丘，却又站住，仍是回过头来看，那并排的前蹄正踩在一蓬开了小繁白花的草上，像是踩了一朵云。我们在车上的时候，甚或下了车为草拍照了那么长时间，谁也没有看到黄羊，而蓦地就出现在面前，犹如从天而降，这令我和宗林都怔住了，以至于手脚无措，当意识到该拍张照片了，相机却怎么也从皮套里取不出来，越急越坏事，相机又掉到地上，终于将镜头对准了它们，又激动得"噢噢"叫，黄羊这次跑去再不回首，极快地消失在远方，和那咕咕涌涌的骆驼草一个颜色了。

见到黄羊，我称之为惊艳，它对于我犹如初次见到了她。黄参谋浩叹他服役十数年了，没有见过黄羊，甚至也未听说过谁看见过，在这连一个苍蝇都碰不上的装甲车坦克演习地，竟出现了黄羊，这说给谁谁都不会信的。他说，或许你是神奇人，你来了瑞兽才出来。我兴奋异常，这倒不是因为他恭维我，而是我想起了她，今日如此吉祥，是上苍在暗示我在西路上能碰着她了！

回到驻地，我没有先去洗澡，关了门就拿扑克算卦，要证实我的预感。扑克打通得非常快！我挥拳在空中打了一下，就去了小路的房子，一下子将他掀翻在床上，我说，咱们吃宵夜去！庆仁看着我，说，真是稀罕——是她来了消息了吗？我那时表现得极有控制，知道高兴过早往往事与愿违，沉住气是非常重要的，另外，同在天涯路上，我如果太张扬，他们会嫉妒我的。我说，别的你不管，你要去就去，想吃什么就点什么！我们在酒泉街上吃泡炒。饭馆很小，每张桌子都坐满了人，我主动地去占座位，站在一对快吃完的男女身后。这一对男女面对面地坐着，而女的脚却从桌子下伸过来放在男的膝盖上，男的将一块带骨头的肉咬了一口，递给了女的，女的手没有接，脑袋凑近去，嘴噘得老长地咬了一口。然后在一个盘里吃粉条，粉条太长，吃着吃着两人同吃了一根，一头在男的口里，一头在女的口里。我把头仰起来看前边的玻璃门里的厨房，六个厨师手里拿着面团，一齐扯着面片往一口滚沸的大锅里丢。骚情，我想，就那个满是雀斑的脸也值得在公众场合这么肆无忌惮吗？如果她在这里出现，这女子，这条街，这座城怕都没颜色了！

我终于觉得我的了不起了，竟从下午到半夜，没有给她去电话——男人嘛，应该有男人的尊严啊！我们吃完了宵夜回坐到了宾馆的院子里。院子里有一个花坛，开放着蒿子梅（又是蒿子梅！），这个夜晚是中秋节的夜晚，月亮是非常明，但并不圆，我将手机从口袋取出了三次，看机子开着没有，我是怕我不经意间把手机关掉。细心的庆仁小声说，她没有来电话？什么电话？我反问着他，显得平静，心里却说，我现在踏实得很哩，馍馍不吃，馍馍在笼子里存着的。果然电话就在这时响了，我一看显示的号码，给庆仁挤了个眼，幸福地跑到一边，喂，一个熟悉的中听的声音就从天外传过来了。

我知道你会来电话的！你是说今天好日子吗？是中秋节！可这儿的月亮不圆。这里也不圆，报纸上讲了，今年的中秋节月不圆明日月圆哩。这月亮是汉时的月亮。明月当空照，千里共婵娟。这我听不懂了？是吗？听不懂？听不懂就听不懂吧，你现在在哪儿？在敦煌，才洗澡，撩窗帘一看，树梢上一个月亮。那月亮是我。流氓。你等着吧，明日我们去敦煌，你告诉我在哪个宾馆。你寻不着的。那你瞧着吧。

就在这个夜里，我们召开了紧急会议，我提出下一站往敦煌。大家都觉得吃惊，我又说往敦煌。按原定计划，我们直接去乌鲁木齐，然后从乌鲁木齐再到吐鲁番、哈密和敦煌，如果改变行程，就得通知乌鲁木齐的接待人员，又要联系敦煌的接待，而现在已是晚上，那又怎么联系呢？大家对我极有意见，但我固执己见，最后是乞求大家，说不必联系了，去敦煌的吃住由我负责，没人接待就住街头小店，费用我掏。一番讨价还价，最后达成了协议：可以去敦煌，但上午必须去参观酒泉的魏晋画像砖博物馆。

魏晋画像砖博物馆其实是一个大的墓穴，展出的是酒泉地区挖掘的一大批有画像的墓砖。说老实话，我是没心情来看的，准备着到博物馆门口了我就坐在茶摊上喝茶，等着他们就是了。可老郑拉我进去转了一圈，我竟在那里逗留了足足两个小时。一进入墓道，画砖就整齐排列着，而且一个砖一个内容，仿佛进入了一座色彩纷呈的艺术宫殿，令我们惊愕，眩惑，叹为观止。庆仁又激动得说不出话来了，嘴唇颤动着，脑门沁出一层细汗。小路说：大画家，你要哭就哭出声来，别憋着个什么病儿吓我们，我们要走的路还远哩！庆仁默不作声看了一遍，又看了一遍，他终于招手让小路到他跟前来，他一板一眼像讲课一样地说，我告诉你小子吧，中国传统人物画，描绘的多是帝王将相，才子佳人，或佛道鬼神，这些砖画全以魏晋社会的现实为题材的，使当时的犁地、秋收、打场、采桑、养殖以及生产工具，劳动组合，人们的服装、发型、房舍，并饮表现得一览无余。魏晋的时代，佛教是盛行的，却也正值中国的北方军阀混战，人民流离失所，纷纷背井离乡逃往河西走廊来避难，正是饱受了战争之苦的民众，给佛教的蔓延滋生了温床，而墓葬、死人、灵魂等方面很容易和宗教迷信联在一起。可这里的砖画，几乎找不到一块带有宗教色彩和迷信观念的影子，你明白是什么原因吗？小路说，不明白。小路真的是不明白，再请教庆仁，庆仁却不愿再说，他又问我，我才不去探求那些形而上的问题，我感兴趣的是这批画粗笔大墨，随意挥洒，尤其是无数的马的形象。在西安，我临摹的是"昭陵六骏"石刻，是唐三彩马，在武威，我临摹的是木刻和陶烧的凉州大马，以及单足踩燕的铜飞马，而现在面对的则是马阵，十数匹数十匹的，各是各的形态，各是各的神情，剽悍、驯良、勇猛、忠实、漂亮，表现得淋漓尽致！我站在那幅《出行图》前，看并排的五匹马，笔走龙蛇，一气呵成，而马头画成四个，马尾画成五个，感叹着其手法的奇妙，立即就想到她了。可怜的小路没有答复，哀叹自己没有上过大学，又不会绘画，说，求知识难呀！却又站在一旁批评我现场临摹得不好，把马的屁股画成了人臀，把鬃画成了人发。我说是的，我画的是我心中的马，却想，马是有她的影子，她或许就是汉时的马，一路奔跑到了现在。

这个上午，是我和庆仁最有收获的上午，而宗林却倒霉了，因为在墓道里，管理人员不让他摄影，他只好扛着机子在博物馆门外为那些维吾尔族人拍照，当他边拍边退时竟从一个土坎上跌了下去，将胳膊和腿碰出血来。我们闻讯从墓道出来为他包扎，他说，那个姑娘太漂亮啦！

午饭后，我们并没有休息，在烘烘的热气里往敦煌去，车上的那只苍蝇又出现了，趴在车棚顶上一动不动。小路又开始作践起了宗林的伤有所值，拉开了精神会餐的序幕，我独自将脸贴在窗上，感受着玻璃的婴儿屁股一般的光滑和细柔，路依然是箭射出一般的直，远处的山、天上的云急速地向身后退去。经过一处山，车靠得那么近，看得清是一层一层石质的，山坡上附着年复一年的苔衣吧，死亡的业已死亡，新生的却是久未有雨又干瘪了，呈现着灰色、绿色、黑色，三色掺合，如在木器上烙画，又如做旧的文物。再往前走，山又似乎被一下子推开，推开的山越推越远，越远越多，像是凝固了的一面海之波。波的左边那一角，算是微波吧，山还是山的模样，小得如坟丘连着一个坟丘，又有点像城市远郊倾倒的垃圾。我渐渐地睡着了——入睡如小死——迷迷糊糊里被车上的笑声惊醒，涎水竟流湿了前胸，忙揩了，便听见庆仁在说一个笑话：有两头牛，一头公牛，一头母牛，犁完地后并没有立即回村，直到天黑下来，公牛先独自回去了，不大一会儿，公牛就又跑了出来，母牛问怎么又来了，公牛说村里来了县上干部了，干部提出要吃牛鞭哩！母牛说，哦，那与我没事，你待着吧，我回去呀。可不一会儿母牛也跑了出来，公牛说，你怎么也跑出来啦？母牛说，干部说啦，吃完牛鞭，晚上还要吹牛×哩！庆仁是不大会说这一类笑话的，但他说了，乐得大伙都扑上去拿拳头砸他……不知不觉里，夜幕降临了，天空成了灰色，无数的云像剪纸一样贴在上面，开始着变换颜色，由白到淡蓝，由蓝到浅黑，与铸铁一般的山交接，交接处呈一种橘黄。山下的河则愈来愈宽，干涸无水的河滩在发着寡白的光。车灯哗地打亮了，像喷出的水银，路面就再也不平坦，一个塄一个塄的，感觉里车是在上一面台阶。把脸扭过来往左手的方向看去，先是一片黑，浑起来，迅速漫开，色气由重到轻，又由轻到重，山顶上的黄色也就暗淡了，天地之间只有电线杆的一根一根黑的线段。

敦煌终于到了，车在大街上兜了几个圈子寻找着住宿的地方，等一切安顿下来，已经是下夜三点了。我借口去厕所，给她拨了电话，她的手机是关着的，快快地从厕所出来，老郑在和小路他们商量着明日的活动，小路就给他在敦煌的朋友挂电话。这些朋友竟以最快的速度赶了来，大声叫喊着去街上吃宵夜。"老街上有夜市，彻夜不关门的，你去瞧瞧那卖烤肉的西施，真的是维吾尔族的西施！"我却不愿去，屁股疼，痔疮并没有好，加上一路颠簸，感觉老要有大便，我说我得用热水洗洗，要么明天就趴下不能动了。

他们一走，我掏出硬币在床上掷，默想掷三次，若两次是有图案的一面，我就再给她打一次电话，若两次是字的一面，电话就不打了。硬币掷下去，两次是图案，我再一次拨她的电话，而她的手机仍在关着。这鬼地方，预测不灵的。站在窗前却又想，这种预测是汉族人的把戏，不一定适应别的民族的，在这里应该看天上的星座吧。可我是狗看星星一片光明，连北斗星都没寻着。

楼下却清楚着街道，左边的一条巷子，巷口有一根电杆，电杆上并没有电线，或许要拆除而还未拆除吧，有人东倒西歪地走出来，在电杆上看贴着的广告纸片儿。这是个喝醉了酒的人，抬起脚狠劲地踢电线杆，踢不动，又过去将脚往巷墙上踢，一下，又一下，努力地要把肮脏的脚印踩到墙的高处。然后又过来踢一个白天里摆货摊的帆布棚柱，棚上的帆布卧着一只猫，赶忙跳下跑了。右手的那座楼前，有两辆自行车相对骑过去，空空落落的大街上，竟撞上了，同时倒地，同时站起来开始叫骂，声音并不清晰，但口音是汉族人。站在大楼旁的一个人，原本在行走，在两辆车子相撞后就站住一直看着，两个人吵得没完没了也觉得无聊了，就向那人诉说而求主持个公道，结果这一个说我是怎么怎么样，他又怎么怎么样，那一个也说我是怎么怎么样，他又怎么怎么样，说毕了，那人倒生了气："我一直在这里看着的，这是打的事情么，你们吵什么?!"我笑了一下，关上了窗，回坐在床上，一只猫不知在什么地方如怨如诉地哭着。

莫高窟永远是行走在沙漠中的人的一个梦吧。据说当年一个和尚经过这里，又饥又渴实在是再也走不动了，他已经做好了死的准备，俯身趴下去，将脸面贴在地上，以免死后被太阳晒裂了脸而死相难看，但他突然听见了仙乐，抬头看去，对面的沙崖上霞光灿烂，于是他来了精神，又往前走，走到了一个镇上。他活下来了，感念是佛救了他的命，便来沙崖上凿窟念佛。从那以后，来这里修行的人越来越多，佛窟也越凿越多，成了一块圣地，凡是来西部的人没有不来朝拜的。现在，我来到敦煌，原本是为了一种解脱而来的，万般的烦恼未能一推了之，生命中的尘埃却愈积愈厚了。昨天的夜晚，又是未眠，早起又不能明说去找她，只有随着同伴到莫高窟看壁画。数年前，为了考察中国的舞蹈，我是特意来过一趟的，记住了开凿在砾岩上的那一片石窟里的三千多彩塑和五万平方米的壁画的，甚至知道着二百七十五窟里的高脚弥勒菩萨，四十五窟的西龛佛坛彩塑一铺，一百九十四窟的立式菩萨，二百五十九窟的微笑的菩萨，四十五窟的胁侍菩萨，三百二十八窟的游戏坐菩萨，二百零五窟的断臂菩萨，一百五十八窟的涅槃像，二十五窟的乐舞图，二百二十窟的胡旋舞伎，三百二十窟的华盖四飞天，四十四窟的持琵琶飞天。去莫高窟的路上，我对庆仁说，我想起一首诗了。庆仁问，什么诗？我说诗是我的一个文学朋友在青春期时写的："我需要有一杆枪，挨家挨户搜查，寻找出我的老婆！"庆仁说，她到敦煌啦？我说是的，她在敦煌，但我不知在敦煌的什么地方。庆仁说，你这老同志让我感动。我一下子脸红起来。我这么疯狂地寻她，实在与我的年纪不符了，我说，我是有些荒唐。庆仁却说爱是没有年纪限制的，我们也羡慕在西路上有爱的折磨，但来西路却并不是为了这种折磨来的，现在什么都先不去想，好好看莫高窟壁画吧。于是，我打消了坐在茶水亭里等候他们去参观的念头，特意去三百二十三窟观看《张骞出使西域图》，然后就久久立在藏经洞，凝视那个相貌丑陋、行为猥琐的道士王圆箓像。光绪二十六年农历五月二十五日，当王圆箓在十六窟清理甬道积沙时忽然发现"壁裂一孔，仿佛有光，破壁则有小洞豁然开朗，内藏唐经万卷，古物多名"，这就是惊世骇俗的藏经洞的发现过程。藏经洞的宝物藏了多少年，等待的就是五月二十五日，那么，世上的万事万物也就是这样吗？她与我认识的那天，算得上是藏着三百三十多年，而现在她又藏起来了吗？！

　　庆仁将她人在敦煌的消息告诉了小路、宗林他们，我们从莫高窟回来便四处寻找，似乎哪里都有着她的气息，但就是没有她的人。宗林开始怀疑消息的真伪，认定了是她在诓我，就嘲笑有恋情的人都是聋子、瞎子，脑子里有二两猪的脑子，推搡着我去放松放松吧，或者去洗个澡，或者去让人按摩。小路的朋友则提议去歌舞厅，现在什么

344

年代了，还有害相思而受这么大的累，小姐有的是，要汉族人的有汉族人，要少数民族的有少数民族，既便宜又放得开，男女之间不就是那么回事吗？我不搭理他们，但我并没有说他们什么，我只说要去你们去吧，让我在这儿坐坐。

我坐在街边的一个花台边上，目光呆滞地观望着来来往往的人。这条街似乎是条老街，门面破旧，摆满了小商品，顾客并不甚多，一棵弯脖子树下，四个男人先是坐在那里喝酒，啤酒瓶子在小桌下已经堆了一堆，接着就开始玩扑克。可能玩的是"红桃四"吧，每玩一次，就结算输赢，钱币都放在桌面上，围观的人越来越多。我坐在花台上，能看见北边那位差不多都是在赢，把百元的票子高高拿起对着空中耀，一边说这是不是假钞？一边眉眼飞动，对着围观的人说，俗话说钱难挣屎难吃，这屎真的难吃，钱却好挣么。围观的人中有三人站了好久了，突然间同时从腰里取出三副手铐，就哨地丢在扑克上，温和地说，玩得好，真的玩得好，自个儿把自己铐上，去所里一趟吧。玩牌的人都傻了眼，说，我们只是玩玩。那个稍胖的说，是玩玩，并没有别的事呀，就是去罚罚款呀。玩得好，比我们派出所的人玩得好多哩。四个玩扑克的人跟着三个派出所的人走了。

回到宾馆，天差不多黑了，而月亮却饱满地升在空中，我开始检点着我对她是不是太那个了，剃头担子一头热而让我羞愧，手机就响起来。懒得去接。手机响过一遍，又响起来。还是不接。仰躺在床上了，手机还在响，才一打开，听见的却是她的声音。

你为什么不接电话？谁呀，你说是谁?! 看见月亮了吗？今晚的月亮还是圆的。低头思故乡。你怎么啦？现在在哪儿？你在哪儿？我在阿克塞。阿克塞？我跑来敦煌了你却去阿克塞。

我走的是油线啊！

她说起话来，依旧是那么快活和紧促，她并没有自我解释为什么没有在敦煌等我，也没有说什么让我怦然心跳的话。她怕没有这条神经，我这么猜测，有些生气，但我奇怪的是她却依然会给我电话，是要欲擒故纵呢，还是真的在实施只做好朋友的诺言？她给我讲她怎样去了塔里木，在沙漠公路上已经瞌睡了车还在开，一次竟将车开出路面，歪在沙堆里，亏得来了辆车帮她把车拖了出来。她说她在等待救援时曾经失望了，因为车上只带了三瓶矿泉水，没有馕，也没有饼干。但是到了塔中油田，那里却有了一片花草，花开得十分灿烂，那是工人省下矿泉水浇灌起来的。她那晚上睡在像列车一样的工房里，门窗关得严严的，第二天起来，还是满脸的沙，连被窝里都是沙。她说，她登上了六七层楼房高的钻塔，她是和钻探工拥抱了的，她的浑身都沾着油污，脸已经大片大片脱皮，红得像猴的屁股，看不得了。在返回时路过了塔里木河畔的胡杨林，她脱光了衣服自拍了十多张照片，是躺在沙浪上拍的，觉得那些沙浪起伏柔和如同女人的胴体，她也是爬在倒下千年不死的胡杨林上拍照，感觉里她是一条蛇。她说，去了塔里木油田，才知道中国正实施西部石油、天然气向东部输送的工程是多么了不起，现在输送管道正向东铺设，将一直铺设到东边沿海地区，或许将来，西头可以接通西亚和中东地区，东头再将输往日本、朝鲜半岛、东南亚等地。你考察丝路，丝路的现在和将来将会是油路，可是你并不了解这些，你是缺乏时代精神，缺乏战略眼光。或许你不久会写一本书的，但我估计你只会写丝路的历史和丝路上的自然风光，可那样写，有什么意思呢？

她的批评令我吃惊，你不能不佩服她头脑的锐敏和宏观的把握，我为我的行为羞愧，一时间对她的怨恨转化成了另一种倾慕。我的回应开朗而热情起来，她却在电话里格格大笑，说我是可以救药的，应该算个异性知己。

"我之所以从塔里木一出来就决定了走油路，经过了吐哈油田，经过了敦煌油田，又到青海来，我也要写一份油路考察。当然，我是画速写考察的。"

"那你也该等等我，咱们一块儿走油路呀！"

"在一块就不那么自在了！"她说，"你想，能自自在在去考察吗？"

她说的是对的，如果我真与她一块行走，那就极可能不是考察而是浪漫的旅游了。既然事到如此，我猛地也感到了一种说不清的轻松，我说，好吧，那咱们就互相传播着考察的见闻吧，如果可能，我们每天通一次电话，我说说军线上的情况，你说说油路上的情况，这样，我们等于考察了整个西部。

她的回答是出奇的肯定，但声明了，我得负责她的电话费。

于是，在以后的日子里，她是沿着油线经过了阿克塞县，到冷湖，到花土沟，到格尔木，又从格尔木到德令哈，香日德，荣卡，青海湖，到西宁。我则继续往西，从敦煌到哈密，到吐鲁番到乌鲁木齐到天山。她告诉我，阿克塞县原是建在当金山脚下的，居住着哈萨克族，有一个天然的牧场，后来才搬迁到了大戈壁滩来。而她在翻越当金山时，空气稀薄，头疼得厉害，汽车也害病似的速度极慢。那石头冻得烫手，以前只知道火烧的东西烫手，原来太冷的东西也烫手，她是在山顶停车的时候，抓一块石头去垫车轮，左手的一块皮肉就粘在石头上。路是沿着一条河往山上去，弯来拐去，河水常常就漫了路面，而就在河的下面埋着一条天然气管道，你简直无法想象，在铺设这些管道时怎么就从河下一直铺过了山顶！翻过了山顶就是青海省了，那里有更大的牧场，她是第一次见到这么大的牧场，而牧场不时有筑成的土墙围着，那位从阿克塞搭了她顺车去花土沟的姑娘告诉说那是为了保护牧场：这一片草吃光了，再到另一片牧场去，等那一片又吃光了，这一片的草却就长上来——就这么轮换着。姑娘还自豪地说，这里的羊肉特别好吃，因为羊吃的是冬虫夏草，喝的是矿泉水，拉下的羊粪也该是六味地黄丸。这姑娘尽吹牛，但羊肉确实鲜美，她是在山下一个牧民家里吃了手抓羊肉，她吃了半个羊腿。

我说我到了哈密，参观了哈密回王陵，参观了魔鬼城，这些都是你去过了的地方，但你绝对没有去过左宗棠驻扎的孔雀园。一八八〇年左宗棠率领六万兵马，抬着自己的棺材来的，就是那一次平息了叛乱，收复了这一带疆土的。你也是没有去看那块唐碑的，去了就会知道纪晓岚也是到过哈密。而哈密人提到纪晓岚，都在传说他的亲家将要遭到抄家——他当然得报信，但又不能太公开——便在一个小孩手心写了一个少字（少字与小孩手合而为一则是抄字），结果亲家逃脱，他也因此被乾隆帝以泄密罪贬到西域。这些历史上的故事可知可不知也便罢了，你遗憾的，也是肯定没有去过白石头村，这个村是以一块奇异的白石得名，细雨闲闲中，这石头像卧着的骆驼，晶莹剔透，宛若白玉。那天，我们在白石头村的一家哈萨克人帐篷里做客，这人家十分殷富，有着从和田买来的丝毡，有着缀嵌了金属箔片的箱子，我们刚一靠在那绣花的靠垫上，主人就端来了炕桌，铺上了桌布，摆上水果、干果和馕，还有冰冻的茶，略有咸味。女主人是个大胖子，她的长袍子下似乎一直藏着两只大绵羊，但她却说了一个故事让我唏嘘不已。她说在很久以前，住在这里的哈萨克部落里一位公主与一位小伙热恋了，上苍对此妒火中烧，派出遮天盖地的蝗虫，顿时树枯了，草黄了，人们惶恐万分。那位小伙抱住一棵古松痛苦地摇晃，没想这棵树忽然变成了绿地。小伙子很是惊喜，又去摇另一棵树，又是一片绿地，小伙便一棵接一棵地摇下去，把自己累死了。公主恸哭不已，泪水滋润了脚下的土地，草儿渐渐复苏，公主流干了泪，流出了血，溘然与世长辞。部落的人将他俩合葬一起，不久，一次电闪雷鸣后，墓地上便生出了这块白石。"那小伙多么会死。"我说，"我不如那小伙。"

她说，她到了冷湖。冷湖在六十年代是闻名全国的油田，也曾是青海石油局前线指挥部，但现在已经废弃了，嘎斯库勒湖畔重新发现了油田，前线指挥部也搬到了花土沟。她去的时候，戈壁滩上空落着如山区小县城一样的一片房子，到处是砖头，水泥块，被掀开的屋顶，挖去了窗子的墙壁和发锈的铁皮筒，硬化了的破皮鞋。现在五分之一的房子里还住着人，是油田留守处，因为花土沟油田的工人四个月轮换一次回敦煌的生活基地，过去路不好，得一天赶到冷湖住上一夜，再用一天从冷湖到敦煌，如今路好了，一天可以到达，中午饭却必须在这里吃，否则一整天再也没有吃喝的地方了。她说，她去的时候，正好有一个小车也停在接待站门口，原来有位已经调到了北京的油田老领导来故地重游。这位领导穿得臃臃肿肿，脖子上套着橡皮软圈，他就是当年在这条坑坑洼洼的路上被颠坏了脖子，一累就头脖发肿，也正是患下这病才被调回北京。石油上退休的工人差不多都是返回内地安了家，前十几年，回内地的工人常常发生了这样的事，退休时身体还好好的，一回内地不出三年人就死了。后来考察了，原是十八九、二十岁来到新疆、青海，适应了稀薄的空气，一回到内地氧气增多，肺却又不适应了，所以导致死亡。于是，退休的工人回内地住上一年就又都返到油田，住三个月四个月倘或一年，然后到内地再待一年，再来油田，如此反反复复。对高原油田的感情，是身体的感情，生命的感情。老书记当然也需要来调整适应自己的肺，但他更想着回来再看看，她就同老书记在废弃了的城里转，她给他在曾住过的土屋子里留影，那墙上还留着他的小孩用铅笔写的 $1+1=2$，有他的老婆和泥用手抹成的土烟囱，而泥抹得不光，上边清晰着手指印。她让他坐在那土门洞照相时，她看见他眼泪流了下来。城区的东北角是一片乱砖地，有一簇杨树已经干枯了，而旁边正好是通往接待站的水管，水管漏水，从一条小沟流下去，老书记弯下腰把漏出的水引着往树下走，他说这是当年唯一的一簇树，是在医院门口的，全靠生活用水浇灌大的，现在树却死了。她就和他一块儿动手引水。她说，从冷湖出发后，她仍是和那个姑娘驱车往花土沟走，这里海拔二千七百米，人说喝空气屙屁，这里连空气也喝不够，人是这样，车也是这样。在茫崖，那里有一个大湖——青海高原上时不时有湖，但都是盐湖，只有这个湖是甜的——六十年代油田工人骑着骆驼来到这里，就在湖边的戈壁滩上搭了凉棚住下了四万人，若站在东边的山崖上，白花花的一片帐篷，人

350

称帐篷城的。她说她站在山崖上往下看，当然那里什么也没有了，但她眼前还是一片白，一辆从敦煌来的车也停在那里，司机或许要小便了，或许看见了她们是女的觉得稀罕，反正就过来搭讪。他是油田上的，他告诉说看见那山下的一排废窑洞吗，窑洞是看见了，有的已塌，有的沙涌了洞口，他说那是当年的油田医院，他的爹就是患了肝硬化死在窑洞里，爹在油田上干了三十年，三十年里来来往往只在三百里方圆跑动，现在爹还埋在那山梁上，每年清明前后，他开车路过这里给爹烧纸。

　　我说，我到了吐鲁番，这个世界上海拔最低的地方，你肯定是领略了它的热度，但你并不一定知道在古时，这里的县官是在大堂上放一口大缸，人坐在水缸里办公的。艾丁湖你也是去过了，我痛苦的是过去那么一面大湖，现在差不多要干涸了，当我驱车去时，看到的是灰蒙蒙一片，那些偶尔出现的盐碱滩，在强烈的阳光照射下，发着炫目的白光。世界上最低的海拔和世界上最高的气温，使我想起了一本文献上对这里的记载，"飞鸟群落河滨，或起飞，即为日气所灼，坠而伤翼"，而同时幻想：如果从吐鲁番向我国东海之滨开一条水平渠道，东海之水就会哗地一下子流过来，将亚洲中心的内陆底盆注满的。我说，我登临了交河故城，那深深嵌入地下的大道，封闭的高墙，迷宫似的庭院，庭院内的窖藏、水井，便觉得当年来过这里的张骞就一直站在我的身边。我说，我给你背诵一首交河诗吧，是唐人写的：白日登天望烽火，黄昏饮马傍交河，行人刁斗风沙暗，公主琵琶幽怨多，野云万里无城郭，雨雪纷纷连大漠，古雁哀鸣夜夜飞，胡儿眼泪双双落，闻道玉门犹被遮，应将性命逐轻车，年年战骨埋荒外，空见蒲桃入汉家。我说，高昌、交河的废墟故城和众多的地面地下的文物构成了一部可泣的史书，那吐鲁番地貌又无疑是一幅色彩斑斓的巨型画卷。有人写道：新疆是世界上最大的一座博物馆，那里有无数的馆藏，陈列的物什件件都是艺术品，但却不是为了收藏。那么，我就说说我在火焰山的奇遇吧。去火焰山的那天下午，太阳照射过来，远处的山是蓝的，山下起伏不定的丘壑却是黑的，而丘壑过来则一片白，那不是戈壁，是水流湍急冲刷出的石质的河床，但没有水，流动的是黄的细沙，起着下了雨一样的雾气。而火焰山，全部吸纳了夕阳，我坐在一大片曾经积了水而又干涸的地面上，地表裂开大大小小的、却也似乎整齐有序的泥片，你想象那是一个偌大的瓦房顶，是放大了的裂纹瓷，于是，沿北边延绵不绝的山红得像炉中的铁，且从山头竖着下来的沟痕一道一道，密密麻麻，你感觉整个山都在燃烧了。山的背后，就是千佛洞，相传唐僧取经就经过这里，遇见了牛魔王和铁扇公主。我们都是丑人，人员组合和相貌简直可以说与唐僧他们甚为相似。小路长得如猴，又性情活泼，自然是孙悟空。庆仁厚重木讷，算是沙和尚了——而他长个大脑袋，又剃得精光，极像个和尚。我和宗林，他若不是猪八戒，便是我为猪八戒了，不，他应该是猪八戒，他能吃能喝，又爱表功。宗林是乐意称他是猪八戒的，因为高老庄就在张掖，而整个西路上，猪八戒的形象出现在许多地方的壁画上，勤劳又俊美。就在我们争争吵吵转过一个山头，山路上迎面过来了一个怪兽，头是大的盘羊，那羊角粗极了，起码四只手也合不拢。羊头就这么走着。走着的是下面的两条腿。我们都吓了一跳！仔细看了，原来是一个人将盘羊头顶在了头上，又竟然是个女人。这女人从哪里来，到哪里去，我们不知道，方圆又没有村庄和人家，我们被神秘和恐怖镇住，连小路也不敢前去打问。宗林到底有猪八戒的秉性，近去说，这么漂亮的人让羊头坐在头上？女人嫣然一笑，那你给我拿着吧！宗林果然就接过了羊头，过来对司机说，让那女人搭咱们的车吧。老郑坚决不同意。宗林赌了气就抱着羊头陪着女人走。我们赶忙把宗林拉开，就那么默默地看着那女人走了。我至今仍搞不清那是真人还是别的什么尤物。

她说，她到过了尕斯库勒湖，参观了那里的炼油厂和输油管站，到达花土沟已经是傍晚了。天特别蓝，西边山上一片黑云，裂开一缝，一束束光注下如瀑布。花土沟又是一个小型城市，规模比冷湖要大，搭车的那个姑娘下了车，而她就开车往花土沟里去看世界上最高海拔的油井（是三千七百八十米）。这土沟是五种颜色，而沟是层层叠叠的土塈，如一朵大的牡丹。塈与塈之间的甬道七拐八拐往沟上去，车又如蜂一般在土的花瓣里穿行。到处是磕头机。有一辆大卡车拉着大罐，不能上，似乎倒退着要下滑，工人们就卸下一些罐，大声地吆喝。到了山顶，看万山纵横，一派苍茫。此沟是一九六八年开发的，往山上架线，修路，把井架一件一件往上运，背，拉，拖，山上缺氧，人干一会儿就头疼气闷，让羊驮砖，在羊身上缚六七块砖，一群羊就往山上赶，黑豆一样的羊粪撒得到处都是。最高处风是那么大，头发全立起来，不是一根一丝立，是黏糊糊一片地竖立。在那个破烂的帆布篷里，我遇见了两个工人，而在同他们说话的时候，帐篷外站着五六个工人一直往这边看。招手让他们进来，他们却走了。那个长着红二团的女子并不是工人，却是工人家属，她是在山上做饭的，山上的工人二十天一轮换下山，提起现在的条件真是好多了。女子说她是甘肃平凉人，结婚后第一年来油田看望丈夫，帐篷是几个人的大帐篷，没有个地方可以待在一起，结果就在大帐篷外为他们重新搭了小帐篷。但是，一整夜听见外边有人偷听，丈夫竟无论如何做不了爱——爱是要在好环境里做的——越急越不行。天一亮，丈夫就又上山去了，爬在几十米高的井架上操作，贴身穿了棉衣，外边套了皮衣，还是冷得不行，她是将灌着热水的塑料管绑在他身上后再穿上皮衣的。下午收工回来，丈夫是油喷了一身，下山中人冻成硬冰棍，下车是人搬下来的，当天夜里就病了。新婚妻子千里迢迢来探亲，为的就是亲亲热热几回，回去了好给人家生个娃娃，但那一回什么也没有干成。她说，她在下山时半路上碰着一个工人，工人长得酷极了，却一身油污，你只看见他一对眼睛放光，她停下车要为他拍照，他先是一愣，立即将油手套一扔，紧紧握了我的手。她说，那天晚上，她累极了，可睡下一个小时后就醒了，心口憋得慌，知道这是高原反应，隔壁房间里一阵阵响动，开门出来看人，原是新来了一个小伙也反应了，人几乎昏迷过去，口里鼻里往外吐沫，是绿沫，我庆幸我只是仅仅睡不着。听说身体越好越是反应强烈，你如果来了，恐怕一点反应也没有了吧。我走出招待所到街上去转，天呀，现在我才知道这么个不足两万人的油城里，夜里灯火通明，通明的是一家一家歌舞厅、桑拿室、按摩房和洗头屋。我去了一家歌舞厅门口，门口有一个摆小摊的妇女在卖纸烟，她竟然把我当成了小姐，问我生意好不好。我说我不是，我这么清纯能是小姐？那妇女说，越不像小姐越是小姐哩！妇女还说，这里大约有五千个小姐，看见斜对面那个邮局吗（那是个小得不起眼的邮局）？前天一个小姐给她的家乡姐妹拍电报，电文是：人傻，钱多，速来。我问她这么瞧不起小姐，怎么还在歌舞厅门口摆摊？妇女说，她是敦煌市的下岗工人，丈夫就在油田上，油田四个月一轮换，男人辛辛苦苦干四个月，回去却落个精光，她反正闲得没事，来了一是可以看守自己的男人，肥水不能流入外人田么，二来摆个烟摊，也能养活自己了。她说，就在她与那妇女说话的时候，歌舞厅门口一个姑娘送一个男人出来，娇声道：张哥你好走哇！男的在那姑娘的屁股上拧了一把，姑娘用拳乱捶：张哥你坏！你坏！她看时，那姑娘竟是她用车捎的那位姑娘！她赶忙低了头不让姑娘看见了她而难堪，其实人家或许并不难堪，这就像在城河沿上散步时猛地经过了一对谈恋爱的男女，不好意思的并不是他们而是我们自己。她说，我那时想了下，花土沟到敦煌八百公里，是没有班车的，这些小姐是怎么来的呢，都是搭乘了像我这样人——或许在这条路上开车的只有我一个是女性——的车吗?!

我说，从吐鲁番出来，汽车穿过了一片雅丹地貌，又是戈壁，又是盐碱地，在远远的地方，有推土机在那里翻动地面，白花花的土块像堆放着水泥预制板。我下了车去拉屎。我的肚子已经坏了，早上起来一阵屁响，觉得热乎乎的东西出来，忙上厕所，一蹲下就泄清水，而早晨出发到现在，屁股上似乎生了湿疹，奇痒难耐，又总觉得要拉，每每下车，除了噼噼啪啪一阵屁带出些清水来，又什么也拉不出来。没想，庆仁、小路、宗林也都拉了肚子，就一直骂昨天晚上的手抓饭不干净。因为我们都是男性，而那些远处劳作的人也是男性，就肆无忌惮地撅了屁股蹲在那里。但这里依然没有苍蝇。跟随我们的那只西安城的苍蝇它懒得下车。劳作的人见了我们就跑过来——他们是见人太稀罕了——我们立即就熟如了朋友。那一个戴着白帽子的人告诉我们，他们是碱厂的，这里的碱厂是全国最大的，才建厂的时候，生意非常地好，产品大都销售到东北的一些军工厂，福利当然也就好了，可以天天有肉吃，有酒喝。可后来，俄罗斯那边也发现了碱矿，离东北近，价格又便宜，那些厂家就全进了俄罗斯的货，他们的生意就难做了，每月只二百六十元的工资（原本是二百五十元，嫌不好听，厂长狠了狠心，多发了十元钱）。二百六十元仅仅够吃饭，可不继续干下去，他们又能干什么呢？那汉子给我们摊摊手，笑了一下。这时候就有了音乐声，声音是从那里的一台收放机里传出来的，所有的人都趴在了地上。汉子说，我得去祈祷了。匆匆跑了去。宗教使这些人的精神有了依托，他们趴在地上感谢着主呀，赐给了他们的工作和工资。我说，这天的晚上，我们是住在了一个小镇上，小镇的那棵大桑葚树下男男女女的维吾尔族人在唱歌跳舞，我以前只以为维吾尔族歌都是欢乐的，没想他们唱的是那样的哀怨苍凉，我们听不懂歌词，但我们被歌声感动，眼睛里竟流出了泪水。也就在这一夜，我是发了火的——我是轻易不发火的，但要火了，却火得可怕——差点抓了茶杯砸向了宗林。因为跳舞的人群中有一位极美丽的姑娘，她的头发金黄（是不是染的我不知道）而两条腿长又笔直，跳起来简直是一头小鹿，宗林和小路就喊喊咻咻说着什么。当舞蹈暂歇的时候，宗林说，你不是爱长腿女人吗，我给你和她照个相吧。我瞪了他一眼，他却还说，我给你叫她过来。姑娘就在邻桌，我知道她已经觉察到我们这边喊喊咻咻是为了什么，但姑娘始终不肯正眼瞧我们，我们已经被她轻看了，若她能听懂汉语，一定是极讨厌了我们。我就发出了恨声，茶杯要砸过去时停住了，一个人生气地离开了那里，先回住处去了。我的房东，一个长得如弥勒佛一样的汉人，却给我讲了许多故事。我说，我讲给你吧，虽然有点黄色。房东说，你知道不知道，疯牛病的原因已经查出来了，原以为问题出在公牛身上，不，是母牛的事。你想想，母牛一日挤三次奶，却一年只给配种一次，那母牛不急疯才怪哩！

　　她说，从花土沟沿铺设的石油输送管道一直走，她来到了格尔木，你无论如何也难以想象出这一路色彩的丰富！先是穿过一带盐碱的不毛之地，你看到的是云的纯白，它在山头上呈现着各种形态，但长时间地一动不动，你就生出对天堂的羡慕。又走，就是柔和的沙丘，沙丘却是山的格局，有清晰的沟渠皱纹，而皱纹里或疏或密长了骆驼草，有米家山水点染法。再走，地面上就不平坦了，出现着密密麻麻的土柱，每一个土柱上都长着一蓬草。这土柱似乎也在长着，愈往前走土柱愈高，有点像塔林了。在内地，死一个人要守一堆土的，这里一株草守一堆土，这当然是风的作用，你却恐怖起来，怀疑那里栖存着从这里经过而倒下的人的灵魂。到乌图美仁，多好听的名字，天地间一片野芦苇，叶子已经黄了，抽着白的穗，茫茫如五月的麦田，你便明白了古人的诗句"风吹草低见牛羊"一定在这样的草中，但这里没有牛，也没有羊，继续走吧，沙丘又起伏了，竟有十多里地是黑色的沙，而在黑沙滩上时不时就出现一座白沙堆，近去看了，原来这里沙分两种，更细的为白沙，颗粒略大的为黑沙，风吹过来将白的细沙拥成堆，留下的尽是黑的粗沙。沙丘又渐渐没有了，盐碱地上又是野芦苇，野芦苇中开始有了沙柳，沙柳越来越多，形成一大丛一大丛的，橙色、浅红、深红、紫、绿、黄诸色，铺天盖地远去，你从此进入了五彩花田，天下最美的花园中。车开了两个钟头，这花园仍是繁华，并且有了玉白色的沙梁，沙梁蜿蜒如龙，沙柳就缀在梁坡上，像是铺上了一块一块彩色的毛毡。兴致使你走走停停，你发觉有了发红的山，发蓝的山，太阳强烈，有丝丝缕缕的热气往上腾，如燃烧了一般。她说，我现在才明白，这地方的阳光和阳光下的山、地、草是产生油画的，突然感觉我理解那个梵·高了，梵·高不是疯了，梵·高生活的地方一定和眼前的环境一样，他是忠实地画他所见到的景物的。而中国的那些油画家之所以画不好，南方的湿淋淋天气和北方那灰蒙蒙的空气原本是难以把握色彩的，即就是模仿梵·高，也仅是故意地将阳光画得扭曲，他们没有来过这里，哪里能知道扭曲的阳光是怎样产生的呢？她说，她是歇在了一个石油管理站里吃的午饭，六百公里的输管线上有着无数的管理站，而这个管理站仅两个人，一男一女，他们是夫妻。荒原上就那么一间房子，房子里就他们两人，他们已住过了五年。他们的粮食、蔬菜和水是从格尔木送来的，当冬天大雪封冻了路，他们就铲雪化水，但常常十天半月一个菜星也见不到。他们的语言几乎已经退化，我问十句，他们能回答一句，只是嘿嘿地笑，一边翻弄着坐在身边的孩子的头，寻着一只虱子了，捏下来放在孩子的手心。孩子差一个月满四岁，能在纸上画画，画沙漠和雪山，不知道绿是什么概念。

我说，我们登上了天山，看着那湛蓝的湖水，我就给你拨电话，但天山顶上没有信号。是的，每见到一处好的风光，我就想让你知道，这如富贵了衣锦回乡，可拨不通电话，有些穿锦衣夜行的滋味。我们钻进湖边一个山沟，沟里塞满了参天的松，松下就是巨石，石上生拳大的苔斑，树后的洼地里住了一户哈萨克族人。我们在哈萨克族人家做客，拿了相机见什么拍什么，都觉得兴趣盎然。帐篷的前前后后，这儿一堆巨石，那儿一堆巨石，石上还是苔，但颜色丰富多了，有白色、黄色、铁锈色，你觉得石头发软如面包。一块巨石上竟也生一种树，类似石榴，又不是石榴，枝条折着长，有碎叶，发浅黄。帐篷右前的一丛树与乱石中堆有燃煤，树干上吊着一扇羊，羊是才杀的，羊头和羊皮在草地上，有四只鸡缩在树下，与石头一个色调。帐篷后不远的一丛树下，劈柴围了一个圈，住了六只羊，一走近就咩咩叫，凑在一起，惊恐地看我。再往右，有一个木桩，长绳拴着一头小梅花鹿，长颈长腿。女主人胖得如缸，一直坐在那里往铁钳上串羊肉，男主人瘦小，没有长开，在灶上做饭，一锅煮羊肉，一锅是手抓饭，一锅烧水。女主人一直在发牢骚，说小儿子上学，学校要求学生去捡棉花，不愿去者，必须掏二百元，她不让儿子去，就掏了二百元。在我们家吃饭吧，女主人说，挣下饭钱了给学校交去，这也是为"希望工程"做贡献哩。但我们没吃。女主人当然有些不高兴了，脸上的肉往下坠，腮帮子就堆在肩膀上。我们想买那只小梅花鹿，她不卖，说鹿是逮着的，自逮住了梅花鹿，她的腰疼病不怎么犯了，宗林拿摄像机去拍，她说，不能照的，照一次得付五元钱的。

她说，她的车在乌根葛楞河陷进了河中，这条从昆仑山上流下的河，水量不大，但河床变化无常，油田上往往今年在河上修了一桥，两年后河水改道又修一桥，再二三年又改道了，整个河面竟宽十一公里。她的车陷了三小时后才被过路的车帮着拉了出来，而远处的昆仑山在阳光下金碧辉煌，山峰与山峰之间发白发亮，以为是驻了白云，问帮拖车的司机，司机说那不是云，是沙，风吹着漫上去的。终于到了格尔木，这个河水集中的地方真美。这是一座兵城，也是一座油城，见到的人即使都穿了便衣，但职业的气质明显地表现出来。她说，我当然是要进昆仑山中去看看的。哇，昆仑山不愧是中国最雄伟的山，一般的情况下人见山便想登，这里的山不可登，因为登不上去，望之肃然起敬。她说她在河谷里见到了牧民的迁徙，那是天与地两块大的云团在游动，地上的云团是上千只羊，天上的云也不是云，是羊群走过腾起的尘雾。牧民骑在骆驼上，骆驼前奔跑着两只如狼的狗，我是在那里拍摄的时候狗向我奔来，将我扑倒，它没有咬我，却叼走了我的相机，相机就交给牧民了。牧民玩弄着我的相机，示意着让我去取，而他跳下骆驼用双腿夹住了狗，狗头不动，前蹄使劲刨着地，尾巴在摇，如风中的旗子。

我说，哈，咱们的恋情变成了见闻的交流，爱上升到了事业的共鸣，这是个了不起的奇迹！她说，你得清楚，如果有恋，这是婚外恋啊！我说爱情原来有这么大的力量，我爱你！她说，我喜欢你！我说，我爱你，真的爱你！她说，男人们说这样的话总是容易，这话请留下十年后，我老了丑了再说才是真的。我说，那我多盼你现在就老了丑了，我爱你，你能说一句我也爱你的话吗？她说我不配说，这样对你好，对我也好！我叹气了，只好开始又说我的见闻和思考。我说，丝路上，我走的军线，所到的军营，我发现十个领导八个就是陕西人。想想历史，开辟和打通此路的差不多又都是陕人，商人更多是陕人，西路军也是。她说，油线上何尝不大多数是陕人呢，我每到一地，接待的人都讲普通话，一听我说秦腔，就全变成秦腔和我说，口口声声

360

喊乡党。给你说件趣事吧，在敦煌的石油生活基地，电视台老播放秦腔戏，那些人数只占少部分的南方人有意见了，但领导都是陕人，意见提了也不顶用，争取了数年才开增了别的戏种。油田报纸上曾有人写了小文章说家属区还有个秦腔戏自乐班夜夜唱，他听不来秦腔戏算什么艺术，大喊大叫，吵闹得人不得休息。结果一大批老职工告状，去报社闹事。当知道一块儿晨练的一个老头的儿子是报社副主编，就开始骂老头，甚至把老头开除了活动小组，而作者写了三次检讨，此事才得以平息。

五　缺水使我们变成了沙一样的叶子

整个河西走廊，宽处不过百十多公里，最窄的仅十多公里，就那么没完没了的蛇屁股一样深长。到了阳关、玉门关，关门是打开了——新疆人称两关之东为口内——新疆是内地的大的后院。

走廊和后院是汉武帝修建的，一旦有了走廊和后院，后院的安危就一直影响着整个中国的安危。我们一路往西，沿途的城镇无一不与军事有关，不与安定有关，如静宁、定西、秦安、靖远、会宁、景泰、武威、张掖、永昌、民乐等。在翻过了乌鞘岭，到一个河湾处，两边山峰相峙，互抱处为入口，出口则南山斜出一角为伏虎形，北山直插过来，酷似狼路，这就是北宋时杨家将遭重创的虎狼关。杨家一门忠良，为了国家社稷，征战在西路边塞，最后犯了地名之讳——虎狼是吃羊（杨）的——剩下十二寡妇。这十二寡妇还再征西，直到了张掖、酒泉一带。而新疆的疏勒，甘肃的武威，现南疆军区和二十一军的某炮旅驻地仍是国民党时期的兵营，也更是清朝的军事防务地，那高大厚重的围墙依然，清兵手植的杨树、榆树已经数人难以合抱，树顶上住着乌鸦，一早一晚呱呱而啼，你会感觉到这声音从远古而来。登临了武威城中的钟楼，举目望去，民屋匍匐在下，皆土坯墙，泥平顶，虽粗糙简陋却朴拙之气在阳光里汹汹升蒸。楼基之厚，梯台之宽，砖块之大，令你心气沉稳，尤其那一口似金似银似铜似铁似石的大钟，相传铸造时其中熔化着活人，所以击之声宏如雷，似有人的呐喊。汉朝给我们的是强盛的形象，强盛形象是由政治、经济、军事、文化来支撑的。现在世界核武器的升级试验，军火购买的竞比，闹得乱乱哄哄，战争永远伴随着人类，武器的精良是战争的根本，过去如此，现在亦如此。作为一个老百姓，虽然国之兴亡匹夫有责，但国家社稷的大事并不是一般人能把握得了，我们在沿途上，听多了关于霍去病的故事，左宗棠的故事，西路红军的故事……但于我，却时不时就吟出了于右任在河西走廊留下的名词"多少古城名将，至今想象，白头醉卧沙场"，而眼前就是这样的一块干涸的地方呀！

西部确实干涸了。张骞当年出走西域，报告给汉武帝的是一路土肥草茂，尤其塔里木湖四边的十六个小国。河西走廊当年土肥草茂牛羊成群到什么程度，十六个小国又如何富饶美丽，史书上未能记载，我也无法想象，但现在河西之地走那么一天，眼见的是戈壁，戈壁，还是戈壁，而塔里木波涛还在，却波涛不再激荡，是沙山沙梁沙沟沙川，昔日城堡一半被沙埋着，一半残骸寂然，那成片成片站着的，倒下的，如白骨的胡杨林，风卷着沙忽东忽西，如飘浮的幽魂。在每一个住过的夜晚——这里的夜都寂寞的——月亮星光特别的亮，守候着城堡或山峰戈壁，黑的世界里就隐隐产生着一种古怪的振动，传递给你的是无处不在的神秘与恐惧。

驱车万里走西部，常常是走十几个小时了，出现一片绿地，绿地或大或小，大的就是一个城镇，小的仅几户人家也是一个村子。草木里非常贱活的，只要有一点水就泛绿，长一簇树，树中树后是一畦一畦的庄稼田。但你立即会发现在几间屋舍的不远处是废弃了的残垣断壁，林子外还有平整的田，畦格依旧，但已经不再种庄稼了——一切在证明着地下水逐渐地缩小，如一个重病的人，心还在跳动，四肢已慢慢麻木而僵硬了。原来是世界上最大最大的平原却成了沙漠戈壁，就可怜的仅存着那么一点水，人就在那儿艰难地生存着。我想起了在盛夏的家乡的河边，常常是河流枯瘦，水退回河中的深槽里，滩边的低洼处就留下那么一潭一潭水，水继续在晒干，潭中的小鱼便越来越稠，中间的身子不动，四边的鱼的尾巴却摇得欢快，最后直在那里，死不瞑目，直到晒成干柴。可怜的这些小绿洲，还能继续绿下去吗？地下的那么点水，在浩瀚的沙漠戈壁的热气里能坚持多少年不蒸干呢？

我站在沙地上，怒目看着天上的太阳，太阳里哪里是有一只赤乌呢，整个儿是一个光的刺猬。我没有一柄弯弓，那个英雄的后羿也早死了。我站着，脸上的汗油往外溢出，感觉到头发开始干燥，蜷曲，快要燃烧了，听见了小路在讲着这里的沙漠、戈壁形成的原因，是喜马拉雅的造山运动成就了世界的最高屋脊，也毁灭了西域的大片绿洲，便一时豪放起来，恨不得将喜马拉雅山一炮炸开，让印度洋的湿润空气吹过来，那么，我就这么站着——头发长成枝条，体毛长成根须——站成一棵树！

人实在是无法征服大自然，大自然却偏偏要让人活着。

在定西的山塬地带，人是吃窖水的，下雨是他们的节日，大人小孩都会站在雨地里浇淋，他们最能体会甘露二字的含义。雨落在田里，田里起着土烟，土尘起来，软下去，庄稼看着十分受活。雨落在村道和打麦场上，那是一种浪费，人们就用锄头通引着流水到各家各户挖凿的土窖里。这些窖中的水上面浮动着牛屎羊粪，蜉蝣和蚊虫。他们通常一生洗三次澡，作为净身：一次是出生时，一次是新婚夜，一次是死亡后。一家人洗脸舀半盆水，需要把盆半靠在墙根方能掬起，洗过脸了，将前一天的洗过脸的水合在一起再洗衣，然后沉淀了又去喂高脚牲口和鸡鸭猫狗。我们在一个村子里去转悠，我听见两个妇女在猪圈墙外说话，原来她们约定好了今日去县城逛的，一个来了，另一个却因别的事缠着不能去，那妇女就不悦了：你这不是日弄人吗，我脸都洗了，你却不去了?! 在张掖的博物馆，我看到许多汉时的陶罐，都是水壶样，出门带水，已经是人的潜意识，这如同我好吃烟，出门可以把什么都忘掉拿，但装上烟和火柴是永远忘不了的。志书上讲，汉兵在武威的戈壁滩上迷失了方向，不得出来，人杀马而吸其血，马杀完了，人又互相杀之吸血，死后的人都是脖子上有刀口，嘴上有血痂。酒泉，是以霍去病在泉水里倒下御酒让士兵喝而得名，但一老汉讲，民间里世世代代传下来的故事，是十几万人来到这里发现了一泉，都去争饮，结果踩死了无数，而有人饮得过多，当场毙命，霍去病杀了许多抢水者才维持了秩序，那水如酒一样一人喝三口，从而得酒泉之名。

历史的故事，正史上野史上都记载了，我听到的是玉门油田初开发时渴死了许多勘探人员，他们的坟墓现在还在玉门，每年清明，活着的人去扫墓，除了燃香焚纸，就是背一壶水浇在坟头。我们去了那一片坟地，正好碰上一位老太太往一座坟上浇水，她说她昨晚又梦见他了，他仍然是张着嘴喊渴，"渴死鬼给我托梦哩！"她眼泪扑簌簌流下来，"他给我托了一辈子的梦，从来都是喊渴！"原来坟里埋着的是一位年轻的勘探队的司机，五十年前他们在热恋着，他在一次出车时，半路里汽车抛了锚，结果就困在沙漠里渴死了。发现时人在汽车东边一里多地方趴着，身下是双手挖开的一个坑，面朝着坑底，满鼻满口是沙，身子却干缩如小儿。她是去了现场，抱着尸体哭了一场，然后去汽车上一揭坐垫，坐垫下还有两军用水壶的水，她又是"啊"的一声就昏了。因为出发前，年轻的恋人让她备水，她是备了三壶的，却想为了能让他节省，将两壶藏在坐垫下，她只说他会发现的，谁知他竟那么老实，喝完了一壶后就活活地渴死。她现在是有了丈夫并有了孙子的人，但几十年来这件事让她灵魂难以安妥，"他死前一定是恨我的，"她说，"恨我只备了一壶水！"见过了这位老太太后，我们在以后的行程里，凡到一地，出发时都得买整箱的矿泉水，唯独一次去看一个烽燧，心想半天就可以返回了，而且沿途也能买到水的，没想路上竟未能买到水，就口渴得吐不出唾沫来，翻了丢弃在车厢角的一堆矿泉水空瓶，企图某个瓶里还残留一口水，但没有，那只苍蝇竟藏在其中。鼻孔越来越往外喷热气，嘴唇上先是有一种分泌物，黏黏的，擦下闻闻，有一股臭味，接着手开始粗糙，毛孔看得明显，而且情绪极坏，叼一支烟去吸想分散注意力，烟蒂吐没吐掉，用手去取，烟蒂上贴着一层皮，血就流下来。我嘴上的血流下来，小路却说，我真想吮了你的血！我原本想要将嘴上的血擦下来抹在他的脸上，但我已没有恶作剧的力气。宗林就开始讲水的故事，企图讲水止渴，我就说现在若有水了，我要喝三大碗的，小路说我得一脸盆哩。老郑却严肃了，叮咛回到驻地，每人先喝半杯水，十分钟后，再喝半杯水，喝得太多太猛是要出事的。他说他在部队时，一次行军拉练，干渴了两天两夜，到了一条河边，有个新兵一见水就疯了，往河里扑，结果扑下去喝是喝够了，却再也没能起来。

没有了水，又长年有风，山上没有了草木，地上也多是没土，坐在车上不断地能看见前边出现着的海市蜃楼，那是戈壁沙漠对水的精神幻化。在一个沙窝子里遇上了几户维吾尔族人，都是瘦瘦的，个子挺高，询问着他们这里如此缺水，怎不迁徙到别的地方去，回答是：能长西瓜就能长人。这话使我激动得喊了一声，又赶紧记在了笔记本上。是的，西瓜原本是生长在西部的一种瓜，它在全世界的瓜的品类中是最甜最爽的，将地下水吸收着顺着藤蔓而凝聚到地面，西瓜是种出的无数的泉。人或许不能承受更大的幸福，但人却能忍耐任何困苦，生存的艰辛使西部充满了苍凉，苍凉却使人有了悲壮的故事，西部的希望也就在这里。

在柳园去星星峡的路上，干渴使我们从车上都下来，软绵绵仰躺在沙地上看云，云白得像藏民的哈达一样浮在空中，你会明白了西部的所有洞窟壁画为什么总是画有飞天。而山就在身边，好像是遭受了另外的星球的撞击，峰丘无序，这一座是白色的，那一座是黑色的，另一座又是黄色或红色。小路就在离我们不远的地方解裤要尿了，但他却叫喊着尿不出来，火结了。我趴在那里，开始在笔记本上记每天的日记——我的日记都是在路上刁空写的——我写道：如果有水，西部就是世上最美的地方了。刚刚写下这么一句，那座发着黄色的山丘和那座发着黑色的山丘之间出现了一片红光，红光在迅速放射，一层一层的连续不断。约摸一分钟，红光消失了，出现了波光摇曳的水面，而水面后边是到了山丘旁的另一座山丘，拥拥挤挤着顺丘坡而上的房子，还有一条横着的巷，巷里的房舍似乎向一边倾斜（我以前在陕南山区常见到这种街巷，但倾斜的房舍成百年没有倒塌），一个男人骑着马向巷里走去，马的四蹄很放松，有舞蹈的模样，马粪就从尾巴下掉下来，极有节奏地掉下五堆。一棵树，是一棵桑树，桑叶整齐地如扇形分布在枝干上，树下坐着一个老年的女人。我的感觉里，这老女人已经在树下坐了很久了，她一直顺着树影坐，树下的地上被身子磨蹭出了一个圆圈。水面开始悄无声息地往上涨，涌进了巷口处建在慢坡上的一所房子，门就看着朝里倒下去，接着水又退出来，收缩至慢坡下，而水退出来的时候水头上漂浮着屋子里的椅子、被褥、箱子和一口铁锅。那坐在树影下的老女人没有惊慌，我也没有惊慌，像是看着一场电影——知道那是假的，它只是电影。我站起来拿了相机去拍照。小路看着我，问那有什么拍的，我说，你快看吧，瞧那里有湖！所有的人都往我指点的地方看，看不见什么，就一起看我，小路甚至还用手在我的眼前晃了晃，说，你是不是干得连眼睛也没水了?! 庆仁说，这是渴望。

晚上回到了柳园，柳园还在红着天，柳园在晚上八点钟太阳落下山了，太阳的余晖还映得天红。我们在一个小饭馆喝茶吃饭，因为想吃羊肉，店主在后院里将一只羊当场宰杀，我就去找一家摄影部冲洗胶卷。我是自信我在下午看见了奇异的风景，或许，他们真的没有看见，是我看见了（我有这么个特殊功能，常常能看到听到嗅到别人看不到听不到嗅不到的东西），但照片冲出来，上边却什么都没有。这让我非常地丧气，怀疑是不是灵魂又出窍了，或者是干渴得脑子坏了！返回饭馆，清炖羊肉已经摆上了桌，在我们桌的正前方另一张桌前，坐着三个人，中间的那人一直坐着低了头，一件白衫子披在身上，两条胳膊却在衫子下面，而衫子在前边系着扣。后来，三碗拉条子面端来，两边的人把白衫解开，那人的双手原来是戴着铐，左边的人为其开了铐，三人就一阵狼吞虎咽。这是穿便衣的公安长途解押犯人，我们面面相觑了，全不敢高声说话，为了避免是非，又都不再去看。庆仁附过身说，去冲胶卷了？我点点头。他又说，冲出来是白卷？我说：你说得对，那是渴望。

　　我没有为我的渴望产生的幻景而羞耻，海市蜃楼经常发生，我明明知道可能是海市蜃楼却又以为这一次是真的，这如在梦中发生到一个地方了还在想这不是梦吧的现象。但我在作想这件事的时候，那一根爱的神经又敏感了，她的形象浮现在眼前：一身牛仔服被汗水浸湿了后背，披肩的长发数天未洗，一副墨镜推挂在额上。她这一阵在干什么呢？我曾经对她问过，记着，每天一早醒来你若想起一个人的时候，那就说明你爱上了那个人，你说说，你醒来第一个人想到过谁？她说，想的是我呀！她总是这么气我，我就认真地对她说，你再记着，当你什么时候想到了我，那就是我正在想你！——那么，现在，是十

368

点半，她在想我了。

身后的桌子还坐着两个人在吃羊肉，听得出一个是北京人，一个是上海人。一个说，这里的羊肉不像羊肉，没有膻味。一个说，这就像你，你这个上海人最大的好处是不像个上海人。我笑了一下，便突然间感到一种忧伤，咀嚼着我对她如痴如醉的爱恋，而她为什么总不能做出让我满意的举动，甚或一句哄我的情话也不肯说呢？如果她对我没有感觉，骂我一句打我一掌，拂手而去，再不理睬，也能使我从此心如死灰，可她消失了许久又与我联系上，依然那么漫无边际地交谈，又谈兴盎然，令我死灰复燃呢？是不是她仅仅是喜欢读我的书，我喜欢她的画，是一般只做谈得来的朋友，那么，她就是我的另一种渴望，是我的精神沙漠里的海市吗？

夜里，庆仁又在画起了速写，我们一路上笼络所有人只有三件法宝，一就是宗林为其照相，当然他经常不装胶卷，却骗得被照相者又换新衣又梳头，留下详详细细的地址。二是庆仁画肖像，当然这是为各地接待的负责人。再就是我为一些人算卦了。算卦是不能给那些春风得意的人算，也不能给那些面目狰狞谁也不怕、命也不惜的人算。领导者都算的是仕途上的晋升，女孩子耽于爱情，中年人差不多是情人的关系、孩子的学习和赌博如何，已经黄蜡了脸但衣着整齐的女人们往往你刚说了数句，她就泪流满面，将一肚子苦水全倒给你了。今夜我无心情为人算卦，拉了小路在院子的一株痒痒树下说话，身子在树上蹭蹭，一树的叶子都缩起来，瑟瑟地抖。小路将一包西洋参片给我，说他最担心我的身体，没想一路上我除了小毛病外竟特别精神，是不是因了她的缘故。我说了我吃饭时的想法，他严肃起来，问，你

369

们有过那个吗？我说这怎么可能有？即便我有这种想法，她也是不肯的，她模样是极现代的，在这方面却保守得了得，她说她不能背叛丈夫，我们只做精神上的朋友。小路说，可是，把精神交给你了比把肉体交给你更背叛了她的丈夫。我想了想，这话是对的。小路又问我是什么星座，我说是双鱼星座。"你不是能仅做精神交流的主儿!"他说，"你是精神和肉体都需要的人，如果这样下去，你的内心更痛苦。"我问他那怎么办，他说结束吧。我说，那就结束吧。

可这怎么能结束呢？男人的弱点我是知道的，要永远记着一个女人，就必须与这个女人做爱，如果要彻底忘却一个女人，也就必须与这个女人做爱——我和她是属于哪一种呢？一连数天，我是不拨打她的电话了，当她来了电话，我一看见手机上显示的号码，就立即把手机关掉。世界大得很，何必吊死在一棵树上呢？我在鼓励着自己，也在说服着自己。

人真的如一只蚕，努力地吐丝织茧，茧却围住，又努力地咬破茧壳，把自己转化为蝶而出来。当城市越来越大，而我的生存空间却越来越小，我的裤带上少了一大串钥匙，我只能用我的钥匙打开我家门上的锁。签过了各种各样的表格，将我分解成了一大堆阿拉伯数字。单位要找你去开会，妻子要找你去买菜，朋友要找你办事、喝酒、玩麻将，你的手机和传呼不停地响，钻进老鼠窟窿里也能把你揪出来。你烦得把传呼机砸了，关掉了手机，你却完全变成了瞎子和聋子。一连数天里，我就是这样的瞎子和聋子。变成瞎子和聋子也好，一切由同伴者安排，他们让我到哪儿去我就到哪儿去，他们让我干什么我也就干什么。嘉峪关前，看七眼泉的水几近干涸，导游告诉说，正是有了这七眼泉，嘉峪关才修在了这里，为了保住这泉水，政府曾将雪山上的水引过来，但泉水仍是难以存住，泉的七眼似乎不是出水口，反倒要成为泄水口。我说为何不淘呢，我们老家井水不旺了就要淘的，淘一淘水就旺了。导游说，不但淘，是凿过，可越发涸了。我说，庄子讲"日凿一窍，七日而混沌死"，莫非它也是混沌？在敦煌的鸣沙山，我十多年前来时沙山下的月牙泉水位很高，而这次再去，水位却下去了近一人多深，听人介绍，专家们也是为了保住这一风景，在沙山转弯处修了一个人工湖，企图将水从沙下渗过去，但这一工程是失败了。在哈密，我是去了一趟吐哈油田基地，基地负责人很是自豪地陪我参观这个沙漠上建起来的工人生活区。生活区确实漂亮，高楼，马路，到处的绿草和花坛，甚至还有一个湖的公园。他们说这里的用水是从雪山上引下来的，为了维持这个生活区，全年的费用就得三亿四千万元。水对于西部，实在是太金贵了，西部的人类生存史就是一部寻水和留住水的历史。在吐鲁番，我们专门去参观了坎儿井，坎儿井是维吾尔族人一项最了不起的智慧，而在秦安的汉人，又创造集雨水节灌水窖，仅一个叫郝康村的，二千六百户人家，集雨水窖二千四百多眼，便使干旱的七百七十余亩地得到灌溉。

现在，我将讲讲鄯善的一位牧人的故事了。

车子在石子与天际相连的戈壁滩上颠簸，经过了长久的景色单调重复令人昏昏欲睡的路程，我们来到了一个土包，土包下是黑色的羊圈和土屋，腾腾的热气将土包全然虚化，土屋就如蒸笼里的一个馒头。主人赶着一群山羊回来了，羊并没有进圈，而是叫着奔向土屋外的一口井边渴饮水槽里的水，主人也是趴在井边的一个桶口咕咕嘟嘟一阵，眼见着他的喉结骨一上一下动着，敞了怀的肚皮就凸起来，然后才热情地招呼我们。而招呼我们进屋在炕沿上坐下了，端上来的就是一人一碗的清水。他告诉我们，他的先辈原是在阿勒泰放牧的，后来随着羊群转到了这一带。这一带以前也仍是水草丰美，是放牧的好地方，可在他二十岁的时候，河床干涸了，再也养不起了更多的羊，牧民们开始了种地为生，去了鄯善和哈密绿洲的附近。但他不肯放下羊鞭，他成了唯一的一个牧人。这牧人倔强，坚信着这里还有水，就请人打了一口十数米深的井，盖好了房子，孤零零地守在这里。他现在养了五百只羊，都是山羊，他说，水太少，马是养不活的，绵羊也养不活，只有山羊和骆驼能站住。他说到的"站"字对我十分震惊，眼前的这位汉子，头小小的，留着胡子，有几分山羊的相貌，而个子很高，长腿有些弯，倒像是骆驼的神气——山羊和骆驼在这里站住了，凭着一口水井！这汉子也站住了，站住了在这片戈壁滩上唯一独居的牧人。

鄯善的那片戈壁滩上发现了一口井，但是，不是任何戈壁滩上都有井能被发现，人在大自然中实在难以人定胜天，是可怜的，无奈的，只有去屈服，去求得天人合一。所以，我看到的生活在这里的人都是高高的个子，干干瘦瘦的身板，而我仅仅几十天里，人也瘦下去了一圈，屁股小了，肚子也缩了下去，重新在皮带上打眼。在这一点上，人是真不如了草木，瓜是通过细细的藤蔓将地下水吸上来，一个瓜保持了一个凝固的水泉，一串葡萄是将水结聚成一堆颗粒。我曾经读过在新疆生活了一辈子的周涛的一篇文章，他写道："如果你的生活周围没有伟人、高贵的人和有智慧的人怎么办？请不要变得麻木，不要随波逐流，不要放弃向生活学习的机会。因为至少在你生活的周围还有树，会教会你许许多多东西。"列夫·托尔斯泰也说过一句话：我们不但今天生活在这块土地上，而且过去生活着，并且还要永远生活在那里。西部辽阔，但并不空落，生存环境恶劣，却依然繁衍着人群，而内地年年有人来这里安家落户。我肃然起敬的是那些胡杨林，虽然见到的差不多像硅化木石一样，枯秃，开裂，有洞没皮，它是站着千年不倒，倒下千年不腐的。那些沙柳呢？沙棘呢？骆驼草呢？还有许许多多不知名的野草，它们原本可能也是乔木，长得高高大大，可以做栋梁的，但在这里却变成矮小，一蓬蓬成一疙瘩一疙瘩，叶子密而小。更有了两种草——鬼知道叫什么名字——一种叶子竟全然成了小球状，如是粘上去的沙粒，一种叶子已经再也称不上是叶子了，而是刺，坚硬如针般的棘。我蹲下去，后来就跪下膝盖，将那球状的叶子摘下，也让硬棘像箭头一样扎满了裤腿，而泪水长流。

可以说，就是在孤零零的一口井和一个牧人的戈壁滩上，我再也不敢嘲笑陇西那里的小毛驴了，再也不敢嘲笑河西走廊的女人脸上的"红二团"了，再也不敢嘲笑这里长不大的小黄白菜，麻色的蝴蝶，褐色的蜘蛛和细小的蚊虫。我又开始拨通她的电话，我是那样的平静和自然（令我吃惊的是我的话语又充满了机智和幽默），我竟然给她报告着我从天山下来是去了一次呼图壁县，车如何在一条干涸的河床上奔走了数个小时，又在山窝子里拐来拐去，就是为着去看那里的岩画。看岩画就是为了看原始人画中的性的崇拜。她说，像你这样的人，多少美丽的女人围着你，现在的社会么，你想得到谁那还不容易吗？我说，可就是得不到你！她说，我是一个属于另一个男人的人了。我便正经说明，我是希望我们回去之后能见见你的丈夫。我说这话的时候，全然一派真意，以前我们在一起，她是曾提说过她的丈夫，我是强烈反对过她提到她丈夫——一个愚蠢而讨厌的女人才在与别的男人在一起时提说她的丈夫的——但现在我想见见她的丈夫，希望也能与他交上朋友，并当面向他祝福。她在电话里连说了三声谢谢，她说她的丈夫其实很丑，又没有大的本领，但像我这样的男人轻而易举可以得到漂亮女人，她怎么忍心将美不给一个缺美的人而去给美已经很多的人呢？我们在电话里都沉默了许久，几乎同时爆发了笑声，我虽然不同意她对我的评判，但我理解了她的意思。我岔开了这样的话题，询问起她现在在哪儿，才知道她已经在格尔木的石油基地许多天了。她说格尔木的汉译是水流集中的地方，戈壁沙漠上只要有水，你就能想象出这里是多么的丰饶和美丽了。她说她去了一次纳赤台，看到了昆仑第一泉的，那真是神泉，日日夜夜咕咕嘟嘟像开莲花一样往上翻涌水波，冬天里热气腾腾，夏天里手伸进去凉得骨疼，她是舀了一壶水，明日去石油管道的另一个热泵站时要送给一位老工人。老工人那里常年需要送水，每次喝水时都要给水磕头，甚至桌上常年供奉着一碗水。听说那老工人害了眼疾，她让他用神泉水去洗洗眼呀。

她问我，你见过原油吗？原油像熔化的沥青，管道爬山越岭，常常就油输不动了，需要热泵站加热，而且还有油锥，如放大的子弹头一样，从管道里通过，打掉粘在管道内壁上的油蜡。她说，前天她是去了一个地方看正铺设新的管道，荒原上几十个男人竟热得一丝不挂在那里劳作，她的突然到来，男人们惊慌一片，都蹲下身去，她没有想到没有女人的世界男人们就是这样的行状吗？"我没有反感他们，"她说，"我背过身去，让他们穿衣，但我的背上如麦芒一样扎，我知道这是他们都在看我，我抖了抖身，抖下去了一层尘土，也感觉把一身的男人的眼珠也抖了下去。那一刻里，我知道了我是女人，更知道了做一个女人的得意和幸福。那个中午，他们都争先恐后地干活，那个脸上有疤的队长对我说，男女混杂，干活不乏，但我们这里没有女人。"她说，她后天就要离开格尔木，往西宁去了，她将经过德令哈，香日德，莫木洪，茶卡，她准备在茶卡待上两天，因为在小学的时候，课本上有过关于茶卡的描绘，说那里有盐山，盐田，连路也是盐铺的。同她一块儿走的是一位塔尔寺来格尔木的喇嘛，与喇嘛一起总感觉是与古人在一起，甚至还有一种感觉，她是了从唐而来的玄奘，或是了从西域往长安的鸠摩罗什。她说到这儿，我突然发了奇想，我说我是在武威拜访了鸠摩罗什曾经待过的寺院的，就产生过以鸠摩罗什为素材写一部戏的冲动，但你更与佛有缘，何不就去了塔尔寺，然后再往甘南的拉卜楞寺，那里有着大德大慧的活佛和庄严奇特的建筑，有着无与伦比的壁画和酥油茶，和千里匍匐磕拜而来的藏民，你是高贵圣洁的，你应该去看看。"你如果到拉卜楞寺，"我强调道，"我们返回来也到拉卜楞寺去，咱们在那儿会合吧！"她说，这可是真的？有她这样的话，我就激动了，大声说，一言为定！

在漫漫的西路上，我们终于约定了见面，这是个庄严的承诺。

这天晚上，我把庆仁的笔墨拿了来，我为她画了一幅像，上面题记：女人站起来是一棵树，女人趴下去是一匹马，女人坐下来是一尊佛，女人远去了，变成了我的一颗心。推窗看去，夜风习习，黑天里有一颗星，而一只萤火虫以自己的光亮照着自己的路一闪一闪飞了过来，但我知道那花坛里的月季花开了，开着红色，那红色是从沙土里收集来的红。

六　带着一块佛石回家

在乌鲁木齐，我们休整了七天。宗林是第一次来，对这座边城的一切都感兴趣，白天出去逛遍了城内所有景点，晚上又出去吃遍夜市上所有的小吃，在那里摄像，常常夜半回来，满床上摊开买来的小花帽、丝围巾、银手镯、铜盘子以及和田玉挂件、英吉沙小刀，就把宾馆的服务员招来试穿试戴，夸奖着衣饰漂亮，也夸奖着女服务员漂亮。这个时候，庆仁肯定要出现了，他原本是老诚人，一路上也学得油嘴，每见宗林和女服务员说话，总要提议：握手握手，拥抱拥抱。他故意将握念成弱，拥念成盈，惹得女服务员便咯咯笑，看着他——他个矮头大脸圆，像高古的僧人或日本人——有叫他花和尚的，有叫他朝三暮四郎，末了却一边骂狂丑，一边当了模特，摆各种姿势让他画。小路的兴趣还在于收集鞋，差不多已经收集到一纸箱子，宝贝似的，扎得严严实实从邮局发寄回去。他感慨他应该收集脚印，但汉以来的脚印让河西走廊收留着，收留成了一条路。"我庆幸我也姓路！"他说。另外，他的兴趣就是买药材了，他说他那东西懒，得补补，买了雪莲，冬虫夏草，鹿茸，甚或一次买回来了一根虎鞭。他说卖主那里有四条虎鞭，他买时旁边有人说了，这是天山虎鞭，厉害得很，研成粉掺在面团里擀了面条，一下到锅里全立栽起来了。我说，是吗，中国现在有多少虎呢，那人一下子有四条鞭，那虎是不是养在他家的床下？小路死死地盯着我，突然用力地拍自己脑门，说，你说的有道理，有道理，他娘的我又上当了！

我因为以前来过乌鲁木齐，有一批朋友居住在这个城市，当他们得知我又一次到来，就来看我，约我去逛那些一般人不常去的街巷看旧建筑，访奇异人。于是我在一条已经拆除了一半的小巷里见到了一个老头，他有着一个小四合院，与房地产商的谈判未能达成一致，坚持着不肯搬迁，房地产商就请求政府干预，结果石灰粉写成的"拆"字刷在了院墙上，限定十五天内若不搬迁就强行拆除的布告也贴在门前的杨树上。但他仍是不搬迁。我们去见他的时候，他以为我们是政府里的人，态度蛮横，我们坐在门前的小凳子上，他却说凳子是他家的，收走了。后来终于知道我们是外地游客，他则自豪他走遍了全国各地，最好的还是乌鲁木齐。他说，五十年代，乌鲁木齐街上的路还是碎石铺的，他就住在这里了，转场的牧人把羊群赶过来，百十头羊白花花一片，淹没了马路，牧人夏天还穿着皮袍皮裤，表情木讷，样子猥琐，连牧羊犬也一声不吭地低了头，躲着行人。可现在，却要让我搬离这里，听说那个房地产商的父亲就是一个牧人，牧人的儿子现在暴发了，是大老板了，我却像狗一样给那么一块骨头就要撵走了？！老头子说着说着又激愤起来，我们就不敢再与他交谈，每每逃到了叫二道桥的维吾尔族人的市场上去。从一排一排服饰、皮货、水果、药材摊前看过，在我与那个大肚子的维吾尔族人讨价还价一张银狐皮时，我的腰被人抱住了。回头一看，是另一个朋友，他埋怨我来了为什么不通知他，他说我是一心想着你的谁知你压根儿把我当了外人。我说你怎么知道我没珍贵你，又怎样在心里想着了我？"那晚上见吧。"他打问了我住的宾馆，就走了，他要去一家医院探望个病人的。

晚上，我的朋友来了，抱着一块石头，石头上阴刻着佛像。这是西藏古格王国城堡里的摩尼石。古格王国在八百年前神秘地消失了，在那以山建城的残废之墟，至今可看到腐败的箭杆和生锈的簇头、头盔、铠甲和断臂缺腿的干尸，看到色彩鲜亮、构图奇特的壁画，看到在内壁涂上红的颜色的宫殿外一堆一堆摩尼石。这些当然是朋友说的，他是托人开了汽车翻过了五千多米海拔的大山险些把命丢在那里而抱回来的。我好佛也喜石，无意间得到这样的宝贝令我大呼万岁。

我现在得详细记载那天晚上敬佛的情景了——这是一块白石，虽不是玉，但已玉化，椭圆形，石面直径一尺，厚为四指，佛像占满石面，阴刻，线条肯定，佛体态丰满，表情肃穆，坐于莲花。我将石靠立于桌上，焚香磕拜，然后坐在旁边细细端详。我相信这种摩尼石是有神灵的，因为那些虔诚的佛教徒翻山越岭来到古格城堡，为了对佛的崇拜，雇人刻石奉于寺外，那虔诚就一凿一凿琢进了石头，石头就不再是石头而是神灵的化身了。即便是刻了佛像的石头仍还是石头吧，这石头在西域高山之上，在念佛诵经声中，八百年里，它也有精灵在内。我猜想不出这一块佛石是哪一位藏族的信徒托人刻的，是男的还是女的，刻时是发下了宏愿还是祈祷了什么，石头的哪一处受到过信徒的额颅磕叩，哪一处受到过沾着酥油的手抚摸，但我明白这一块石头在生成的那一刻就决定了今日归于我。当年玄奘西天取经，现在我也是玄奘了，将驮着一尊佛而返回西安。

我有了如莲的喜悦，禁不住地拨通了她的电话（我的举动是佛的指示），我开始给她背诵我曾经读过的一本书上的话：佛法从来没有表示自己垄断真理，也从来没有说发现了什么新的东西；在佛法之中，问题不是如何建立教条，而是如何运用心的科学，透过修行，完成个人的转化（我们都是一辈子做自己转化的人，就像把虫子变成蝴蝶，把种子变成了大树）和对事物究竟本性的认识。

我在给她背诵的时候，她在电话那边一声不吭地听着，末了还是没有声息。喂，喂，我以为电话断了，她嗯了一声，却有了紧促的吸鼻声。我说你怎么啦，你哭了吗？她闷了一会儿，我听见她说，这块佛石是要送给我吗？我当然可以送她。只要肯接受，我什么都可以给她，我说，"我要送你。"她却在电话那边告诉我，你知道我为什么也来西部吗，沿着油线写生？这是两年前就答应了油田有关部门的邀请的，但我迟迟不能动身。这一次独身而去，原因你应该明白，可并不是企图和你结伴，而是写生，也趁机好好思考些问题。我有许多话要对你讲，每每见了面又难以启口，在格尔木给你写了一信，写好了却没有发，也不知道该给你发往哪里。这封信就揣在怀里跟我走过了德令哈、香日德和茶卡、巴拉根仑。现在我在西宁，沿了唐蕃古道到的西宁，文成公主从西安是去了西藏，我却顺这条路要往西安去。昨日经过了青海湖，青海湖原来四边有岸岩，野生动物与水面不连接，鸟多到几十万只地聚集在那里，每年的四月来，七月前飞往南方了。我没有看到鸟岛上的风景，但是也有遗留的鸟，那是些为了爱情的，也有生了病的，也有迷失了方位的。我搞不清我是不是遗留下来的一只鸟，是为了爱情遗留的，还是生了病或迷失了方位？我离开了青海湖，开足了马达，车在那柏油路上狂奔，当的一声，前玻璃上被一只鸟撞上。把车停下，车窗上有一片血毛四溅的痕迹。我在路上寻着了那只鸟，我谴责着是自己害了那鸟，又猜想那鸟是故意死在我的车玻璃上要让我看的，鸟的小脑袋已经没了，一只翅膀也折了，只是那么一团软绵绵的血毛。我把它埋在了路边的土里，为它落下了一滴泪。到了西宁的今晚，我决定将信焚烧，但你的电话却来了。

天呀，原来她并不是一块玻璃板，我用毛笔写上去的文字一擦就没了，原来我拿的是金刚石，已经在玻璃板上划出了纵纵横横的深渠印儿！我让她把信一定要交给我，她说这不可能，她肯定要在今夜里烧掉，我就反复要求即便是不肯交给我，也得让我听听信的内容呀！她沉默了许久，终于给我念了一遍，我用心地把它记在脑中。

我明明知道你是不会给我电话的，但我还是忍不住拨了你的手机。我到底要证明什么？！

你是我生命中的偶然，而我因为自己的软弱把自己对于完美的追求和想象加在了你的身上，对你作品的喜爱而爱屋及乌了。

我心存太多的不确实，是因为我的虚伪。一切都像梦一样，我的自卑和倔强，让我在真正的爱情里，永远得不到幸福，得不到安宁。

你说女人残酷，你以为我这么做就不是自己找楼梯吗？或许我们只是于万水千山中寻求精神的抚慰罢了。生存的巨大压力和迫切的情感需求已让我们面目全非了，寂寞和脆弱又让我们收不住迈动的双脚，我虚弱地妄图在沉入海底前捞几根水草。

别留我，让我走罢，我这个任性的不懂事理的孩子。我只想过自己要过的生活，虽然我看不清楚我想过的生活是什么模样。

我不成功，没有成功的生活，但我更渴望追求有尊严的生活；我相信这世上一定有另外一种活法的。我在自己的世界里，快乐、痛苦如一条鱼。

如果你真的爱我，请你让我走开罢，这真爱的光亮已让我不敢睁眼，我自私、残酷、矫情和虚荣。

上帝啊，我总在渴求抚慰，却又总在渴求头脑清醒，在夜与昼的舞台上，我是那天使和魔鬼。

这难道是我的错?!

（跪在床上写，一条腿已麻，摸，没感觉，再摸，一群小小蚂蚁就慢慢地来了。）

听完了信，我说，你往拉卜楞寺吧，我到那儿去找你!

桌子上的旅游地图被我撞落在了地上，打开了，正好是夹有长发的那一面。灯光下，我看见了从西安到安西的古丝路的黑色线路，也看见了几乎与线路并行的但更弯曲的一根长发。

我们决定了三天后返回，但在怎么返回的问题上发生了争执。宗林的意见是坐车，我便反对，因为回头路已不新鲜，又何必颠颠簸簸数天呢? 最后就定下来让司机开了车明日去兰州，我们三天后乘飞机在兰州会合，然后再搭车去夏河县的拉卜楞寺。第二天一早，司机要上路的时候，宗林却要同司机一块走，他说他在返回的路上再补拍些镜头。这使我和小路很生气，走就走吧，他是在单位当领导当惯了，没有采纳他的意见他就闹分裂了。小路帮他把行李拿上车，说了一句，那车上就你和那只苍蝇喽！我、庆仁、小路和老郑继续留下来休整，他们各自去干自己的事，我在宾馆的医务室让大夫针灸左大腿根的麻痹，然后回坐在房间为佛石焚香，胡乱地拿扑克算卦，胡乱地思想。

对于那封未寄出的信，我琢磨过来琢磨过去，企图寻出我们能相好的希望，但获得的是一丝苦味在口舌之间，于无人的静寂里绽一个笑，身上有了凉意。我也认真地检点，如果她真的接受了我的爱，我能离婚吗？如果把一切又都抛弃，比如，儿女、财产、声誉（必然要起轩然大波），再次空手出走，还能有所作为吗？而她能容纳一个流浪汉吗？如果她肯容纳，又能保证生活在一起就幸福，不再生见异思迁之心吗？我苦闷地倒在床上，想她的拒绝应该是对的，可不能做夫妻日夜厮守，难道也没有一份情人的缘分吗？回忆着与她结识以来每一个细节，她是竭力避免着身体的接触，曾经以此我生过怨恨，丧气她对我没有感觉，但我守不住思念她的心，她也是过一段时间我不跟她联系了她必有电话打过来，这又是为什么呢？如此看来，我们都是有感觉的，她只是经历了更多的感情上的故事，更加了解男人的秉性。我继而又想，或许她不允许发展到情人关系，我能在有了那种关系，失去了神秘和向往还会对她继续真爱吗？我在床上昏昏沉沉地睡着了，我似乎在做梦，我还在祈祷：让我在梦里见到她吧！天空出现了白云，云变成了多种动物在飞奔游浮，我坐着车来到了西安南城门口。哦，这就是南城门口，我已经三十年没有见到了。我是从哪儿来的呢，我记不起来，但知道三十年没有回来了，回来了南城门口城楼没变，那城河里流水依然，而我却老态龙钟了！一步一挪地走过了前边的那个十字路口，路口的一根电线杆还在，我想起了三十年前发生在这里的故事，我是遇见了她的。我坐在电线杆下，回首着往事感慨万千，为没能与她结合而遗憾，轻轻地在说昔日说过的话：我爱你，永远地爱你！一位老太太提着篮子走过来，她已经相当地老了，头发稀落灰白，脸皱得如是一枚核桃，腿呈"O"形，腰也极度地弯下来。老太太或许是往另一条街的超市去买东西，路过了电线杆用手捶打着后背，她可能也累了，要坐在那石台上歇歇，才发现我在旁边坐着，又坚持着往前走了。我看着老太太走过了街道消失在了人群里，下决心要在城里寻到昔日的她。我不知走了多长时间，终于在一座楼前打问到了她的家，一个小伙子说，你是谁，我岳母上街去了，你等一会儿吧。我就蹲在那里吸烟，突然小伙子说回来了回来了，我往楼前的过道看去，走来的竟是我在电线杆下碰着的那个老太太。我"哦"了一声，一口痰憋在喉咙，猛地醒过来，原来我真的是做了一场梦，汗水差不多把衬衣全湿透了。

我怎么会做这样的梦呢？醒过来的我没有立即坐起来，再一次把梦回想了一遍。我对于梦的解释一直有两种，一种是预兆，一种是生命存在的另一个形态。那么，做这样的梦是什么意思呢？难道我现在如此痴迷于她，说那么多山盟海誓的话都不可靠吗？在三十年之后见到她连认都不认识吗？

到了第三天，小路却提供了一条消息，说他看了一份报纸，在安西有一座古堡遗址，相传是乾隆皇帝有一日做梦（竟然又是梦！）梦见了一处奇妙的地方，就让人全国寻找，后有人在安西某地发现了一处地貌与梦境酷似，乾隆便认定这是天意让他去新疆巡视的，于是要在那里修一座行宫。但是负责修建行宫的大臣却大肆贪污工程款，偷工减料，行宫修建好后，有人就举报了，乾隆大怒，遂下令将那大臣父子活剥了皮蒙鼓，大小两面鼓就挂在了城堡门口，每逢风日噗噗响动。

有这样的地方，当然惹起了我要去看看的欲望，心想可以此写一篇小说或一出剧的。安排的是当天夜里雇车就出发，参观完无论多晚都得第二天返回，但却在返回一个村子前车子发生了故障，只好半夜投宿在那个村子的一户汉族人家里。说来也巧，这汉族人的原籍竟是陕西，他的父亲是进疆部队就地复员的，他出生在新疆，而他的老婆则是上海当年来插队的知青。他们有一个女儿。女儿是他们的骄傲，一幅巨照就挂在东面的墙上，说她初中毕业后就去了西安，当过一段时装模特，后来在一个公司打工。当那汉人得知我们来自西安，便喋喋不休地问西安南大街那个叫什么春的面馆还在不在；南院门的葫芦头泡馍馆还在不在，他说他三十年没去过西安了。我们说城市大变样了，葫芦头泡馍馆还在，已经是座大楼了，南大街的面馆却没了踪迹，那条街全是高楼大厦。他便嘟囔着："那可是个好饭店，一条街上的面馆都没有辣子，只有那家有辣子！"就招呼我们吃酒。老郑因车出了毛病自感到他有责任，故主人敬他一杯，他必回敬一杯，再要代表我们各人再和主人干一杯，企图把气氛活跃起来，不想越喝越上瘾，喝得自控不住了。我一看这酒将会喝个没完没了，就推托牙疼起身要走——我不善应酬，也不喜应酬，一路上凡是自己不大情愿了就嚷道牙疼——老郑见状，也替我打圆场，让我先歇下，他们继续喝三吆四地喝下去，我就回了房间，获得了一件心爱之物。

房间是房东两口将他们的卧室专门腾出了给我的，墙上挂着一幅旧画。一个高古的凸肚瓶，瓶中插着一束秋菊。用笔粗犷，憨味十足，更绝的是旁边题有两句：旧瓶不厌徐娘老，犹有容光照紫霞。一下子钻进我眼里的是两个字，一个瓶，是我的名字中的一个音，一个娘，是她名字中的一个字。我确实是旧瓶子，她也确实不再年轻。很久以来，我每每想将我俩的名字嵌成诗或联，但终未成功，在这里竟有如此的一幅画和题词在等着我！（每个人来到世上绝不是无缘无故的，你到哪里，遇见何人，说了什么话，办了什么事，皆有定数，一般人只是不留意或留了意不去究竟罢了。）我立即产生了要得到这幅画的欲望，当下又去了客厅，询问房东那幅画的来历，大了胆地提出愿掏钱购买。房东说，那是一个朋友送的，你若看得上眼你拿走吧，我要给他钱，他不要，末了说，你真过意不去，到西安了，你关照关照我的女儿。递给我一个他女儿的手机号。

　　车在第二天下午方修好，黎明前赶回到乌鲁木齐，当天的机票未能订购上，只好在原定日期的第三天飞往了兰州。提前到兰州的宗林和司机还不知我们发生了什么事，急得上了火，耳朵流出脓来。歇息了半天，第四天便往夏河县去。天已经是非常冷了，头一天兰州城里有了一场雨夹雪，在夜里虽晴了，风却刮得厉害，车一出城，路上的雪越走越白。我却困得要命，一直在车上打盹，脑袋叩在窗玻璃上起了一个包。夏河县城与我数年前来过时没有丝毫变化，我们又住到了我曾经住过的宾馆。宾馆服务员正趴在服务台上看书，抬头看了我，似乎愣了一下，就把打开的书翻到了扉页，又看了我一下，微笑起来。

我开始登记，她斜着眼看我写下了贾字，就说，果然是贾先生！小路说，是贾先生，叫贾老二。姑娘说，他不是贾平凹？小路说，贾平凹是他哥。姑娘就又翻书，拿起来，竟是我的一本散文集，扉页上有我的照片，原来她看的那本书里正有一篇关于五年前逛夏河的文章。我伏在那里翻看那篇文章，这令我有了一种特殊的感觉，当初的文章是这样写着：

昨晚竟然下了小雨，什么时候下的，什么时候又住的，一概不知道。玻璃上还未生出白雾，看得见那水泥街石上斑斑驳驳的白色和黑色，如日光下飘过的云影。街店板门都还未开，但已经有稀稀落落的人走过，那是一只脚，大概是右脚，我注意着的时候，鞋尖已走出玻璃，鞋后跟磨损得一边高一边低。

知道是个丁字路口，但现在只是个三角处，路灯杆下蹲着一个妇女。她的衣裤鞋袜一个颜色的黑，却是白帽，身边放着一个矮凳，矮凳上的筐里没有覆盖，是白的蒸馍。已经蹲得很久了，没有卖去，她也不吆喝，甚至动也不动。

一辆三轮车从左往右骑，往左可以下坡到河边，这三轮车就蹬得十分费劲。骑车人是拉卜楞寺的喇嘛，或许是拉卜楞寺里的佛学院的学生，光了头，穿着红袍。昨日中午在集市上见到了许多这样装束的年轻人，但都是双手藏在肩上披裹着的红衣里。这一个双手持了车把，精赤赤的半个胳膊露出来，胳膊上没毛，也不粗壮。他的胸前始终有一团热气，白乳色的，像一个不即不离的球。

386

终于对面的杂货铺开门了，铺主蓬头垢面地往台阶上搬瓷罐，搬扫帚，搬一筐红枣，搬卫生纸，搬草绳，草绳捆上有一个用多色玉石装饰了脸面的盘角羊头，挂在了墙上，又进屋去搬……一个长身女人，是铺主的老婆吧，头上插着一柄红塑料梳子，领袖未扣，一边用牙刷在口里搓洗，一边扭了头看搬出的价格牌，想说什么，没有说，过去用脚揩掉了"红糖每斤四元"的"四"字，铺主发了一会呆，结果还是进屋取了粉笔，补写下"五"，写得太细，又描写了一遍。

从上往下走来的是三个洋人，洋人短袖短裤，肉色赤红，有醉酒的颜色，蓝眼睛四处张望。一张软不塌塌塑料袋儿在路沟沿上潮着，那个女洋人弯下腰看袋儿上的什么字，样子很像一匹马。三个洋人站在了杂货铺前往里看，铺主在微笑着，拿一个依然镶着玉石的人头骨做成的碗比画，洋人摆着手。

一个妇人匆匆从卖蒸馍人后边的胡同闪出来，转过三角，走到了洋人身后。妇女是藏民，穿一件厚墩墩的袍，戴银灰色呢绒帽，身子很粗，前袍一角撩起，露出红的里子，袍的下摆压有绿布边儿，半个肩头露出来，里边是白衬衣，袍子似乎随时要溜下去。紧跟着是她的孩子，孩子老撵不上，踩了母亲穿着的运动鞋带儿，母子节奏就不协调了。孩子看了母亲一下，继续走，又踩了带儿，步伐又乱了，母亲咕哝着什么，弯腰系带儿，这时身子就出了玻璃，后腰处系着的红腰带结就拖拉在地上。

世上不走的路也要走三遍，当年离开夏河，我是怎么也想不到还

会有再回来的今天。奇妙的是这一次居住的竟就在上一次居住过的房间。我站在玻璃窗前，看到的几乎与五年前相差无几，只是一个是早晨，一个是下午罢了。我拍了拍床，这床是曾睡过我的，那时同眠的是×，现在我却为了她来，世事真是如梦幻一般不可思议。

佛石被摆在了桌上，燃上了一炷香，我就拨她的电话。手机没有开通。驱车满县城去找，转了几个来回，把她可能去的地方都去了，还是没有，我们就分头去各家旅社、宾馆、客栈、旅游点的毡房去找，整整到了半夜，回到宾馆，大家见面都是耸耸肩，摇摇头。莫非她压根儿就没来，或许她来过已经走了?!

女人是不能宠惯的，小路发出感慨；而宗林得出的结论是：你瞧这累不累?!

我能说什么呢，我只好宣布不要再找了。第二天我们参观完拉卜楞寺，我突然感觉应该再去一下牧场，那里有大块草原，草原上有马——一提起马我就情不自禁——咱们再看看马吧。但在牧场，我没有去骑马，而坐在了一个杂货摊点上和摊主拉话。拉着拉着心里跳了一下，便认定她是来过了夏河，而且来过了牧场，我说，这几天来过一个女人吗？高个，长发。摊主问是不是开着小车，像个外国人，走路大踏步的。我立即说是的是的，她来过了?! 摊主说，来过，骑了一个上午的马，她说她是从未骑过马的，但她不要导游在上马时扶她，更不要牵着，骑了马就在草原上奔跑，像是牧人的女儿！我问她人现在哪儿，回答是："这谁知道，她是向我打问过貂蝉的故乡，我说貂蝉是临洮人，在潘家集乡的貂儿崖村。"我再问她你们还说了些什么，摊主说："问她买一件皮帽子吧，你戴上这皮帽一定漂亮，她说我这长发不漂亮吗，这可是为一个人专门留的长发！就走了。"我怅然若失，摊主却不会说话，说了一句，她是你的女儿？这话让我丧气，我恨恨地瞪了一眼，脑子却清醒了：我是老了！但是，我真的是老了吗？

我们的车往回返，经过了临洮。我没有说出去找那貂儿崖。望着车窗外冰天雪地，作想着貂儿崖的那个貂蝉。在陕西，人们一直认为貂蝉是陕北米脂人，在甘肃，却是认为貂蝉是临洮的，但是，甘肃人采取了模糊说法，说貂蝉的生身父母无人知晓，八岁上被临洮的一个樵夫收养，长大后心灵手巧，又唱得一口"花儿"，因此名扬四方。一强盗就把她抢去，貂蝉用酒灌醉了强盗逃走，被巡夜的哨兵相救，送到狄道县做了县令的侍女。再后，县令在一次士兵哗变中被杀，她随县令夫人王氏去长安投奔其族史司徒王允，又被王允收为义女。又再后，王允与人合谋，以她做饵，使用美人计杀死了董卓。这个中国历史上著名的美人，曾经以美丽和智慧结束了一个时代，可她最后是被关羽杀掉了，至今并不会在故乡留下什么塔楼庙台。她为什么会去貂儿崖呢，是倾慕了貂蝉的绝世之美希冀自己更美丽呢，还是感叹美丽和聪明使女人往往命运不济？

来到了临洮县城，在河岸上，我们有幸看到了天下最奇绝的洮河冰珠：河面上一团团一簇簇冰珠，冰珠晶莹圆润，玲珑剔透，酷似珍珠，而且沙沙作响。我们惊呼着停车，全跑到了河边，我捧起一掬，爱怜不已，就用嘴去吞，竟冰凉爽口，未曾咬动便滑入喉下。我们谁也不知道这是怎么回事，河水里会有冰珠？岸边的一个老头一直在看着我们，过来说，洮河上游有九旬峡、野狐峡、海巅峡，峡窄谷深，水流很急，加之落差又大，腾空飞溅的浪花、水珠因受奇寒立即凝为

389

冰珠降落水面，这样，水流经过的深山峡谷多了，河面上就形成了一层冰珠。但是，老头说，民间却一直流传着一个故事，说是有位仙女爱上了一个山里的少年，两人相约在山岩上相会，正谈得兴浓，少年不小心拉散了少女的项链，颗颗珍珠落入洮河，少年着了急，便一跃跳入河中去捞，怎奈水流太急，葬身河中。少女悲痛至极，也就把剩下的珍珠全倒入洮河，自己也跳河自尽了。这一对情人到了天上，玉帝念他们心诚，封了降珠仙女和仙子，从此洮河上面就有了流不完的"珍珠"。

"我宁肯相信传说！"我说，抬起头来，河对岸的路上一辆小车正缓缓开过，在开到那座桥上的时候，车停了，车里走下了一个人来，拿着相机对着河面拍照。我顿时张大了嘴呆在那里，然后双腿发软，跪在地上。我那时的动作是头颅仰天，双手高举，感谢着上天的神灵。庆仁见状，不知我怎么啦，我把他抱住，憋了半天，终于说，庆仁，你瞧瞧那是谁？那是谁?！

满河满沿的水往下流，冰珠层越来越厚，沙沙和铮铮的响声轰天震地，我听见庆仁叫了一声，我的天呀！

草于二○○○年十二月十四日

改于二○○一年二月二日

390

图书在版编目（CIP）数据

贾平凹长篇散文精选 / 贾平凹著. -- 武汉：长江
文艺出版社，2023.9
（鲁迅文学奖获奖散文典藏书系）
ISBN 978-7-5702-2605-4

Ⅰ. ①贾… Ⅱ. ①贾… Ⅲ. ①散文集－中国－当代
Ⅳ. ①I267

中国版本图书馆 CIP 数据核字(2022)第 049570 号

贾平凹长篇散文精选
JIAPINGWA CHANGPIAN SANWEN JINGXUAN

责任编辑：胡金媛　　　　　　　责任校对：毛季慧
封面设计：胡冰倩　　　　　　　责任印制：邱　莉　王光兴

出版：长江出版传媒　长江文艺出版社
地址：武汉市雄楚大街 268 号　　邮编：430070
发行：长江文艺出版社
http://www.cjlap.com
印刷：长沙鸿发印务实业有限公司

开本：640 毫米×970 毫米　　1/16　　印张：24.75
版次：2023 年 9 月第 1 版　　　2023 年 9 月第 1 次印刷
字数：273 千字

定价：58.00 元